KB146066

가짜시녀

FEEL
PREMIUM
EDITION

가짜
시녀

재겸 장편 소설

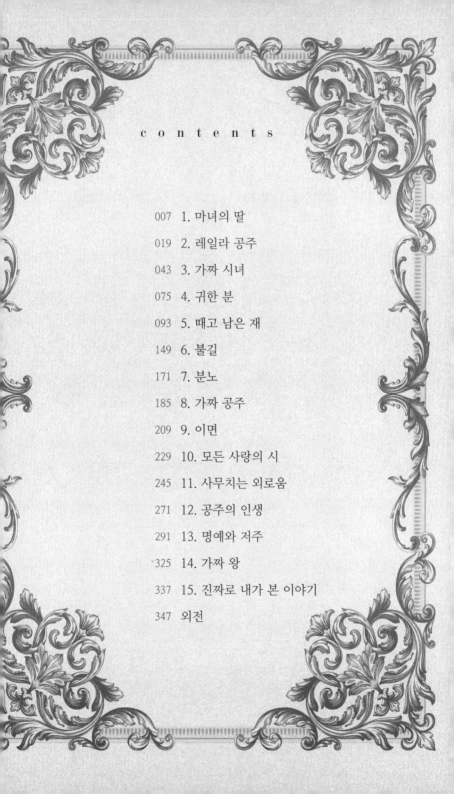

c o n t e n t s

· 일러두기

본 글은 그림 형제의 〈거위치기 아가씨〉에서 모티브를 얻어 창작한 작품임
을 밝힙니다.

1

마녀의 딸

왕은 제법 흡족해했다.

"그만한 소국의 공주라도 공주랍시고 도도하게 굴 줄 알았더니 제법이구나."

"……마음에 드셨다니 다행입니다."

말리는 속눈썹을 내리깔았다. 입 안에는 불쾌한 감각이 아직도 남아 그녀를 괴롭히고 있었다.

고개를 돌리다 힐끗 쳐다본 테이블에는 아름답게 상감된 꽃병이 있었다. 저 꽃병 위에 산처럼 수북이 꽂힌 흰 꽃들을 모조리 뽑아 치우고 그 물로 역한 비린내가 나는 입 안을 헹구고 싶은 마음이 굴뚝같았다.

하지만 그 꼴을 남자 앞에서 보인다면 입을 헹구기도 전에 제 피로 남자의 손을 씻게 될 것이다.

말리는 제 핏줄을 떠올렸다. 그녀의 어머니는 마을의 남자들을 홀리고 음탕하게 굴었다는 죄목으로 마녀로 몰려 화형에 처해졌다.

'이러나저러나 죽을 거라면 그냥 지금 죽을까.' 그런 생각이 머리에 떠올랐으나 그녀는 곧 그 생각을 머리에서 지웠다. 이것보다 더 구역질 나오는 상황에서도 그녀는 단 한 번도 죽고 싶다고 생각해 본 적 없었다. 죽을까, 죽고 싶다 같은 생각은 언제나 그녀의 머릿속 한쪽에 지박령처럼 붙박여 있었으나 그건 그저 추임새 같은 것이다.

그녀는 자신의 어머니를 조금 원망했다.

'이왕 마녀라는 누명을 뒤집어쓰고 죽을 거면 진짜 요술이라도 가르쳐 주지 그랬어?

나라를 전복시키거나 누군가를 죽이는 대단한 사술은 바라지도 않았다. 그녀에게 매 순간 닥치는 곤욕스러운 상황을 대충 넘어갈 만한, 그런 사소한 요술이면 됐다. 이를테면, 눈앞의 남자를 그냥 재워 버린다든가 하는 것 말이다.

"짐을 앞에 두고 무슨 생각을 하고 있는 거지?"

말리는 퍼뜩 고개를 들었다. 남자는 그녀가 다른 생각을 하는 것을 기민하게도 눈치챈 듯했다.

언제나 다른 사람들을 내려다보는 대국 벨담의 왕. 그가 아침부터 밤까지, 심지어는 잘 때도 쓰고 있다는 아름다운 황금 가면이 자신을 무도히도 내려다보고 있었다.

가면에 뚫려 있는 눈구멍 안으로는 어둠 때문에 아무것도 보이지 않았다. 하지만 그녀는 그 너머의 시선이 자신을 깔보고 있다는 것을 명백하게 느낄 수 있었다. 그리고 다음 순간 말리는 흠칫했다. 방에 들어오기 전, 시녀장이 그녀에게 신신당부한 일이 있었다. 바로 왕의 얼굴을 똑바로 쳐다보지 말라는 것이다. 가면을 쓴 얼굴이라도 말이다. 하여 말리는 곧장 시선을 내렸다.

남자의 아랫도리가 눈에 들어왔다.

위엄 있게 갖춰 입은 상의와 달리, 하체는 온통 발가벗은 남자는 화려한 의자에 앉아 있었다. 그 가운데 있는 물건은 말해 무엇 하랴. 조금 젖은 채 축 늘어진 남자의 물건과 번쩍이는 의자의 조화가 우스꽝스러웠지만 우습기로 따지자면 지금 제 처지가 가장 우스꽝스러우리라. 말리는 고개를 숙이며 낮게 말했다.

"폐하의 침실이 아름다워 잠시 정신을 빼앗겼나이다."

"뭐가 그렇게 아름답지?"

"……꽃병이……."

말리는 황급히 대꾸했다. 남자의 고개가 꽃병 쪽으로 돌아갔다가 슬쩍 기울어졌다.

"그다지 아름다울 것도 없어 보이는데."

"황금으로 테두리를 장식한 것이 부유하고 아름다워 보였습니다."

"그러냐."

왕이 픽 웃더니 설렁줄을 당겼다. 문이 열리고, 침실 옆에서 대기하던 시녀들이 얼굴색 하나 변하지 않은 채 들어와 왕의 발가벗은 하체에 아름답게 수놓은 담요를 덮어 주었다. 왕은 시녀 하나를 불러 말했다.

"저 꽃병을 공주에게 주어라."

"……폐하."

말리가 당황한 듯 남자를 불렀다. 남자가 픽 웃는 것이 가면 아래로도 똑똑히 보였다.

"내 마음에 든 상이다. 가지거라."

웃음이 나올 뻔했다. 그녀가 침실 앞에 들 때까지도 뭐 하나 제대로

11

약속한 적 없는 남자였다. 하지만 그 잘난 것 한 번 빨아 주고 나니 저런 소리를 하고 있다. 저잣거리의 양아치들이나 왕이나 남자들이란 하등 다를 게 없는 생물인 모양이었다.

"공주인 줄 알았는데, 내 비로 들어온 것이 길거리의 창녀인 모양이다."

말투에는 웃음이 배어 있었다. 말본새와는 다르게 기분이 좋아진 듯했다. 왕은 왕인 모양이었다. 그냥 한 말이겠지만, 그럼에도 제 출신을 알아차리다니. 말리는 그렇게 생각하며 고개를 더 깊이 숙였다.

"잠자리를 돌보아 드릴까요."

옆에 선 시녀가 나직하게 물은 다음 순간, 왕은 난폭하게 그 시녀의 머리를 밀쳤다. 뜻하지 않은 폭력에 시녀가 뒤로 나동그라졌고 말리는 흠칫했다.

"마음에 들었다고 말해도 말뜻을 못 알아들어."

왕이 짜증스럽게 쏘아붙였다. 하지만 시녀는 아무렇지 않은 듯이 빠르게 일어나 고개를 숙였다.

"죽을죄를 지었습니다."

"나가라."

"예."

시녀들은 빠르게 뒷걸음질쳤다. 말리는 자신도 나가야 하나 눈치를 봤다. 그러나 왕은 그녀를 내보내 주고 싶지 않은 모양이었다.

"다시."

"……."

"더 잘하면 더 좋은 것도 주겠다."

양치는 요원할 모양이었다.

말리는 살짝 일어나 허리를 숙이며 인사했다. 그리고 왕에게 다가가 그의 다리 사이에 무릎을 꿇고 담요를 젖혔다. 벌거벗은 남자의 하체가 다시 드러났다. 고개를 숙이자 잘그락, 말리의 머리에 장식돼 있던 보석들이 난폭하게 부딪치는 소리를 냈다. 머리에 보석을 달고 왕의 좆을 빠는 삶이라니.

마녀의 딸 주제에 호사를 누리고 있었다.

※※
※

말리의 어머니는 화형 되어 죽던 날 새벽에 피 세 모금을 토했다.

그녀의 어머니는 숲에서 약초를 캐어다 잡화점에 내다 팔며 살았다. 예쁘장한 외모를 가진 탓에 일부러 아침마다 진흙을 바르고 숲에 나가던 어머니는, 말리가 열 살이 넘은 후부터는 말리의 얼굴에도 흙을 발랐다. 하지만 그런 게 두 모녀를 지켜 주진 못했다.

오만 놈이 숲 언저리에 있는 모녀의 집에 들락거렸다. 집의 문은 결코 스스로 열린 적 없지만 강제로 열린 적은 몇 번 됐다. 말리의 어머니를 부르는 이름이 창녀에서 마녀가 되는 건 자연스러운 수순이었다. 적어도 마을 사람들에게는 그랬다.

왕국이라고 말하기도 애매한 규모의 작은 나라였다. 어머니를 촌장이 토굴에 가두었을 때, 열세 살의 말리는 읍내로 내달렸으나 아무도 그녀를 도와주지 않았다. 마을에서 읍내로, 읍내에서 다시 마을로 돌아오는 길에 말리는 열세 살이 겪을 수 있는 일들 중 가장 역겨운 일들을 겪었다. 그럼에도 그녀가 그 토굴로 돌아간 것은 어쨌든 제 어머니를 살리고 싶었기 때문이다.

토굴을 지키는 놈팡이 토머스는 말리에게 "가슴 한 번 만지게 해 주면 네 어미와 작별 인사 정도는 하게 해 주마."라고 말했다. 흙투성이로 지저분해진 데다가 이틀 내내 잠 한숨 못 잔 말리는 표독스러운 눈으로 토머스를 노려보며 가슴을 열어젖혔다. 채 여물지도 않은 가슴을 탐욕스러운 눈으로 훑어보던 토머스는 "지금 말고, 조금 이따가."라며 토굴 문을 열어 주었다. 말리는 윗옷을 제대로 여미지도 않고 그대로 토굴 안으로 굴러떨어지듯 들어갔다.

며칠째 토굴에서 물 한 모금 먹지 못하고 쓰러져 있던 어머니는 말리가 건넨 물을 받아 삼키자마자 입을 열었다.

"도망가……."

어이가 없었다. 당최 어디로 도망간단 말인가. 열세 살 여자애가 돈 한 푼 없이 홀로 도망쳐 봐야 당할 일이 뻔할 뻔 자였다. 그러나 말리는 토머스의 눈빛을 떠올리고는 곧 마음을 고쳐먹었다. 열세 살 여자애가 홀로 이 마을에 남아 봐야 당할 일은 어차피 같으리라.

가만히 무릎 꿇고 앉아 눈알을 굴리는 말리를 간신히 토굴 벽에 기대앉은 채 내려다보던 어머니는 안쓰럽게 그녀의 머리를 쓰다듬으려다가 기침을 했다. 쿨럭, 하는 밭은기침에 핏덩이가 터져 나왔다.

"엄마!"

말리는 당황해 그녀가 입고 있던 낡고 더러운 앞치마로 어머니의 입을 닦았다. 계속해 터져 나오는 기침에 어머니는 앞치마에 두어 번 더 피를 토했다. 검은 핏자국이 번져 나갔고, 어머니는 그녀의 품에 거의 쓰러지다시피 했다. 눈물이 그렁그렁해 어머니를 내려다보던 말리에게 다시금 같은 말이 떨어졌다.

"도망쳐, 말리야……."

"엄마가 이런데 어떻게 도망을 쳐!"

반쯤은 진담이었고 반쯤은 거짓말이었다. 그녀의 어머니가 살기는 틀렸다는 걸 말리는 이미 알고 있었다.

나라도, 내 몸뚱이 하나라도.

그런 생각들이 말리의 머리를 메웠다.

하지만 어떻게 지키지?

그렇게 생각하는 말리의 머릿속을 들여다본 듯, 어머니가 그녀를 올려다보며 입을 열었다.

"내 피가 널 지켜 줄 거야……."

기가 막힌 말이었다. 피 따위가 어떻게 사람을 지킨단 말인가. 하지만 그렇게 말하는 어머니의 눈은, 그때만큼은 시퍼렇게 살아 있었다. 형형하게. 제 딸만큼은 죽게 놔두지 않겠다는 듯.

그 순간 말리는 어쩌면 마을 사람들의 말이 사실일지도 모르겠다고 생각했다.

엄마는 진짜 마녀일지도 모르겠다고.

피아를 구별할 수 있을 적부터 따라 온 제 엄마가 그렇게 낯설게 느껴진 건 처음이었다. 말리는 더듬거리며 입을 열었다.

"피 따위가 날 어떻게 지켜?"

그건 어쩌면 엄마가 내보이는 생경함에 대한 말리의 반항이었다. 그녀의 어머니는 꺼질 듯한 목소리로 답했다.

"도망가……."

그리고 어머니는 그대로 정신을 잃었다. 이대로 두면 예정대로 날이 밝자마자 화형에 처해지리라. 말리는 한참 동안 제 품에서 쓰러진 어머니를 내려다보다가, 비척비척 일어섰다. 달아나야 했다. 곧 날이 밝을 터였고, 시간이 없었다. 그녀는 토굴에서 천천히 걸어 나왔고, 음흉한 표정을 짓고 있는 토머스와 마주쳤다.

"약속을 지켜야지."

"......."

피가 자신을 지켜 준다던 말은 거짓말이었다. 말리는 그대로 숲으로 질질 끌려갔다. 말리가 어렴풋이 짐작했듯, 토머스는 가슴을 만지는 것으로 끝내지 않았다.

"뭐야, 처녀가 아니잖아?"

열세 살 어린애를 제 몸뚱이로 짓누르며 오만 지저분한 짓을 저지른 것은 제 놈이면서, 토머스는 사뭇 지저분한 것을 만졌다는 듯 투덜댔다.

말리는 토머스에게 제가 읍내를 다녀오느라 겪었던 일을 설명하는 대신, 토머스의 어깨 너머로 보이는 덤불숲만 망연히 쳐다봤다. 그러지 않고는 견딜 수가 없었다.

토머스는 자리를 오래 비우면 안 된다며 그녀를 내팽개치고 돌아섰다. 말리는 옷을 겨우 추스르고 비척비척 일어나 숲 안으로 걸어 들어갔다. 숲 바깥으로 달음질쳐 봐야 곧 마을 사람들에게 잡힐 것이 분명했다.

일곱 개의 밤과 일곱 개의 낮이 지난 후에야 말리는 숲의 반대편으로 나올 수 있었다.

숲에서 나온 말리의 눈앞에 펼쳐진 것은 너른 들판과 건너편의 민가 여럿이었다. 그 민가 쪽으로 걸음을 옮기던 말리는 문득 제 앞치마를 내려다봤다. 그때까지도 그녀의 허리춤에 매달려 있던 앞치마에는 갈색 핏자국이 선명하게 나 있었다. 이런 옷을 입고 민가로 갔다간, 대번에 붙잡혀 관청으로 갈 게 뻔했다.

말리는 앞치마를 벗어 들고 다시 숲 안으로 걸어 들어가 직전에 찾아냈던 샘으로 갔다. 차가운 물로 세수를 하고, 머리카락을 헹구었다. 머리카락이 바람에 마르는 동안 그녀는 구겨진 앞치마를 쥐어 들고 한참이나 응시했다.

지긋지긋했으나 버릴 수가 없었다.

"엄마아……."

말리는 결국 앞치마를 쥐고 그대로 쭈그려 앉아 울었다. 울고 있는 그녀를 내려다보는 건 나무들뿐이었다.

한참을 울고 나서 그녀는 다시 샘에서 세수를 했다. 부은 눈을 가라앉히고, 앞치마를 뒤집어 둘렀다. 그래도 핏자국이 가려지지 않아 그녀는 근처의 덤불에서 열매즙을 쥐어짰다. 갈색 핏자국은 빨간 열매즙으로 뒤덮여 얼룩처럼 보였다.

그녀는 결 나쁜 갈색 머리를 땋고 비척비척 일어서서 민가로 갔다. 그녀의 뒤를 쫓는 것은 아무것도 없었다.

2
레일라 공주

말리는 눈을 꼭 감았다 떴다.

너무 졸릴 때면 정신을 차리기 위해 그녀가 종종 하는 짓이었다. 상전의 눈앞에서 하품을 할 수도, 그렇다고 한숨 잘 수도 없으니 그것밖엔 도리가 없었다.

하지만 오늘은 운이 나빴다. 그녀가 모시는 상전에게 졸린 기색을 들킨 것이다.

"졸린가?"

자수를 놓던 금발의 여인이 낮은 목소리로 물었다. 말리는 움찔해 그녀를 쳐다봤다. 투명한 푸른색의 눈이 자신을 마주 보고 있었다.

"아니요……. 죄송합니다."

"그럴 때는 죽을죄를 지었다고 하는 것이다."

여자가 여상하게 말했다. 언감생심 졸려서 눈 한 번 감은 것이 죽을

죄는 아닐 것이다. 하지만 말리는 그대로 바닥에 납작 엎드렸다. 돌바닥에 무릎이 부딪치며 꿍, 하는 충격이 그대로 전해졌다. 눈물이 핑 돌았지만 그녀는 입술을 깨무는 대신 외쳤다.

"죽을죄를 지었습니다!"

"됐다. 일어나라."

"……예……."

말리는 눈치를 보며 일어나다가 뒤로 다시 넘어질 뻔했다. 기다란 시녀의 옷자락에 채 익숙해지지 않은 탓이다. 옆에 있던 다른 늙은 시녀가 쯔쯔 혀를 차는 시늉을 했다. 제 주인에게 들리지 않도록 소리는 내지 않았지만 말리는 늙은 시녀가 자신을 깔보는 눈길을 분명히 보았다.

하지만 별도리 있으랴. 말리는 주섬주섬 일어나 옷자락을 정돈했다. 다시 내실에는 적막함이 감돌았다. 말리를 졸음에 이르게 했던 바로 그 적막함이었다. 금발의 여인은 별것 없다는 듯 다시 손을 놀렸다. 자수틀에 붉은 실이 느릿한 궤적을 그렸다.

'저딴 게 뭐가 재미있다고 며칠째 하고 있는 거지.'

말리는 여인이 놓고 있는 자수틀을 보며 멍하니 생각했다. 여인은 벌써 사흘째 저 자수틀을 붙잡고 하루 종일 앉아 있었다.

'그래도 양잿물에 손 담그는 것보다는 서 있는 게 나은가.'

말리 또한 사흘째 여인의 옆에 서 있었다. 멍하니 서서 그녀가 자수를 하는 것을 보다가, 여인이 목말라하면 물을 가져다주거나 다리를 주물러 준다. 가끔은 어깨도 주무른다.

그게 스무 살 된 말리가 하는 일이었다.

"네 이름이 무어냐."

문득 여인이 그녀를 쳐다보며 물었다. 말리는 화들짝 놀라 답했다.

"마, 말리입니다."

"마말리. 그래. 마말리야, 가서 마구간에 내가 조금 후에 파라디를 데리고 나갈 거라고 연통을 넣으렴."

말리가 말을 더듬은 것을, 여인은 이름으로 착각한 듯했다. 하지만 말리는 차마 거기다 대고 제 이름이 말리라고 고하지는 못하고 다만 고개를 숙인 후 허리를 수그린 그대로 물러났다. 뒤로 걸음 하다가 걸려 넘어질 뻔한 건 그녀만의 비밀이었다.

끼이익.

방문이 닫히자마자 말리는 허리를 폈다. 방문 앞에 서 있던 시종 하나가 심술궂게 웃었다. 그야 공주의 앞에서는 허리를 수그리고 있던 시녀들이 문만 닫히면 바짝바짝 허리를 세우는 꼴이 우스워 보일 만도 했다.

말리는 코를 한 번 찡그리고는 시종은 본체만체하며 걸음을 재촉했다. 이 성에 온 지 하루 만에 성 구조를 외워 마구간이 어디 있는지는 이미 알고 있었다.

"나으리, 레일라 공주님께서 파라디를 조금 후 데리고 나갈 거라 하셨어요."

마구간이라는 말로 미루어 보아 아마 파라디는 말의 이름이리라. 마구간지기에게 그렇게 고하며 말리는 코를 훔쳤다. 아직 날씨가 싸늘했다. 불을 잔뜩 때 훈훈한 공주의 방과는 달리 마구간은 찬 바람이 조금씩 들었다. 중년의 마구간지기가 선선히 고개를 끄덕였다.

"그래, 알았다. 그런데 너는 누구냐?"

"저는 공주님의 시녀이온데……."

말리가 눈치를 보자 마구간지기가 코웃음 쳤다.

"네년이 공주님 시녀인 건 하는 말만 들어도 알겠다. 공주님 시녀 중에는 처음 보는 계집아이가 아니냐."

"……일주일 전부터 공주님 시녀로 일하게 된 말리입니다."

"말리라. 이름을 보아하니 평민인 게로구나?"

"예? 예……."

"알았다. 가 봐라."

마구간지기는 어깨를 으쓱하더니 그녀를 보냈다. 말리는 입을 몇 번 비쭉대곤 마구간을 나왔다. 뭐라도 시비를 걸 줄 알았는데, 평민이냐고 묻더니 그냥 보낸다. 벌써 몇 번째 비슷한 일이 있었다. 말리는 참 신기하다고 생각했다. 이렇게 텃세가 없는 곳은 처음이었기 때문이다.

말리가 레일라 공주의 시녀가 된 건 순전히 우연에 의한 것이었다.

보호해 줄 어른 하나 없는 계집애는 스무 살까지 쭉쭉 잘도 자랐다. 자라는 과정에서 별일 다 겪은 것은 비단 말리만 그런 것은 아니었다. 해 본 일 안 해 본 일 없이, 부르튼 손이 보드라워질 틈도 없이 그렇게 살았다. 가끔은 여관의 하녀였고, 어떨 때는 도둑들의 바람잡이였으며, 대부분은 길바닥에서 구걸을 했다. 대충 일하다가 수틀리면 내빼기도 반복했다. 그렇게 흘러 흘러 말리가 도달한 곳은 그녀가 사는 왕국 디온의 수도였다.

말이 왕성이지 벨담의 제후국 신세였던 디온의 성은 그리 크지 않았다. 돌로 쌓아 올린 투박한 성 근처에 있는 민가는 이천여 호였다. 그럭저럭 괜찮은 일자리가 있을 것 같아 헤매던 말리는 소죽을 쑤는 하녀로 근방의 농가에서 일하기 시작했다.

제법 큰 농장을 경영하던 농장주는 말리에게 1년에 은화 두 닢을 주기로 약속했는데, 한 달 후에 말리에게 갑자기 "성에서 일할 용의가 있냐?"라고 물었다. 무지렁이 주제에 용의라는 어려운 말을 쓴다 했더니, 성에서 나온 사람이 말하는 본새가 제법 기꺼웠던 모양이었다.

아무튼 농장주는 성에서 일할 하녀를 소개받는 대가로 자신이 은화 한 닢을 받기로 했다고 솔직하게 털어났다. 하녀에게는 1년에 보수로 금화 한 닢이 주어진다고 했다. 두고 볼 것도 없었다. 말리는 덥석 성으로 가겠다고 말했다.

가 봐야 말 먹일 짚이나 자르겠지 싶었는데, 이상하게도 성으로 간 말리는 웬 중년의 부인 앞에 섰다. 그 부인은 말리를 보더니 이것저것 물었다.

"부모님은?"

"집은?"

"다른 친척은 없고?"

셋 다 없다고 짤막하게 답하며 말리는 오만 생각을 다 했다. 가족도 집도 없어 아무도 보증하지 않을 처녀애를 성에서 과연 써 줄까? 부모님이 있다고 말했어야 하나?

하지만 부인은 뜻밖에도 고개를 끄덕이며, 침방으로 가라 했다. 말리는 다른 하녀에게 끌려 침방으로 갔다. 거기서 치수를 재고 옷을 맞춰 입었다. 보기만 해도 황홀한 면포 옷이었다. 말리는 거기서 더럭 겁을 먹었다.

'이거, 하녀가 아니라 높은 어르신 침대에 밀어 넣는 것 아냐?'

말리의 추측은 반만 맞고 반은 틀렸다.

그녀는 높은 어르신의 침대를 봐 주게 되긴 했다. 하지만 그 높은 어르신은 그녀가 생각하던 늙고 배가 나온 남자가 아니라, 깡마르고 말이 없는 여자였다.

레일라 디온.

디온의 공주였다.

말리는 자신 같은 어중이떠중이가 처음 들었던 바대로 하녀가 된 것도 아니고, 공주의 시녀씩이나 되었다는 것에 처음에는 당황해 못 하겠다고 외쳤다.

"쇤네는 귀한 어르신은 못 모십니다! 애초에 그런 귀한 분을 모셔 본 적이 없어요!"

"할 수 있다. 누구나 처음부터 잘하는 일은 없느니."

하지만 그녀를 뽑은 중년의 부인은 고개를 저었다. 나중에 알았지만 그 부인은 디온의 시녀장이었다. 시녀부터 여성 관리까지 모두 도맡아 일을 보는 사람이었는데, 공주의 시녀 중 젊은 축이 없어 고민하다 하녀로 들어올 애가 있다 해 직접 보러 왔다 했다. 말리는 겁에 질려 자신이 소죽 쑤는 것 외에는 아무 교양이 없음을 어필했으나, 시녀장은 요지부동이었다.

딱 사흘 동안 공주의 옆에서 해야 할 것과 하지 말아야 할 것을 배운 후, 말리는 공주의 옆으로 끌려왔다. 공주는 시녀장에게 새 시녀를 소개받는 자리에서 "알았다." 딱 한 마디만 했다.

그게 불과 일주일 전의 일이었다.

말리는 머리를 긁적였다. 공주의 시녀들은 삼각뿔 모양 작은 모자를 쓰게 돼 있었는데, 아침마다 머리를 꼼꼼히 빗어 넘겨 모자를 쓰는 것이 말리가 이 성에 들어와 하는 일 중 가장 까다로운 일이었다. 말리는 이마에 잔머리가 많아 보기 좋게 머리를 빗어 넘기는 것이 퍽 어려웠기 때문이다.

지금도 그사이 모자에서 머리카락이 삐져나와 그녀의 이마를 간질이고 있었다. 말리는 모자를 벗고 다시 머리를 정돈할 곳을 찾았다. 시녀들의 숙소는 성의 뒤쪽에 있었는데, 마구간에서 나와 숙소까지 들렀다가 공주의 내실로 가기에는 시간이 많이 걸릴 듯했다.

그녀는 두리번거린 끝에 인적이 없는 회랑 정원을 찾았다. 돌로 만들어진 네모난 회랑 안에는 작은 우물과 꽃밭이 있었는데, 사람이 없어 모자를 벗기 좋았다.

말리는 우물가로 가 얼굴을 비춰 봤다. 마구간으로 갈 때 뛰었더니 머리카락이 좀 많이 삐져나온 듯했다. 그녀는 모자를 벗어 우물가에 두고, 단단히 묶어 뒀던 머리를 푼 다음 두피를 긁었다. 하루 종일 모자에 눌려 있던 두피가 시원해졌다. 때마침 구름 사이에 있던 햇빛이 회랑 사이로 들어와 그녀를 비추었다.

머리카락을 잔뜩 흐트러뜨린 그녀의 얼굴이 더 선명하게 우물물에 비쳤다. 말리는 잠시 제 얼굴에 시선을 두었다. 말리의 마지막 기억에 제 뺨은 움푹 패어 있었고, 눈동자 밑은 쑥 꺼져 있었는데 신기한 일이었다. 일주일 동안 성에서 잘 먹었더니 제법 볼만한 얼굴이 되었지 않은가.

머리를 긁으며 말리는 세상일이 참 이상하다고 생각했다. 불과 한 달 전만 해도 새벽같이 일어나 소죽을 끓이느라고 불가 앞에 쪼그려 앉아 꼬박꼬박 조는 게 일상이었는데, 지금은 공주님 앞에서 꼬박꼬박 졸고 있다니.

'신세가 좀 나아진 건가?'

그렇게 생각하던 말리는 고개를 저었다. 소죽을 끓이다가 졸면 그대로 넘어져 잿불에 홀랑 앞머리를 태우기 일쑤였는데, 지금은 졸면 무릎이 깨진다. 앞머리를 태우는 것과 무릎이 깨지는 것 중에 나은 것을 고르는 게 무에 의미가 있단 말인가.

"뭐 하는 거냐."

말리의 상념을 깬 건 차가운 목소리였다. 말리는 화들짝 놀라 뒤를 돌아봤다. 금발의 공주가 시녀 두 명을 대동한 채 회랑에 서 있었던 것이다. 그제야 말리는 공주가 곧 마구간으로 갈 거라고 말했던 것을 떠올렸다. 말리는 파르륵, 놀란 새처럼 팔을 휘저으며 황급히 모자를 쓰려다가 생각난 것이 있어 그대로 무릎을 꿇고 바닥에 납작 엎드렸다.

"죽을죄를 지었습니다!"

"……사과를 받고자 함이 아니다. 뭐 하는 거냐 물었다."

말리는 조심스레 고개를 들었다가, 여전히 내리쬐는 햇볕에 얼굴을 살짝 찡그렸다. 그러자 그녀를 쳐다보고 있던 공주가 고개를 갸웃했다.

왜일까. 공주의 파리하니 마른 얼굴이 옆으로 살짝 비틀리는 광경에 그 순간 눈을 빼앗긴 건.

말리는 잠시 넋을 놓았다가, 공주가 이마를 찡그리자 다시 놀라 입을 열었다.

"흐, 흐트러진 모습으로 공주님 앞에 갈 수가 없어 우물가에서 모자를 고쳐 쓰고 있었……."

"알았다."

공주는 말리의 말을 채 듣지도 않고 걸음을 옮겼다. 시녀 둘이 책망하는 눈으로 그녀를 흘깃 보고는 공주 뒤를 따랐다. 말리는 어깨를 움츠렸다가 우물가에 둔 모자를 줍고는 그 뒤를 따랐다. 납작 엎드릴 때 무릎과 치맛자락에 묻은 흙을 터는 건 고역이었다. 다 풀어 헤쳐 놓은 머리카락 끝에도 흙먼지가 묻었다.

'망할, 소죽 끓일 때야 흙이 묻든 모자를 쓰든 아무도 지랄 안 했는데.'

하지만 말리는 곧 마음을 고쳐먹었다. 하루에 두 번, 흰 빵과 꿀이 들어간 죽을 먹을 수 있는 것은 확실히 좋은 일이었다. 흰 빵을 주는데 따르는 잔소리야 뭐 어떤가. 꿀이 들어간 죽은 무릎이 열 번 깨져도 좋을 만큼 호사스런 맛이었다.

공주가 그녀의 말, 파라디를 타고 나간 후에 말리는 다른 시녀들과 함께 깨가 뿌려진 빵을 나눠 먹었다. 마구간에 들른 기사 하나가 별식이랍시고 나눠 준 것이었다. 말리는 역시 이 일자리가 꽤 마음에 든다고 생각했다.

'이보다 더 좋은 일자리가 있을까?'

있었다. 하지만 그때의 말리는 정녕 몰랐다.

말리는 제 주제에 공주의 시녀씩이나 되었는데 다른 사람들의 텃세가 없던 이유를 곧 알게 됐다.

"부모님이 안 계시다고? 그래서 네가 공주님 시녀가 되었구나?"

세탁 일을 주로 하는 하녀가 한 말이었다. 자그마한 디온 성에서 말리 또래의 여자아이들은 쉽게 친해졌고, 세탁실의 하녀애는 아무것도 모르는 촌뜨기처럼 보이는 말리를 불쌍해하며 이것저것 알려 주었다.

처음에, 말리는 혹시 이 왕성에는 고아만 공주의 시녀로 두는 해괴한 전통이 있나 싶었지만 그것보다 훨씬 설득력 있는 이유가 있었다.

레일라 공주는 정략혼을 앞두고 있었다. 그것도 마녀의 저주를 받았다고 일컬어지는 벨담 왕국의 비로 가게 되었다는 것이다.

벨담 왕이 받은 저주. 하도 유명한 이야기라 저잣거리를 뒹굴던 말리조차도 귀에 못이 박히게 들은 이야기였다.

벨담의 왕은 태어날 때부터 저주를 받은 것으로 유명했다.

그가 태어난 날, 그의 요람에 마녀가 나타나 소리쳤다.

'왕자가 자라나 제 첫 아이의 울음을 듣기 전까지, 제 어미와 아비를 제외한 다른 이들에게 그 얼굴을 내보인다면 그 자리에서 모두가 피를 토하고 죽으리라!'

마녀의 저주를 받은 왕자는 갓난아이 시절부터 얼굴을 가린 채로 자랐다. 왕자의 얼굴은 본디 베일로 가려져 있었으나, 얼굴이 궁금해 베일을 몰래 들쳐 보려던 시녀가 있었다. 시녀는 그 자리에서 들켜 매를 맞아 죽었으며, 그 후부터 왕자는 황금으로 된 가면을 쓰고 살았다. 왕이 될 때까지도.

벨담은 큰 나라였다. 제후국만 세 곳, 충성의 맹약을 바친 대영주들도 여섯이나 되었다. 말리가 있는 디온도 벨담의 제후국이었다.

그렇게 큰 나라의 왕인데도 그는 스물여덟 살이 될 때까지도 첫 아이를 보지 못하고 있었다.

마녀의 저주를 받아 가면을 쓰고 다니는 왕은 공포의 대상이었기 때문이다.

제후국의 공주들이 왕비 후보가 됐다. 하지만 그중 누구도 무사히 왕비 자리에 오르지 못했다. 왕이 왕자였던 시절 왕자비로 낙점됐던 한 공주는 강제로 침실에 들여진 날 자진했다. 세월이 흘러 왕비 후보로 제후국의 둘째 공주와의 혼담이 오갔으나 그녀 또한 아프다는 이유를 대며 침대에서 일어나지 못했단다. 결국 그 혼담도 무산됐다.

"암만 강제로 결혼했다 쳐도 자진할 이유가 있어? 어차피 시집가는 건 부모 마음이잖아."

말리는 흙에서 뽑은 순무를 아득아득 씹으며 하녀애에게 물었다. 하녀는 쉿, 하고 목소리를 낮추라는 시늉을 하더니 소곤거렸다.

"그야 우리 같은 무지렁이들은 그렇지만! 암만 그래도 규중에서 곱게 자란 공주님들이 그 포악한 왕을 이겨 내겠니?"

"포악해?"

말리가 눈을 둥그렇게 떴다. 하녀애는 "너는 아는 게 뭐니!" 하고 신경질을 내더니 다시 속삭였다.

"하루 종일 가면을 쓰고 살아온 삶이 얼마나 힘들겠니? 그래서 그런지 그 포악함이 말도 못한단다!"

"아, 그렇구나."

순무를 대충 닦았더니 모래가 씹혔다. 으드득 소리가 이 사이에서 나기에 말리는 퉤, 하고 침과 함께 순무 껍데기를 땅에 뱉었다.

군주의 포악함이야 뭐 드문 일도 아니었다. 말리를 위시한 그네들에게는 군주가 포악하다는 말은, 여름에 비가 온다는 말과 같은 것이었다. 당연하고도 제 힘으로는 어찌할 수 없는 일. 자연재해에 가까운 일이다. 그러니 어느 계절이든 마찬가지이다. 비가 오지 않는 쨍쨍한 날처럼 좋은 군주도 있고, 비 오는 날처럼 성정이 안 좋은 군주도 있고.

하지만 하녀애는 말리의 그런 태연함이 영 마음에 차지 않는 반응이었던 모양이었다. 그녀는 도리를 치며 소리 지르듯 속삭였다.

"매일 밤 잠자리 시중을 드는 하녀들이 하도 얻어맞아 개처럼 기어서 나온단다, 얘!"

그러나 하녀애에게는 불행하게도, 말리는 심드렁하게 '속삭이는 걸

31

소리 지르는 것처럼 하다니, 희한한 재주를 갖고 있네.' 하고 생각할 뿐이었다.

아무튼 레일라 공주는 그런 처지였다. 그녀는 왕비 소생도 아닌 첩실 소생이었으며, 어릴 적에는 성 밖에서 자랐다고 했다. 자연스레 성안에서의 처지도 팍팍했다. 게다가 벨담 왕국으로 곧 가야 하는 상황이다 보니, 레일라 공주의 옆에 붙어 있던 젊은 시녀애들이 모두 도망을 치려 들었다.

마녀의 저주라는 말만 해도 무시무시한데, 그 옆에 딸려 갔다가 포악한 성격의 왕에게 걸려 무슨 경을 칠지 모르는 것이다.

하지만 어쨌든 누군가는 레일라 공주의 옆에 있어야 했다. 암만 그래도 이 자그마한 왕국에서는 드문 국혼이었다. 그런데 시녀 하나 없이 타국으로 공주를 보낼 수는 없는 노릇이다. 하지만 레일라 공주를 낳은 여자는 진작 그 명을 다해 그녀의 일을 봐줄 사람이 없었다. 왕비는 귀찮은 듯 레일라 공주의 시녀를 고르는 일을 시녀장에게 일임했다. 그리고 낙점된 것이 말리였던 것이다.

그러니 사람들이 말리에게 텃세를 부릴 리 없다. 그들로서는 영 버겁고 귀찮은 데다가 싫은 일을 도맡은 것이 말리이니 말이다.

'어쩐지 이상하다 했다.'

말리는 순무를 소매로 박박 닦았다. 하녀가 말을 이었다.

"너도 가기 싫으면 얼른 도망치는 게 나을걸."

"도망치면, 뭐 하고?"

"응?"

"나는 싫다. 그냥 있을래."

"애 좀 봐."

하녀애가 눈을 동그랗게 떴다. 말리는 그녀와 눈을 마주치지 않고 순무를 마저 베어 물었다. 아드득, 하는 소리와 함께 단맛이 느껴졌다.

"너 재수 없으면 그 왕에게 끌려가 밤 시중을 들어야 할 수도 있다구!"

"그게 뭐 별거라고."

입에 든 순무 때문에 말리의 말은 웅얼거림 그 이상도 이하도 아니었다. 하녀는 말리의 말에 뭐라고 대답하려다가, 저 멀리서 누군가가 부르는 바람에 황급히 사라졌다.

말리만 남았다. 그녀는 입 안에 든 순무를 마저 삼키고는, 내뱉듯이 말했다.

"그깟 게 참 별일이다……."

그 순간 말리가 떠올리고 있는 것은 그녀가 제 방 침대 밑에 처박아 둔 꾸러미였다. 그녀의 작은 보퉁이에는 그간 일해서 조금이나마 모아 놓은 삯과, 앞치마가 있었다.

엄마가 피를 토했던 앞치마. 잔뜩 구겨 놨으면서도 끝내 버리지 못한 것. 스무 살이 될 때까지도 계속해서 버리지 못한 그 앞치마는 말리가 여관의 하녀로 일할 때, 도둑들의 바람잡이일 때, 길거리에서 하루 빌어 하루 먹고 살 때, 소죽을 끓이는 하녀일 때도 항상 그녀의 손 닿는 곳에 있었다.

그때까지 겪지 않은 일이 없었고 하지 못한 일이 없었다. 개처럼 얻어맞는 것, 밤 시중을 드는 것. 그런 건 한겨울에 맨발로 쫓겨나 길바닥에서 얼어 죽어 가는 일보다야 훨씬 낫다. 뭘 그깟 것을 가지고 그렇게들 겁을 먹어서 도망을 쳤나 생각하며 말리는 다시 순무를 우적우적 씹었다.

'하긴, 맨몸 보이는 것도 싫어하는 그 공주님은 그럴 수도 있겠지.'

말리는 자신이 모시는 공주님을 떠올렸다. 지금 말리가 나와서 딴청을 피울 수 있는 것도 따지고 보면 레일라 공주의 이상한 성격 때문이었다.

레일라 공주는 깡마른 몸집을 가진 여자였다. 여자치고는 키가 훌쩍하니 컸지만 항상 몸을 웅송그리고 있는 데다가 바싹 마른 바람에 그리 커 보이지도 않았다. 음식은 새 모이만큼만 먹고, 잠도 잘 자지 않는 것 같았다. 파리한 안색은 아마 그 때문일 거라고 말리는 항상 생각했다.

그녀는 시녀들의 옷시중을 받지 않았다. 제 몸을 남에게 보이는 걸 극도로 싫어했기 때문이다. 목욕 시중도 받지 않았다. 매일 아침 말리가 땀을 뻘뻘 흘리며 목욕물을 길어다가 덥히면, 그걸 다 기다리고 있다가 문을 닫고 들어갔다. 처음에 말리는 "물이 식을 텐데, 들어가 계시면 제가……."까지 얘기했다가 옆에 있던 다른 시녀에게 뺨을 맞았다. 레일라 공주가 눈짓한 탓이었다.

"공주님 하시는 일에 입 대지 말아!"

"죽을죄를 지었습니다!"

그때의 말리는 부은 뺨을 움켜쥘 생각도 못 하고 무릎을 꿇었다. 레일라 공주는 언제나 그런 식이었다. 공주는 길게 말하는 것을 좋아하지 않았다. 대신 제 옆의 시녀에게 눈짓해 뺨을 때리거나, 무릎을 꿇렸다.

차마 복수한다거나, 혹은 불만을 품는 일은 꿈도 꾸지 않았다. 다만 말리는 그 뒤로 물을 대충 덥혔다.

'어차피 식을 물인데 팔팔 끓여서 가져다줘 봐야 내 손해지.'

공주는 제 몸을 남들이 보는 것엔 예민했지만, 물의 온도에는 신경 쓰지 않는 것 같았다. 오늘도 말리는 대충 덥힌 물을 성의 없이 마구 갖다 붓고 나온 참이었다. 미지근할 텐데, 욕실에 들어간 공주에게서는 아무 말이 떨어지지 않았다.

'그 공주님은 찬물을 부어 줘도 그럴까?'

말리는 어느덧 다 베어 먹고 남은 무청을 들여다봤다.

'이걸 말려서 성의 뒤뜰에 키우는 토끼에게 가져다줘 볼까, 말까.'

디온 성의 뒤뜰에는 얼마 전 사냥을 다녀온 기사들이 잡아다 풀어 기르는 토끼가 두어 마리 있었다. 그 토끼 중 한 마리는 임신을 한 듯, 요 며칠 배가 잔뜩 불러 있었다. 말리는 그 북슬북슬한 토끼를 꼭 한 번 붙잡아 끌어안아 보겠노라 벼르고 있었는데, 토끼들은 재빨라 그녀의 손에 쉬이 잡히지 않았다.

'새끼를 낳으면 좀 느려지려나?'

토끼에 골몰하느라 말리는 누군가 자신을 지켜보고 있다는 건 몰랐다.

※
※
※

레일라 공주가 떠날 날은 빠르게도 다가왔다.

시녀장은 말리를 불러 10년 동안은 레일라 공주의 곁을 떠나지 않겠다는 다짐을 받아 냈다. 물론 말리가 대단한 사명감이나 의리로 그리 답한 것은 아니었다.

시녀장은 그녀에게, 벨담에서 지급될 돈 말고도 금화 세 닢을 매년 일력이 시작될 때마다 별도의 인편으로 보내 주겠다고 약조했다.

금화 세 닢!

본디 말리가 받기로 했던 금액은 금화 한 닢이었는데 말이다.

금화 세 닢이라니. 모으고 모아 서른 닢이 되면 번듯한 잡화점 하나를 차릴 수 있겠다 싶었다. 말리는 기뻐 죽을 것 같았지만 겉으로는 침착하게 시녀장에게 그러마고 답했다.

시녀장은 영 믿을 수 없다는 듯 그녀를 몇 번이고 훑어봤지만, 별다른 대체 인력이 있는 것도 아니었다. 말리는 느긋하게 벨담 왕국행을 준비했다.

물론 그녀가 느긋할 수 있는 이유는 또 있었다. 말리의 짐은 정말 별것 없었기 때문이다. 갈아입을 속옷 두 벌과 손이 부르텄을 때 바르는 고약, 작은 나무 물컵과 이를 닦는 나무 솔, 그녀가 쓰는 나무 그릇이 다였다.

그녀는 성에 들어올 때 입었던 낡은 옷을 두고 가지고 갈까 말까 고민하다가, 앞치마만 놔두고 같은 방을 쓰는 다른 하녀애에게 줘 버렸다. 하녀애는 "얘, 방 닦는 걸레로나 써야겠다."라며 옷을 받아 들고 웃었다. "이 계집애 말하는 꼴 좀 봐." 말리는 하녀애의 팔을 꼬집었다.

레일라 공주의 행렬은 크진 않았지만 사두마차 하나에 기사가 열두 명이나 딸려 있었다. 어쨌든 벨담에 대한 예의는 지켜야 했기 때문이다.

일행에 비해 공주의 짐은 생각보다 많진 않았다. 옷이 담긴 큰 상자가 두 개, 그리고 잡동사니가 든 상자가 한 개. 금으로 만든 귀걸이 한 쌍과 푸른 보석이 물린 목걸이, 그리고 공주가 항상 머리에 두르고 있는 금 티아라가 든 작은 상자는 공주가 직접 챙겼다.

마차에 비끄러매인 말들 중 한 마리는 공주의 말임을 말리는 곧 알아봤다. 파라디. 윤기가 나는 갈색 털에 새까만 갈기를 가지고 있는 그 커다란 암말은, 거짓말 조금 보태 공주보다 훨씬 예뻤다. 말 주제에 어찌나 기품이 흐르는지 말리는 그만 심술이 나서 그 암말의 콧등을 손가락으로 튕겼다. 아주 가볍게. 정말 간지러울 정도였다.

하지만 파라디는 그런 그녀를 노려보더니—말 주제에!—콧김을 거세게 뿜었다. 히힝! 말의 코에서 진득한 콧물이 튕겨져 나왔고, 말보다 키가 작은 말리는 그만 얼굴에 말의 콧물을 뒤집어쓰고 말았다.

"악!"

작게 비명을 지르며 뒤로 나동그라진 말리를 보고 기사 둘이 피식피식 웃다가 자세를 바로 했다. 그 바람에 말리가 챙긴 보따리도 바닥에 나뒹굴다 풀어 헤쳐졌다. 손등으로 얼굴에 묻은 콧물을 걷어 내고 간신히 눈을 뜨니, 초라하기 그지없는 물건들이 펼쳐진 앞에 녹색 비단신을 신은 발이 있었다.

레일라 공주였다. 막 허리를 굽혀, 그녀의 앞치마를 주워 드는 것은.

잘그락.

공주가 앞치마를 들고 일어날 때, 그녀의 머리카락에 장식된 작은 진주알들이 부딪혀 자잘한 소리를 냈다. 말리는 바닥에 주저앉은 채 멍하니 공주를 올려다봤다.

앞치마를 손에 들고 이리저리 뒤집어 보는 공주는 빈말로도 예쁘다 하기는 참으로 어려웠다. 늘 어깨를 움츠리고 있어 굽은 등은 오늘도 여전했고 창백한 안색 위에는 화장을 했지만 파리함만 더 강조돼 보였다.

다만 아름답게 성장한 모습이 그나마 그녀를 공주처럼 보이게 했다.

따뜻하고 고급스러운 벨벳으로 만든 초록색 드레스는 쇄골을 온통 드러내는 디자인이었다. 그 아래에는 구식 버팀 살을 대 모양을 냈는데, 유행에는 뒤떨어졌지만 그럴싸해 보였다. 평소에는 여위었다고만 생각한 공주의 어깨는 그 드레스를 입으니 가녀려 보이고 기막히게 멋졌다.

누군가의 시중을 받는 신분이라는 것을 자명하게 나타내 주는 너른 소매 끝에는 금박이 장식돼 있었다. 금박 위에는 흰 진주들이 알알이 올라붙어 근사해 보였다. 기다란 머리카락은 땋아서 옆으로 넘겼는데, 그 사이사이에 진주를 꿴 줄을 함께 땋았다. 말리 같은 여자는 평생 꿈도 꿔 볼 수 없는 엄청난 옷이었다.

그 엄청난 옷을 입은 여자가, 마침내 앞치마를 들어 보이며 무심히 입을 열었다. 언제나 그랬듯이 금속성의, 낮고 탁한 목소리였다.

"네 것이냐."

"어……. 아, 예!"

"자."

그러나 레일라 공주의 손은 다른 이에게로 향했다. 옆에 머리를 조아리고 선 시녀장이었다. 시녀장은 별말 없이 그 앞치마를 받아 들어 구겼고, 말리는 당황해 벌떡 일어섰다.

"저, 저 주세요."

"불길하다."

손을 내미는 말리를 보고, 레일라 공주가 가늘게 뜬 눈으로 그녀를 쳐다봤다. 말리는 잠시 레일라 공주의 말을 이해하지 못했다가, 곧 그녀의 말뜻을 알아차렸다. 그러니까, 레일라 공주는 피 묻은 그 앞치마가 재수가 없으니 갖다 버리라고 말한 것이었다. 말리의 얼굴이 새빨개졌다.

"황송하지만 제 물건입니다……."

"피가 묻어 있지 않느냐."

"……제 피가 아닙니다."

레일라 공주의 눈썹이 약간 찡그려졌다. 시녀장의 표정은 더 노골적이었다. 얼굴을 잔뜩 찌푸리고는 앞치마를 한층 더 손안에서 구긴 것이었다. 하지만 말리는 움츠러들면서도 시녀장에게 한 발 다가갔다.

"저희 어머니 물건이에요. 주세요."

허. 레일라 공주가 어이없다는 듯 작은 신음을 토하고는 돌아서서 마차 쪽으로 걸음을 향했다. 더 볼 것도 없다는 뜻이었다. 시녀장이 작게, 그러나 날카롭게 속삭였다.

"불길하다는 말뜻 못 알아들었느냐?"

"알아요."

말리는 눈에 힘을 주었다.

"하지만 전 그게 필요해요."

"먼 길 가실 분의 여정에 피 묻은 물건이라니! 재수 없지 않니!"

왜일까. 몇 번이나 버릴까 말까 망설였던 물건이지만, 이렇듯 사람들이 죄다 버리려 나서니 말리는 반사적으로 반항심이 들었다. 말리는 눈에 힘을 준 채로 버티고 서서 오른손을 내밀었다.

"어머니 유품이에요. 그거 없으면 저 못 가요."

"이 미친년이."

시녀장이 눈을 부라렸다. 하지만 말리는 물러서지 않았다.

'이딴 구질구질한 혼행에 나 빼고 따라갈 년이 있을 것 같아?'

그녀는 자신이 있었다. 말리 외에는 아무도 가지 않으려는 혼례길이었다. 평소였다면 시녀장은 이딴 앞치마 하나 때문에 자신을 때려죽일 수도 있었다. 하지만 지금은 공주가 막 길을 떠나려는 참이었다. 이제 와서 딸린 시녀 하나 없이 그녀를 홀로 보낼 수는 없다. 시녀장이 막 입을 열 때였다.

"되었다. 실랑이 그만하고 바닥에 떨어진 물건이나 주우라 하렴."

그새 기사의 에스코트를 받아 마차에 들어앉은 레일라 공주의 말이었다. 말리는 거보라는 듯 의기양양한 얼굴로 손을 다시 한번 내밀었다. 시녀장은 죽상이 되어 구겨진 앞치마를 건넸다. 말리는 돌아서서, 흙바닥에 떨어진 제 속옷과 그릇 따위를 주워 챙겼다. 부엌데기 하녀가 먼 길 갈 때 요기나 하라며 몰래 챙겨 준 어포 꾸러미도 있었다.

말리는 보따리 천의 흙을 털 새도 없이 물건들을 싸서 끌어안고 마차에 탔다. 말리의 자리는 공주의 발치였다. 공주는 마차 안에 꼿꼿이도 앉아 있었다. 말리가 마차 바닥에 주저앉아 보따리 천을 툭툭 터니 공주가 싫은 기색을 했다. 말리는 헤헤 웃었다.

"감사해요, 공주님."

"별 비루한 물건들에 목숨을 거는구나."

차가운 말이 떨어졌지만 말리는 신경 쓰지 않았다. 그녀가 봐도 비루한 물건은 분명했기 때문이다. 대신 말리는 물건들에 묻은 흙을 마차 바깥으로 터는 데 집중하려 했다. 그때, 공주가 말을 이었다.

"그깟 물건에 목숨 거는 네 인생도 참 별 볼 일 없긴 마찬가지구나."

말리의 손이 아주 잠깐 멈추었다가, 다시 움직였다. 공주의 말에 대답하지는 않았다. 딱히 할 말을 찾기 어려워서였다. 시녀장은 그녀를 죽일 수도, 공주를 홀로 보낼 수도 없지만 공주는 충분히 그럴 수 있었다. 그래서 말리는 눈앞의 계집애 뺨을 후려치고 싶은 마음을 꾹꾹 눌러 냈다.

"출발합니다!"

말들이 히힝, 하고 울었다. 다각다각 하는 소리와 함께 천천히 마차가 구르기 시작했다. 말리는 아이쿠, 하고 쉰 소리를 냈다. 공주가 앉아 있는 의자와 달리 그녀가 앉아 있는 바닥은 아무것도 깔려 있지 않아 엉덩이가 곧장 아파 왔다.

말리는 주섬주섬 동그랗게 싼 보따리를 말아 엉덩이 밑에 깔았다. 제 모습을 보고 공주가 비웃음을 띠는 기색이 느껴졌지만 일부러 위를 쳐다보진 않았다. 대신 몸을 말고 제 배꼽 쪽에 시선을 둔 후, 무릎을 감싸 쥐었다. 벨담까지는 서른 날을 가야 하니 갈 길이 멀었다.

3
가짜 시녀

습격은 해가 뉘엿뉘엿 저물어 가는 때에 벌어졌다.

길은 험했고 벨담까지는 산을 세 개나 넘어가야 했다. 산 두 개는 중간중간 마을에 머물러 가며 간신히 넘었으나, 마지막 남은 큰 산 하나는 마을도 없고 지대가 깊어 별수 없이 야영을 해야 했다. 레일라 공주는 진저리를 치며 마차에서 자겠다고 말했다.

레일라 공주는 언제나 그랬듯이 아주 적게 먹었으며, 그녀가 남긴 것은 모두 말리의 차지가 됐다. 레일라 공주를 혼자 모시니 이런 것은 좋았다. 공주를 위한 음식들이 모두 말리의 뱃속으로 들어가니, 약간은 공주가 된 듯한 기분도 들었다. 그릇은 또 어떻고! 말리는 나무로 된 자신의 식기를 꺼낼 필요도 없었다. 레일라 공주가 입도 대지 않은, 은식기 위에 올려진 홍옥으로 된 사과파이를 먹을 때야말로 가장 황홀한 순간이었다. 꿀을 바른 사과파이는 식어 눅눅해진 지 오래였으나 혀에 닿아 녹아내리는 느낌은 말로 다 설명할 수도 없었다.

열두 명이나 되는 기사들은 어쨌든 말리에게는 친절했다. 공주님의 혼인에 딸려 가는 불쌍한 계집애라고 생각해서일지 모른다. 어영부영 식사가 끝났을 무렵 말리는 기사들의 그릇을 모두 모아 씻어 오겠다고 자처했으며, 기사들은 고마워하며 그릇을 맡겼다.

말리가 물이 뚝뚝 떨어지는 손으로 그릇 열세 개를 모아 돌아왔을 때였다. 발끝에서 버스럭, 소리가 아니라 철벅, 하는 소리가 났다. 저도 모르게 옆을 돌아본 말리는 입을 막고 뒤로 물러섰다. 새빨간 핏물이 낭자했다. 그리고 그 끝에는 기사 중 한 명의 시체가 있었다. 가까스로 비명을 지르지 않은 것은, 그녀가 이런 상황에 익숙하기 때문일 것이다. 말리는 그릇들에서 소리가 나지 않도록 모아 쥔 후 조심스럽게 한참 떨어진 덤불 뒤로 몸을 숨겼다.

챙, 챙. 아스라하게 들리던 무기 부딪히는 소리도 사라졌다. 그리고 난폭한 소음이 그 뒤를 메웠다.

"야! 이 자식들 아무것도 없는데?"

"마차 안에 뭐라도 있겠지! 마차는?"

"마차는 내가 열었어! 웬 놈이 도망쳐 나가길래 뒤통수에 도끼를……."

말리는 눈을 질끈 감았다 뜬 후, 그 근처에서 더 멀어졌다. 산적들이 분명했다. 이런 산일수록 산적이 들끓는 일은 흔했다. 다만 이쪽은 기사가 열두 명이나 되니 함부로 습격할 수 없을 거라고 대장 기사가 장담했지만 그의 생각은 틀렸던 모양이었다.

'어쩌지?'

그릇을 버릴 수도 없었다. 산적들은 아마 다른 도망친 사람이 없는

지 주변을 수색할 것이다. 버려진 그릇들을 보면 틀림없이 그릇의 주인을 찾아 헤매겠지. 마차도 문제였다. 마차에 레일라 공주가 있는지 없는지는 모르지만…….

그때였다.

턱.

누군가가 그녀를 뒤에서 끌어안고, 입을 단단하게 막아 왔다. 말리는 기함해서 이를 악물었는데, 그 순간 채 가지런해지지 못한 괴한의 새끼손가락이 그녀의 입 안에 들어왔다. 으득, 소리와 함께 피 맛이 났다. 뒤에서 그녀를 안은 괴한이 흠칫하는 것이 느껴졌으나 소리를 지르지는 않았다.

말리는 소리 지르고 싶은 충동을 간신히 참아 내고 뒤를 돌아봤다. 레일라 공주였다. 창백한 안색을 한.

말리의 눈이 커졌다. 제 입을 막은 손의 힘이 엄청나서 틀림없이 남자인 줄로만 알았기 때문이다. 하지만 레일라 공주는 말리가 놀랄 틈도 없이 눈짓했다. 말리는 그 눈짓을 제대로 알아보지는 못했으나, 무작정 고개만 끄덕였다. 어차피 뜻이야 뻔했다. 도망가자는 뜻이었겠지.

말리는 천천히 입을 벌렸고, 공주는 손을 느리게 떼어 냈다. 그녀의 오른손 새끼손가락에 피가 흥건했다. 레일라 공주는 새끼손가락을 한 번 쳐다보고, 말리를 비난하듯 노려보았으나 더 이상의 책망은 없었다. 그럴 상황도 아니었다.

공주는 몸을 숙여 옆에 내려놨던 상자를 집어 들고 천천히 몸을 숙인 채 움직였다. 말리는 그 뒤를 따라가며 상자를 가만히 관찰했다. 공주의 보석이 들어 있는 상자였다.

금으로 만든 귀걸이 한 쌍과 푸른 보석이 물린 목걸이, 그리고 공주가 항상 머리에 두르고 있던 금 티아라가 든 상자.

그 와중에도 보석이랍시고 들고 도망친 모양이었다.

'그러다가 죽는 수도 있는데.'

하지만 말리는 구태여 그것을 지적하지 않았다.

두 사람은 마차가 있던 곳에서 한참이나 더 올라갔다. 공주는 내려
가고 싶어 했으나 말리가 우긴 결과였다. "공주님, 산적들은 도망자들
이 꼭 아래로 내려갔을 거라고만 생각한답니다. 저희는 위로 가야 하지
않겠어요?" 뺨을 맞을지도 모른다고 생각했지만, 공주는 잠시 생각한
다음 고개를 끄덕였다.

말리와 공주는 산 중턱에 있는 거대한 나무뿌리 아래에서 밤을 지
새웠다. 산중의 밤은 추웠고, 말리는 덜덜 떠는 공주에게 "안아 드려도
될까요?"라고 말했지만 일언지하에 거절당했다.

새벽이슬이 내리기 시작했을 때 말리는 나무뿌리 아래에서 일어났
다. 입술이 새파래진 공주가 상자를 안은 채 꾸벅꾸벅 졸다가 깨어 그
녀를 의아한 눈으로 올려다봤다. 말리는 추위에 어깨를 움츠린 채 연신
손바닥을 비비면서 간신히 입을 열었다.

"새벽이슬이 내릴 때는 맹수들도 둥지로 돌아갑니다. 안전한 때는
지금뿐이어요."

"……산적 놈들도 들어갔을까?"

"그럴 거예요."

말리가 고개를 끄덕이며 손을 내밀었다. 공주는 물끄러미 그녀를 보
다가, 오른손을 내밀었다. 말리는 힘주어 공주의 손을 잡았다.

"아."

하지만 그 순간, 공주가 이마를 찡그리는 바람에 말리는 조금 놀라

손을 뺐다. 두 사람 다, 공주가 깨물린 오른손 새끼손가락을 잊고 있었던 것이다.

결국 공주는 오른손을 털듯이 흔들며 혼자 일어났다. 말리는 민망한 듯 옆에 서서 그녀가 옷을 터는 것을 기다렸다가, 천천히 앞장섰다.

동트는 빛에 아스라이 드러난 시체들의 모습에 레일라 공주는 눈을 질끈 감아 버렸다.

마차는 반쯤 부서져 있었다. 산적들은 마차에서 말만 떼어 간 모양이었다. 말리는 공주가 멀거니 서 있는 동안 빠르게 부서진 마차의 잔해를 뒤졌다.

"나의 혼수품은 다 털어 갔을 것이다."

"그런 거 찾는 거 아녜요."

저도 모르게 불손하게 튀어나온 말에 말리는 말하다 말고 흠칫해 공주를 돌아봤다. 공주는 상자를 안은 채 그녀를 바라보고 있었으나, 비위가 상한 듯한 얼굴은 아니었다.

"제 짐 찾고 있어요, 공주님."

"그깟……."

"예, 그깟 짐이지만 저한텐 중요한 짐이요."

반사적으로 나온 공주의 말을 가로막듯 답한 말리는, 아예 부서진 마차의 아래쪽으로 기어들어 갔다. 바닥에 숨긴 것이 없는가 싶었는지 산적들은 마차 바닥까지 다 부숴 놓은 듯했다.

그 나뭇조각 잔해 사이에서, 말리는 간신히 자신의 보따리를 찾을 수 있었다. 마구 밟힌 채지만 핏물은 배이지 않았다. 말리가 새벽이슬과 흙더미 사이에서 뒹군 진흙투성이 보따리를 탈탈 터는 동안, 공주는 상자를 안은 채 시체들 사이를 거닐었다.

그 걸음이 마치 한가롭게 산책하는 듯해 말리는 조금 못마땅해졌다. 그러나 말리의 생각이 오해라는 건 조금 후에 밝혀졌다. 공주는 쌓인 시체들의 품을 뒤지기 시작했던 것이다. 하지만 큰 소득은 없었다. 이유야 뻔했다. 말리는 한숨을 쉬었다.

"무기는 비쌉니다, 공주님. 아마 산적들이 다 가져간 후일 거예요."

"……."

공주는 말리의 말에 빠르게 물러나 손을 털었다. 말리는 보따리를 끌어안고 공주를 지켜봤다. 보름 이상을 마차로 달려오느라 공주는 출발할 때 둘렀던 성장들을 대부분 풀어 놓은 채였다. 하지만 초록색 벨벳 드레스만은 여전히 입고 있었다. 머리카락에 둘려 있던 진주 줄도 마찬가지였다. 여행 기간 동안에는 말리가 머리를 빗겨 주고 옷을 정돈해 주어 볼만했으나, 밤새도록 숲에서 이슬을 맞으며 덜덜 떤 공주의 행색은 처참했다. 파리하던 안색은 더더욱 창백해졌다.

"어떻게 할까."

공주는 혼잣말하듯 내뱉었다. 말리에게 대답을 구하는 기색은 아니었으나, 말리는 머릿속으로 빠르게 상황을 계산했다.

남은 것은 두 사람뿐이었다. 시체는 모두 열두 구. 두 사람을 지켜줄 자는 없었다. 벨담까지는 마차로 사흘은 남은 참이었다. 사흘이라고는 하지만 여자 둘이서 여행을 하는 것은 어불성설이다.

하지만 벨담으로 가지 않을 수도 없었다. 공주 일행이 도착하지 않는다면 벨담은 디온을 겁박할 것이다. 작은 왕국인 디온은……. 말리의 머릿속은 거기에서 멈췄다. 그녀는 이런 종류의 이야기를 할 재주가 없었다. 그저 벨담이 크고 힘센 나라이며, 디온은 약해서 벨담에 꼼짝 못하는 나라라는 정도가 말리의 상식이었다.

그렇다면 공주는 어떻게 할 것인가.

말리는 제 품 안의 보따리를 내려다봤다. 다행히도 이가 빠진 것은 없었다. 가진 고약 중 하나의 뚜껑이 열려 영 못 쓰게 되긴 했으나 그런 건 손해라고 할 수도 없었다. 가장 중요한 목숨을 보전했지 않은가.

"벨담으로 가야겠지."

또다시 공주가 혼잣말했다. 말리는 가만히 서서 공주를 쳐다봤다.

"내 신세가 처량하게 되었구나."

"딱히 새로울 것도 없잖아."

말리는 화들짝 놀랐다. 그녀가 한 말이 아니었기 때문이다. 제3자의 목소리였고, 말리는 산적이 다시 나타났을까 봐 몸을 웅크리고 뒤를 돌아보았다.

그러나 그녀들의 뒤에 있는 것은, 검은 갈기를 가진 밤색 말 한 마리였다. 파라디. 공주의 말. 말리는 눈을 끔벅이다가, 저도 모르게 바보처럼 입을 열었다.

"말?"

"파라디."

그러나 그와는 대조적으로, 공주는 반갑게도 말의 이름을 불렀다. 말리는 흠칫 놀라 공주 쪽을 다시 쳐다봤다. 공주의 입가에 옅은 미소가 머물렀다.

"무사했구나."

"나는 다른 놈들처럼 바보가 아니거든."

푸르릉, 말의 투레질 소리가 들려 말리는 다시 멍청한 얼굴로 말 쪽을 돌아봤다. 말은 새카만 눈을 두어 번 깜박이고는 다시 말했다.

"그 무도한 놈들이 내 고삐를 푸는 순간 발로 그놈들을 걷어차고 도망쳤지!"

"말이 말을 했어!"

"잘했어. 그놈들이 쫓아오진 않든?"

"말이……!"

"산 아래로 도망치는 척하면서 산을 한 바퀴 빙 돌았어. 아마 밑을 찾고 있을 거야."

"말이 말을 하고 있잖아!"

"하지만 오래가진 않겠지. 빨리 떠나야겠구나."

"말이!"

파라디가 고개를 흔들었다. 푸르륵, 소리가 났다. 말리는 멍하니 입을 벌리고 있다가, 다시 말했다.

"말이 말을 해……."

파라디는 이제 어이가 없다는 듯이 말리를 응시하고 있었다.

"말하는 말 처음 보니?"

그 순간 말리는 억울해서 가슴을 치고 싶었다. 세상에, 그러면 말하는 말이 어디 길가의 돌멩이처럼 굴러다닌다더냐? 하지만 파라디의 말투는 너무나 여상했으며 공주는 아무런 첨언 없이 그녀와 파라디를 응시하고만 있었다. 그래서 말리는 혼란스러워졌다.

정말로 말하는 말이 흔해 빠졌는데, 내가 촌것 무지렁이라서 처음 보는 것인가?

그러나 그 순간 공주가 그녀를 구원했다.

"그만하거라, 파라디. 놀리지 마."

"흥!"

공주는 파라디에게 다가가 말 등을 쓰다듬었고, 파라디는 고개를 홱 돌렸다. 마치 사람 같은 그 몸짓에 말리는 기가 막혔다. 저, 저 말 같잖은 것이 말 같잖은 짓을 하네! 그러다가 말리는 그만 혼란스러워졌다. 말 같잖은 것이 말 같잖은 짓을 하니 올바르다고 해야 하는 것인가? 말리에게는 참으로 다행스럽게도, 공주는 다시 한번 그녀를 구원했다.

"빨리 떠나야겠구나, 마말리야."

말리는 눈을 두어 번 깜박인 후에야 그게 자신을 부르는 말이라는 것을 알았다. 마말리라니, 대체 제 이름을 어디서 그따위로 들었단 말인가.

그러나 곧 말리는 자신이 공주 앞에서 말을 더듬은 적 있으며, 그때 공주가 자신을 마말리라고 부른 적 있다는 것을 깨달았다. 그 뒤로 공주가 자신을 부른 적 없으니, 공주가 제 이름을 마말리로 알고 있는 것도 어찌 보면 당연했다.

그녀는 제 이름을 고치는 대신, 조심스럽게 물었다.

"어디로 가시려고요, 공주님."

"벨담으로 가야지, 아무려면."

공주의 얼굴은 지쳐 보였다. 밤새 한숨도 못 자고 이슬에 떨었으니 당연하다고 누군가는 생각할지도 모른다. 하지만 말리는 어쩐지 그 얼굴이 그런 종류의 부침과는 먼 고단함을 담고 있다고 생각했다.

그럴 만도 하다. 공주가 여기서 디온으로 돌아가는 것은 불가능하다. 도망치는 것도 불가능하다. 공주는 벨담으로 갈 수밖에 없다.

하지만, 말리는 어떻게 해야 하는가?

지금 말리가 도망친다 해도 공주는 말리를 벌할 수 없다. 그럴 권위가 없기 때문이다. 공주의 권위는 공주에게서 나오는 것이 아니라 공주가 먹고 자던 디온 성에서 나오는 것이었다. 지금 이곳에 남은 것은 말과 공주, 그리고 말리뿐이다.

그러니 성이 없는 산속에서 공주는 말리를 어찌할 수 없을 것이다.

그러나 말리는 빠르게 도망이라는 단어를 머릿속에서 지웠다. 이런 곳에서 그녀가 홀로 도망친다 해도 얻을 것이 없었다. 반면 말리가 공주를 모시고 벨담으로 간다면 그녀는 어쨌든 배부르게 식사를 할 수 있을 것이며 매년 금화 세 닢을 받을 수도 있을 것이다.

어쩌면 이런 상황에서 공주를 모시고 온 공을 칭찬받아 동전 한 닢이라도 받을 수 있을지 모른다.

"뭐 하느냐."

공주가 재촉했다. 말리는 빠르게 보따리를 안고 그녀에게 다가섰다.

"가셔요, 공주님."

"그래."

그리고 두 사람 다 멀뚱히 서 있다가, 서로를 의아한 눈으로 쳐다봤다. 말리는 출발하지 않는 공주에게 당황했으며, 자신을 쳐다보는 공주의 눈 속에 황당함이 있음을 알고 의문을 느꼈다. 곧 공주가 다시 입을 열었다.

"뭐 하는 거냐."

"어……."

"어서 날 받치지 않고."

아.

그제야 말리는 공주가 무엇을 원하는지 알아차렸다. 공주의 긴 벨벳 드레스는 말을 올라타기가 어려워, 마구간지기가 언제나 나서서 손바닥으로 그녀의 발을 받쳐 올려 주곤 했다. 지금 공주는 말리가 그녀를 받쳐 주길 바라는 것이다.

목구멍에서 이 계집애는 이런 때에 이런 것까지 바라고 있어? 하는 소리가 튀어나오기도 전에, 말리는 무릎을 꿇고 있었다. 깍지를 끼고 손바닥을 무릎 위에 뒤집어 올리자 공주는 그녀의 손을 밟고 말에 올라탔다. 드레스를 입고 있어 옆으로 올라앉기 힘들 법도 한데, 공주는 익숙한 모양이었다. 그 동작은 우아하고 깔끔했다.

묘한 기분이 들 법한 순간이었다. 하지만 말리는 그 전에 생경한 감촉을 느끼고 손바닥을 내려다봤다. 그녀의 손에 닿은 감촉은, 익히 그녀가 예상한— 가죽신의 감촉보다 조금 더 부드러우면서도 까슬했다.

말리는 재빠르게 말에 올라앉은 공주의 발을 바라봤다. 공주는 맨발이었다. 보드라운 감촉은 공주의 발바닥 때문이었으며, 까슬한 감촉은 그녀의 발에 묻어 있는 흙 따위 때문이었다. 흙이 벗겨지지 않은 군데군데, 붉게 핏방울이 맺혀 있는 게 보였다.

어디선가 신발을 잃어버린 게 분명했다.

그녀는 공주의 맨발을 뚫어져라 바라보는 대신 시선을 돌려 공주를 바라봤다. 공주의 무심한 시선이 그녀를 향했다.

"공주님, 황송하지만 신발을 언제 잃어버리셨나요?"

"……도망칠 때 잃어버렸다."

공주의 눈동자가 조금 흔들렸다. 말리는 보따리를 끌어안으며 벌떡 일어섰다.

"그럼 빨리 가야겠습니다."

"어서 가야 한다는 말에는 나도 동의한다. 신발을 사야겠구나."

"아뇨."

말리는 공주의 말에 딱 잘라 대꾸했다.

"여자 신발을 산적 놈들이 봤다면 큰일입니다. 지금쯤 젊은 여자를 찾아 산을 헤매고 있을 겝니다."

공주가 허를 찔린 듯 입을 열었다가 닫았다. 말리는 공주가 든 귀중품 상자를 향해 손을 내밀었다.

"그건 저를 주시지요. 제가 들고 가겠습니다."

"되었다. 내가 들고 가면 된다."

"말고삐와 상자를 동시에 들 수는 없습니다."

레일라 공주가 고개를 살짝 기울였다. 그 푸른 눈동자 안에 희미하게 깃들어 있는 경멸의 빛을 말리는 알아보았다. '네까짓 게 이 상자를 들고 도망이라도 치면?' 말리는 이 공주님이 정말로 싫어졌다. 하지만 그녀는 굳이 입 밖으로 공주에게 가타부타 말하지 않고 손을 거두었다. 대신 납죽 엎드렸다.

"죽을죄를 지었습니다."

"그 말은 진작 하고도 남았어야 한다. 됐다. 일어나라."

말리는 천천히 일어났다. 공주는 말리가 이마에 묻은 흙을 털어 내는 것도 기다리지 않고 말의 목을 가볍게 두들겼다. 파라디가 히힝, 하고 한 번 운 다음 걸음을 옮겼다. 말리는 잠시 두리번거리다가, 기사들의 시체에서 찢어진 망토 하나를 벗겨 내어 그 뒤를 따랐다. 어쨌든 말리의 발에는 가죽신이 신겨져 있으니 괜찮았다.

두 여자와 말 한 마리는 사람이 다니지 못할 길만 골라 걸었다.

파라디는 공주의 말이었고, 당연히 발굽에는 꽤 훌륭한 편자가 붙어 있었다. 그 편자는 파라디가 가는 길마다 깊은 자국을 냈기 때문에, 파

56

라디는 자신이 덤불 사이로 걸어야 한다고 주장했다.

덕분에 말리는 제 얼굴을 할퀴는 덤불을 걷어 내기 바빴다. 사람의 말을 할 줄 아는 말이라는 것은 아주 짜증 나는 존재가 분명했다.

말리는 걸음걸음 걸으며 덤불에서 나무딸기 같은 것을 틈틈이 땄다. 공주는 어차피 아주 조금만 먹었기 때문에 두 사람은 앉아서 식사를 할 필요가 없었다.

"벨담까지는 얼마나 가야 해?"

파라디가 맨 처음 그렇게 물었을 때, 말리는 그게 자신이 아니라 공주에게 한 말인 줄로만 알았다. 하지만 공주는 대답이 없었으며 파라디는 길 가다 말고 뒤로 따라오는 말리를 바라봤다. 말리는 화들짝 놀랐다가, 손가락을 꼽아 보았다.

"마차를 타면 사흘 남았다고 기사님들이 그러셨지만……"

그쯤 해서 말리는 공주 쪽을 쳐다봤다. 존댓말을 해야 할지, 반말을 해야 할지 헷갈려서였다. 말리는 눈알을 굴리다가 입을 열었다.

"걸어서 가면 말을 타는 것의 두세 배는 걸린다고 하니……. 일주일."

말리는 공주가 뭐라고 하면 바로 '……입니다.' 라고 답하기 위해 재빨리 눈치를 봤다. 공주는 미동도 없었다. 말리는 아주 조금 자신감이 생겼다.

"일주일이나 걸려?"

"가는 길을 재촉하면 그렇겠지만……. 쉬지도 못하고."

"왜 못 쉬어?"

"……여비가 없잖아."

파라디가 푸르릉 콧소리를 냈다.

"레일라! 너의 금붙이를 팔자!"

말리는 뒤쪽에 있어 공주의 표정을 보지 못했다. 다만 공주가 비스 듬히 머리를 기울이는 것만 볼 수 있었다.

"목걸이는 안 되지만 귀걸이는 되지 않아?"

"……한쪽만 팔아도 될까……."

공주가 느릿하게 파라디에게 답하기에, 말리는 바로 정색하며 입을 열었다.

"안 됩니다, 공주님."

"……왜지?"

그제야 레일라 공주가 그녀를 돌아봤다. 말리는 받은걸음으로 그녀 의 옆에 다가가 설명했다.

"여자 둘이 파라디같이……."

말리는 말하려다 말고 파라디를 쳐다봤다. 파라디는 아름다운 눈을 반짝이며 말리를 보고 있었으나, 말리는 저 아름다운 말이 제게 콧물을 뿜었던 것을 똑똑히 기억하고 있었다. 공주의 앞이라 추궁하지는 못했 으나 말리는 그 말이 자신을 일부러 괴롭혔다고 확신했다. 한마디로.

"훌륭한 말을 타고 다니는 것만 해도 위험해요."

……칭찬해 주고 싶지 않았다. 말리의 말을 듣자마자 파라디는 보란 듯이 얼굴을 높이 치켜들며 뽐냈고, 그건 말리가 가장 바라지 않는 일 이었다. 정말이지, 사람 같은 말이었다. 저렇게나 얄밉다니!

말리는 파라디가 뭐라 말을 보태기 전, 빠르게 말을 이었다.

"그런데 금붙이 같은 걸 함부로 내보였다가는 살해당해서 밭에 거름 으로 묻히기 십상이라고요."

"……아."

공주가 눈썹을 들어 올렸다. 그러더니 그녀의 땋은 머리카락을 들어 올려 보였다.

"그럼 이건?"

말리가 아까 전부터 말하고 싶어 근질거리던 것이었다. 말리는 냉큼 답했다.

"제가 머리를 빗겨 드리면서 진주를 모두 빼내 드릴게요! 그 진주 몇 알만 파는 것은 괜찮을 거예요!"

"옷은?"

"그건 망토로 가리면 되지요!"

말리는 자신이 걸어 온 망토를 들어 보였다. 공주의 미간이 찌푸려 졌으나, 그녀는 이런 상황에서 불평할 만큼은 멍청하지 않았다.

결국 공주는 작은 개울이 흐르는 곳을 찾아 말리의 손에 머리카락을 맡겼다. 빗이 없어 거칠게 손가락으로 땋아 내리는 말리의 손속이 기꺼 울 리 없었으나 공주는 아무 말도 하지 않았다.

말리가 그녀의 머리카락을 빗는 동안, 공주는 자신의 손바닥을 바라 봤다. 나무딸기가 손 위에 두어 알 올려져 있었다. 말리가 따 온 것이 다.

"⋯⋯참으로."

머리카락에 꿰인 진주알을 다 빼내고 마침내 머리를 겨우 다시 다 땋아 내렸을 때, 공주가 입을 열었다.

"별 볼 일 없구나."

공주는 말리의 얼굴을 볼 수 없었고, 그래서 말리가 얼굴을 찡그린 것은 보지 못했다. 말리는 당장이라도 공주의 머리카락을 잡아당겨 땅 에 팽개치고 싶은 것을 간신히 참았다. 그녀가 네 인생 참 별 볼 일 없다고 이야기하던 것이 생각나서다.

'제깟 인생은 뭐 대단히 별일일 줄 알고!'

말리는 흘끗 공주님이 안고 있는 상자를 바라봤다. 지금이라도 공주를 바닥에 떠밀고, 저 상자를 들고 도망칠까?

하지만 말리는 곧장 그 상상을 관뒀다. 공주는 몰라도 파라디가 있었다. 언감생심 사람이 말이 달리는 속도를 이길 수 있을 리 없지 않은가. 파라디는 사람처럼 말하고, 사람처럼 생각하는 듯했다. 저게 어떻게 가능한 일인지는 모르지만 아마 말리가 도망친다면 사람처럼 말리를 쫓아와 들이받는 것도 가능하리라.

그녀는 공주의 머리카락 끝을 야무지게 묶었다. 공주는 이제 나무딸기를 쥔 채, 개울 안에 비친 제 모습을 들여다보고 있었다. 쪼르르르……. 개울물 흐르는 소리가 참 비루하기도 했다.

'배도 안 고픈가.'

말리는 코웃음 치고 싶은 것을 간신히 참았다. 안 먹을 거면 저나 달라고 하고 싶었지만, 그럴 분위기도 아니었다. 대신 그녀는 일어나서 파라디 옆에 무릎 꿇고 손을 올렸다. 공주에게 갈 길을 재촉하는 것이었다.

하지만 개울에서 눈을 뗀 공주는 그런 말리를 물끄러미 바라보더니 엉뚱한 소리를 했다.

"마말리야. 너 호강해 보고 싶지 않니."

별. 하마터면 그렇게 말할 뻔했으나 말리는 간신히 말을 삼키고 대꾸했다.

"세상 사는 대부분의 사람들이 그럴진대 당연한 것을 묻는 것은 어쩐 일이실까요?"

지나치게 비아냥댔다 싶었으나 공주는 구태여 시비 걸지 않고 다음 말을 이었다.

　"너 혹시 내 금붙이 탐나지 않느냐?"

　"……혹시 저를 강도의 끄나풀로 생각하고 계셔요?"

　지랄. 달라면 줄 거야? 그 말도 간신히 삼키고, 말리는 또록또록 눈알을 굴리며 답했다. 공주는 말리를 한 번 보고, 손안의 나무딸기를 다시 한 번 보더니 입을 열었다.

　"마말리야."

　"예."

　"내가 너를 멍청하고 눈치 없는 아이인 줄로만 알았는데, 그렇지가 않은 것 같다."

　공주님, 다음부터 인적 없는 산속에 단둘만 있을 때는 상대에게 그런 말 하지 마셔요. 상대가 댁 목을 졸라 죽일지도 모르니까! ……라는 말도 삼켰다. 이번에는 삼킬 말이 아주 길어서 말리는 한참 동안 침묵해야 했고, 자연스레 공주의 뒷말이 이어졌다.

　"너, 내가 일 하나 시키면 할 테냐?"

　"무슨 일이시든 간에 공주님께서 제 웃전이시니 들어야 하지 않겠어요?"

　이제 말리는 대놓고 비아냥댔다. 하지만 공주는 고개를 끄덕이더니 상자를 집어 들고 열었다. 그 안에는 말리가 공주의 머리카락에서 떼어 낸 진주와 금붙이들이 들어 있었다. 금 귀걸이, 푸른 보석 목걸이, 금 티아라가 선명히 보였다. 말리는 멀뚱히 공주를 바라봤다.

　"이 중에 푸른 보석이 박힌 목걸이는 어머니가 주신 거라 안 된다."

　"……무슨 뜻이셔요?"

"목걸이 빼고 나머지 다 너를 주겠다는 이야기란다."

말리는 눈을 화등잔만 하게 떴다가, 이윽고 가늘게 떴다. 갑자기 이 공주가 대뜸 큰돈을 주겠다고 말하는 데에는 이유가 있을 것이다. 달콤한 제안일수록 뒤탈이 크다는 것을, 불과 스무 살인 말리는 뼈에 사무치게 잘 알고 있었다. 한겨울에 따뜻한 흰 빵과 잠자리가 있다는 말에 속아 넘어갔다가 곤욕스러운 일을 당한 것이 하루 이틀인가.

"대가가 지나치게 크니 겁이 나요. 소녀의 분수에 맞는 일을 주셔요."

그래서 말리는 일부러 손을 내저으며 겁나는 척했다. 하지만 공주는 고개를 저었다.

"네 그러는 것을 보니 더욱 신용이 간다. 그리고 이것은 네가 받을 대가 중에 가장 작은 것이 될 거란다."

"……무슨 일이시기에."

"이깟 금관보다……."

공주는 티아라를 손에 들어 보였다. 할 수 있는 한 가느다랗게 세공하기는 했지만 섬세하다 하기는 힘든 관이었다. 말리의 눈이 티아라를 따라 움직였다.

"열 배는 무거운 금관을 쓸 수도 있겠지, 네가."

"……말씀하심은……."

레일라 공주의 창백한 안색은 누런 금관과 사뭇 대조적이었다. 말리는 그 대비가 참으로 기이해 보인다고 느꼈다. 레일라 공주는 천천히 입을 열었다.

"……네가 벨담 왕의 비가 되는 건 어떻겠는가 묻는 것이다."

열 배는 무거운 금관이라는 말뜻은 그런 것이었다. 말리는 대경실색

해 납작 엎드렸다.

"무슨 소리세요, 공주님! 저같이 천한 것이 어찌 그럴 수 있겠어요?"

"아냐. 그럴 수 있단다."

"어찌, 공주님께서 그리 말하신다 해도……."

엉겁결에 말을 내뱉던 말리는 혀를 깨물었다. 말인즉슨 네 주제에 벨담 왕에게 나를 비로 맞으라는 말을 한다 한들, 왕이 네깟 것의 말을 듣겠냐는 뜻이나 마찬가지였다. 불손하기 그지없었다. 공주가 헛웃음을 지었고, 말리는 숨을 삼킨 뒤 이마를 쿵, 하고 바닥에 찧었다.

"죽을죄를 지었습니다!"

쿵, 쿵. 이마를 연신 찧었으나 네 번째에 말리는 단단한 것이 제 머리를 움켜쥐는 것을 알아차렸다. 공주의 손이었다. 그녀의 입을 막을 때도 대단한 힘이더니. 레일라 공주의 길고 가느다란, 그러나 뼈마디가 단단한 손은 말리의 이마를 받치듯이 쥐며 그녀가 바닥에 이마를 찧는 것을 막고 있었다. 레일라 공주는 침착하게 말했다.

"하지 말렴."

"죽을죄를……."

"짓지 않았어."

말리는 당황으로 눈을 희번덕거리다가, 일단은 몸을 세웠다. 레일라 공주는 물 흐르듯이 그녀의 머리에서 손을 떼고는 잠시 침묵했다. 그러다가 말을 이었다.

"공주가 이마에 상처가 나 있으면, 벨담 사람들이 이상하게 생각하지 않겠니."

말리의 눈이 커졌다. 그녀는 공주의 말뜻이 무엇인지 곧장 알아들었던 것이다. 레일라 공주는 그런 말리의 기색을 관찰하다가, 흡족한 듯이 고개를 끄덕였다.

"그래, 역시 눈치가 빠르구나."

"하, 하지만……."

"마말리야."

레일라 공주는 여윈 몸을 천천히 그러안았다.

"내가 우물가에서 모자를 벗고 머리를 빗던 너를 보았다. 예쁘더구나."

말리의 시선이 흔들렸다. 삼각뿔 모자를 벗고 머리를 추스르다가, 공주의 부름에 소스라치게 놀랐던 때가 떠올랐다. 그때 그런 생각을 하는 줄은 몰랐는데. 레일라 공주는 말을 이었다.

"그리고 방금 개울 안에서 내 얼굴을 한 번 보고, 네 얼굴을 다시 보았다."

"……."

"지금의 나보다 네가 더 공주처럼 어여쁘더구나."

말리는 답할 말이 없었다. 레일라 공주의 말은 어느 정도는 사실이었다. 말리는 디온 성에서도 예쁜 축이었다. 그에 비해 비쩍 마르고 파리한 데다가 키만 불뚝 큰 레일라 공주는, 빈말로라도 예쁘다고 하기는 어려웠다. 그나마 멋진 옷을 입어 공주다워 보이는 정도였지만 산적의 습격을 피해 도망치는 지금은 초라하기 그지없었다.

"하지만……."

"시녀장이 매년 금화 세 닢을 주겠다 했다지."

"……."

"벨담 왕비는 금화 세 닢 따위는 눈도 깜짝하지 않고 쓸 수 있는 자리란다."

입이 있어도 낼 말을 찾기가 어려웠다. 할 말은 많은데, 어떤 말을 해야 할지 알 수 없었던 것이다. 그런 말리의 심정은 아랑곳하지 않고, 레일라 공주는 제 할 말만 뱉었다.

"네가 내 대신 공주가 되는 거다, 마말리야."

맹세코 말리는 공주에는 관심이 없었다. 하지만 다음 말을 듣는 순간, 말리는 뒤통수에서 들불이 확 일어나는 기분이 들었다.

"나는 네 시녀가 될 테니 말이다."

말리는 당황해 어쩔 줄 몰랐다.

"공, 공, 공주님의 말씀은⋯⋯."

"공주님이란다."

레일라 공주는 침착하게도 말리가 말을 더듬는 것을 고쳐 주었다. 말리를 마말리로 부르는 사람이 그러니 참으로 웃기는 일이기는 했으나, 말리는 지금 웃고 싶은 기분이 아니었다. 레일라 공주가 다시 입을 열었다.

"네가 내 대신 금관을 쓰고, 파라디를 타는 거다."

"누구 맘대로!"

파라디가 히힝 울음소리를 내며 항의했으나 레일라 공주는 턱을 치켜들며 고고하게 말했다.

"파라디야, 너는 내 어머니에게 대가를 받았다. 그러니 네가 내 소원을 들어줄 때까지는 내 말을 들어야 해."

"젠장."

"그래야 너도 그 지겨운 생의 끝에 자유를 가질 수 있겠지."

파라디는 푸르릉, 하고 항의하듯 콧소리를 냈으나 더 이상의 반항은 하지 않았다. 레일라는 다시 말리를 쳐다봤다. 창백한 그 안색이 어쩐지 인간처럼 느껴지지 않는 건 왜일까. 말리는 저도 모르게 자신이 이를 꽉 깨물고 있었음을 자각하고 턱에 힘을 풀려고 노력했다. 하지만 그리 쉽게 되진 않았다. 말리는 침착하려 애쓰는 대신 두서없이 머리에 떠오르는 질문들을 입으로 내뱉었다.

"하지만 그리하시면 공주님께는 무슨 이득이 있어요?"

"솔직하게 말하마, 마말리야. 나는 그 왕에게 내 몸을 바치고 싶지 않단다."

공주는 속눈썹을 내리깔았다. 길지만 숱이 많지 않은 그 속눈썹은 덧없이 반짝이며 공주의 우수 어린 얼굴에 그림자를 만들었다.

"나도 멍청이가 아닌지라 그 왕이 어떤 사람인지 알아보았단다. 저주를 받았다고는 하지만 어쨌든 얼굴을 드러내지 않을 뿐, 제대로 백성들도 다스리고 민관들도 만난다더구나."

그러면 더더욱 꺼릴 이유가 없는 것 아닌가. 하지만 공주는 말리의 생각을 들여다보기라도 한 듯, 픽 웃으며 말을 이었다.

"그러나 마말리야, 나는 사랑하지 않는 자에게 팔려 가듯 시집가고 싶지 않단다."

허. 말리는 결국 약간 벌려진 입에서 실소인지 한숨인지 모를 소리를 내고 말았다. 공주의 눈에 한순간 짜증스러운 빛이 스쳐 지나갔다. 그것은 감히 웃전의 소리에 좋지 않은 기색을 띤 아랫전의 불경함을 나무라는 것이었으나, 공주는 곧 자신이 그 아랫전에게 도움을 청하고 있다는 사실을 알아차린 듯 기색을 지웠다. 그러고는 안타까운 미소를 지었다.

"너도 어이가 없겠지. 나도 어제 아침까지는 나의 순진함이 어리석은 것이라고 생각했단다. 디온의 자식으로 태어나 마땅히 행해야 할 의

무가 있다는 것을 모르지 않아⋯⋯. 하지만."

"⋯⋯."

"나는 어젯밤의 습격에 대해 새벽까지는 절망했으나, 아침 해가 밝아 오는 것을 보고 어쩌면 이것이 내게 주어진 마지막 기회가 아닌지 돌아보게 되었단다."

기가 막혔다. 그 새벽이슬을 맞는 동안, 말리의 손마저도 거부하며 덜덜 떨던 공주가 하던 생각이 고작 저런 것이라니. 말리는 귀하게 태어난 핏줄의 순진함에 탄식과 비웃음을 보내고 싶었다. 사랑하지 않는 자에게 팔려 가듯 시집가고 싶지 않다니. 그런 것은 동화 속 공주나 할 수 있는 말이다.

'너무 귀하게 자라 머리가 돌아 버렸나.'

그러나 되짚어 보면, 레일라 공주는 딱히 엄청나게 귀히 자라지도 않았다. 디온에서 공주라 떠받들려 살았으나 어릴 적에는 성 밖에서 왕비의 눈을 피해 살았다 들었다. 성에 들어와서도 언제나 왕에게는 외면당했으며 왕비에게는 천대당했다. 말은 하지 않아도 모두 레일라 공주를 천덕꾸러기 같은 느낌으로 생각하고 있었다.

말리는 사랑하지 않는데도 팔려 가듯 시집가는 여자들을 한두 명 본 것이 아니었다. 아니, 정확히는 그녀가 아는 모든 여자가 그렇게 시집을 갔다. 시집을 간다면 그건 차라리 운이 좋은 것이었다. 말리만 해도 여관의 하녀로 일하며 어중이떠중이에게 손목을 쥐이는 건 예사요, 술 취한 장정들에게 치마를 들추어지는 건 일상이었다. 그러니 차라리 누가 자신을 살 테니 시집오라 한다면 두 손 들고 환영하며 갈 처지였던 것이 불과 얼마 전이었다.

그런데 왕비가 되기 싫으니 제게 공주가 되란다.

말리가 거기에 뭐라 할 수 있겠는가.

'게다가…….'

말리는 생각을 고르며 다시 입을 열었다.

"그렇다면 공주님께서는 저의 다 떨어진 옷을 입고, 삼각뿔 모자를 쓰셔야 하는데요?"

공주가 눈을 가늘게 뜨며 그녀를 훑어보곤 말했다.

"그게 그리 힘든 일이냐?"

힘들죠, 힘들고말고요! 말리는 그렇게 대답하고 싶었으나 자신을 다독였다. 지금이라도 공주가 그녀를 뜯어말리는 말리의 말에 마음을 돌린다면 큰일이었다. 다시 말하자면 말리는 공주의 제안을 받아들이고 싶었다. 너무나 받아들이고 싶었다! 이건 말리 일생일대의 엄청난 일이었다. 얼마 전까지만 해도 길가를 떠돌며 하녀 자리를 구하던 떠돌이 여자애가 왕비가 될 수 있는 것이다.

그래서 말리는 되도록이면 침착하게, 그러나 너무 기뻐하는 것처럼 보이지는 않도록 애쓰며 말을 이었다.

"공주님께서는 여기서 벨담까지 걸으셔야 합니다. 제가 파라디를 타게 된다면요."

"각오하였다."

"이 순간부터 천한 이름으로 불리셔야 합니다."

"내 이름조차 내가 원한 이름이 아니다."

"제게……."

말리는 숨을 골랐다.

"제게 하대를 들으셔야 합니다."

공주가 희미하게 웃었다. 비웃음처럼 보이기도 했다.

"개의치 않는다."

말리는 소리를 지르고 싶은 것을 겨우 참으며 다시 말했다.

"저에게 무릎을 꿇는다 하셔도요?"

"그게 하대와 다른 것이 무엇이냐?"

믿을 수가 없었다. 공주는 지금 농담을 하고 있는 것이 아니었다. 진심이었다. 말리는 저도 모르게 주먹을 꽉 쥐었다. 자연스레 손에 쥐인 보따리도 함께 우그러졌다. 그 안에서 바스락거리는 앞치마의 감촉도 느껴졌다. 말리는 한참이나 그 앞치마를 문질러 보다가 툭 내뱉었다.

"별 볼 일 없는 인생을 사셔야 할지도 모릅니다."

"죽기보다 더하겠니?"

"왕비가 되시면 죽지는 않으실 테지요."

그제야 레일라의 얼굴이 진지해졌다. 공주는 얼굴에 띤 미소를 지우더니 천천히 말했다.

"마말리야. 네가 잘 모르는 것 같아 말해 주마. 벨담 왕에게 시집가는 것, 그리하여 내가 그의 침대에 벌거벗고 눕는 것이야말로 내게는 죽는 것과 같단다."

대관절 남의 침대에 벌거벗고 눕는 것이 무에 그리 힘든 일이란 말인가. 말리는 묻고 싶었다. 공주님, 제 시녀가 되시면 밥 먹는 것보다 훨씬 자주 치마를 들추셔야 할 겁니다. 그러지 않는다면 찢길 테니까요. 치마를 들추고 눕는 곳은 진흙 범벅인 짚풀 더미일 테지요. 마구간의 짚 더미라면 차라리 나을 겁니다. 가끔은 한여름의 생생한 풀들 위에 누워 등을 쓸리는 고역을 치르기도 합니다. 여름의 풀들은 물을 먹고 대가 세져 사람의 등에 엄청난 생채기를 내거든요. 그것이 정말 벨담 왕의 침대에 눕는 것보다 나은 일이란 말인가요?

하지만 지금 승낙하지 않으면 말리가 곱씹은 삶은 여전히 그녀의 것일 테다. 말리는 공주에게 제 삶의 비루함에 대해 말하지 않기로 했다. 대신 말리는 다른 결심을 했다.

시녀의 삶을 살게 된 그녀가, 다시 공주의 인생을 되돌려 달라고 머리를 풀고 제 앞에서 흐느껴 울어도 절대로 바꿔 주지 않으리라고.

"그리하면 제 시녀로 일평생을 사실 작정인가요?"

그리고 말리는 조심스럽게 공주가 얼마나 버틸지를 계산하며 물었다. 공주는 눈알을 잠시 굴리다가 답했다.

"내가 공주로 살아 보니 시녀들이 도망치는 일이 아주 없는 일이 아니더구나."

"말씀하심은……."

"한 해 정도 너의 시녀로 살다가, 사내와 눈이 맞아 도망을 갔다 하는 건 어떠하냐."

말리의 몸이 기쁨으로 떨렸다. 그러니까, 이 공주는 아주 제게 공주의 인생을 맡기고 도망까지 가 줄 셈인 것이다. 그럼에도 불구하고 불쑥 심술이 솟구쳤다.

"하지만 저는 그러면 남아 공주님이 싫어하는, 죽기보다 더 끔찍한 삶을 살아 내야 하는 것이군요?"

그제야 공주의 얼굴이 조금 변했다. 공주도 이제 깨달은 것이리라. 말리가 만약 지금 이 제안을 거절하면, 자신을 대신할 사람을 좀처럼 구하기 어렵다는 것을. 지나가는 어중이떠중이 아무에게나 디온의 공주가 되어 달라 하기는 어려운 노릇이다. 물론 말리를 지나가는 어중이떠중이와 비교해 우위로 보기야 어렵겠지만, 레일라 공주에게는 적어도 지금 가장 훌륭한 인재였다.

이제 웃전이 누구고 아랫전이 누구인지는 중요하지 않게 됐다. 아니, 정확히는 말리가 웃전이었다. 말리는 고개를 쓱 치켜들었다. 아까 전도도하게 고개를 올린 레일라 공주와 최대한 비슷하게 해 보려 노력한 것이지만 거울이 없어 성공적인지는 알 도리가 없었다. 그래서 말리는 레일라 공주의 눈을 열심히 살폈다.

"마말리야."

"공주님, 이제야 말씀드리지만 소녀의 이름은 말리여요."

"……아."

"공주님께 처음 고할 때 말을 더듬었는데 공주님께서 내내 마말리라 부르시는 것이 내심 신경 쓰였답니다."

불손하기 그지없는 태도였다. 이전이었다면 시녀장이 뺨을 후려쳤을 것이다. 하지만 이곳은 벨담 근처의 숲속이며 말리의 뺨을 후려칠 사람은 아무도 없었다. 공주는 그럴 수 없고, 파라디는 손이 없다. 공주는 조금 당황한 얼굴로 답했다.

"그렇구나, 미안하다."

"그리고, 저는 그 인생을 죽을 때까지 살아 내야 하는 것이고요. 그런데 제게 떨어지는 것이 고작 금관이라니요."

"금관뿐만 아니라 벨담의 왕비가, 그리고 보석이……."

"하지만 공주님께서 마다하시는 그런 것들이 제게는 어떤 의미가 있겠습니까?"

이제 공주의 얼굴은 완연한 황당함으로 물들었다. 파라디가 종알거렸다.

"보자 보자 하니까 어이가 없어서. 시녀 계집애 주제에 배가 아주 불렀네. 야. 귀하게 인생을 살 수……."

"듣자 하니 벨담 왕의 침실에서 죽어 나가는 시녀가 하루에 하나씩은 된다더이다."

파라디가 입을 다물었다. 공주의 표정은 흙빛이었다. 말리는 속으로 웃었다. 말리가 공주의 말투를 따라 하고 있는 것도 모를 정도로, 공주가 당황하고 있었기 때문이다. 말리는 다시 이어 말했다.

"그러니 말씀해 주세요. 제게는 또 어떤 이득이 있겠나이까?"

"······네가."

레일라 공주는 불안한 눈으로 말리를 바라봤다가, 바닥을 다시 보고 끝내 시선을 말리의 치마 쪽에 고정했다.

"······네가 날 싫어하는 건 알고 있어. 내가 널 모셔야 한다는 것만으로도 너는 좋지 않겠니?"

완전히 순진하거나 아무것도 모르는 공주님이 아니긴 했던 모양이었다. 말리가 그녀를 싫어하는 것을 알고 있었다니. 하지만 레일라의 말은 그 자체로 그녀의 한계를 증명하고 있었다. 평생 공주님으로만 살아온 그녀는 공주가 시녀로, 시녀가 공주라 바뀌는 것이 시녀에게 꽤 대단한 환희이리라 짐작하는 모양이었다.

뭐 물론 온전히 틀린 말도 아니긴 했다.

그래서 말리는 생긋 웃었다.

"좋아요. 대신 당신 뺨 한 대 올려붙이게 해 주세요."

공주의 눈이 커졌다. 예쁜 유리구슬 같은 눈이 당혹으로 반짝이는 것을 보며 말리는 덧붙였다.

"익숙해지셔야죠."

이틀이 지난 뒤에, 벨담의 성에는 말 한 마리와 두 여자가 입성했다.

벨담으로 오는 길에 산적의 습격을 받아 납치될 뻔했으나 간신히 도망쳤다는 디온의 공주는 눈물로 그간의 고통과 괴로움, 험난함을 왕에게 호소했다. 산적에게 반항하다가 뺨을 얻어맞았다는 시녀의 왼쪽 뺨에는 새파란 멍이 들어 있는 데다가 신발도 없어 발은 피투성이였다. 모두가 공주가 당한 일에 안타까움을 표했다.

4

귀한 분

엉망이 된 초록색 벨벳 드레스를 입고도 고개를 빳빳이 든 말리와, 그 뒤의 초췌한 시녀는 짧은 알현 뒤 벨담의 시녀들에게 인계됐다. 우선은 옷을 갈아입고 휴식을 취한 뒤, 제대로 된 환영식을 열겠다는 것이 왕의 전언이었다.

시녀들은 옷부터 갈아입자며 그녀를 안내했다. 말리는 따뜻한 물로 몸을 씻은 뒤 레일라 공주의 초록색 벨벳 드레스를 벗고 벨담 식의 드레스를 입었다.

벨담의 드레스는 가슴을 꽉 졸라매고 긴 소매를 부풀리는 종류였는데, 귀한 이들은 험한 일을 하지 않는다는 것을 증명하듯 소매 끝이 매우 길었다.

그 끝에 비어져 나온 말리의 손가락은 딱 세 개였다. 엄지손가락과 새끼손가락은 소매에 감춰져 잘 보이지도 않았다. 공주의 옷을 갈아입히던 벨담의 시녀 하나가 당황한 듯 말했다.

"어머, 디온의 공주님은 키가 크다시길래 긴 옷을 준비했는데……."

제 뒤에 있던 레일라가 움츠러드는 것이 보였다. 말리는 빙긋 웃고는 곧장 오른손을 휘둘러 시녀의 뺨을 쳤다. 짝, 소리에 악, 하고 시녀가 작은 비명을 질렀다.

"네 지금 내가 작은 왕국에서 왔다고 우습게 보는 것이니?"

"그런 것이 아니오라……."

보드라운 뺨을 붉게 물들인 시녀가 눈물이 그렁그렁한 채 황급히 변명했다. 말리는 다시 웃으며 그녀의 귀를 잡아당겼다. 하아악, 하고 숨만 겨우 들이켠 시녀를 향해 말리는 눈을 치켜뜨고 다시 물었다.

"그러면, 네 지금 내가 산적에게 변을 당해 거지꼴로 와 비웃는 것이니?"

"아닙니다, 아닙니다!"

"그래?"

그리고 말리는 시녀의 귀를 쥐어뜯듯이 당긴 끝에 팍, 하고 손끝을 놓았다. 시녀는 결국 눈물을 터트렸다. 그러나 말리는 눈썹을 들어 올리고 매섭게 일갈했다.

"내 따뜻한 대접은 바라지도 않았다. 하지만 네가 내게 키가 작네 크네 떠드는 것이 지당한 것이냐?"

"아니요, 아니요……."

시녀는 울음을 삼키며 고개를 흔들었다. 말리는 쯧, 하고 손톱 끝을 보았다. 부서진 손톱이 시녀의 뺨 끝을 스쳐 붉은 자국을 낸 참이었다. 말리는 보란 듯이 제 손을 흔들어 보였다.

"보았느냐?"

"무엇을……."

"나는 일주일간 산을 헤맨 끝에 몸이 아주 많이 상하였다. 내 손톱 끝이 부서진 것을 보라지. 피가 맺혀 있지 않느냐?"

그제야 시녀들의 시선이 그녀의 손끝에 모였다. 거칠게 부르튼 손가락과 날카롭게 부서지고 갈라진 손톱. 차갑게 얼어 터진 뺨과 헝클어지고 지저분한 머리카락 같은 것들도 마찬가지였다. 말리는 싸늘하게 말했다.

"나는 지금 기분이 아주 좋지 않다. 쓸데없는 소리를 하는 것들은 정식 알현 때 고할 것이야."

벨담 시녀들은 눈치가 빨랐다. 작은 나라의 공주라고는 하지만, 어쨌든 왕의 침대를 데울 여자이긴 하다. 그간 왕의 침실에 들어갔다가 호된 일을 당한 여자들이 한둘이 아니라지만, 그렇다 하더라도 저들의 왕 앞에서 제 이름이 오르락내리락하는 것은 조금 다른 문제다.

산적에게 쫓기며 산속에서 일주일이나 보냈다니, 그 성정이 예민해진 모양이지. 시녀들은 그렇게 생각하는 수밖에 없었다. 불편한 침묵 속에서 말리는 보드라운 털외투로 몸을 감싸고, 따뜻한 털이 안쪽에 대어진 가죽 신발로 갈아 신었다. 머리카락은 촘촘한 나무 빗으로 빗겨진 뒤 보기 좋게 틀어 올려져 진주로 장식되었다.

"관은 이것을……."

뒤에서 얌전히 보기만 하던 레일라 공주가, 나무 함을 열어 내밀었다. 말리는 눈썹을 들어 올렸다. 나무 함 안에는 레일라가 그렇게 안아 들고 다니던 공주의 금관이 들어 있었다. 어머니가 남겼다던 푸른 돌 목걸이만 빼고, 모든 금장식이 다 있었다. 그 저의를 모르지 않았으나, 말리는 일부러 레일라를 꼬나보며 말했다.

"내 어머니가 남겨 주신 푸른 돌이 박혀 있는 목걸이는 어찌하였느냐?"

"……예?"

"푸른 돌이 박혀 있고, 아주 얇은 금 사슬로 이어진 목걸이 말이야."

레일라의 얼굴이 황당함으로 얼룩졌다. 그것은 레일라가, 말리에게 공주 노릇을 한다 해도 줄 수 없다고 이미 선언한 뒤다. 하지만 말리는 일부러 벨담의 시녀들 앞에서 목걸이 이야기를 했다.

이것은, 일종의 선언이었다.

당신이 바꾼 삶이 어떤 것인지 알아 두라는 선언.

말리는 빙긋 웃었다.

"설마하니 잃어버리거나 도둑맞은 것은 아니겠지? 말리야."

"……."

자신의 이름으로 남을 부르는 것이 얼마나 기묘하고 신기한 일인가. 말리는 약간의 심술과 환희에 젖어 레일라 공주를 쳐다봤다. 시녀들도 미묘한 기류를 눈치채고 레일라 공주에게 시선을 고정했다.

여기서 잃어버렸거나 도둑맞았다 변명한다 해도, 말리가 레일라 공주의 품을 뒤져 보라 하면 그만이다. 레일라 공주는 벨담 성으로 들어온 뒤 한시도 말리의 옆을 떠나지 못했으니. 그리고 레일라 공주는 도둑으로 몰릴 것이다.

레일라 공주 또한 그런 것들을 눈치챘는지 입술을 깨물었다. 푸른 눈이 치욕과 황망함으로 번들거렸으나, 그녀는 이내 떨리는 손으로 제품에서 푸른 목걸이를 꺼내었다. 차르륵, 금 사슬이 손안에서 부딪히는 소리가 났다.

"중요한…… 물건이라. 따로 가지고 있었습니다."

"그렇구나. 이리 가져오너라."

말리는 손바닥을 펼쳤고, 레일라 공주는 아주 잠깐 머뭇거리다가 천천히 다가와 손안의 목걸이를 그녀의 손바닥 위에 올렸다. 그 손끝이 미약하게 파르륵, 떨리는 것을 말리는 즐거운 기분으로 관찰했다. 저 손끝에 어린 것은 분노인가, 아니면 슬픔인가.

물론 그 어떤 감정이든 말리는 관심이 없었다. 그녀는 그 푸른 목걸이를 힐끗 본 다음, 다시 입을 열었다.

"너 주마."

"……예?"

뒤로 물러서려던 레일라가 흠칫하고 그녀를 올려다봤다. 눈동자 안에는 이제 당황이 서려 있었다. 말리는 눈을 휘며 웃었다.

"그 산속에서도 나를 두고 도망치지 않고, 여기까지 보필한 대가를 주어야지."

"그……."

"이럴 때 할 말은 무엇이지, 말리야?"

레일라는 뭐라 말하려다가 정신을 차린 듯 고개를 조아렸다.

"감사하여요."

"그래. 좋다. 이리 오거라."

레일라가 다시 두어 걸음 다가왔고, 자신보다 두 뼘은 큰 레일라를 올려다보던 말리는 손짓했다. 레일라는 그 손짓에 허리를 굽혔고, 말리는 목걸이를 풀어 끌어안듯이 몸을 기울여 레일라에게 해 주며 속삭였다.

"귀하게 자란 분이, 간도 작아라."

말하자면 벨담의 시녀가 어떤 소리를 하든 뻔뻔하게 굴란 뜻이었다. 하지만 목걸이로 장난을 친 이상, 레일라는 제 말을 액면 그대로 받아들이기 어려우리라. 킥킥 웃는 말리의 눈에 레일라의 어깨가 딱딱하게 굳는 것이 보였다. 그러든가 말든가 말리는 목걸이를 그 목에 걸어 준 후, 여전히 허리를 굽힌 레일라의 정수리에 입을 맞췄다. 귀하신 분들이 제가 아끼는 수하에게 흔히 하는 짓을 흉내 낸 것이었다.

"내 사랑하는 아이야. 내 곁에 있어 주어 참으로 고맙다."

그렇게 말한 말리는 다른 시녀가 대신 받쳐 들고 있던 나무 함에서 관을 톡톡 두들겼다. 벨담의 시녀가 그 관을 서둘러 꺼내어 말리의 머리에 씌워 주면서도 아직도 굳어 있는 레일라를 힐끔댔다. 이제 모르긴 몰라도, 벨담의 시녀들은 말리에게 충성할 것이다. 말리는 시녀에게 금목걸이를 수더분히도 안겨 주는 통 큰 주인을 연기했으니 말이다.

잘 닦은 구리거울 안에 제 모습을 비춰 보니 과연 저보다 더 공주 같다는 레일라의 말이 사실이었다. 말리는 제가 이리도 어여쁜지 처음 알았다. 산속을 헤매며 고생해 다소 마른 얼굴은 뽀얗게 분을 두들기니 날씬하고 말 같은 처녀로 둔갑했다. 반짝이는 눈과 부푼 가슴, 예쁘장한 얼굴은 옷이 날개란 말을 실감케 했다.

그 뒤로 얼굴이 딱딱하게 굳은 레일라가 겨우 허리를 세우고 표정을 수습하는 모습이 보였다. 그깟 놀림 하나에 그렇게나 놀라기는. 저래서야 시녀 노릇이라고 1년씩 해내겠나. 말리는 피식 웃으면서 거울 앞에서 돌아보았다. 시녀들이 참 곱다며 한 마디씩 보탰다.

말리가 접견을 위해 나갈 때까지도, 레일라만이 아무 말도 하지 않았다.

벨담 왕은 황금 가면을 쓰고 있는 금발의 젊은 남자였다. 환영식은 커다란 홀에서 이루어졌는데, 벨담에서 내로라한다는 귀족들이 제법 모였다. 차가운 돌벽에 사람들의 웃음소리와 음악소리가 부딪혔다. 그리고 그 가운데, 말리는 다소곳이 손을 모으고 앉아 있었다.

음식을 테이블 가운데에 가득히 쌓아 놓고 술을 마시는 디온과 달리 벨담은 각자의 앞에 접시가 놓였다. 부유한 나라에서 참으로 쪼잔하게도 군다고 말리는 잠시 생각했으나 그게 곧 착각임을 알게 됐다. 언뜻 봐도 귀한 식재료로 만든 음식들이 계속해서 눈앞에 운반돼 왔던 것이다.

말리는 힐끗 곁눈으로 제 옆에 턱을 괴고 앉은 왕을 봤다. 첫 아이의 울음을 듣기 전까지 가면을 벗으면 안 된다던 왕. 그가 가면을 벗는 순간 그 자리의 모두가 피를 토하며 죽는다고 했다. 그래서일까. 홀 안의 귀족들도 왕을 제대로 쳐다보지 못했다. 흘긋거릴 뿐. 그 안에서 왕을 똑바로 보고 있는 사람들은 아무도 없었다. 해괴하고 이상한 풍경이었다.

말리는 지금 자신이 왕에게 다가가 가면을 벗기면 어떻게 될지 몹시 궁금했다. 하지만 딱히 그러고 싶지 않은 걸 보면, 제 목숨이 아깝긴 아까운 모양이었다.

그야 살겠다고 제 어미를 두고 달아난 계집아이니 당연하다면 당연했다. 말리는 물끄러미 눈앞의 테이블보를 바라봤다. 고운 결의 테이블보는 벌레의 내장을 뽑아 짜낸다는 비단이 분명했다. 디온에서는 옷감으로 쓸래도 비싸서 귀족 아가씨들도 엄두를 못 내는 것을 테이블보로 쓰다니. 벨담이 부유하고 큰 나라는 맞나 보았다.

"무얼 그리 흘긋거리나."

묵직한 목소리가 제 귀를 두들기기에 말리는 화들짝 놀라 왕을 쳐다보려다가, 그를 똑바로 보면 안 된다는 것이 생각나 곧장 시선을 내렸다. 왕이 쓴 금 가면은 이마부터 코 아래까지를 빈틈없이 가리고 있었는데, 숨을 편히 쉬기 위함인지 코 아래와 입 부근만 뚫려 있었다. 턱에는 머리카락 색과 같은 수염이 두툼히 달려 있었는데, 그 수염 사이로 붉은 입술이 장난기 어린 미소를 띠고 있는 게 다 보였다.

"이름이 레일라라고 했지."

말리는 고개를 주억거렸다. 사람들이 이쪽을 흘긋거리는 것이 보였다. 설마 오늘부터 당장 제 침대를 덥히라 하진 않겠지. 왕은 그녀를 아래위로 훑어보더니 말했다.

"내 익히 그러했듯 너를 나의 비로 당장 맞지는 않을 것이다."

"……예."

"네가 나의 아이를 낳으면, 그때에야 비로소 이 벨담의 비가 될 수 있을 것이야."

"예."

왕의 말은 그게 다였다. 곧 어떤 검은 머리 여자가 왕에게 다가왔고, 말리는 그게 왕의 애인이라는 것을 주변 사람들의 속삭임으로 알아차렸다. 왕은 여자의 허리를 감아 안고 커튼 뒤로 사라졌다.

말리는 한숨을 내쉬었다. 오늘 당장 그의 침대에 가지 않아도 된다는 안도의 한숨이었다.

※
※
※

시녀들을 매일 침대에 바꿔 들인다는 말은 아마도 크게 부풀려진 소문이 분명했다. 왕에게는 애인이 있었으니 말이다.

벨담 왕의 애인은 소문과 달리 하나뿐이었다. 말리가 연회에서 본 검은 머리 여자였는데, 그녀는 벨담 성의 극장에서 노래를 하다가 왕의 눈에 띄어 그의 애인이 되었다 했다.

얼마 전까지는 두 번째 애인도 있었다고는 했다. 많이 앓다가 죽었다던가. 귀족가의 아가씨였다는 그녀가 왜 아팠냐고 말리가 묻자 시녀들은 눈알을 굴리며 말을 하지 않았다.

"그게, 저희도 모릅니다."

"그래."

말리는 여상히 대답했으나 그게 곧 납득을 의미하는 것은 아니었다. 분명 이유가 있으리라. 그저 입 밖에 내어 말하기 어려운 일일 뿐. 그리고 그녀가 왜 아팠는지 미리 짐작하기엔, 말리가 모르는 것들이 너무 많았다. 거기에 더해 왕의 시녀들은 왕의 침대에 들기 전 알아야 하는 것들을 대단히도 많이 일러 주었다.

"폐하의 침실에는 공주 전하의 침실에 있는 것과 같은 황금 매 상이 있습니다. 그것에서 눈을 떼지 마십시오."

벨담의 시녀장은 엄격한 표정으로 말리에게 일렀다. 시녀장이 말하는 매 상이 뭔지 말리도 아주 잘 알았다. 말리에게는 응접실과 욕실, 화장실이 딸려 있는 아주 큰 방이 주어졌는데, 그 가운데에서도 금빛으로 번쩍번쩍 빛나고 있어 들어가자마자 가장 먼저 눈에 띈 것이었다.

"왜지?"

"폐하의 가면 안쪽을 실수로라도 보지 않기 위해서입니다."

"아."

물어보기 전부터 짐작했던 것이지만 정말일 줄은 몰랐다. 말리는 천천히 고개를 끄덕였다. 시녀장은 그 외에도 몇 가지를 말리에게 일러 주었다. 먼저 왕의 몸에 손대지 말 것. 왕이 무엇을 시켜도 순순히 따를 것. 두 번째 이야기를 하며 시녀장은 진지하게 한 가지를 더 일렀다.

"폐하께서는 오랫동안 가면을 쓰고 생활하셔서 때로 갑갑함을 호소하실 때가 있습니다. 그러나 가면에만은 절대로 손대지 말아야 합니다."

갑갑하다는 말에 섣불리 가면에 손을 댔다가 왕이 기르는 사냥개의 먹이가 된 시녀의 이야기를 덧붙이며, 시녀장은 몇 번이고 왕의 가면에 손대지 말라 당부했다.

그러니까, 왕이 뭘 시켜도 순순히 따라야 하지만 가면에만은 손대지 말 것. 말리는 머릿속에 그 문장을 새기며 속으로 투덜댔다.

그렇게 들어간 왕의 방. 과연 부유한 벨담 왕의 방인지라 안쪽의 호화로움은 상상을 초월했다. 말리의 방보다 세 배는 넓은 방과 커다란 침대. 값비싼 촛대와 장식, 그리고 말리가 열 명은 있어야 둘러쌀 수 있을 것 같은 벽난로.

바닥에 깔린 카펫은 청보라색이었다. 청보라색! 염색공의 하녀로도 잠시 일했던 말리는 그 색이 얼마나 귀한지 익히 알고 있었다. 염료에 독성이 있어 다루기도 힘든 데다가 보석을 가루 내 섞어야 해서 엄청나게 비싼 색이었다.

말리는 그 방을 한참이나 구경하고 싶었지만, 그녀를 데리고 들어간 시녀들은 빠르게 침대를 정돈하고 그녀를 눕혔다. 말리는 똑바로 누운 채 침대의 왼쪽에 놓인 매 상에 시선을 고정했다.

"말리라고 했지? 가서 공주 전하를 다독이고 침구를 살펴 드리려무나."

시녀장이 짤막하게 지시했다. 그녀가 부르는 말리라고 해 봐야 누군지 뻔했다. 레일라였다. 레일라는 느리지도 빠르지도 않은 걸음으로 침대 쪽으로 다가왔다. 황금 매 상과 말리 사이의 빈틈에 와서 선 그녀는 몸을 침대 쪽으로 기울였다. 이불을 덮어 주기 위해서였다.

자연스레 말리와 레일라의 시선이 교차했다. 말리는 빙긋 웃었다.

"떨지 말렴. 네가 눕는 것도 아닌데 왜 그렇게 떠니."

레일라가 흠칫하다가 제 손을 내려다봤다. 이불을 쥔 길고 가느다란 손가락들이 덜덜 떨리고 있었던 것을 레일라 자신도 몰랐던 것일까. 그 표정은 뭐니? 당장이라도 묻고 싶었지만 말리는 그러는 대신 이불을 어깨까지 끌어 올렸다. 레일라의 손끝에서 이불이 떨어졌음은 물론이다. 하지만 레일라는 돌아 나가기는커녕 그녀에게 시선을 고정하고 있었다. 짧은 순간이지만 이상하게 길게 느껴졌다. 말리는 그녀를 멀뚱히 쳐다보았고, 레일라는 잠시 후 나직하게 속삭였다.

"……미안합니다."

그 말에 말리는 생긋 웃으며 답했다.

"말버릇이 건방지구나."

다른 시녀들이 힐끗 이쪽을 봤다. 레일라의 얼굴이 잠시 당황으로 물들었으나 말리는 턱짓했다. 나가 보라는 뜻이었다. 레일라는 더 이상 말을 하지 못하고 시녀들과 함께 종종걸음으로 왕의 침실을 나갔다.

시녀들이 나가고 이내 조용해졌다. 말리는 황금 매 상에 시선을 고정하고 있었지만 그녀의 생각은 다른 곳을 부유하고 있었다. 살갗에 닿는 이불은 보드랍기 그지없었다. 늘 덮고 잠들던 지푸라기를 넣은 이불 대신, 날짐승의 깃털을 넣은 이불에서는 향긋한 냄새가 났다. 참으로 호사스러웠다.

말리는 그 호화로운 이불 안에서 레일라의 뺨을 그때 치는 게 나았을지 아닐지 생각하고 있었다. 그 파리한 뺨이 퉁퉁 부은 꼴은 참 재미있었는데.

이렇게도 아름다운 방에 사람을 뉘어 놓고 미안하다니. 웃기는 계집애였다. 이제 와 자신이 대신 누울 것도 아닌데 말이다. 레일라의 표정은 복잡했으며 말리는 그 얼굴에 심술이 치솟았다.

덕분에 말리는 왕이 들어왔을 때 그를 맞이할 타이밍을 놓쳤다. 문이 열리고 들어온 왕은, 제게 들어 오셨냐는 말 한마디 하지 않은 말리가 퍽 재미있게 느껴진 모양이었다.

"디온의 계집들은 다 이리 뻣뻣한가?"

그렇게 말하며 침대로 곧장 올라와 그녀의 턱을 틀어쥐었으니.

젊고 덩치 큰 왕이 큰 손으로 목을 감싸듯 잡자 숨이 턱 막혔으나 말리는 황금 매에게서 눈을 떼지 않은 채 답했다.

"귀한 분을 어찌 모시나 생각하다가 깜박 잠이 들었답니다. 용서하세요."

"처녀애가 첫날밤에 잠도 자고."

왕은 그렇게 말하며 엄지손가락으로 말리의 입술을 쓸었다. 시녀들이 발라 준 붉은 기름이 입술 옆으로 번지며 끈적한 감촉이 느껴졌다. 말리는 옅게 웃었다.

"폐하의 침대가 어찌나 아늑한지요. 디온의 그것보다 천 배는 따뜻하답니다."

"그러한가."

왕의 목소리는 낮고 컸다. 묵직한 목소리는 지배자답게도 위엄 있었다. 왕이 그녀의 옆에 눕자, 차가운 황금 가면이 말리의 목뒤에 닿았다.

절로 소름이 돋았는데, 그사이 왕은 우악스레 말리의 머리채를 쥐었다. 신음 소리가 절로 났다. 좋아서는 아니었다.

"아앗."

"아프냐."

"네에……."

말끝을 질질 늘이는 것을 남자들은 참 좋아했더랬다. 갑작스레 치마가 들춰지더라도 비명을 지르며 뺨을 치는 것보다, 잔뜩 녹은 치즈처럼 척척 늘어지는 소리로 좋은 양 아양을 떨면 남자들은 빠르게 제 욕심을 채우고 말리의 욕심도 채워 준 줄로만 알며 떨어져 나갔다. 왕도 그리 다르지 않으리라 여기며 말리는 제 목구멍에 고양이 한 마리가 사는 양 높은 소리를 내며 팔을 벌려 그를 안으려 했다. 하지만 왕은 그녀의 다리 사이로 파고들기는커녕, 그녀의 머리채를 잡은 손에 힘을 준 후 침대 밑으로 떨어트렸다.

억, 소리가 나려는 것을 간신히 악, 정도로 낮추었다. 말리는 당황했으나 시녀장의 말을 되새기며 침대 밑으로 굴러떨어진 후에도 시선을 황금 새 쪽으로 두려 했다. 왕이 낮게 웃었다.

"내 가면만 들추지 않으면 어딜 보든 상관없다."

"그……."

"너도 흥이 나야지."

참 눈물 나게도 고마운 배려였다. 말리는 간신히 몸을 추슬렀고, 정신을 차려 보니 왕의 무릎 사이였다. 왕은 침대에 걸터앉아 말리를 내려다봤다. 그러고는 제 다리를 두어 번 손가락으로 두드렸다. 하의를 벗기라는 뜻 같았다. 말리는 천천히 손을 뻗어 그 하의에 손을 댄 채 왕을 올려다봤다.

왕은 말리의 머리를 쥐고 제 앞으로 끌어당기며 말했다.

"구음하거라."

"……."

"무슨 뜻인지 모르느냐."

모를 리가 없었다.

⁂

그렇게 두 번의 행위가 지나간 다음에도 왕은 지칠 줄 몰랐다. 말리는 무심코 쿨럭거린 다음 당황해 왕을 올려다봤다. 하지만 왕은 제 무릎 사이에서 몸을 웅크리고 있는 말리의 턱을 들어 올린 다음, 그녀의 입가에 묻은 침을 손수 엄지손가락으로 닦아 주었다. 왕의 손가락은 크고, 길고, 마디마디가 불뚝했다. 말리가 당황해 눈을 희번덕거리자 왕은 웃음을 터트렸다.

"날 뭐라고 생각하는 거냐."

"그……."

"능숙하길 바랐다면 공주를 침대에 들이지는 않았을 것이다."

그렇게 말하며 왕은 손에 묻어난 침을 침대보에 문질러 닦았다. 왕은 눈썹 뼈가 높고 깊은 듯, 가면 아래의 그림자도 깊었다. 그 가면 안의 눈은 어둠 속에서는 잘 보이지 않았고, 말리는 그래서 계속 왕의 눈치를 보았다. 왕은 그녀를 내려다보다가 픽 웃었다.

"하지만 말이다."

"예."

"의외의 능숙함이 싫지는 않구나."

말리가 어깨를 떨었다. 왕은 그녀의 턱을 다시 틀어쥐고 이리저리 뜯어봤다. 마치 상품을 살펴보는 듯한 손놀림이었고, 말리는 그가 제 목덜미를 감싼 드레스를 뜯어낼 때도 반항하지 않았다. 차갑고 깊은 청 보라색 카펫 위에서 말리는 짐승이 된 기분을 느꼈다. 왕은 그녀를 싸 늘하게 쳐다보다가 말했다.

"디온의 공주는 겨울 나뭇가지처럼 말라비틀어졌다더니 다 헛소문 이었던 게로구나."

"……."

시녀의 뺨은 칠 수 있었으나 왕의 뺨을 칠 수는 없었기에 말리는 입 을 다물었다. 왕은 굵직굵직하고 마디가 울룩불룩한 손가락을 들어 그 녀의 팔다리를 나뭇가지 헤치듯 헤쳐 보았다. 차갑고 굵은 손가락이 보 드랍고 따뜻한 살 아래 들어오는 감촉에 말리가 몸서리쳤으나 왕은 흡 족해했다.

그 손길은 물건을 뒤집는 듯 무심했으며 문득문득 제멋대로 몸을 주 무르고 꼬집는 힘은 거세 말리의 눈에서는 몇 번이나 눈물이 찔끔 났 다. 하지만 말리는 아프다는 말 대신 왕의 손짓대로 몇 번이나 움직였 다. 왕은 지치지도 않고 말리를 들추어 보고 꺼내 보았다. 그러고는 이 제 되었다 싶으면, 다시 그녀를 침대로 끌어들였다. 그렇다 해도 말리 가 예상한 일들을 하지는 않았다.

마침내 새벽이 올 무렵 왕은 그 짓거리에 질린 듯 제멋대로 잠들었 다. 말리는 잠들 수도 없었다. 시녀장이 절대 왕의 침실에서 잠들지 말 라고 당부했기 때문이다.

뺨과 턱이 얼얼하고 목구멍은 소금물을 삼킨 듯 따가웠다. 말리는 가운을 걸치고 침대 옆의 설렁줄을 당겼다.

곧 시녀들이 소리 없이 들어와 그녀를 부축해 나갔다. 말리가 방으로 돌아오자 방문 앞에 쪼그려 앉아 있던 시녀 하나가 일어나다가 휘청했다. 레일라였다. 말리는 시녀들에게 양팔을 맡기고 비척비척 걸어 들어가다가 반쯤 주저앉은 레일라를 보고 코웃음 쳤다.

새파란 새벽어둠 아래, 레일라는 일어날 줄 모르고 방 안으로 들어가는 말리의 뒷모습만 멀거니 쳐다봤다.

5

때고 남은 재

　날은 금세 추워졌다. 벨담 성은 아주 튼튼하고 커다랬으나 초겨울 추위를 막기에는 역부족이었다. 말리는 제 코끝이 차가워진 것을 알고 잠에서 깼다. 그 추위가 그 누구보다 날카로운 검을 들고 있다는 겨울의 여신 알라이아를 떠올리게 했다.

　말리는 느리게 제가 덮은 이불을 끌어 올렸다. 차가운 방 안의 공기에 드러난 어깨가 금세 따뜻해졌다. 발끝도 온기가 도는 것이 기분이 좋았다.

　하지만 말리는 눈도 뜨지 않은 채 뾰족하게 말했다.

　"춥습니다. 불을 더 때세요."

　방 안에 있던 인기척이 움찔하는 것이 느껴졌다. 그러면서도 이쪽을 가만히 관찰하는 것이 느껴져, 말리는 느리게 눈을 떴다. 눈앞에는 밀짚색 머리카락을 이상하게 틀어 올린 여자가 엉거주춤한 포즈로 앉아 있었다.

레일라였다.

"내가 한 말이 안 들리나 봅니다."

"……아."

말리의 말에 레일라가 움찔하며 일어섰다. 말리의 눈치를 보면서 방 안의 난롯가로 느리게 다가간 레일라는, 어설픈 손놀림으로 부지깽이를 집어 난롯가의 재를 쑤석대어 불씨를 드러냈다. 그러고는 옆에 쌓아둔 장작을 집어 안에 툭 던졌다.

퍽.

당연하게도, 난롯가 안의 불씨가 재와 함께 터져 나왔다. "앗," 레일라가 당황해 얼굴을 가렸지만 이미 늦었다. 재는 풀썩 일어나 레일라를 덮쳤고, 레일라는 곧 한심한 꼴이 됐다. 쯔쯔. 침대 안에 누워 그 꼴을 다 보고 있던 말리는 결국 기가 막혀 혀를 찼다. 어설픈 것도 하루 이틀이지.

벨담에 입성한 지 벌써 한 달 하고도 보름. 레일라의 시녀 노릇은 여전히 어설펐다.

애당초 공주로만 스무 해 넘게 살았으니 그럴 수밖에 없다. 디온이 작은 왕국이라고는 하지만 레일라의 곁에 있는 시녀들은 언제나 세 명, 또는 네 명이었다. 레일라는 먹고 자고 싸는 것 외에는 모두 남의 시중을 받으며 살아온 사람이었다.

'저 머리카락 트는 건 언제쯤 솜씨가 좋아지는 거야?'

치렁치렁한 머리를 이상하게 틀어 올린 것 또한 그랬다. 레일라 공주는 벨담 성에 입성하자마자 벨담의 시녀들이 입는 옷으로 갈아입었다. 벨담의 시녀들은 디온과 달리 머리카락을 틀어 올려 끈 후 망으로 고정하고 그 위에 베일을 썼는데, 그 머리카락을 스스로 틀어 올리는 것에 익숙하지 않은 레일라는 언제나 잔머리가 한가득 삐져나온 채로 다녔다. 한낱 시녀의 방에 거울이 있을 리도 없으니 당연하다.

"아……."

말리가 상념에 잠겨 있거나 말거나, 레일라는 황망한 표정으로 재투성이가 된 자신과 주변을 둘러보더니 허겁지겁 손을 뻗었다. 하지만 재를 손으로 쓸어 담는다고 제대로 담길 리 없었다. 손만 지저분해질 뿐이지. 말리는 그 기가 막힌 꼴을 쳐다보다가 결국 자신의 머리카락을 쓸어 올린 후 몸을 일으켜 세웠다.

"그렇게 해서 언제 치우겠어요?"

오리 깃으로 가득 채웠다는 면 이불은 과연 따뜻하고 좋았다. 말리는 벌거벗은 몸에 그 이불만 대충 뒤집어쓰고는 맨발로 걸어 레일라의 뒤에 섰다. 난롯가 앞에 쭈그려 앉은 레일라는 엉겁결에 이쪽을 돌아봤다가, 얼굴이 새빨개졌다.

"미, 미안합니다……."

존대도, 반말도 아닌 이상한 말투였다. 말리는 눈썹 한쪽을 들어 올렸다가 답했다.

"그럴 때 저라면 당신에게 뭐라고 했을까요?"

"……죽을죄를 지었습니다."

레일라는 멍청하지는 않았다. 제 입장을 아주 잘 알고 있었으니 말이다. 레일라는 재투성이가 된 그대로 말리의 앞에 엎드려 머리를 바닥에 두 번 찧었다. 말리는 무표정하게 레일라의 웅크린 등을 내려다보다가, 맨발을 뻗어 레일라의 이마와 바닥 사이에 끼워 넣었다. 그녀의 차가운 발등에 레일라의 따뜻한 이마가 닿았다. 말리는 그 감촉이 영 마음에 들지 않았다.

세 번째로 이마를 찧던 레일라는 이마에 닿는 물컹한 감촉에 흠칫하고 위를 올려다봤다. 말리는 옅게 웃었다.

"사죄할 시간에 다른 시녀를 불러 치우게 하세요."

"……그러겠습니다."

"내 목욕물을 준비하고요."

"예."

레일라는 조심스럽게 일어나 무릎 꿇고 대답했다. 말리는 그런 레일라를 바라보다가 다시 몸을 돌려 침대 안으로 들어갔다. 그새 차가워진 발을 덥히기 위해서였다.

※
※
※

말리는 따뜻한 물에 발을 넣었다. 적당한 온도로 덥혀진 따뜻한 물. 사자의 용맹한 모습이 새겨진 흰 돌 욕조는 말리가 들어가자 크기가 딱 맞았다. 아마 키가 큰 레일라 공주였더라면 벨담의 시녀들은 더 큰 욕조를 구해 오든가, 아니면 그녀의 무릎을 구긴 채 공주를 씻겨야 했을 것이다.

"어떠신가요."

"괜찮아."

"향유를 넣어 드릴까요."

"됐어."

벨담 왕은 그녀에게 시녀 세 명을 내렸다. 차례대로 앤과 아넷사, 나디아라는 이름을 가진 여자들이었다. 그중에서도 유독 말리에게 살가

운 것은 아넷사였는데, 지금도 그녀의 목욕물 안에 직접 손을 넣어 온
도를 재고 있었다.

"하지만 이번에 남쪽에서 좋은 꽃 기름이 들어왔는데……."

"나는 싫어."

욕조 안에 들어앉은 말리는 새침하게 대답한 후 눈알만 굴려 아넷사
를 올려다봤다. 빨갛고 부스스한 머리카락은 솜씨 좋게 틀어 올려져 망
안에 들어가 있었다. 그 옆에 말없이 서서 고개를 돌리고 있는 레일라
의 머리는 아넷사에 비하면 처참할 정도다.

"너는 알지 모르겠지만, 그거 아니? 나는 첩 딸이란다."

"예에……."

"그래서 그런가, 호사스러운 것들은 나랑 그닥 인연이 없단다. 꽃 기
름이라니, 생각만 해도 재채기가 나. 앤에게 말했는데 너희들끼리는 이
야기하지 않은 모양이구나."

아넷사가 어색한 얼굴이 됐다. 말리는 레일라를 힐끗 다시 쳐다봤다.
자신의 이야기를 말리가 제멋대로 휘둘러 핑계로 쓰고 있는데도 그 표
정은 무섭도록 변하지 않았다. 그 손놀림이 서투른 것에 비하면 표정
관리는 우스운 모양이었다.

"너희들이 생각하는 것보다 나는 귀히 자라지 않았단다. 내 손만 봐
도 그렇잖니."

말리가 물속에서 손가락을 들어 보였다. 부르튼 손끝과 갈라진 손톱.
손톱은 벨담에 도착하기 전, 산을 헤매다가 그랬다며 시녀에게 허세를
부렸다. 하지만 그러고도 남은 손의 굳은살은 어쩔 수 없었다. 그리하
여 몇몇 벨담 사람들은 디온이 생각보다 더 척박한 왕국이라고 생각하
게 됐다. 공주마저도 가끔은 우물물을 긷는 곳. 그것은 레일라 공주의

소생 탓이기도 하다고들 생각하게끔 만든 건, 물론 말리다.

"하지만 귀하신 분이니 귀히 모시려는 마음 이해해 주시어요."

아넷사는 애교 어린 말투로 부드럽게 답했다. 그러고는 바로 따뜻한 물에 제 손을 담가 체온을 올린 후, 말리의 어깨를 주무르기 시작했다. 말리는 가볍게 고개를 기울이며 아넷사의 손재주를 즐겼지만 그것도 잠깐이었다.

"오늘은 제가 목욕을 도와드리고 싶은데……."

말리가 축객령을 내리자, 아넷사는 아쉬운 눈으로 말리와 레일라를 번갈아 쳐다봤다. 말리는 매번, 제 목욕에 누가 들어오든 모두 내치고 레일라만 남게 했기 때문이다. 다른 곳에서 온 이방인 공주가 벨담의 시녀들을 믿지 못하는 건 당연하지만, 이렇게나 제 시녀 하나만 싸고도는 것은 마뜩찮았다.

게다가 공주의 시녀는, 아넷사가 보기에 참 어설펐다. 그야 디온에서는 나름대로 귀한 집 따님이었다니 그렇겠지만 해도 너무했다. 아넷사 앞에서 실수한 것만 열 손가락을 훨씬 넘어간다. 목욕이라고 잘 시중들 리 없다.

"나는 내 몸을 남에게 보이는 것이 그리 기껍지 않단다. 아직은 네가 낯설구나."

말리는 그런 아넷사의 마음을 아주 잘 알고 있었다. 말리 또한 능숙한 사람이 목욕을 시켜 주는 것이 훨씬 좋았다. 하지만 그것보다 더 좋아하는 것이 있었으며 아넷사의 능숙한 손길 따위는 그에 비할 것이 아니었다. 말리는 턱끝으로 아넷사를 내보냈다.

끼이익, 탁. 욕실의 양쪽 문이 맞물려 닫히고, 이제 돌벽 안에는 두 사람만 남았다. 말리는 욕조 안에 턱까지 담근 채, 무릎을 끌어 모아 앉은 후 레일랴에게 명령했다.

"나를 씻겨 주세요."

아마 아넷사가 이 모양을 보았으면 아주 이상한 표정이 되었을 것이다. 제 시녀에게 공대를 하는 공주라니. 하지만 말리는 레일라와 둘만 남으면 언제나 공대를 했다. 그 이유야 간단했다. 그녀는 레일라가 자신을 모셔야 하는 이 상황을 못 견뎌 하고 있다는 걸 아주 잘 알고 있었으니까.

차라리 말리가 레일라를 하대하고 발로 걷어찬다면 레일라는 모든 걸 체념하고 그녀를 돌볼 것이다. 하지만 말리는 레일라가 그러지 않길 바랐다. 포기하고 익숙해지는 것은 너무 쉽기 때문이다.

오로지 귀하게 자란 공주를 향한 심술에서 시작된 그 공대는 아마 레일라에게 가끔은 굴욕을 안겨 줄 것이다. 모두가 그녀를 외면하고 천히 대하는 상황에서, 자신이 역할을 바꾸자고 제안한 시녀만이 레일라에게 존대한다.

그게 참, 가끔은 더더욱 싫을 것이다.

말리는 그렇게 생각하며 레일라를 올려다봤다. 레일라는 무심한 눈으로 다가와 그녀의 욕조 옆에 무릎을 꿇고 앉은 다음 소매를 걷고 물에 손을 담갔다. 레일라가 말리를 씻겨 주는 것은 벌써 세 번째였다.

이제는 제법 익숙해진 듯, 따뜻해진 손으로 해면을 쥐고 물을 먹인 레일라는 거기에 기름소금을 먹여 손바닥에 문질렀다. 거친 소금이 조금 녹아, 말리의 피부를 다치지 않게 하기 위해서였다. 그 동작들은 심상해 보였으나, 말리는 레일라의 속내가 그렇지 않다는 것을 알고 있었다.

그녀의 귀와, 무릎 꿇은 드레스 자락 끝으로 보이는 발목이 새빨개져 있었기 때문이다.

레일라는 유독 흰 피부를 가졌다. 공주로 살아온 그녀는 어떤 파도가 쳐도 변하지 않는 얼굴빛을 가졌으나, 이 성에 와서 시도 때도 없이 잘 물드는 귀 끝은 그녀의 마음을 너무나 잘 보여 주었다.

말리는 제 상박을 조심스럽게 문지르는 레일라를 내려다보다가, 팔을 들었다. 따뜻한 물 위로 새하얀 젖가슴이 드러났다. 어젯밤 벨담 왕이 세게도 쥐고 주물러 손자국이 다 난 가슴을 힐끗 본 레일라는 고개를 숙이고 해면에 기름소금을 마저 먹였다. 그러고는 고개를 숙인 채, 그녀의 젖가슴 위를 천천히 문질렀다.

시녀애의 젖가슴까지 닦아 주는 신세를 얼마나 참담히도 여기는지, 그 귀 끝은 빨갛다 못해 새카매져 있었다. 말리는 문득 심술이 났다.

"아파요."

말리는 조용히 속삭였다. 귀 끝이 물든 레일라 공주가 흠칫했다. 귓가에 닿는 말리의 숨결 때문이리라. 살짝 그녀가 고개를 돌리자, 말리는 빙그레 웃어 보였다. 얼굴은 아주 가까웠으며 레일라 공주는 화들짝 놀라 몸을 떼려고 했다. 하지만 말리는 그녀가 그러거나 말거나 신경 쓰지 않고, 욕조 바깥으로 팔을 뺐다.

바다에 놓인 기름소금 통까지는 아슬아슬하게 손이 닿지 않았다. 놀란 와중에도 레일라는 착실하게 기름소금 통을 들어 말리에게 받쳐 주었다. 이젠 이런 눈치 정도는 생긴 모양이었다. 말리는 그 안에서 기름소금을 아주 조금 덜어 내 손바닥으로 비볐다. 그리고 레일라의 손을 당겼다.

"이건 손으로 살살 문질러야 안 아프다고요."

"……"

"공주님은 혼자 씻으셔서 모르셨겠지만."

말리는 레일라의 손등 위에 기름소금을 살살 문질렀다. 소금이 저들끼리 부딪히며 기름에 녹는 소리는 아주 작았다. 사각사각……. 그 소리 사이로 말리는 제 손가락을 레일라의 손가락 사이 틈에 끼워 넣어 문질렀다.

레일라 공주가 미미하게 이마를 찡그렸다. 그도 그럴 것이, 한 달 보름 사이 그녀의 손은 보기 드물게 거칠어져 있었다. 암만 레일라 공주가 디온에서 찬방에 격리된 신세였어도, 험한 일 한 번 해 본 적 없던 이다. 그런 그녀는 요즘 마구간을 드나들며 말여물을 주고, 돌바닥을 닦아 냈다. 말리의 방에는 아주 커다랗고 두꺼운 카펫이 깔려 있었는데, 그 카펫을 다 들어내고 찬물에 천을 적셔 돌바닥을 닦아 내는 일은 보통 힘든 일이 아닐 것이다.

기름이 부드럽게 윤활제 역할을 했으나 갈라진 손등에 소금이 문질러지는 건 아무래도 좀 따가울 것이었다. 하지만 말리는 레일라 공주의 손등에 자신이 덜어 낸 소금이 다 녹을 때까지 느리게 손가락을 놀렸다. 손가락 사이사이의 골에 제 손가락 끝을 집어넣어 문지르고, 손바닥을 빙글빙글 돌리고…….

엄지손가락으로 천천히 손등 위를 쓸어 내며 말리는 레일라의 얼굴을 힐끗 쳐다봤다. 제 손을 홀린 듯 내려다보고 있는 긴 속눈썹이 파르르 떨렸다. 한때는 자신이 받았을, 혹은 그마저도 지겹고 일상적이어서 물려 버린 일들을 보는 마음이 어떨까 궁금했다.

물론 말리의 심술은 거기서 그치지 않았다. 레일라의 거친 손등에 기름이 충분히 배어든 것 같자, 그녀는 자신이 담그고 있는 따뜻한 물에 레일라의 손을 집어넣어 찰박찰박 씻어 냈다. 그러고는.

"……!"

레일라가 이번에는 정말로 기함해 화들짝 손을 떨쳐 냈다. 말리가 그 손을 제 젖가슴 위에 올렸기 때문이다. 그 바람에 물이 좀 튀었고, 말리의 오른 가슴 위에 레일라의 손톱이 스치며 붉은 줄을 냈다. 제 손을 다른 손으로 쥐고 당황하던 레일라는 말리의 가슴을 보고 두 배로 당황했다.

"주, 죽을죄를……."

"됐어요. 몸 굽히지 마세요."

되었다, 일어나거라. 한때 그렇게 말했던 공주에게 말리는 똑같이 말하지는 못했으나, 최대한 비슷하게 말했다. 그 거만한 말투에도 레일라는 다른 때와 달리 별 반응하지 않았다. 아무래도 말리의 몸에 상처를 낸 것이 마음에 걸리는 듯했다.

이깟 건 상처라고 할 수도 없는데.

말리는 제 무릎과 발바닥, 젖가슴과 엉덩이 군데군데 나 있는 상처들을 생각하며 욕조 가에 턱을 괴고 말했다.

"손으로 부드럽게 문질러서 나를 씻겨요. 서둘러야 할 거예요."

"……."

"물이 식고 있으니까."

"더운물을……."

"더 떠 오다가 내가 그사이 감기에 걸리면 당신은 정말로 차가운 방에서 다른 시녀들과 자게 될 거예요."

말리의 말에 레일라가 뭔가 하고 싶은 말이 있는 표정으로 입술을 달싹였으나, 결국 관둔 듯 손을 기름소금 통으로 뻗었다.

"……해 본 적이 없어 서투를 것입니다."

"그런 건 이미 지겹도록 한 달 내내 겪고 있는걸요."

말리는 싱긋 웃고는 그녀가 자신을 편히 씻길 수 있도록 자세를 고쳐 앉았다. 그러고는 제 뒤쪽의 욕조 가를 손으로 두들겼다.

"여기 앉아서 씻기는 게 편할 거예요. 쪼그리고 앉아서 씻기다 보면 옷도 다 젖고, 현기증도 오거든요."

"……감사합니다."

레일라가 머뭇거리다가 기름소금 통을 들고 욕조 가에 앉았다. 말리는 턱을 들어 제 뒤쪽에 앉은 레일라를 올려다봤다. 그녀는 새삼스레 당황한 표정이었다. 그럼 그렇지. 레일라는 욕조에 앉은 후에야, 자신이 말리를 뒤에서 감싸 안듯 씻겨야 한다는 것을 알아차린 모양이었다.

"그……."

"귀 뒤부터, 목을 따라 어깨까지."

말리는 레일라의 말을 잘랐다. 그러고는 시선을 정면으로 두었다. 벽면에는 훌륭하게 조각된 황금 물고기가 있었다. 벨담의 성을 지은 사람이 누구인지는 모르지만 황금 조각을 좋아하는 모양이었다.

레일라는 이내 결심한 듯, 천천히 소금을 퍼 손바닥 사이에서 문질러 녹인 뒤 말리의 귀 뒤를 문지르기 시작했다. 길고 가느다란 레일라의 손은 말리의 목을 감싸기 충분했고, 레일라는 곧 적당한 강도를 찾은 듯했다. 똑같이 목을 감싸도, 왕의 손과는 사뭇 달랐다.

"왕과는 좀 다르네요."

"……예?"

"왕이 내 목을 틀어쥘 때는 내 숨을 막을 때뿐이거든요."

"……."

레일라는 대답하지 않았다. 말리는 아무렇게나 지껄였다.

"매일 시녀들이 죽어 나간다는 소문이 아예 거짓말은 아니었나 봐요. 아주 못된 버릇이 있어."

"……어떤……."

말리는 다시 턱을 들었다. 자신을 내려다보는 파리한 얼굴이 아주 가깝게 보였다. 언제나 창백한 안색이지만 따뜻한 목욕탕에 들어와서인지, 뺨 끝만 살짝 붉어져 있었다. 제대로 틀어 올리지 않아 쏟아져 내릴 듯 허술한 금발 사이로 보이는 푸른 눈. 꽁꽁 언 겨울의 호수 같은 눈을 보며 말리는 장난스럽게 웃었다.

"그 버릇 다 말해 주는 순간 공주님께서는 아주 기뻐질걸요."

"……제가요?"

"당연하죠."

말리는 물속에서 손을 들어 제 목뒤를 문지르던 레일라의 손을 끌어내려 그 엄지를 제 오른쪽 쇄골 바로 아래에 두었다. 레일라의 손은 아주 컸고, 자연스레 레일라는 말리의 오른쪽 가슴을 쥐듯이 감싸게 됐다. 이제는 뺨 전체가 붉어졌다. 하지만 말리는 그 뺨을 못 본 척, 그녀의 엄지손가락을 지그시 눌렀다.

"쇄골 아래를 천천히 눌러 주세요. 거기가 답답해……."

이제 레일라의 네 번째 손가락과 새끼손가락은 말리의 유륜을 꾹 누르게 됐다. 그 생경한 감촉에 레일라가 어쩔 줄 몰라 하는 동안 말리는 모르는 척 제 반대쪽 쇄골 아래를 꾹꾹 누르는 시늉을 했다.

"겨드랑이부터 여기까지 눌러 주세요. 아주 피곤하니까."

"……."

레일라는 이내 천천히 손을 움직이기 시작했다. 시원한 감각이 등까지 전해지는 기분이 나쁘지 않았다. 말리는 눈을 감고 천천히 뒤로 몸

106

을 기댔다. 레일라가 저를 끌어안듯이 하는 모양새가 됐다. 레일라는 한참 동안 말없이 기름 묻은 손으로 그녀의 가슴 위를 엄지손가락으로 천천히, 그리고 깊이 눌러 댔다. 그 후에는 잠시 멈췄다. 말리가 뭐라고 하길 기다리는 모양이었으나 말리는 부러 아무 말도 하지 않았다.

레일라는 코만으로 한숨을 작게 쉬곤, 결국 기름소금을 조금 더 덜어 그녀의 가슴 위에 올렸다. 빙글빙글 원을 그리듯이 부드럽게 움직이자 기분이 나른해졌다. 말리는 눈을 감고 노래하듯 말했다.

"제 가슴 아래쪽을 보세요. 아주 기뻐지실 거예요."

눈을 감아도 레일라가 의아해하고 있다는 것은 기색만으로 알 수 있었다. 이윽고 레일라는 손끝으로 말리의 가슴을 아주 조심스럽게 헤쳤다. 그리고 손이 딱 멈추었다. 아마 레일라는 지금 말리의 가슴 바로 밑, 피가 맺힌 곳을 보고 있을 것이다.

"왕의 잠자리 버릇이 아주 안 좋더라고요."

말리는 그렇게 말하며 몸을 반 바퀴 빙글 돌렸다. 그리고 눈을 떠 위를 올려다봤다. 레일라의 눈동자 안에는 공포와 슬픔 같은 것이 뒤섞여 있었다.

벨담의 왕은 잠자리 버릇이 안 좋았다. 그와 함께 잠에 든 적 없으니 엄연히 말하면 여자를 대하는 버릇이라고 해야 할 것이다. 그는 대체적으로 말리를 물건처럼 다뤘다. 공주이니 귀하게 대해 준다 말했으나, 그의 말이 진짜라면 세상의 모든 공주들은 온몸에 잇자국이며 멍 자국, 매 맞은 자국이 나야 마땅했다.

난폭한 남자들은 흔했다. 왕이라고 우아하고 고상할 리 없었다. 그는 제 흥분을 오로지 말리를 매질하는 것과 구음으로만 해결하는 듯했다. 벨담 성에 들어온 지 한 달 보름이 지났지만 말리는 아이를 낳을 수 있을 만한 일을 해 본 적이 없었다. 왕은 일주일에 한 번은 그녀를 불렀는데, 왕에게 불려 간 밤이면 말리는 턱이 얼얼하도록 왕의 것을 물고 있어야 했으며 깨물리거나 꼬집혔다. 가끔은 손바닥이나 작고 가벼운 채찍으로 얻어맞기도 했다.

세 번째의 밤이 지나고 나서 말리는 확신했다. 왕은 여자 때리는 것을 좋아했다. 레일라는 말리가 왕에게 불려 갈 때마다 공주의 시녀 된 자로 매번 문 앞에서 쪼그려 기다렸으나, 말리가 소리 지르거나 울지 않으니 아마 모르고 있었을 것이다.

말리가 목욕할 때에는 시중을 들면서도 숫제 눈을 질끈 감거나 다른 곳을 보곤 했다. 그러니 더더욱 몰랐을 수밖에. 제 몸을 남에게 보이는 걸 좋아하지 않으니 남의 몸을 보는 것도 좋아하지 않을 거라고는 생각했다. 하지만 그런 레일라를 볼 때마다 말리는 심술이 일어났다.

"어떤 나라의 왕자님께는 대신 매 맞는 아이가 있다곤 하죠."

"……."

"공주님 대신 매를 맞는 말리가 있어 기쁘시지요?"

얼어붙은 호수 같은 눈. 이를테면 말리는 그 얼음 위에 망치질을 한 셈이었다. 말리는 레일라가 입은 벨벳 드레스 자락을 젖은 손끝으로 어루만지며 환하게 웃었다.

"말리도 호강에 겨웠지요. 매 맞는 아이를 보살펴 주는 왕자님은 없을 텐데. 말리는 공주님의 보살핌을 받네요."

그렇게 말하며 말리는 욕조에 앉은 레일라의 허벅지 위로 팔을 올리고, 응석을 부리듯 엎드렸다. 레일라가 움찔하든 말든 말리는 제 팔에 얼굴을 묻었다. 이윽고 레일라가 천천히, 그녀의 엎드린 등을 문지르기 시작했다. 놀랍게도 그 손끝은 더 이상 서투르지 않았다. 대신 그 차갑고 무표정한 공주님이라고 믿기 어려울 만큼 아주 부드럽고도 다정했다. 그래서 말리는 짜증이 났다. 동정받기 위해 이런 심술을 부린 건 아니었기 때문이다.

게다가 그녀가 한 말이 아주 틀린 말도 아니었다. 말리는 가만히 눈을 감은 채 목욕을 하고 나면 할 일을 머릿속으로 꼽기 시작했다. 벨담 성에서 말리는 정말로 호강을 하고 있기는 했다.

'어디까지 했더라……'

말리는 곧 요즘 자신이 가장 좋아하는 것들을 떠올렸다. 그녀의 머릿속에 가득했던 심술이 천천히 녹아 욕조 속으로 사라졌다.

※
※
※

벨담 왕은 부자였고 왕이며 귀족들이 부를 과시하는 방법은 다양했으나 그의 경우는 다소 고상했다. 그 커다란 성의 한 켠에는 아주 큰 서재가 있었으며 왕은 그 서재를 책으로 가득 채웠다. 일만 권의 책이 꽂힌 서가. 책이 백 권만 있어도 그 주인은 엄청난 애서가 소리를 들었으니, 일만 권의 책은 어떻겠는가.

성을 둘러보던 말리가 그 서재를 발견하고 얼마나 기뻐졌는지는 말도 못 할 것이다. 귀한 책을 만져 보다니.

말리는 벨담의 시종장에게 자신이 그 서재에 드나들어도 되는지를 은근히 물어보았고, 시종장은 길고 긴 주의 사항을 주기는 했으나 그녀를 막지는 않았다.

벨담 성의 서재는 성에서 손꼽게 따뜻한 방 중 하나였다. 너무 추우면 가죽으로 만든 책들의 장정이 줄어드니 당연한 일이었다. 서재의 창문들 중 열두 개가 통유리로 만들어진 창이었는데, 이 창문들은 남향으로 나 있어 햇빛이 엄청나게 쏟아졌다.

말리는 서재로 들어가자마자 망토를 벗어 문 앞에 던져 놓았다. 내팽개치는 것에 가까웠으나 마음이 급했다. 얼마 전 보던 가시나무 공주 이야기의 뒤가 궁금했기 때문이다.

새파란 색으로 물든 가죽 장정을 손에 들고 급히 넘겼다.

어릴 적 저주받아 두 눈이 없는 공주는 가시나무 밑에 버려져 가시나무 공주라고 불렸다. 가시나무들은 불쌍한 공주를 위해 가지를 뻗어 가시나무로 된 성을 만들어 냈다. 그러자 공주를 버린 왕이 다시 그녀를 찾았다. 용을 죽인 한 기사에게 공주를 수호하라는 임무를 준 것이다.

'기사는······.'

말리는 의자에 앉아 손톱을 깨물었다. 그녀가 잘 모르는 단어들 때문이었다.

말리가 글을 배운 것은 여관에서 하녀로 일하며 어깨너머로 배운 것들뿐이었다. 방 하나에 은전 한 닢, 말여물은 동전 두 닢 같은 글은 눈 감고도 쓸 수 있었으나 용의 불꽃이나 기사의 철검, 왕이 앉은 황금 왕좌 같은 것들을 읽어 내기에 그녀는 아직 부족했다. 그래서 말리가 서재에서 집어 드는 책들은 모두 동화나 설화를 담은 책들이었다. 어린 귀족들을 위한 예법 책도 있었으나 재미가 없어 집어치웠다.

그나마 기사가 용을 죽인 내용은 삽화가 있었기에 이해할 수 있었다. 벨담 왕의 책들은 모두 비싸고 고급스러운 책들이었으며, 삽화는 금박과 보석을 가루 내 만든 물감으로 칠해져 있었다. 자연스레 삽화가 들어간 페이지는 아주 적었다.

그러니 말리는 왕이 왜 기사에게 공주를 수호하라는 임무를 주었는지 알 수 없었다. 그녀가 새로 펼친 페이지에는 모르는 단어들이 한 문단을 온통 차지하고 있었다. 말리가 이 페이지까지밖에 보지 못한 이유도 그것이었다. 아무리 곱씹어도 모르는 단어들이 너무 많았다. 대강 문맥만 보고 뒤까지 읽어 내기에는 무리였다.

말리는 책을 테이블에 펴 놓고 고개를 들었다. 서재에는 그녀뿐이었다. 아넷사와 앤 등에게 책을 읽을 줄 모른다는 사실을 들키기 싫어서 말리는 항상 서재에 혼자 왔다.

레일라는 논외였다. 아넷사나 앤, 나디아보다 레일라에게 그 사실을 들키는 게 배는 싫었기 때문이다. 자신이 공주가 아니라 한낱 시녀였다는 사실, 그것도 길바닥 어중이떠중이 출신이라는 건 레일라가 누구보다도 잘 알고 있는데 왜일까.

말리는 한참 동안 책을 들여다보며 끙끙대다가 이내 한숨을 쉬고 책을 덮었다. 아무래도 가시나무 공주 이야기는 여기까지가 자신의 한계인 것 같았다. 서가를 뒤져 삽화 많은 책을 겨우 찾았다 생각했는데.

그렇다고 해서 당장 서재를 떠나고 싶지는 않았다. 말리가 벨담 성에서 보내는 낮은 대체로 평온했으며 그녀는 아무것도 하지 않아도 되는 그 시간들이 아주 마음에 들었다.

벨담에 오기 전까지 그런 시간들은 그녀에게 존재하지 않는 것이었기 때문이다. 아침에 눈을 뜨면 당장 끼니를 걱정해야 했으며, 여관에서는 하루 종일 일하다가 손끝이 부르터 식당에서 쓰는 기름을 몰래 문지르다 혼나기 일쑤였다. 그나마 제대로 된 일자리가 있을 때는 좀 나은 편이었다. 길에서 자야 할 때는 어떻고! 당장의 끼니보다도 내일 제대로 눈을 뜰 수 있을지도 모르는 생활들이었다.

그러니 말리는 이 시간이 정말로 소중했다. 그녀는 책을 덮고 천천히 일어나 창가로 갔다. 서재에 난 유리창은 놀랍도록 투명했는데, 그 창 너머로 보이는 풍경들을 보는 것을 말리는 좋아했다.

창밖 풍경은 특별할 것이 없었다. 남향으로 나 있는 창문 아래로는 마구간이 보였다. 벨담 왕이 타는 귀한 말들을 열 마리나 돌보고 있는 마구간이었기에 보통의 마구간보다는 호사스러웠다. 기사들이 두어 명 짝을 지어 순찰하고, 흙바닥에 여물이 될 짚 더미를 놓고 썩썩 소리를 내며 짚을 써는 마구간 하인들.

그리고 그 사이로 눈에 익은 금발 머리가 보였다.

말리는 눈을 가늘게 떴다.

'아, 그렇구나.'

레일라 공주였다. 말리가 제 볼일 보라고 하자마자 파라디를 찾아온 모양이었다. 벨담 성으로 들어올 때 말리가 타고 있던 파라디는 왕의 마구간에 함께 모셔졌다. 품종도 아주 좋은 데다가 튼튼한 암말이었기 때문에, 왕의 말들을 관리하는 종자는 은근히 파라디가 수말들과 친하게 지내기를 바라는 모양이었다. 물론 파라디는 콧방귀를 뀌었지만.

레일라 공주는 주변을 어설프게 둘러봤다. 누가 봐도 주변을 의식하고 있다는 것이 티가 나는 모양새였다. 저래서야 누가 저이가 마구간에 평범하게 들렀다 생각하겠는가. 말리는 혀를 찼다. 애초에 마구간은 여자들이 들를 일이 별로 없는 곳이다. 그녀는 천천히 유리창 한쪽의 작은 돌림쇠를 열었다. 창 한쪽을 아주 조그맣게, 손가락 두 마디만큼 열 수 있는 장치였다. 풍경을 보기 위한 것이 아니었으니 그 정도만 열려도 충분했다.

그리고 예상대로.

기사 한 명이 나오다가 두리번대는 레일라를 발견하고 그녀의 엉덩이에 손을 댔다. 레일라는 얼굴이 새빨갛다 못해 새카매져서 소리도 내지 못하고 기사의 손을 쳐 냈다. 기사는 일부러 어이쿠, 소리를 내며 뒤로 나동그라졌다. 갑옷을 입은 채 넘어졌으니 소리가 어마어마했다. 와장창, 주변 기물들이 같이 넘어졌다.

"어허, 이 계집애 보게!"

말리는 눈을 가늘게 떴다. 저런 놈들 개수작이야 워낙 많이 본 일이었다. 순진해 보이는 여자가 있으면 일단 손을 대고 본다. 기함해 밀어내면 나동그라진 후 협잡을 부린다. 길거리의 양아치들이나 기사나 별다를 것이 없었다. 기사는 대번에 일어나 붉으락푸르락하며 레일라에게 으름장을 놨다.

"너 이 계집, 나를 밀쳐?"

"······그것은 당신이!"

뜻밖이었다. 보통 이런 경우 시녀들은 기사들에게 이기지 못할 것을 아니 죄송하다 사과하다가 몇 번 희롱당하는 게 전부였는데. 레일라는 기사에게 대들고 있었다. 저러다 맞을 텐데. 말리는 유리창에 저도 모르게 이마를 댔다가, 그 차가운 감촉에 화들짝 놀라 얼굴을 뗐다.

"내가 뭐? 어? 내가 뭐?"

기사는 더더욱 우악스럽게 굴고 있었다. 우스운 건, 그 기사가 레일라보다도 키가 한 뼘은 작았다는 것이다. 레일라가 길게 솟은 송곳이라면 갑옷을 입은 기사는 동그란 공 같았다. 레일라는 그 기사를 내려다보며 항의했다.

"당신이 나를 희롱하지 않았나?"

"이 계집애가 하대를 하네?"

"······나는!"

레일라가 멈칫했다. 말리는 혀를 쯧, 하고 찼다. 평민이라 할지라도 기사 서임을 받는 순간 귀족이다. 시녀들과는 조금 다르다. 물론 레일라가 입성할 때, 본래 귀족 출신의 시녀라고 말해 두기는 했으나 대체로 성안에서는 어느 나라든 기사들이 시녀들보다는 한 수 위이기 마련이다. 아주 대단한 집안의 따님이 아닌 이상은.

그리고 볼모에 가깝게 시집온 공주의 시녀는 말할 것도 없다.

"너 뭐?"

기사가 이죽거리는 게 눈에 보였다. 레일라가 멈칫하다가 어깨를 폈다.

"나는······. 공주의 시녀다."

공주의 시녀. 그 갈잖은 울림에 기사가 참 나, 하고 혀를 찼다.

"벨담 성에 공주가 어딨어? 어? 어디 보자. 네가 그 볼모로 온 공주의 시녀인 게로구나? 하하! 나 참, 어이가 없고 기가 막혀. 공주의 시녀면 왕의 기사를 막 이렇게 밀어 버려도 된단 말이냐? 어디 얼마나 대단한 공주라 시녀까지 콧대가 이렇게 센지 한번 보자꾸나!"

기사가 레일라에게 삿대질하며 한 발 다가갔고, 레일라는 한 발 물러섰다.

그 귀 끝이 새빨개진 것이 말리가 보는 창가에서도 아주 잘 보였다. 저런 때도 화를 저렇게 못 감추다니. 시녀 일에 적응하기가 영 힘든 모양이었다. 말리는 어이가 없어 웃음이 나오려는 것을 간신히 참고 돌아섰다. 요령 없는 공주가 시녀로 살려면 저 정도 어려움은 겪어야 할 것이다.

'저럴 때면 그저 그냥, 차라리 엉덩이를 만지든 말든 샐샐 웃음이나

치고 자리를 무마하면 그만인데.'

저 기사도 딱히 그녀를 겁탈하려거나 엄청난 짓을 하려던 건 아닐 것이다. 그냥, 그저 여자가 잘 없는 곳에서 시녀애를 보니 장난이 치고 싶은 것뿐이지. 그러니 거기 맞춰나 주고 웃어나 주면 피차 편할 것을. 말리는 그렇게 생각하며 테이블에 앉았다. 가시나무 공주 이야기를 다시 파 볼 요량이었다.

'왕은 기사를 두려워했습니다. 왜냐하면 기사는 승…….'

그다음 단어를 도무지 어떻게 읽는지, 어떤 뜻인지도 짐작 가지 않았으나 말리는 그 단어를 손가락으로 짚어 가며 책에 골몰했다.

아니, 골몰하려 했다.

와장창, 소리가 다시 들리지 않았다면.

말리는 퍼뜩 고개를 들었다. 유리창을 다시 닫아 놓지 않은 탓이었을까. 바깥의 원색적인 소리가 너무나 잘 들렸다.

"이 계집애가 별로 예쁘지도 않은 것이, 빠닥빠닥 고개를 들고 어디다 대꾸를 해. 예뻐해 주려고 했더니 말뺙다구 같은 게 확 목을 꺾어서 마구간에 매달아 놓을까 보다……."

말리는 테이블에서 일어나 다시 창가로 다가갔다. 얻어맞았는지 밀려 쓰러진 레일라, 주변에 둘러서서 보기만 하고 도와주지 않는 하인들과 씨근덕대는 기사가 있었다. 기사는 뭐가 그리 화가 났는지 박차가 달린 금속 신발을 신고 발을 쿵쿵 굴러 대고 있었다. 그뿐인가. 드레스를 수습해 일어나려던 레일라의 옆구리를 한 번 걸어차기까지 했다. 레일라가 헉, 숨을 들이켜는 것이 보였다. 그런 주제에 비명 한 번 지르지 않는 것이…….

"게 있었니."

115

그 순간 창 밑의 모두가 이쪽을 올려다봤다. 어림잡아 여섯 명은 되는 시선이 모두 자신을 주시하고 나서야 말리는 화들짝 놀라 입을 가릴 뻔했다. 저도 모르게 창밖으로 말한 것이다. 그러나 그녀는 거기서 물러서는 대신 애써 다시 입을 열었다.

"내 말을 돌보고 오라 한 지가 언제인데 아직도 게서 뭐 하는 거니. 물을 게 있으니 빨리 들어오너라."

기사 역시 이쪽을 올려다보고 있었는데, 당황한 기색이 역력했다. 유리창과 바닥의 거리는 그리 차이 나지 않았고, 기사가 그녀를 알아보기는 충분한 거리였다. 암만 기사들이 시녀들을 하대한다 해도, 막상 그 시녀의 주인이 그 광경을 지켜보는 것은 기사에게도 충분히 불편한 일일 것이다.

말리는 일어나려다 말고 이쪽을 올려다보고 있는 레일라를 직시했다. 햇빛 아래라 그림자가 져 푸른 눈빛이 잘 보이지 않았다. 말리는 가타부타 말없이 몸을 돌렸다. 창밖에서는 더 이상 소란이 나지 않았다.

"묻고 싶으신 게 무엇입니까."

그렇게 밀쳐져 넘어진 주제에, 서재에 들어온 레일라는 또다시 고요한 얼굴로 돌아와 있었다. 빳빳이 든 고개 아래로는 흙 한 점 묻어 있지 않았다. 말리는 턱을 괴고 그녀를 빤히 쳐다보다가 책을 짚었다.

"여기."

"……."

그녀가 보다가 막힌 부분이었다. 레일라가 다가와 흘끗 책을 봤다.

"몰라요."

"……승계."

"무슨 뜻이에요?"

레일라는 잠시 그녀를 내려다보다가 답했다.

"누군가가 가진 것을 이어받는다는 뜻입니다."

"아."

말리가 감탄사를 내뱉었다. '기사는 왕과 먼 친척이었고, 용을 물리치고 돌아온 기사에게 작위를 승계하라고 어떤 사람들이 말했기 때문입니다……' 라는 문장을 그제야 말리는 읽어 낼 수 있었다. 그녀가 책을 짚어 보며 문장을 곱씹는 것을 보던 레일라가 입을 열었다.

"또 궁금한 게 있으신지."

그 말에 말리가 고개를 들어 레일라를 봤다. 레일라의 얼굴에는 바람 한 점 없었다. 귀를 새빨갛게 붉히던 레일라는 어디로 갔을까. 자신을 비웃을 거라고 생각했지만, 생각해 보면 레일라 공주는 언제나 크게 감정을 드러내지 않는 편이었다.

'속으로 비웃고 있겠지.'

말리는 투덜대고 싶은 마음을 꾹 참았다. 아까 대체 왜 그랬는지 모를 일이었다. 하지만 그렇다고 해서 이제 와 자신이 어려운 말을 모른다는 걸 들킨 마당에, 굳이 아닌 척하고 싶지도 않았다. 결국 말리는 입을 열었다.

"궁금한 게 있으면 물을 테니 거기 계세요."

"……네."

레일라는 말리에게서 꽤 먼 곳에 앉았다. 말리가 자신을 불편해할 거라는 사실을 익히 알고 있는 모양이었다. 하지만 결국 머잖아 레일라는 말리의 바로 옆에 앉게 됐다. 복잡해지는 이야기 때문에 말리는 레일라를 계속해 부르게 됐고, 레일라는 멀리서 몇 번 왔다 갔다 하다가 결국 말리의 옆에 의자를 깔고 앉아 버린 것이다.

「기사는 공주가 싫었으며 증오했습니다. 용을 물리친 기사는 왕의 자리 따위는 관심 없이 멋진 세상 속에서…….」

말리가 글자를 따라 짚던 손가락을 멈추자 레일라가 입을 열었다.

"모험."

"아, 모험."

「모험을 계속하고 싶었기 때문입니다. 가시나무로 만들어진 성 앞에 선 기사는…….」

그날도 말리는 책을 다 읽지 못했다. 아넷사가 서재로 와, 갑작스레 왕이 말리를 불렀음을 전했기 때문이다. 말리는 창밖을 바라봤다. 햇빛이 누레지기는 했으나 해가 지려면 아직 먼 시간이었다. 대낮부터 계집애랑 붙어먹고 싶으면 다른 계집애가 있을 텐데. 말리는 한숨을 쉬고 싶었으나 아넷사 앞에서 그럴 수도 없었으므로 그저 책을 덮고 일어났다.

왕에게 가기 전 아넷사가 말리의 머리를 풀어내고 다시 빠르게 땋아 주었다. 말리는 거울 안에서 제 뒤에 말없이 서 있는 레일라를 봤다. 머리카락이 흘러내려 와 있는 건 여전했다. 말리는 입을 열었다.

"아넷사. 내가 없을 때 저이가 머리를 만지는 법을 좀 배우게 해 주련?"

"……제가요?"

아넷사가 흘끗 레일라를 돌아봤다. 레일라가 화들짝 놀라 눈을 동그랗게 떴다. 말리는 슬쩍 웃으며 아넷사에게 말했다.

"저이는 디온에서도 좋은 집 딸이라 매일 머리를 남들이 만져 주어야 성으로 왔단다. 홀로 머리하는 법을 몰라 이곳에서 자꾸 깔보이는구나."

"아……."

아넷사가 아주 잠깐 머뭇거렸다. 찰나였지만 영 싫은 게 분명했다. 그도 그럴 것이, 레일라는 시녀들과도 잘 어울리지 않았다. 레일라가 하도 간절히 말리에게 간청해, 방도 시녀들과는 따로 쓰는 참인 데다가 말도 없었다. 시녀들이 뭘 도와 달라 해도 제대로 답하지 않고 그저 말없이 가서 일만 돕고 돌아왔다. 그게 다 그들에게는 외국인 시녀애가 콧대 높게 구는 것으로 보이리라.

"그러면 조금 이따가……."

"……죄송합니다."

아넷사의 말을 끊은 것은 레일라였다. 레일라는 보기 드물게 분명한 눈으로 거울 속의 말리를 쳐다보고 말했다.

"이런 것까지 신경 쓰고 계실 줄은 몰랐습니다."

"그야 내 시녀가 기사들에게 떠밀리고 다니는 데야."

기사들에게 떠밀려? 아넷사가 조금 놀란 얼굴이 됐다. 레일라는 그 말에 또 귀 끝이 조금 빨개졌다. 제가 당한 치욕을 남 앞에서 이야기하는 것이 싫은 모양이지. 말리는 그렇게 생각하며 거울에 비친 레일라를 바라봤다. 잠시간 침묵이 이어졌고, 아넷사가 어색하게 두 사람 사이에 끼어들었다.

"제가 조금 이따가 땋아서 틀어 올리는 법을 알려 드리지요. 그렇잖아도 매번 보면서 머리를 좀 만져 드리고 싶었답니다. 화장도 조금만 하시면 훨씬 미인으로 보이실 텐데……."

그러나 레일라는 고개를 저었다.

"저녁에 부탁합니다."

"저녁이오? 저녁은……."

"공주님의 침실 앞을 지켜야 하니까요."

레일라와 달리 말리는 표정 관리에 영 매번 애를 먹곤 했는데, 이번에도 마찬가지였다. 레일라의 말에 이마를 팍 찌그러트리고 말았기 때문이다. 말리는 한쪽 눈썹이 자꾸 구겨지려는 것을 손가락으로 꾹꾹 누르며 말했다.

"그깟 일이야 아무려면 누가 해도 상관없는 것을. 그리고 내가 저녁 넘어까지 있으면 어찌할 게냐."

"그러면 내일 배우면 될 일이지요."

뜻을 알 수 없었다. 다만 아넷사가 난처한 표정으로 자꾸 둘을 번갈아 보고 있어, 말리는 더 뭐라 하지 않았다.

……아마 공주로 자라 제 허물을 지적받는 일이 영 기껍지 않은 모양이지. 그렇게 생각하기로 했다.

❀

젊은 왕은 가벼운 가면을 쓰고 있었다. 평소에 쓰는 입과 코 밑만 뚫린 가면이 아니라, 코와 광대 아래까지만 가려져 있는 황금의 가면. 저렇게 얼굴 드러내도 괜찮나. 맨얼굴은 반만 가려도 되는 건가. 다 가려져 있는 게 아니어도 괜찮은 건가. 마녀의 저주는 어디까지 드러내야 모두 타 죽는 건가. 그런 잡스러운 생각들을 하며 말리는 입술을 벌렸다. 왕의 얇은 입술이 그녀의 입술 위에 내려앉았다. 두꺼운 수염이 턱에 거칠게 비벼지는 감각이 끔찍했다.

왕은 덩치가 커서, 그 무게를 말리에게 온전히 실을 때면 말리는 참 사내를 받아 내기가 버거웠다. 사내치고는 호리호리한 편인데도 그랬다. 그는 말리의 다리를 벌리지도 않고 그저 그 위에 올라타 말리의 입술을 빨아 대길 좋아했는데 왜인지는 몰랐다.

낮부터 술을 마신 듯 입술이 술 냄새에 흠뻑 젖어 있었다. 뜨끈한 혀가 난잡하게 말리의 입 안을 훑었다. 입 안에서 혀들이 얽히는 감각은 이상하게도 현실감이 전혀 없었다. 곧 입술을 떼어 낸 왕이 그녀의 목덜미를 살짝 핥다가, 깨물었다.

아야. 말리가 작게 신음 소리를 내자 왕이 웃었다.

"아프냐."

"아니오……."

"거짓말을 하는군."

왕이 그녀의 가슴 위를 찰싹 손바닥으로 때렸다. 살과 살이 부딪히는 소리가 났다. 말리가 어깨를 움츠렸지만 왕은 아랑곳하지 않고 맨살을 꼬집어 올렸다.

"거짓말을 하면 어떻게 한다 했지?"

"으응……. 벌을 주신다 했습니다."

"그래."

그렇게 말하며 왕은 말리를 내려 보다 흠칫했다. 공교롭게도 레일라가 목욕을 돕다 상처를 낸 곳이 눈에 띈 것이다. 손톱에 스친 붉은 자국을 보고 왕이 흥미롭다는 듯 웃었다.

"이것은 무엇이냐?"

"아. 제 시녀가 목욕을 돕다 실수를……."

"그래?"

그렇게 물은 왕은 입술을 들어 올려 웃더니 눈앞의 가슴을 손으로 때렸다. "아응." 말리가 신음했다. 아파서였다. 몇 번 더 손찌검을 하고 나서야 입을 뗀 왕이 나지막하게 속삭였다.

"네 어디 가서 다른 사내와 붙어먹고 거짓을 고하는 것은 아니냐?"

"그럴 리가요……."

말리가 화들짝 놀라 눈치를 보며 기어들어 가는 목소리로 말하자, 왕이 짓궂은 목소리로 다시 물었다.

"네가 움찔하는 걸 보니 맞는 게로구나."

"아니, 아닙니다. 이건……."

"입 닥치거라."

그렇게 말하는 왕의 목소리에는 여전히 장난기가 가득했다. 말리는 이게 농인지 진담인지 구분이 되지 않았다. 다만 그리 험악한 분위기가 아닌 것은 분명했다.

"디온의 공주는 말도 없고 조신하다 들었는데 어째 내 침실에서 영 겸연쩍은 기색도 없는 것이 내 알아보았다. 네년 내가 불러 주지 않는 동안 어디서 누구와 붙어먹은 게냐."

"정말 아닙니다……."

왕이 다시 찰싹, 그녀의 가슴 위를 때렸다. 민감해진 살이 슬슬 짜증 스럽도록 아팠다. 왕은 말리의 찡그린 눈썹이 퍽 재미나다는 듯 바라보 더니 은밀하게 속삭였다.

"이것 보려무나. 나를 만나기 전에 아무래도 다른 사내놈을 만난 모 양이지. 요전처럼 나긋나긋하게 굴지도 않고, 때리는 대로 바짝바짝 눈 썹이 찌푸려지는 걸 보니 네 어디서 비빌 만한 다른 사내를 찾은 게로구나."

그 눈에는 은근한 기대감이 서려 있었고, 그제야 말리는 왕이 무슨 소리를 하는지 알아챘다. 그러니까, 왕의 취향은 그런 것이었나 보았다. 말리는 가만히 왕을 쳐다보다가 샐쭉 웃어 보았다. 가면 사이로 보이는 눈이 한층 더 휘는 걸 보니 이게 정답인 모양이었다.

"계집이 감히 귀한 분을 어찌 속이겠습니까."

"요년."

왕이 손을 뻗어 말리의 뺨을 움켜쥐었다. 좋아 죽겠다는 표정이었다.

"요년 요거 기가 막히게 요사를 떠는구나. 어디서 누구와 붙어먹었느냐."

"아이……."

말리는 몸을 슬쩍 꼬며 배시시 웃었다.

"귀한 분 잘 모시기 위해 배워 온 것이지, 붙어먹었다 하시면 부끄러워요."

그렇게 말하는 말리의 손이 왕의 앞섶에 닿았다. 방금 전까지 제 욕망을 다 채운 듯 미동도 없던 앞이 그사이에 불룩해져 있었다. 그의 취향은 아무래도 범상치 않긴 한 모양이었다. 때리고 꼬집는 것도 모자란 모양이지.

다른 놈이랑 붙어먹었냐는 추궁도, 그리했다는 말리의 대답도 거짓임을 둘 다 알고 있었다. 다만 왕은 말리가 그러했다는 상상만으로도 즐거운 모양이었다. 이를테면 역할극 같은 것이 하고 싶은 것일 게다.

말리는 손끝으로 왕의 것을 옷깃 위에서 살살 쓸면서 아양을 떨었다.

"얼마나 배워 왔는지 볼까."

"배움이 모자라도 너무 나무라지 마셔요."

"모자라면 벌을 받아야지."

그렇게 말하는 왕의 목소리에는 즐거움이 가득했다. 말리는 축축하게 젖은 앞섶을 헤집으며 웃어 보였다.

매 순간이 고역이었다.

추운 날 갈 곳이 없어 길바닥에서 동동 발을 구를 때가 있었다. 발가락이 다 얼어 발톱이 거뭇하게 죽을 지경이었는데, 한 사냥꾼이 그녀를 열흘간 재워 주겠다고 나섰다. 당연히 그 사냥꾼은 열흘 동안 따뜻하게 불 지펴 놓은 집에서 말리를 괴롭혔다. 차라리 얼어 죽는 게 낫지 않나 싶을 정도로.

하지만 요긴하게 배운 것도 있었다. 버겁고 곤욕스러운 상황에서 정사를 빨리 끝내는 방법이다. 어쨌든 남자들은 침대에서 제 욕심만 채우면 바로 뒤로 널브러지곤 했으니까.

"요사스런 계집이……."

그렇게 말하는 왕의 목소리에는 즐거움 반, 환희 반. 어쨌든 왕은 말리가 제게 치대는 것이 퍽 좋은 모양이었다. 그야 왕을 상대한 계집들이래 봐야 죄 귀한 몸이셨을 텐데 이런 잡기를 어느 계집애가 부렸겠어.

말리는 으응, 교태를 부리며 입을 맞췄다. 쪽 소리가 난 직후 그녀가 낮게 속삭였다.

"폐하의 것이 품고 싶습니다."

암만해도 애를 빨리 배든가 해야 이 노릇이 끝날 모양이었다. 말리는 최대한 왕을 즐겁게 해 준 후에야 넌지시 그렇게 말했다. 아이를 낳아야 가면을 벗을 수 있다는 왕. 그에게도 제게도 나쁜 일은 아닐 것이다.

그러나 생각 외로 왕은 기가 차다는 듯 웃었다. 목소리에서는 즐거운 기색이 가신 지 오래였다. 유희는 끝났으며 그녀는 오늘도 아이를 가질 일은 요원하다는 것만 알게 됐다.

왕은 늘어져 나른하게 말했다.

"그렇게는 안 되지."

숨은 뜻은 분명했다. 말리는 부아가 났으나, 얻어맞아 부은 뺨으로도 생긋 웃어 보였다. 이보다 더 미움받는 건 곤란하기 때문이다. 그러니 왕이 그녀를 보지 않는데도 말리는 환하게 웃었다.

말리가 설렁줄을 당겨 시녀들을 부른 건 한참 후였다.

❋
❋
❋

성벽이 희한한 자들은 널리고 깔렸다. 그러니 왕이 여자의 사타구니를 좋아하지 않는다 해도 이상할 건 없었다.

하지만.

'애를 낳아야 가면을 벗을 수 있는 거 아닌가.'

그렇게 생각하며 말리는 천천히 걸었다. 시간은 이른 아침이었다. 어젯밤에 늦게 잠들었는데도 이상하게 새벽에 눈이 떠졌다. 다시 잠들려 해도 잠이 오지 않아서 일어났다. 이른 새벽이라 그녀의 방 앞에는 보초 하나만 서 있었다. 깨어나 방을 나온 그녀를 보고 보초가 시녀를 부르려 했으나 말리는 고개를 저었다.

태생이 천해 그런가, 말리는 똥밭을 걸어도 제 뒤에 시녀 하나는 꼭 붙어 있는 모양이 영 불편했다. 보초가 불안한 얼굴을 했으나 말리는 "내가 어디 가 자빠져도 네 탓은 하지 않을 테니 걱정 말렴."이라며 다독이고 방을 걸어 나왔다. 그녀가 갈 데가 딱히 많지는 않았다. 어차피 성을 나가려면 문에서 보초를 서는 기사들의 눈에 띌 것이었으니 그가 걱정할 필요는 없다고도 일러두었다.

한겨울의 공기는 차갑고 뼈를 때리는 듯했다. 자신의 방이 있는 내성을 나오자마자 말리는 더 두꺼운 솔을 두르지 않은 것을 후회했다. 입김이 짙게 뿜어져 나오는 것이 곧 함박눈이 내릴 듯했다.

"······서 말야."

내성 뒤로 통하는 길이 보이기에 피해 가려던 말리는 문득 들리는 익숙한 목소리에 움찔했다. 뒤쪽에는 내성의 화장실들이 몰려 있었는데, 화장실들은 죄다 성 옆에 둘러져 있는 해자로 배출구가 통해 있었다. 아무리 해자에 흘려보낸다 해도 오물이 길에 튀거나, 냄새가 나는 경우가 흔했기에 대부분의 벨담 성 사람들은 내성 뒷길에 접근하지 않았다.

하지만 레일라의 취향은 좀 다른 모양이었다.

말리는 조심스럽게 내성 뒷벽 쪽으로 다가갔다.

"가끔은······. 그래. 그 저열한 품성이 참으로 기가 막히게도 여겨지는구나."

예상대로 레일라가 내성 뒤쪽에 있었다. 익숙한 밀짚빛 금발 머리를 땋지도 틀어 올리지도 않은 채로 늘어트린 그녀는 이쪽에 등을 돌리고 있었기에 말리를 발견하지 못했다. 그리고 레일라와 함께 있는 말 상대 또한 그러했다. 상대 역시 레일라와 같은 방향을 보고 서 있었는데, 그 종족은 인간이 아니었다.

"에구, 지랄이다. 네 잘못이 아니다. 인간 계집애들은 다들 왜 그리 못됐니?"

말.

말리는 이마를 찡그렸다. 왕의 마구간에 있어야 할 파라디가 레일라의 옆에 서서 말답지 않게 한숨을 푹푹 내쉬고 있었기 때문이다. 그제야 말리는 왕의 말들은 이른 아침이면 마구간지기가 모두 풀어 아침 산책을 시키면서 몸을 덥힌다는 것을 기억해 냈다. 파라디 또한 아침 산책을 나온 모양이었다. 하지만 사람도 아니고 말이다. 저렇게 따로 나오다간 들킬 텐데.

"그리고 인간 남자들은 왜 그렇게 여자 엉덩이를 못 만져서 안달인 거야? 윤기가 흐르는 털도 없는데 말야……."

"파라디."

레일라가 웃음기 띤 목소리로 말의 목덜미를 두들겼다. 파라디가 투덜댔다.

"말리 그 계집애, 나는 영 불안해. 나는……."

말의 입에서 나온 제 이름에 말리는 저도 모르게 성벽 뒤로 몸을 숨겼다. 아무래도 앞서 말한 못된 인간 계집애라는 건 자신을 말하는 듯싶었다. 둘이 함께 사이좋게 내 험담을 했던 모양이지. 말리는 코를 찡그렸다. 파라디라고 제게 좋은 감정이 있을 리 없었다. 산속에서 레일라의 뺨을 있는 힘껏 후렸을 때, 정작 비명을 질렀던 것은 파라디니까 말이다…….

"파라디."

말리가 상념에 잠기려는데, 레일라가 파라디를 다독이며 나직하게 불렀다. 그 목소리가 편안하면서도 낮아서 말리는 흠칫 놀랐다. 레일라는 말리가 보고 있는 것도 모른 채 마저 말을 이었다.

"불안해하지 말렴. 나의 불안과 너의 불안이 만나 더 큰 불안을 불러

오게 될 테니."

"하지만……."

"조금만 참아."

파라디의 밤색 갈기와 윤기 나는 털을 쓰다듬는 손길은 메마르고 건조했다.

"내가 나갈 때, 적어도 너는 데리고 갈 테니."

"제발 그래 줘. 여기 마구간은 얼마나 답답한지 하루 종일 있으려면 짜증이 난다, 짜증이 나. 너 손은 왜 그래?"

"아, 어제 찬물로 청소를 하다가……."

※
※
※

말리는 흘끗 레일라를 내려다봤다. 레일라는 언제나 그렇듯이, 말리의 방에 깔려 있는 카펫을 모조리 걷은 뒤 찬물로 방을 닦고 있었다. 본래 가장 허드렛일을 하는 하녀들이 할 일이었으나 레일라는 굳이 자신이 자청해 방 청소를 하곤 했다.

그녀는 긴 소매를 걷고 걸레를 양동이에 담갔다. 나무로 된 양동이 안에 찬물이 찰랑거렸다. 벨담의 여인들은 대부분 길고 넓은 소매로 된 드레스를 입었다. 소매 끝이 아주 넓어 찬 바람이 들이치기에 겨울의 벨담 여인들은 소매 안쪽에 긴팔로 된 상의를 보통 입었다. 그러나 레일라는 그럴 요령이 없는 것인지, 아니면 옷을 껴입고 싶지 않은 것인지 모르지만 긴 소매 안에 아무것도 입지 않았다.

찰박찰박 소리가 났다. 말리의 앞에는 따뜻한 차가 놓여 있었으며 아넷사와 나디아는 말리의 옆에서 자수를 놓고 있었다. 앤은 불을 쑤석이다가 잠시 나간 참이었다. 말리는 물끄러미 찻잔을 보는 척하며 레일라를 보았다. 겨울이니 손이 부르터 피가 안 나는 날이 없을 것인데, 저 체념한 얼굴은 어쩌면 저렇게나 태연하게 찬물에 손을 담그고 있을까.

그 밀짚색의 금발을 보고 있으니, 그날 아침 파라디와 레일라가 나누던 말이 떠올랐다.

'가끔은……. 그래. 그 저열한 품성들이 참으로 기가 막히게도 여겨지는구나.'

말과 레일라는 말리에 대해 떠들었더랬다. 저열한 품성이 누구를 가리켜 하는 말일지는 뻔했다. 심술궂은 저를 가리키는 말일 테지! 말리는 조금 짜증이 났으나 표정에는 드러내지 않고 찻잔을 들어 입에 댔다. 차는 끝맛이 달큰한 것이 아주 고급인 듯했다.

"아넷사, 잠시……."

돌아온 앤이 문밖에서 고개를 내밀어 아넷사를 불렀다. 겨울이니 성의 부엌에서 숯을 나누어 받아야 하는데, 그 양이 너무 많은 듯했다. 요즘 벨담 왕은 말리를 퍽 흡족해했는데, 그래서일까. 부엌에서 보내는 숯의 양이 늘었다. 침방에서 빨아 보내는 침구들도 부쩍 질이 좋아졌다. 베갯머리송사라는 말이 괜히 생긴 말은 아니라는 걸 실감하는 세월이었다.

……매 맞는 것도 베갯머리송사에 속한다면 말이지.

말리는 자조했다. 매 맞아 벌었다는 말이 웃길 따름이지만, 매 맞은 후에 그대로 길바닥에서 얼어 죽을 것을 걱정하던 세월에 비하면 호사스럽다고도 할 수 있었다.

아넷사가 부스럭거리며 일어났다. 말리는 그쪽을 쳐다보지도 않고, "나디아도 같이 가렴." 하고 둘을 내보냈다. 시녀들이 나가자마자 말리는 레일라를 손짓해 불렀다. 레일라는 나디아와 아넷사가 나가자마자 자신을 부를 것을 알고 있었다는 듯, 걸레를 빠르게 정리하고 일어났다.

"무슨 일이시지요."

"이리 오세요. 심히 보기 안 좋습니다."

"하지만 하녀들에게 청소를 맡기기가……."

말리는 뾰족하게 말했다.

"청소야 험한 일 해 본 적 없는 공주님에게 꼭 필요한 일일 테죠. 저는 청소 이야기를 하는 것이 아닙니다."

"그러면……."

"머리카락이 아직도 엉망이잖아요."

아. 레일라가 조그맣게 알겠다는 듯 감탄사를 냈다. 다만 표정은 변화라곤 없는 게, 마치 허수아비라도 보는 것 같아 섬뜩했다. 말리는 투덜댔다.

"아무리 귀히 자란 시녀라도 머리를 아예 만질 줄 모른다는 건 좀 어불성설 아닐까요."

"그……. 죄송합니다."

레일라가 고개를 조금 숙였다. 말리는 뾰족하게 말했다,

"게다가 그 구식 버팀살도 거슬려요. 좀 빼면 안 되나요? 그건 디온에서도 유행이 지난 옷이잖아요."

디온에서야 그녀가 유행이 지난 옷을 입어도 상관없었다. 오히려 디온의 왕비는 그녀가 구식 옷을 입는 것을 반겼으리라. 어여쁘게 치장하는 것보다 못난 것이 환영받았다. 하지만 여기는 벨담이었고, 오래된 구식 드레스를 고집하는 시녀는 너무 눈에 띄었다.

"그런가요. 하지만……."

레일라가 머뭇거리다가 말했다.

"머리 다듬는 법은 아넷사나 앤에게 배우겠습니다."

"뭘 꺼려요? 어차피 아넷사와 그날 이후로 한마디도 섞지 않은 것 같은데."

사실이었다. 말리가 왕의 침대에 불려 간 이후로 그 둘의 머리 다듬기 수업은 단 한 번도 실행되지 않은 모양이었다. 말리는 턱끝으로 공주를 불렀다. 말하자면 레일라는 말리의 앞에 얌전히 등을 돌리고 엉거주춤 몸을 구부리게 되었단 얘기다.

말리는 레일라의 정수리로 손을 뻗었다가 흠칫했다. 정수리가 일견 너무 멀어 보였기 때문이다. 아주 잠깐의 추리와 의문을 거친 후, 말리는 레일라가 자신보다 한참은 키가 크다는 것을 떠올렸다.

"……바닥에 앉으세요."

"예."

레일라 공주는 말리가 왜 그러는지 궁금해하지도 않고, 고개만 약간 갸웃대며 말리의 무릎 사이, 바닥에 앉았다. 조금 전까지 자신이 물로 청소해 차갑기 그지없을 그 바닥에 앉은 레일라의 뒤통수를 보고, 말리는 심술궂은 손으로 레일라의 정수리에 난 머리카락 가닥을 확 잡아당겼다.

"아얏."

레일라는 머리가 당겨지며 죽는 소리를 냈다. 말리는 작게 킥 웃었다. 웃지도 울지도 않는 것 같은 당신도 고통은 느끼나 보지.

하긴. 화도 내고.

머리를 세게 잡아당기다 못해 자신의 무릎 사이로 몸이 당겨져 제게 기대게 된 레일라의 새빨간 목뒤를 보며 말리가 생각한 것이었다.

⁂

레일라 공주는 화가 나면 목덜미와 발목, 그리고 귀가 새빨개지곤 했다. 말리가 두어 달간 지켜보고 나서 알게 된 것이었다. 레일라는 대부분 비는 시간이면 파라디를 찾곤 했는데, 성안의 사람들 중 질이 나쁜 이들은 레일라를 한 번씩 건드려 보곤 했다. 그것은 그녀가 어떤 일을 당해도 큰 비명을 지르지 않기 때문이었다.

'기사가 걷어찼는데도 숨만 들이켜는 종자니 그럴 수밖에 없지.'

말리는 목덜미를 빨갛게 붉힌 채 마구간 지푸라기를 터는 레일라를 보며 생각했다. 서재 창문은 마구간에 드나드는 레일라를 보기에는 나쁘지 않은 장소였다.

'아, 저 버팀 살 아직도 그대로네.'

레일라를 아래위로 훑으니 오늘도 그녀는 그 유행 지난 버팀 살을 드레스 밑에 받치고 나온 듯했다. 레일라는 마구간을 천천히 나오고 있었는데, 마구간지기가 지나가며 그녀의 허리를 툭 건드렸다. 언뜻 보기에는 별일 없이 스쳐 지나간 것 같지만, 말리는 그런 일상적인 움직임들이 얼마나 치욕스럽게 느껴질 수 있는지 아주 잘 알고 있었기에 눈썹을 들어 올렸다.

아마, 지금 레일라는 말리가 그간 느꼈던 것보다 배는 더 치욕스러울 것이다.

평생을 귀하게 살아왔을 이가 천한 누군가의 저열한 의도가 가득한 손길에 여과 없이 노출된다는 것은 어떠할까, 말리는 조금 궁금해졌다.

죽고 싶을까? 빨리 도망치고 싶을까? 아니면 다 죽여 버리고 싶을까?

나는 그랬는데.

저도 모르게 입술 끝을 비집고 웃음이 나왔다. 좋아서라기보다는 어이가 없어서였다. 그녀는 서재의 유리창을 손으로 톡톡 두들기며 아주 잠깐, 레일라에 대해 생각했다.

저 공주님은 차라리 벨담 왕의 밑에 깔리는 게 나았다는 생각을 하고 있지는 않을까?

왜냐하면 말리가 지금 레일라를 보며 하는 생각이 그것이었기 때문이다.

레일라는 매일매일 화가 나 새빨개진 얼굴로 말리가 지내는 방을 청소한다. 공주의 시녀라지만 벨담 성은 손이 모자란 곳이라, 아주 가끔은 정원의 풀 뽑기나 세탁실에도 불려 간다. 자연스레 세탁실의 양잿물을 만드는 남자들, 혹은 정원사, 아니면 지나가는 기사들의 손을 탄다. 유형도 가지가지다. 그저 일단 다가와서 만지는 남자, 혹은 유혹하는 남자. 그리고…….

말리는 힐끗, 다시 아래로 시선을 돌렸다. 마구간을 막 벗어나 성벽쪽으로 가던 레일라가 누군가를 마주하고 있었다. 기사의 종자인 듯했다. 걸친 튜닉은 기사의 것이라기엔 짧았으며 벨담의 문장이 박혀 있었으니.

종자의 손에는 무언가가 들려 있었는데, 말리가 있는 곳에서는 잘 보이지 않았다. 말리는 저도 모르게 살짝 발돋움했다. 발돋움해 봐야 더 잘 보일 리가 없는데도.

종자는 자신이 든 물건을 레일라에게 몇 번 내밀었고, 레일라는 손을 내젓다가 뒤로 두 발짝 물러섰다. 남자는 끈질겼으며 레일라는 고개를 흔들다가 이내 뭐라 뭐라 말했다. 잘 들리지는 않았지만 아마 거절의 말이리라.

남자는 이내 실망한 듯 고개를 떨궜다가, 자신이 들고 있는 물건을 레일라의 발치 앞에 내려놓고 뒤로 돌아 뛰었다. 레일라는 당황한 듯 우두커니 서 있다가, 그 물건을 들어 올렸다. 한참이나 들여다보던 레일라는 그것을 들고 성벽으로 돌아가려고 했다. 하지만 영 마음에 걸리는 듯 다시 서성이다, 결국 그토록 꺼려하던 마구간지기에게 다가가 그 물건을 건넸다.

멍청이.

마구간지기가 그렇게 말하는 것을 말리는 그의 입 모양으로 알 수 있었다. 레일라는 고개를 흔들며 물러섰다. 남자가 돌아오면 그 물건을 돌려주라 말한 거겠지. 마구간지기의 평가는 어떨지 몰라도, 말리는 레일라가 아주 멍청하진 않은 모양이라고 생각했다.

저 선물을 받아 버리면 더 귀찮아질 테니 말이다.

차라리 거칠게 대하거나 대놓고 희롱하는 이들은 거절하기도 쉽다. 하지만 천천히 다가와 열렬한 마음을 고백하는 남자들. 그리고 그것을 부드럽게 거절했는데도 거절을 받아들이지 않는 남자들이야말로 악질이다. 한 번 거절했는데도 두고 간 선물을 받아 오는 순간, 그들은 자신의 마음을 받아 줬다고 생각하니 말이다.

하지만 저렇게 행동하면, 남자와 눈이 맞아 도망갔다는 소문을 퍼트리기는 어려울 텐데. 좀 거북해도 가벼운 여자애인 양 구는 게 훨씬 나을지도 모른다…….

그러다가 말리는 퍼뜩 정신이 들었다.

'내가 대체.'

자신이 왜, 레일라가 도망칠 때를 생각하고 있단 말인가. 보던 책도 내버려 두고 말이다. 말리는 저도 모르게 스스로가 유리창에 이마를 기대기까지 하며 그 광경에 몰입해 있었다는 것을 깨닫고 뒤로 물러서려 했다. 그때였다.

돌아선 레일라가 문득 위쪽을 올려다봤고, 말리와 눈이 마주쳤다. 말리는 화들짝 놀랐으나 되도록이면 티 내지 않으려 했다.

두 사람의 시선이 잠시 부딪혔다. 말리는 태연을 가장하기 위해 웃으려다가, 이미 자신이 웃고 있다는 것을 깨달았다. 정확히는 아까부터 웃고 있는 채였다.

비웃음, 혹은 어이가 없는 웃음일 것이다. 그래야 했다. 말리는 저도 모르게 손으로 입을 가리고 한 발짝 물러섰다.

레일라는 그런 자신을 한참이나 올려다보다가, 이내 성으로 들어왔다. 말리도 레일라가 모습을 감춘 후에야 창에서 떨어졌다. 유리창이 여전히 열린 채여서 말리는 창을 꽉 눌러 닫았다.

"부탁 하나만 해도 될까요."

레일라가 그렇게 말했을 때, 말리는 물끄러미 레일라를 올려다보며 다른 생각을 하고 있었다.

'오늘은 좀 낫네.'

머리카락 가닥가닥을 잡아당겨 가며 말리가 머리를 땋아 준 날 이후, 레일라는 부쩍 단정해졌다. 그저 하나로 묶기만 해도 머리가 온통 튀어나오곤 했던 예전과는 확 달라져서 아넷사가 놀라워할 정도였다.

오늘도 비록 머리카락을 위에서부터 반만 묶어 땋아 넘겼을 뿐이지만, 보기가 나쁘지 않았다. 게다가 요즘 벨담 성에서 잘 먹어 그런지 얼굴도 좀 살이 붙은 거 같기도 하고.

'키도 더 커진 것 같은데.'

벨담 성의 시녀들은 따로 모시는 주인이 없는 한, 한곳에서 식사를 했다. 말리에게 붙은 시녀들은 원한다면 말리가 먹고 남긴 음식을 먹을 수 있었지만 레일라는 그것들을 사양하고 시녀들이 식사하는 구역에서 끼니를 때웠다. 아마 말리가 먹고 남긴 것을 먹고 싶지는 않을 것이니 당연하다면 당연했다.

벨담 왕은 부리는 이들에게 인색하지 않았다. 성의 하인들까지 모두 식사 시간만 기다릴 정도니 말이다. 레일라는 원래 새 모이만큼만 먹었지만, 부쩍 식사량이 늘긴 했다. 함께 식사하러 갔던 앤이 슬쩍 귀띔한 이야기였다.

일이 힘드니 무리도 아니었다. 말리도 농장에서 일할 때는 틈만 나면 몰래 흙에서 무와 당근을 뽑아 털어 먹었더랬다. 디온 성에서도 순무를 훔쳐 뽑아 먹는 게 일상이지 않았던가.

'하지만……'

말리는 레일라의 머리 꼭대기를 보며 키를 가늠해 봤다. 그렇잖아도 어지간한 남자들만큼 크던 키가 훨씬 더 크면, 정말로 눈에 띄지 않을까. 디온에서는 키가 큰 여자들을 보고 달을 따 왔다던 처녀 트리스탄에 비유했다. 가진 것을 다 잃은 처녀 트리스탄은 신에게 자신을 지킬 힘을 가지게 해 달라고 빈다. 신은 밤이면 인간들을 추위에 떨게 만드는 두 개의 달 중 하나를 따 오라 분부하고, 키가 유독 컸던 트리스탄은 세상에서 가장 높은 절벽으로 올라가 발돋움해 달을 딴다. 그리고 트리스탄은 차가운 달 때문에 심장이 얼어 버리고, 남자가 된다.

'저 정도로 키가 커지면 트리스탄이라는 소리를 듣겠는걸.'

"……저."

"아."

말리는 레일라가 재차 조심스럽게 부르는 소리 덕에 상념에서 깨어났다. 레일라는 저를 물끄러미 쳐다보는 말리 때문에 난처해하고 있었다. 말리는 이마를 찌푸리며 짐짓 이미 들은 척했다.

"무슨 부탁이지요."

"……파라디를 좀……."

파라디. 말인즉슨, 그 말할 줄 아는 말을 좀 데리고 나가 타 달라는 이야기였다. 말리는 대번에 레일라의 말을 납득했다. 파라디는 공주가 디온에서부터 타고 온 말이다. 아무리 인질이고 볼모인 공주의 것이라 해도 왕의 기사들이 몰고 나갈 수 있을 리 없고, 훌륭한 말이 열 마리나 되는 벨담 왕이 파라디를 탈 이유도 없었다. 그리해 파라디는 두 달째 아무도 타 주지 않는 마구간에서 지내고 있다 했다.

"마구간지기가 운동을 시키잖아요?"

"그건 그렇지만……. 아무래도 답답한 모양입니다."

이해는 됐다. 암만해도 성의 앞뜰을 몇 바퀴씩 휘휘 도는 것과, 너른 들판을 누군가가 몰고 달려 주는 것과는 활동량이 다를 것이다. 하지만 말리는 이마를 찡그렸다.

"나는 그 말이 싫은데요."

"……파라디를 데려가 주신다면 아마 심술을 덜 부릴 겁니다."

그랬다. 말리는 파라디가 싫었다. 레일라 공주와 산에서 옷을 바꿔 입고 그녀가 파라디에 탔을 때, 파라디는 일부러 거칠게 걸었다. 핀잔은 기본이었다. 그러니 말리가 파라디를 좋아할 리 만무했다. 그녀는 거기에 덧붙였다.

"나는 승마도 못 하고요."

사실이기도 했다. 산에서 파라디를 타고 걷는 것은 괜찮았으나 파라디가 조금 속도라도 내면 말리는 어김없이 파라디의 갈기를 꽉 붙들고야 말았다. 그러면 파라디는 아프다며 목을 휘휘 돌려 말리가 더욱 겁먹게 만들었다. 그뿐인가. 그 일주일 동안 가끔은 승마에 익숙하지 못한 말리를 놀리기도 하고, 대체 뭐 하느라 승마도 못 배웠냐며 쏘아붙이기도 했다. 그런데 그런 파라디를 타고 그녀가 달릴 수 있을 리 만무하다.

"그, 들판까지만 나가 주시면 제가……."

레일라가 말끝을 흐렸다. 사람 눈이 적은 들판까지만 파라디를 데려가면 자신이 몰겠다는 뜻이었다. 말리는 참 나, 하고 혀를 찼다.

"그리고 저는 들판에 혼자 있고요?"

"……."

"당신이 말을 타고 달릴 동안 호위 기사 하나 없이?"

레일라가 그제야 입을 다물었다. 말리는 콧방귀를 뀌었다. 레일라의 부탁은 애초에 어불성설이었다. 사람 눈을 피하려면 호위 기사도 없이 들판에 나가야 한다. 말리는 별로 그러고 싶지 않았다.

애초에.

"제가 왜 당신 부탁을 들어줘야 하죠?"

그녀는 레일라의 부탁을 들어줄 필요가 없었다. 이미 두 사람의 입장은 뒤집혔으며 말리는 공주로서 벨담 성에 살고 있었다. 레일라는 말리에게 뭘 요구할 수 있는 처지도 아니었다. 파라디를 타고 들판에 나가 주는 것이 말리에게 대체 어떤 이득이 되겠는가. 말리는 이쯤 해서 레일라 공주가 뭔가 아직도 착각하고 있는 것이 아닌가 생각했다. 자신이 둘만 있을 때는 존대해 줘서 그럴까.

"당신이 아직도 공주인 줄 알아?"

그래서, 말리는 레일라의 착각을 고쳐 주기로 했다. 그녀는 눈앞에 어쩔 줄 모르고 서 있는 레일라에게 짜증스럽게 쏘아붙였다.

"착각하지 말아요. 당신 처지는, 그래."

"……."

"당신 손가락만 봐도 보일 텐데."

그제야 레일라가 제 손에 시선을 내렸다. 부르트고 새빨갛게 부은 손. 점점 더 추워지는 날씨에 계속 찬물을 만지고 덥힐 틈도 없이 일해서였다. 언제나 길게 길러 다듬었던 손톱은 짧아지고 갈라져 있다. 거스러미도 보기 싫게 올라와 있는 데다가 손등은 허옇게 일어나 있다. 건조해서였다.

원래도 곱거나 예쁜 손은 아니었지만 그래 놓으니 더 보기가 싫었다. 레일라는 손을 보았다가, 물끄러미 다시 말리를 바라봤다. 말리는 이마를 찡그리며 제 옆을 더듬었고, 찾던 것이 손에 잡혔다.

말리는 그대로 손에 쥔 것을 집어 던졌다. 물건은 팍, 하고 레일라의 가슴팍에 맞고 떨어졌다.

레일라가 엉거주춤 물건을 주워 올렸다. 나무통에 담긴 것은 아넷사가 매일 정성스럽게 말리의 손에 발라 주는 손기름이었다. 기름에 향을 섞고 한참이나 저어야 나오는 흰 기름은 아주 고급품이었다. 말리는 뾰족하게 쏘아붙였다.

"꼴 보기 싫으니까 그거나 가져다 바르고 입 다물어요."

"……."

"당신이 지금 그 말 같은 걸 신경 쓸 처지나 돼요?"

레일라의 길고 커다란 손안에서 그 나무통은 이상하게도 작아 보였다. 말리가 쥐었을 때는 손가락을 잔뜩 벌려야 온전히 들어왔는데. 말리는 어쩐지 그게 부아가 났다. 본래 공주인 레일라의 손에는 아무렇지도 않게 쥐어지는데, 제게는 버거운 크기. 그게 말리가 의식하지 않으려는 어떤 걸 상징하는 것 같기도 했다.

그래서 말리는 괜히 더 강하게 말했다. 미련스럽게, 서툰 것도 정도가 있지. 언제나 표표해 보이는 레일라 공주는 손이 저 꼴이 돼서도 그 못돼 처먹은 말 따위를 걱정한다.

"말이 마구간에 있는 게 대체 뭐가 어떻단 말이야? 그 말은 마구간에서 여물이나 처먹고 따뜻한 옷까지 두르고 졸고나 있을 텐데."

"배가 부른 게 다는 아니니까요."

"……당신 정말로 그렇게 생각해요?"

말리는 어이가 없었다. 왕의 마구간에 있는 말들은 겨울이 되니 따뜻하게 깃털을 넣어 누빈 옷을 두르고 운동했다. 사람이 입는 것보다 한참은 좋은 옷이다. 눈앞의 레일라는 그런 옷을 두르고 있지 않았다. 그녀가 갖고 있는 옷은 기껏해야 두꺼운 천으로 된 망토. 그리고 성에서 준 벨벳으로 된 시녀복 정도다.

벨벳이라는 것은 언뜻 보기엔 따스해 보이나 걸치면 그렇게 몸이 시릴 수 없었다. 비싸고 허울만 좋은 옷감이었다. 찬 바람이 숭숭 들어오니 춥다 못해 뼈가 다 아플 것이다. 하여 시녀 중에는 집에서 옷을 대다가 시녀복 안에 입는 이들도 있었으나 레일라가 그럴 수 있을 리 없었다.

"당신이 그 손으로 여물을 썰면서?"

마구간지기가 기회를 봐, 레일라에게 말여물을 썰게 시키는 걸 말리는 이미 알고 있었다. 열 마리, 아니, 파라디까지 열한 마리의 말들은 정말 어마무지한 양의 여물을 먹었다. 새벽의 새파란 빛 아래서 레일라는 가끔 여물을 썰었다. 날카로운 칼로 여물을 썰다가 손톱까지 썰 뻔한 것을 말리는 알고 있다. 왼손 둘째 손톱에 가로로 흠집이 나 있는 걸 본 적이 있었다.

시녀가 하지 않아도 되는 일까지 하고 있는 게, 저 공주다.

가짜 시녀 주제에.

"그야 파라디 입에 들어가는 건 제가……."

"아."

말리는 코웃음 쳤다.

"그 말이 아직 당신 것인 줄 아는구나."

레일라가 멈칫했다. 말리가 덧붙였다.

"아니면 아직 여물까지 쑤어 보지 않아서 여유를 부리고 있거나."

"……."

"여물 쒀 본 적 있어요?"

레일라의 푸른 눈이 말리를 향했다. 또 저런 눈. 그녀는 레일라의 저 고요한 눈이 싫었다. 뭘 생각하는지 알 수 없는 깊은 눈. 말리는 저도 모르게 내뱉었다.

"새벽에 일어나 이 빠진 칼로 여물을 썰고, 그걸 이만한 솥에다 넣어 끓이죠. 그 솥 앞에서 쭈그려 앉아 여물이 풀이 죽는 걸 기다리다가 졸고, 졸다 넘어져서 화덕에 앞머리를 태우기 일쑤죠. 앞머리나 타면 다행이지. 그러다가 얼굴에 화상이라도 입으면 그나마 허덕이며 살던 비루한 인생도 끝나는 건데. 그걸 알면서도 졸게 되거든요. 너무 힘이 드니까."

"……."

"아직 거기까진 안 가서, 말 걱정 같은 거나 하고 있나 봐."

레일라가 입을 열었다.

"기분을 상하게 할 뜻은 아니었어요."

"그랬으면 당신한테 내가 그깟 기름통이나 던졌을 것 같아요?"

말리는 턱을 괴었다. 자신을 쳐다보고 있는 저 공주에게 제 못난 면이야 이미 숱하게도 보여 줬지만, 그래도 여유 있어 보이고 싶었다. 그녀는 눈썹을 들어 올리며 말을 이었다.

"그 말이야 당신이 도망쳐도 절대 같이 못 가요. 공주의 말을 훔쳐 간 시녀를 대체 어떤 기사가 내버려 둘까요. 추적이 붙겠죠."

"……."

"당신이 며칠 타 줘도, 어차피 그 말은 남아서 승마도 못 하는 내 말로 평생을 살아야 해요. 그러니 당신 처지나 걱정해요. 말 생각할 시간에 그 기름이나 바르고."

그제야 레일라는 제 손안의 기름통을 다시 내려다봤다. 긴 속눈썹이 팔랑거리는 틈에 슬픔이 떨어지는 것 같기도 했다. 말리는 마구 쏟아낸 사람 특유의 심호흡을 했다. 아주 잠깐 두 사람 사이에 정적이 흘렀다.

"……미안합니다. 아니, 죽을죄를 지었습니다."

그리고 레일라는 그대로 무릎을 꿇었다. 말리는 저도 모르게 등을 굽혔다. 레일라는 그 기름통을 쥔 채 바닥에 엎드려 머리를 땅에 박았다. 쿵, 쿵, 쿵. 세 번. 레일라가 그녀에게 사죄한 적은 많았고, 말리는 매번 레일라가 머리를 세 번 박으면 그만하라 말했기에 이번에도 세 번이었다. 어쩐지 말리는 이번에는 그만하라는 소리도 하지 못하고 그대로 레일라가 하는 양을 보았다. 레일라는 천천히 일어났다. 그리고 말리 쪽을 보지 않은 채, 기름통을 얌전히 내밀었다.

"돌려드리겠습니다. 감히 제 처지에 무례한 부탁을 드렸습니다."

"……아니."

"저를 대신해 당신이 충분한 무도와 야만을 감당하고 있음을 제가 잊었습니다."

바닥을 보고 있는 레일라의 입술이 달싹였다. 말리는 눈도 깜박이지 않은 채 레일라를 주시하고 있었다.

"앞으로 불편하게 해 드릴 일 없을……. 아니, 그러도록 하겠습니다. 하지만 미련하고 서툴러 또 그런다면."

또 그런다면, 까지 말하고 레일라는 한참이나 침묵했다.

또 그런다면? 매질을 할까? 왕의 사나운 개에게 먹이로 던져 줄까? 아니면 나를 내려다보던 예전의 당신처럼, 매번 죽을죄를 지었다 말하는 나를 두고 매번 용서한다 말해 줄까? 말리의 머릿속에 오만 생각이 스쳐 지나갔다.

그러나 레일라는 말을 잇는 대신, 천천히 제 손에 있던 기름통을 말리가 앉은 곳 옆에 올려 두었다. 결 좋은 나무통의 이음새 사이로 흰 기름이 살짝 배어 나와 있는 게 보였다. 레일라는 공손히 두어 발자국 물러난 뒤 말했다.

"배려에 감사드립니다."

말리는 어이가 없었다. 레일라의 태도가 며칠 전 그녀가 봤던 것과 꼭 같았기 때문이다. 기사의 종자가 준 선물을 마지못해 마구간지기에게 맡기는 모습. 쭈뼛거리며 손을 떼는 것까지 완전히 같았다.

'지금 누구를 뭐 취급하는 거야?'

손이 저 정도로 갈라져 피가 나는데도 한사코 거절하는 꼴이, 말리는 마치 자신이 그 종자가 된 것 같아 불쾌해졌다. 물론 그녀는 언제나 레일라에게 기꺼이 심술을 부렸다. 하지만, 이건 마치⋯⋯.

'내가 널 좋아하기라도 하는 것 같아?'

배려라니. 누굴 그깟 종자랑 같은 취급을 해! 말리의 속에서 짜증이 확 올라왔다. 내가 너한테 이상한 마음이라도 품고 이러는 줄 알고. 배려 같은 거 한 적 없어. 네 주제나 알라는 뜻이야.

공주가 여상히도 발랐을 그 흰 기름은 이제 말리의 것이었다. 레일라는 벨담 성에 와서 단 한 번도 호사를 누려 본 적 없었다. 하지만 여전히 그 흰 기름이 사방에 널리기라도 한 것처럼 수더분히도 거절하는 태도를 말리는 도저히 이해할 수도 없고 인정하기도 싫었다. 말리는 저도 모르게 일어나, 그대로 돌아서려는 레일라의 팔을 붙들었다. 갑작스럽게 잡은 팔에 레일라가 화들짝 놀랐다.

"무슨⋯⋯."

"착각하지 말아요. 배려라니."

그렇게 말하며 말리는 레일라의 팔을 확 잡아끌어 주저앉혔다. 엉겁결이라 레일라는 말리의 기세에 떠밀려 그대로 바닥에 주저앉고 말았다. 엉덩방아를 찧는 모습이 그리 우스꽝스러울 수가 없었다. 말리는 코웃음 치며 주저앉은 레일라의 허벅지를 무릎으로 찍어 눌렀다. 레일라가 숨을 들이켰다. 말라빠지고 단단한 허벅지가 확 짓눌리니 아픈 모양이었다.

말리는 그대로 바닥에 주저앉은 레일라의 허벅지 위에 올라타 기름통을 비틀어 열었다. 빠각, 하고 작은 소리와 함께 나무통은 쉽게도 열렸다. 레일라가 눈알을 희번덕댔다. 아무리 고요히 굴었어도 상황이 당황스럽긴 한 모양이었다.

"주제를 알란 말이야."

말리는 기름통에 손가락 두 개를 집어넣어 그악스럽게 긁어낸 다음 레일라의 손등에 펴 발랐다. 흰 기름덩어리가 손등에 부딪혀 철퍽 소리가 났다. 레일라가 당황해 손을 빼려고 했지만 말리는 막무가내였다. 그녀는 왼손으로 레일라의 손을 꽉 쥔 다음, 오른손으로 기름을 문질러 발랐다.

"이딴, 피나 나오는 손을 하고 말 따위나 생각하지 말라고."

"그……."

"당신 말 한마디 할 때마다 짜증 나니까 말하지 말아요."

말리는 씨근덕거리며 레일라의 손에 꼼꼼히도 기름을 펴 발랐다. 어찌나 손이 건조하고 메말랐는지 기름이 스밀 때마다 거친 피부는 빠르게도 기름을 빨아 먹었다. 기름을 발라 댄 후에도 말리는 양손 엄지손가락으로 레일라의 손을 꼭꼭 누르며 기름이 흡수될 때까지 힘을 줬다.

한 손이 끝난 후엔 다음 손도 마찬가지였다. 손가락이 갈라진 사이사이까지 꾹꾹 누르고 있을 때쯤엔, 레일라도 포기한 것인지 손에 힘을 뺐다. 기름은 손의 손마디까지 전부 바르고도 남아, 다 끝나고 나니 말리의 손이 끈적해졌다. 말리는 씨이, 하고 혀를 차고는 제 손을 맞대고 문질렀다. 평소 그녀가 바르는 양보다 배는 많았다.

그때였다.

"……고맙습니다."

말리의 귓가에 나직한 음성이 맴돌았다. 말리는 화들짝 놀라 옆을 바라봤다. 그리고 더 놀라 버렸다. 레일라의 새파란 눈이 그녀를 직시하고 있었기 때문이다. 늘 아래에서 올려다보거나, 위에서 내려다보는 각도와는 달랐다. 바로 옆에서, 나란히. 게다가 얼굴은 너무나 가까웠다. 말리는 그제야 자신이 아직도 레일라의 허벅지 위에 앉아 있음을 알아차리고 놀라 뒤로 몸을 빼려다가, 실수로 주저앉았다. 뒤로 나동그라지듯 하는 말리에게 레일라가 손을 뻗었으나, 말리가 넘어지는 게 더 빨랐다.

결과적으로 말리는 주저앉고, 레일라가 그녀 위로 몸을 겹치게 됐다. 이상했다. 어째서인지 그 순간 레일라의 눈동자가 흔들리는 것이 느리게, 마치 구름이 흘러가는 것처럼 보였다. 두 사람 다 잠시 서로를 직시하느라 말이 없었다.

하나, 둘, 셋.

아주 짧은 시간이었으나 억겁처럼 길었다. 말리는 자신이 뭐라도 말해야 한다고 느꼈고, 저도 모르게 마음에 없는 말을 하고 말았다.

"그……. 내게 뭐라도 이득이 있다면 해 줄 수도 있어요."

"……이득이요."

아차. 왜 이딴 소리를. 말리는 제 입을 막고 싶었으나 마음과는 정반대의 소리가 입에서 잘도 계속해 흘러나왔다.

"책을 읽기가 힘들어요. 혼자 보려니 가시나무 공주도 다시 막혔고."

"……책을 읽어 드리면 될까요."

"그리고 승마도 가르쳐야겠군요."

레일라의 얼굴이 일렁였다. 말리는 짐짓 턱을 쳐들었다. 레일라의 시선이 자신보다 높아, 그녀를 내려다보고 있는 듯한 시선이 마음에 안

들었기 때문이다.

"어쨌든 이제 그 말은 제 것이고 당신이 타고 도망칠 수도 없으니 말예요."

겨우겨우, 레일라가 가졌던 것들을 제가 빼앗으려 하는 거라고. 기어이 빼앗아 저 가짜 시녀보다 내가 더 공주처럼 굴면 되는 거라고. 말리는 그때의 자신을 저녁이나 되어서야 그렇게 합리화할 수 있었다.

하지만 그 순간의 어떤 부분은 도저히 스스로에게 설명하기 어려웠다. 말리는 그저 자신이 가시나무 공주를 읽고 싶었던 거라고, 그리고 진짜 공주보다 더 공주다운 공주가 되는 건 장기적으로 보면 제게 이득이라고……. 그렇게 생각하기로 했다.

6

불길

오늘은 조금 견디기가 짜증이 났다. 힘들었다, 보다는 짜증이 났다고 하는 것이 맞겠다고 생각하며 말리는 입가를 손등으로 닦았다.

왕은 혈기 왕성했다. 연회에서 봤던 검은 머리카락의 여자. 흘끗 봤을 때 예쁘장하긴 하지만 큰 인상이 남지 않는 말리에 비해 그 여자는 고혹적이었다. 언뜻 봐도 눈에 확 띄게 아름다우니 왕 또한 말리보다 그녀를 더 자주 안을 것이었다.

보통은 말리가 그녀를 질투한다고들 생각할 것이다. 입장만 봐도 그랬다. 그녀는 벨담의 극장에서 노래를 부르던 평민 여인이었으며 아무도 그녀를 왕빗감으로 생각하지 않았다. 주변의 취급도 하찮았다. 하지만 말리는 오늘 같은 밤이면 늘 그녀를 생각했다.

주로.

그 여자의 매일 밤은 버겁지 않을까 하는 것이었다.

오늘도 왕은 말리에게 구음을 시켰다. 차라리 냅다 제 욕심이나 채우면 만족하는 타입이었다면 이렇게 지난한 시간이지도 않을 것이었다. 왕은 한겨울이 다 되어 가는 날씨에, 말리에게 얇디얇은 속옷 한 장만 입혀 놓고 놀았다.

따뜻한 나라에서 진상 된 그 속옷은 언뜻 봐도 요정 날개 같았다. 아주 예쁜 물건이었는데, 그 천이 손바닥만 했다. 말리는 중요 부위만 간신히 가리는 희고 얇은 옷을 입고 왕에게 매질당했다. 왕은 작은 채찍이 그녀의 살결을 스치고 나면 생기는 붉은 자국을 보길 좋아했다.

방을 따뜻하게 덥혀 놓아 보았자 계절이 계절인지라 아픈데 춥기까지 했다. 그 와중에 왕은 말리를 들추고 놀다가 신경질을 냈다. 말인즉슨 알렉시스—그 검은 머리 여자—는 말리보다 몸이 풍만하고 부드러워 매질하는 맛이 좋았다는 것이다.

매질에도 맛을 따지나. 고상하고 높은 자들은 그런 맛도 아는가. 기가 막혔다. 그러면 알렉시스를 부르면 될 텐데. 말리는 그렇게 생각했지만 곧 마음을 바꿨다. 아마도 알렉시스 또한 그 숱한 밤들이 괴롭고 짜증이 날 것이다. 그 여자가 사람이라면 이런 남자를 진심으로 사랑할리가 없었다.

'……물론 세상에는 사람이라고 부를 수도 없는 인간상들이 널리고 깔렸지만.'

말리는 그리 생각하며 왕이 저를 갖고 노는 것을 견뎌 냈다. 가끔 왕은 말리가 만족스러울 때면 '공주가 아니라 창녀를 들였어, 내가 창녀를!' 하고 나직하게 신음했다. 물론 그 내용과는 달리 목소리에는 환희가 깃들어 있었다.

그리고 말리는 확신했다.

그러니까, 그 고고하고 나뭇가지처럼 마른 공주님이었다면 이 왕은 진작에 그 공주님을 골방에 처박아 놔 버렸을 거라는 사실 말이다.

'아니면 왕이 종종 시녀나 시종들을 위협하듯, 개 먹이로 주었을지도 모르지.'

성 뒤뜰에서 왕이 기르는 사냥개들은 그 덩치가 사람만 했다. 그 끔찍하게 생긴 개들을 생각하고 말리는 부르르 떨었다.

그 공주는 아마 세상에 구음이라는 게 존재한다는 것도 말리가 아니라면 몰랐을 사람이다. 그런 사람이 이 해괴한 왕의 취향을 맞추기나 할 수 있을까.

말리는 옆에 누워 숨을 몰아쉬는 왕을 보며 준비된 물을 들이켜고 설렁줄을 흔들었다. 여전히 옷 한 벌 입지 못한 채로. 왕이 이불을 깔고 누워 그 안에 들어갈 수도 없었다. 시녀들이 망토라도, 하다못해 담요라도 한 장 들고 들어오길 바라며 말리는 생각했다.

'차라리 골방에 박히는 쪽이 좀 나은 대접인가?'

하지만 말리는 곧 그 생각을 치워 버렸다. 이런 날씨에, 성의 부엌에서 나눠 주는 숯도 없이 골방에 처박혀 있다면 얼어 죽기 딱 좋다. 적어도 말리는 그럴 일은 없었다. 시종들은 열흘에 두세 번은 왕에게 불려가는 공주의 방을 살뜰히도 보살폈다. 다만, 속옷만 입고 있는 공주에게 담요를 건넬 정도의 섬세함까지 갖추진 못한 모양이었다. 말리는 소리 없이 들어온 시녀들을 보고 얼굴을 구겼다. 아무도 망토나 담요 같은 것을 들고 오지 않았기 때문이다. 속옷만 입고 복도를 지나가야 하는 거야?

말리가 엉거주춤 일어서자 시녀들도 당황하긴 한 모양이었다. 그야 안이 훤히 들여다보이는 속옷만 입은 공주를 데리고 복도를 가로지르기란, 아무리 새벽이라도 민망한 노릇이었다. 그때였다. 왕이 있는데 큰 소리도 낼 수 없어 눈짓만 하던 시녀들 사이로 레일라가 들어왔다. 레일라의 손에는 붉은 망토 하나가 들려 있었다. 색이 눈에 익은 것을 보아하니 아마 보초 서는 기사의 것을 빌려 온 모양이었다.

레일라는 고개를 숙인 채로 망토를 다른 시녀에게 건넸다. 매번 말리의 얼굴을 닦아 주곤 하던 시녀는 그 망토를 받아다 그 끝으로 말리의 젖은 입가를 닦아 준 다음 재빠르게 그녀를 감쌌다. 여전히 차가운 손끝에 쉽게 온기가 돌아오지는 않았지만, 그래도 조금은 살 것 같았다.

방에 돌아오자마자 말리는 깃털 이불을 두르고 냉큼 벽난로 앞으로 다가앉았다. 그녀를 방에서 맞이한 아넷사가 뜨거운 물을 준비할까 물었으나 말리는 고개를 저었다. 목욕을 하고 나면 또 머리를 말려야 하고, 그러다 보면 날이 다 샐 것이다. 그저 몸이나 좀 더워지면 빨리 눈이나 감고 싶었다. 공기가 차가워 코끝도 시렸다. 말리가 괜히 코끝을 훔치며 벽난로에 곱은 손을 쬐는데, 레일라가 속옷을 가져와 손에 든 채 머뭇거렸다. 말리는 그 속옷을 잡아채며 입을 열었다.

"승마는 할 거예요."

"……그런 걸 물으려 하던 건 아니었습니다."

레일라가 당황하며 손을 모으고 고개를 숙였다. 그러니까, 말리가 레일라에게 기마를 배우기로 한 것이 아침이었다. 낮 시간에 승마를 하려면 기사도 대동해야 하고 번거로운 일들이 많았다. 그리하여 말리는 왕의 말들이 운동하는 시간에 승마를 하기로 했다.

"아이를 낳아야 하는 사람이 아이를 낳지 않으려 드는 건 뭘까요."

아직도 손끝이 곱아 도저히 벗어 내기 싫은 이불을 벗자 레일라가 얼른 고개를 돌렸다가, 그 말에 움찔하며 말리 쪽으로 시선을 향했다. 물론 벌거벗다시피 한 말리를 보고 다시 시선을 내린 것은 그 직후였다. 저 공주의 결벽함은 이제 새삼스럽지도 않았다. 말리는 제가 입은 속옷을 벗어 내 던졌다. 젖가슴에 끈적하게 들러붙은 것은 제 땀일까 왕의 체액일까. 완전히 알몸이 된 말리는 드로워즈부터 꿰어 입으며 말했다.

"그 왕은 아이를 낳아야 그 가면을 벗을 수 있다지 않아요?"

"그······렇지요."

"하지만 왜 그러려고 하지 않는 걸까요."

말리는 몸을 돌려 레일라에게 손을 내밀었다. 레일라는 기다렸다는 듯이 따뜻한 물로 적신 천을 내밀었다. 본인의 결벽함과는 별개로, 이제 레일라는 말리에게 필요한 것들을 제법 건넬 수는 있게 됐다. 말리는 보드라운 천으로 몸을 문질러 닦았다. 젖은 천이 닿은 가슴이 잠시 따뜻해졌다가, 천이 떨어지자마자 식어 차가워졌다. 왕이 하도 가지고 놀아 여전히 예민한 살을 문질러 닦자 더 추운 것 같았다. 말리는 오른손 엄지손가락으로 제 오른쪽 가슴을 빙글빙글 돌려 봤다. 언젠가 레일라가 스쳐 입혔던 상처는 아문 지 오래였다.

"가슴 위에 좆이나 문지르고."

"······."

"암만 그래도 여기에 해 봐야 애는 안 생기는데 말이에요."

레일라는 당황한 듯 고개를 한층 더 푹 숙였다. 말리는 노래하듯 물었다.

"왜 그러시지요? 제가 하는 말이 천하게 느껴지세요? 어쩔 수 없어요. 익숙해지세요."

"······."

"당신이 여기에서 도망쳐 나가면 아마 길바닥에는 저보다 더 천박한 소리를 하는 작자들이 넘칠 테니까."

그리 말하고 말리는 속옷을 마저 꿰어 입었다. 어깨와 배, 가슴을 감싸는 속옷을 입고 가슴 쪽으로 꿰인 끈을 힘껏 잡아당겨 묶는다. 그러면서 말리는 힐끗 레일라를 보았다. 그러고는 아주 약간 놀랐다. 희한하게도 고개를 숙이고 있을 줄만 알았던 레일라가 자신을 쳐다보고 있었기 때문이다. 정확히는 제 가슴을.

이마는 약간 찌푸려져 있었으며 그 창백한 얼굴은 어디로 갔는지 약간은 발개진 볼을 하고, 화가 났는지 아니면 당황했는지 모를 눈을 하고 있었다. 말리는 매듭을 지으며 고개를 갸웃했다.

"할 말 있으신가요?"

그제야 레일라는 퍼뜩 상념에서 깨어난 듯, 놀란 눈으로 그녀의 얼굴을 쳐다보다가 이내 고개를 저었다.

"······아니, 아닙니다."

"싱거우시네."

무리도 아니다. 가슴에 사정하는 이야기는, 저 공주님 기준에서는 미친놈으로 느껴질 수도 있겠지. 하지만 이미 닦아 낸 가슴에 허연 씨물이 묻어 있을 리도 없는데 뭘 그렇게 골똘히 본담.

"같이 도망칠 남자는 좀 골랐나요?"

보드라운 로브를 입고, 동물 털로 만들어진 가운을 두르자 좀 살 것 같았다. 하지만 아직도 손끝과 발끝은 차가워서 그녀는 벽난로 앞에 다시 쭈그리고 손발을 쬐며 물었다. 레일라가 눈을 찌푸리다가 천천히 답했다.

"……떠난다면 혼자 떠날 겁니다."

"어머나. 힘들 텐데."

말리는 여상히 답했다. 레일라가 구긴 얼굴을 펴지 않는 것이 곁눈으로 다 보여서, 다시 말을 이었다.

"산에서 아셨겠지만 바깥은 여자 혼자 살기 아주 힘들어요. 그것도 당신처럼 물정 모르는 아가씨 혼자서는요."

그러니 차라리 저 물색없는 얼굴로 순진해 빠진 남자 하나 성에서 꼬셔서 나가 살림이나 차리는 게 아마 레일라에게는 가장 속 편한 일이 될 것이다. 말리는 그렇게 생각했으며, 오늘은 레일라에게 진심으로 충고해 주고 싶은 마음이 들었다. 어째서일까. 이유는 알 수 없었다. 적어도 사랑 없이 침대에 눕기는 싫어 시녀가 되겠다 자청한 공주님이, 결국 제 꼴이 나는 것을 보고 싶지 않아서인지도 몰랐다.

극장에서 노래하던 그 여자도 노래했다는 이유만으로 그 지난한 시간들을 감당하게 될 줄 알았겠는가?

하지만 레일라는 도리어 말리에게 반박했다.

"……제 몸 지킬 힘 정도는 있어요."

"그렇게 생각할 수 있는 순진함이 부럽긴 하네요. 저도 당신으로 사는 법을 많이 배워야 한다고 생각했는데, 공주님이 되려면 더 배우는 게 아니라 멍청해져야 하나 봐요."

분명 친절을 베풀려고 했던 것 같은데, 말리는 레일라의 말에 결국 또 한껏 비아냥대 버렸다. 그니까, 이건 내 잘못 아니라고. 그렇게 생각하며 말리는 눈을 치켜떴다. 레일라가 발끈해 제게 다른 말을 쏘아붙일 거라 생각했기 때문이다. 싸울 준비를 하는 것이었으나— 하지만 레일라는 말리가 예상했던 대답과는 달리 행동했다.

보기 드물게도, 쓴웃음을 지은 것이다.

게다가.

"……어쩜 당신 말이 맞을지도 모르지."

"……."

"나도 공주로 살려면 더 예민해져야 하고, 날을 세워야 했다 생각했는데."

레일라는 더없이 가련하고 안타까운 것을 본다는 눈으로 말리를 봤다.

"어쩌면 나는 계속 멍청했지 않았나 싶기도 해."

뭐라 대답할 말이 없었다. 네 말이 맞다고 맞장구칠 수도, 아니라 부정할 수도 없었다. 결국 레일라가 고개를 돌리고 돌아서 수건과 속옷 따위를 주워 나갈 때까지, 말리는 그 자리에 가만히 서 있었다.

손끝은 여전히 차가웠다.

✳
✳
✳

승마는 생각보다 힘들었다. 말 위에서 중심을 잡는 것도 어렵고, 바지를 입는 것도 그러했다. 처음 말리는 바지를 입어 보고 기우뚱거렸는데, 이유야 당연히 그리 날씬한 바지를 처음 입어 봐서였다. 디온의 남자들이 입는 바지는 밑을 부풀린 헐렁한 것이었는데, 벨담의 남자들은 그보다 훨씬 날씬한 것을 입었다.

드로워즈가 아닌 바지를 입는 것은 벨담에서는 처음이었다. "바지가 너무 날씬해서 이상하네요. 이건 어떻게 잠가야 하는 거야?" 하고 끙끙대다가 겨우 입고 나니 허리가 컸다. 엉덩이에 맞추니 허리가 크고, 허리에 맞추니 숨을 쉴 수가 없었다. 말리는 제 허리춤에 주먹을 넣어 보며 레일라에게 말했다.

"허리띠를 좀 구해 와야겠어요. 이거 보세요. 허리에 주먹이 하나 다 들어가네."

물론 레일라에게 그런 주변머리가 있을 리 없었다. 말리는 아넷사에게 허리띠를 가져다 달라 부탁했다. 아넷사는 말리가 말을 탄다는 말에 자신이 따라가겠노라 했으나, 이번에도 말리는 그녀를 밀어내 퍽 섭섭한 표정을 지었다.

"전하께서 친정에서 같이 오신 시녀를 귀애하시는 건 알겠지만 너무 저희에게 박하셔요."

너만 섭섭하지 않을까? 아직도 잠이 덜 깬 얼굴의 나디아와, 아예 따라 나오지도 않은 앤을 생각하며 말리는 아넷사에게 하려던 말을 목구멍 안쪽으로 집어넣었다.

아무튼 엉덩이를 감싸 안은 바지는 아무래도 좀 어색했다. 민망하다거나 하는 문제는 아니었다. 명색이 길바닥을 떠돌던 계집애다. 바지한 번 안 입어 봤을 리 없었다. 어기적거리며 걸어 파라디에 올라타니 파라디가 "에구머니나!" 하고 질겁을 했다.

"이 계집애 서툰 것 좀 보라지! 그만 좀 조일래?"

자그마하게, 남들이 듣지 못하도록 속삭이는 파라디에게 말리는 무심히 대답했다.

"누가 들으면 내가 말이랑 수간하는 미친 계집앤 줄 알겠구나. 내가 다리 좀 조인다고 부러질 허리 아니지 않니?"

"세상에 이 미친 계집애가 못 하는 말이 없어!"

"남이 안 들어도 네가 나를 미친 계집애로 만드는구나. 이러나저러

나 미친 계집애를 태워야 하는 네 신세가 참으로 안타깝다. 나가기나
해."

그 등쌀에 파라디의 말고삐를 잡은 레일라만 조금 웃었다. 실로 오
랜만에 보는 웃음이었기에 말리는 눈썹을 들어 올렸다. 저 공주님이 웃
는 방법을 잊어버리기라도 한 줄로만 알았는데 그건 아닌가 보았다.

파라디의 등에 탄 채로, 산을 타고 벨담 성까지 들어오던 때처럼 말
리는 천천히 흔들흔들 내성을 나왔다. 기실 벨담 성으로 올 때의 말리
는 거의 파라디에 실려 오는 짐짝이나 다름없었으므로 제대로 말을 타
는 것은 이번이 처음이라 해도 과언이 아니었다.

그런고로 파라디는 내내 꽥꽥 비명을 질렀으며 말리는 떨어지지 않
기 위해 최선을 다했다. 결과적으로, 말리는 꽤 여기저기 성하지 못한
상태로 오전의 승마를 끝냈다. 어딘가 떨어져서가 아니었다. 말고삐를
하도 세게 잡아 손바닥이 헐었으며 다리에 지나치게 힘을 주다가 쥐가
났다. 이를 악무느라 머리가 다 아픈 건 덤이었다. 쥐가 난 것은 어찌
어찌 다리를 주물러 가며 풀었으나 손바닥이 헌 것은 침 바른다고 낫는
게 아니었다.

"아프네. 이건 어떻게 하지."

그렇게 중얼거리자 레일라가 고개를 저었다.

"제가 승마를 처음 배울 때도 같았으나 별다른 수는 없었습니다. 그
저 익숙해지길 기다리는 수밖에는 없을 겝니다."

"익숙해진다 함은."

"손바닥에 굳은살이 생기고 그 위를 또 새 굳은살이 덮고, 하는 거
요."

말리는 손가락과 손바닥이 이어지는 부분이 새빨개진 광경을 들여다

160

보다 문득 레일라의 손을 바라봤다. 말리의 시선을 눈치챈 레일라가 눈을 깜박이다가, 제 왼손을 내밀었다. 레일라의 왼손 안쪽은 온통 굳은 살투성이였다. 말리는 불쑥 제 손을 내밀어 레일라의 손을 가져왔다. 그야말로 보드라운 살이 하나도 없었다.

"매일 말을 타면 이렇게 되나요?"

"⋯⋯아마도 그렇겠지요."

말리는 제 손을 펴 보고 레일라의 손과 비교했다. 비교할 수 없이 레일라의 손 쪽이 훨씬 두꺼웠다. 곱고 아름다운 손가락이라고만 생각했는데, 안쪽 손바닥은 이렇구나. 문득 말리는 조금 억울해졌다. 레일라의 손바닥이 이런 줄 알았다면 자신은 구태여 시녀들 뺨을 쳐 가면서까지 못되게 굴지 않았을 테니까.

'뭐, 고생을 하긴 한 공주님이니 상관없나.'

어차피 지나간 일이었다. 말리는 레일라의 굳은살을 꾹꾹 눌러 보며, 얼마나 말을 타야 이 정도가 될까 궁금해졌다. 평생 말만 탄 사람이라고 해도 이 정도로 손바닥이 단단할 것 같지는 않은데. 마치 사냥꾼의 손바닥 같기도 했다.

그나마도 성에 돌아갈 즈음이 되니 손은 더욱 참혹해졌다. 찬 바람까지 하루 종일 쐰 탓이다. 들어가자마자 따뜻한 물에 손을 담갔다. 그렇게 물속을 내려다보니 픽 웃음이 났다. 제 손마디에 박인 굳은살이 눈에 띄어서였다.

그녀의 손은 레일라와는 또 좀 달랐다. 레일라가 말고삐를 쥐느라 손바닥 안의 오목한 곳까지 모두 단단하다면, 말리의 손은 주로 헐어 있었다. 골무 없이 바느질하느라 굳은살이 박인 엄지손가락과 검지손가락 하며, 국자를 쥐고 여관에서 하루 종일 스튜를 뜨느라 굳은 가운

뎃손가락 첫째마디 옆 같은 부분이 그랬다.

일하는 자의 손은 남녀가 없이 비슷하긴 할 것이다. 그렇게 보면, 레일라 공주의 손이야말로 호강에 겨운 것이었다.

아넷사가 방을 환기해 놨는지 창문이 모두 열려 있었다. 레일라가 그 창문을 모두 닫으러 방 안을 분주하게 누비는 모습을 물끄러미 보던 말리는 그녀를 불렀다. 레일라는 비스듬히 뜬 눈으로 천천히 걸어왔다. 말리는 제 고약 통 중 하나를 그녀의 치마폭에 던졌다. 아니나 다를까, 레일라는 치마를 들어 받아 내기는커녕 바닥에 떨어진 그 통을 허둥지둥 주웠다.

"손 튼 데 좋아요. 발라요."

"이건……."

"엄마 유품 같은 구질구질한 내력 없으니 그냥 발라요."

망설이는 레일라에게 일갈했으나 레일라는 머뭇댈 뿐 고약 통을 열지 않았다. 말리는 어이가 없어 손을 내밀었다.

"줘 봐요."

"아뇨, 혼자 하겠습니다."

하지만 레일라는 말리의 손이 벌레라도 되는 것처럼 화들짝 놀라 뒤로 두 걸음 물러섰다. 어이가 없었지만 말리는 한마디 하는 대신 지켜보기로 했다. 망설이던 레일라가 고약 뚜껑을 돌려 열었다. 삐비빅 하는 소리와 함께 나무로 된 뚜껑이 비틀려 열렸다. 고약은 나뭇잎 냄새가 나는 초록색 연고였는데, 레일라는 그것을 조심스럽게 손가락 끝으로 떠서 손등에 발랐다. 독특한 이파리 냄새가 공기 중에 퍼졌다. 손에 꼼꼼히 연고를 바르던 레일라를 한참이나 지켜보다, 말리는 결국 툭 내뱉고 말았다.

"이상하단 말이에요."

"무엇이 말입니까."

"벨담 성에서 요즘 밥 잘 줘요?"

이쪽을 보던 레일라의 얼굴이 의아함으로 물들었다. 말리는 레일라를 보며 주절주절 늘어놨다.

"당신 확실히 키가 커졌죠?"

"……제가요?"

"살도 좀 붙은 것 같은데."

그 말에 레일라가 저도 모르게 제 얼굴을 더듬더듬 더듬어 봤다. 말리는 픽 웃는 대신 고개를 기울였다. 확실했다. 이 공주님은 살이 쪘다. 턱도 좀 두꺼워졌다. 물론 아직까지 보기 싫은 정도는 아니었다. 게다가 키도 컸다. 키가 크면 살이 붙는 건 당연한 일이라지만…….

'이미 다 큰 것 같았는데?'

통상적으로 사람이 클 수 있는 나이는 18세가 한계에 가깝다고 알려져 있었다. 잘 기억은 안 나지만 분명 레일라는 18세보다 나이를 한참은 더 먹었다. 말리는 물끄러미 레일라를 쳐다봤고, 레일라는 당황한 듯 시선을 피했다. 이윽고 말리는 입을 열었다.

"당신."

"……그, 오해가…….'"

"디온 성에서 굶겼어요?"

"……."

두 사람 사이에 침묵이 흘렀다. 말리는 자신이 레일라의 시녀였던 때를 돌이켜 봤다. 기껏해야 한 달 정도였다. 레일라는 디온에서 새 모이만큼만 먹고 음식을 물렸는데, 생각해 보면 그 음식 또한 애초에 레일라에게 제공되는 양이 많지 않았다. 그때야 원래 적게 먹으니 그만큼만 가져오나 보다 했었더랬다. 하지만······.

말리는 이마를 좁혔다.

"제가 첩 딸이라 밥도 덜 먹이더라라는 이야기를 저의 이력에 추가해야 할까요?"

"······그럴 필요는 없을 듯합니다."

왜인지 레일라가 한숨 놓은 듯한 얼굴로 조금 늦게 답했다. 말리는 한쪽 눈썹을 들어 올렸다. 저 말라빠졌던 공주님은 확실히 예전보다는 보기 좋아졌다. 그건 확실했다. 그런 것들에 말리가 예민한 이유는, 그녀야말로 배 곯아 본 적 있기 때문이다.

어릴 적에 많이 먹지 못했나······. 그 순간 말리는 최근 서재에서 본 사과 공주 이야기를 떠올렸다. 계모에 의해 독사과를 먹고 죽은 것처럼 가사 상태에 빠졌던 공주가 왕자의 입맞춤으로 다시 살아난다는 내용이었다.

독.

그리 미움받았다고 유명한 공주이니 음식에 든 독을 조심하느라 적게 먹었다 해도 이상할 것은 없었다. 말리는 이마를 잠시 찡그렸다. 벨담 성에 들어와서 음식 조심이라고는 조금도 하지 않고 열심히 잘 먹은 제 모습이 떠올라서였다. 생각해 보면 귀한 이들은 꼭 은침 하나씩은 가지고 다닌다던데. 디온의 공주는 참 방심 잘 하는 사람이라 소문나겠구나 싶어지기도 했다.

우스운 건 막상 볼모로 온 나라의 왕성에서 레일라가 살찌고 있다는 사실이었다.

디온 성에서는 파리하게 말라비틀어져선, 입 끝에 '용서하겠다' 와

'어떻게 생각하니.' 밖에는 올리지 않던 사람이었다. 하지만 요즘 레일라는 예전보다 부쩍 살이 올랐고, 말수도 확실히 늘었다. 물론 그 말들이 대부분 기력 없이 제가 쏘아붙인 말에 대꾸하는 내용이긴 했지만 말이다.

거기까지 생각한 말리는 부아가 좀 났다. 기껏 공주로 태어나서 기력 없이 시녀 나부랭이가 하는 말에도 대꾸 한 번 못 하는 인생으로 스스로 추락한 주제에, 무슨 속이 그리 편한지 살까지 붙나 싶어서였다.

하지만 또 거기 짜증을 내려니 제 발등 제가 찍는 꼴이었다. 말리는 참 이상하다 생각했다. 저 마른 공주님이 그리도 싫으면서, 왜 또 저렇게 허수아비마냥 구는 꼴은 뵈기가 싫을까. 살이 붙으면 붙어서 부아가 나고, 빠지면 또 무슨 허한 일이 있기에 저렇게 빌빌대나 싶어 짜증이 날 게 틀림없었다. 지금도 멍청한 얼굴로 제 앞에서 희한하게 안절부절못하는 게, 뭔가 제가 말하기 싫은 것을 건드린 것은 틀림없었다. 하지만 그걸 캐묻자니 우아하고 고상하기 그지없던 이가 급작스레 빌빌거릴까 싫었고 그냥 두기엔 또 찝찝했다.

말리는 이마를 찌푸리며 생각했다. 공주 노릇도 참 영 못할 짓이라고. 독이니 뭐니 사특한 짓거리 때문에 그리 말라비틀어졌던 레일라 공주나, 본래 공주가 아닌데 공주인 척하는 저나 굶은 건 같으니 이게 참 무슨 꼴인가 싶었다. 피차 더러운 꼴 같이 보고 있으니 참 좋습니다 하고 한 번 더 비아냥댈까 하다, 그냥 입을 다물었다.

※
※
※

왕에게 불려 가는 날이면 말리는 참 정성스럽게도 치장당했다. 시녀들은 알렉시스라는 여자보다 뭐든 훨씬 나아야 한다며 야단을 했다. 얼굴을 씻고 백분을 바르고, 먹으로 눈썹을 그려 넣은 후 콧대에 반짝이는 기름을 발랐다. 입술에는 새빨간 꽃잎을 눌러 만든 액을 톡톡 두들겼다. 그렇게 해서 완성된 제 얼굴을 비춰 보면, 참으로 예뻤다. 말리 자신이 보기에도 말이다.

길바닥에서 피 묻은 앞치마를 붙들고 죽어 가던 어린애라고는 생각할 수도 없을 만큼.

입술이 짓이겨졌다. 왕은 오늘 유독 다급했다. 사냥터에서 피를 본 탓이었다. 왕은 말리에게만 지독히 구는 것은 아니었다. 그는 평소에는 호방하고 시원시원한 사람인 양 굴었으나 어느 순간 갑작스레 잔인해졌다. 오늘 사냥터에서는 하인 하나가 실수로 왕의 말 앞을 가로막았다 했다. 그 하인이 어떻게 되었는지 들은 말리는 단단히 각오하고 침실에 들어갔다.

갖춰 입은 가운의 단추를 풀어낼 틈도 없이 왕은 말리의 앞섶을 뜯어내고 젖가슴을 꽉 쥐었다. 그의 손안에 들어차는 말리의 맨살에서는 향긋한 향기가 났다. 기어이 아넷사가 향유를 물에 떨어트린 탓이었다. 왕이 목덜미에 코를 묻으며 숨을 깊게 들이켰고, 소름이 돋았다.

"좋은 냄새……."

왕은 움켜쥔 어깨를 제 코로 부드럽게 비벼 대다가 혀로 핥았다. 그리고 갑자기 콱, 하고 그녀의 어깨를 깨물었다.

"아응!"

갑작스레 저를 덮친 통증에 놀란 말리가 헐떡이며 몸을 움츠렸다. 그 바람에 왕의 머리를 끌어안는 꼴이 되었고, 왕은 키들키들 웃으며 그녀의 가슴에 얼굴을 묻었다. 배 안쪽이 저릿저릿했지만 그건 공포에 가까운 감각이었다. 말리는 눈을 감고 싶었으나 그럴 수도 없었다. 그녀는 언제나, 황금 매 조각상을 보고 있어야 했으니까.

"아픕니다, 폐하……."

"곧 좋아서 개처럼 헐떡이게 될 거다."

왕이 귀에 속삭인 후 말리의 귓바퀴를 핥았다. 개처럼 귀를 핥는 것은 본인이면서. 뜨끈한 감각에 말리가 움츠렸던 몸에 힘을 조금 풀자, 왕이 다시 그녀의 귀 아래 목덜미를 빨아 올리다가 짓씹었다. 이갈이 한 번 못 한 개 같다고 생각하며 말리는 그가 제 몸을 뒤집는 대로 내버려 뒀다. 왕은 말리의 목뒤를 쓸어 긴 머리카락을 베개 위에 늘어뜨리게 한 후, 목과 어깨를 빨다가 깨물기를 반복했다. 피부 위에 붉은 자국들이 하나씩 늘어났다.

철컥.

말리의 목뒤에 소름이 돋았다. 그녀는 저도 모르게 뒤를 돌아봤다. 왕이 킬킬 웃다가 그녀의 목을 잡아챘다.

"눈을 돌리지 말란 말을 시녀장이 안 해 주더냐."

"아, 폐하."

죽을죄를 지었습니다, 라고 말하기도 전에 왕이 먼저 말을 이었다.

"그야 네 그리 놀라는 꼴을 보기 위해 한 짓이긴 하지."

말리는 입술을 짓씹었다. 언제는 아무 데나 봐도 된다더니, 변덕스럽기 짝이 없는 작자였다.

그녀의 손은 등 뒤로 돌려져 있었고, 그 손목에는 죄수들이나 차는 구속구가 채워져 있었다. 가죽으로 된 것이었으나 그 끝마무리는 거칠어 손목 안쪽이 벌써부터 아팠다. 왕이 그녀의 치맛자락을 걷으며 웃었다.

"토끼를 잡았는데 그 발을 묶어 거꾸로 매달아 놓은 꼴을 보니 궁금하더구나. 계집애를 묶어 놓으면 어떠할지."

"폐하."

내가 토끼냐. 묻고 싶었지만 묻는 순간 정말로 거꾸로 매달려 피를 쏟고 죽은 토끼 꼴이 될 것이었다. 말리는 가까스로 입술을 끌어 올려 웃었다.

"토끼보다는 폐하가 키우는 개들만큼 예뻐해 주세요."

왕의 눈이 아주 조금 커졌다가, 이내 휘어졌다. 그는 아주 즐겁다는 듯이 크게 웃었다.

"하! 이래서 내가 널 좋아한다."

"그러신가요."

여상히 답하며 말리는 허리를 들어 왕이 제 치마를 걷기 쉽게 했다. 왕은 히죽거리며 그녀의 허벅지를 가볍게 때렸다. 찰싹, 소리가 났다.

"알렉, 그 계집애는 조금만 아파도 울고불고 난리가 나지. 그야 그건 또 그런 맛도 있지만……."

그 꼴 보고 있으면 입맛이 떨어져 사흘 밤낮을 굶기곤 한다. 그야 나도 입맛이 떨어지는데 그 계집에 주둥이에 뭐가 들어가는 게 기꺼울 리 있겠느냐. 중얼중얼하며 그녀를 옆으로 돌리는 왕을 보며 말리는 미친 새끼, 하고 말하지 않기 위해 무진 애를 써야 했다. 말리의 아래를 무방비하게 풀어 헤치고 나서야 왕은 흡족하게 웃었다.

"보기 좋구나."

살은 다 뜯기고, 목은 짓씹히고. 몸은 한쪽으로 쏠려 아래를 다 드러낸 꼴이 뭐가 보기 좋은지 모를 일이었다. 허벅지를 주무르던 왕이 제 무릎을 벌리기에 말리는 한쪽 눈썹을 들어 올렸다. 근 세 달 만에 겨우 벌어진 다리였다. 진심으로 즐거워하고 있는 얼굴을 보니 오늘이야말로 일을 치르겠다 싶었다. 말리는 으응, 하고 웃었다. 다른 생각을 해야 했다.

토끼, 토끼라.

디온 성에서 키우던 토끼 생각이 났다. 새끼를 밴 토끼를 한 번 만져 보고 싶어서 근질거리며 무청을 따로 챙기던 때를 떠올리며 말리는 입술을 억지로 끌어 올렸다. 토끼를 보고 보들보들한 배 한 번만 만져 보면 소원이 없겠다 생각하던 때가 있었는데. 그녀의 위에 올라탄 남자는 토끼를 보고 여자를 거꾸로 매달 생각을 한다. 높으신 분이라 차원이 다른가 보다 해야지 아니면⋯⋯.

아니면.

7

분노

　왕의 침대에서 일어나는 데에도 말리는 무진 애를 써야 했다. 설렁줄을 두 번이나 당겼는데 들어온 건 레일라 하나뿐이었다. 그럴 만도 했다. 벌써 새벽이 지나 부옇게 여명이 밝아 오고 있었기 때문이다. 아마 시녀들도 새벽 내내 기다리다 지쳐 졸고 있는 게 분명했다. 말리의 방 앞에서 기다리던 초반 이후로 매번 왕의 침실 바로 앞에 앉아 보초와 함께 기다리고 있던 레일라나 겨우 설렁줄 소리에 깼겠지.

　레일라는 침대 끝에 멀거니 걸터앉은 말리를 보고 흠칫했다. 머리카락이 온통 흐트러진 채 널브러지듯 앉아 있던 말리가 그런 레일라를 보고 픽 웃었다. 생각해 보니 레일라는 왕의 침실에 그녀를 부축하러 들어온 적은 있었지만 항상 그녀를 다른 시녀들의 손에 맡겼다. 뭘 해야 할지도 모르는 것이리라.

　말리는 손을 들어 왕의 침실 한 켠에 장식되어 있는 천을 가리켰다.

레일라가 허둥지둥하다 그 천을 들어 올려 폈다. 말리는 머리카락을 대충 쓸어 넘기고는 천을 받아 다리를 벌리고 그 사이를 신경질적으로 닦았다. 닦여 나가는 것도 마땅히 없어 다리 안쪽은 천에 거칠게 쓸려 나갔는데도 말리는 한참 동안 그 짓을 했다.

지쳐 천을 내팽개치고 나니 레일라가 망토를 들고 있었다. 말리는 그 망토를 둘러 걸치고 레일라를 바라봤다. 보통은 다리에 힘이 없어 시녀 둘이 그녀를 양쪽에서 부축하듯 걷게 하지만, 저 공주님에게 절 맡기다간 둘 다 바닥에 나동그라지기나 할 것 같았다.

그래서 말리는 천천히 발을 내디뎠다. 그녀가 신고 온 신발은 어디 있는지 알 수 없었으나, 그걸 찾다가 왕을 깨울 수도 없어 맨발로 나왔다. 소름이 절로 돋았다. 나오자마자 보초가 문을 닫았다. 레일라가 묘하게 안절부절못하며 그 뒤를 따랐다.

왕의 침실에서 말리의 방까지 가려면 회랑 하나와 커다란 복도를 지나야 했다. 그리고 한참을 걷다 보면 말리의 방이 있는 건물로 이어지는 정원과 두 번째의 회랑이 나온다. 그 정원 한가운데에는 한겨울에도 따뜻한 물이 나오는 분수가 있었다. 벨담 왕이 외국 사신이나 영주들만 오면 자랑하는 분수였다.

정원을 가로지르는 회랑에 들어서자마자 분수 소리가 들렸다. 이런 아침에도 분수를 틀어 놓는 모양이었다. 그 물 소리를 들으며 말리는 갈등했다. 저 분수에 뛰어 들어가고 싶었다. 그만큼 춥고 발이 시려웠다. 그때였다. 내내 그녀의 뒤를 따르던 레일라가 발걸음을 빨리하더니 그녀의 앞을 가로막고 몸을 낮췄다. 말리는 저도 모르게 멈췄고, 제 눈에 들어오는 그녀의 정수리를 내려다봤다.

레일라는 천천히 제 신발을 벗더니 말리의 앞에 내려놨다. 뭐 하느냐는 눈으로 말리가 쳐다보자, 레일라는 한숨 쉬듯 말했다.

"이거라도 신고 가십시오."

레일라가 신고 있는 것은 시녀들에게 지급되는 가죽신이었다. 이제 겨우 성에 익숙해진 것을 보여 주는 듯 조금 닳은 앞코는 말리의 맨발 가락 앞에 맞닿아 있었다. 말리는 그 가죽신을 물끄러미 바라봤다. 가죽신을 발로 걷어차 버리고 싶은 충동과, 찬 발가락을 저 비루한 신 안에라도 빨리 감추고 싶은 충동이 복잡하게 싸웠다.

답을 내린 건 말리가 아니라 레일라였다. 레일라는 망설이는 그녀를 올려다보더니 제 손을 내밀어 그녀의 맨발을 쥐었다. 밤새도록 왕의 침실 앞에서 쪼그려 앉아 있었던 것치고는 놀랍도록 따뜻한 온기였고, 말리는 저도 모르게 그 온기에 굴복하고 말았다. 레일라가 제 발을 들어 옮기는 데 순순히 따른 것이다. 자그마한 발은 말리의 주먹 하나가 들어갈 만큼 넓은 공간을 남기고 레일라의 신 안에 들어갔다.

키만 큰 게 아니라 발도 크네. 두 발이 다 들어간 그 커다란 신을 보며 말리는 눈을 두어 번 껌벅였다. 제게 신을 신긴 레일라가 일어나자, 그녀의 시야에는 레일라의 하얀 발만 남았다. 발목에는 자잘한 상처들이 있었다. 말리는 저 상처가 무엇인지 알고 있었다. 자신과 산을 넘어올 때 난 상처였다.

우스운 일이었다. 공주는 아직도 공주였고, 시녀는 아직도 시녀였다. 제게 신을 벗어 주는 레일라를 보니 확실했다. 산을 맨발로 걸어도 시녀에게 가죽신 벗어 바치란 소리 한 마디를 하지 않던 공주는, 회랑을 맨발로 걷는 시녀에게 자신이 신었던 가죽신을 벗어 신기려 들었다. 갑작스레 박탈감이 들었다. 아무리 턱을 고상하게 치켜들어도, 공주처럼 웃어도 영원히 공주가 될 수는 없다는 것을 말리는 그 순간 절감했다.

레일라는 말리가 제 발을 보는 것도 개의치 않고 그녀의 손을 붙잡았다. 갑작스런 신체 접촉에 놀란 말리가 화들짝 손을 빼내자, 레일라가 조용히 속삭이듯 말했다.

"신이 커서 그냥 걷긴 힘드실 터이니 절 붙들고 끌면서 걷는 게 나을 겁니다."

"……."

듣고 보니 반박할 말이 딱히 없었다. 그러나 말리는 우두커니 서서 움직이지 않은 채 레일라만 쳐다봤고, 레일라는 결국 한숨 쉬듯 말했다.

"손이 싫으시면 제 어깨를 붙들고 누르시듯……."

"그 키로요?"

대번에 뾰족한 말이 제 입에서 튀쳐나갔다. 레일라가 아, 하고 입을 다물었다. 자신보다 한 뼘은 더 큰 레일라 공주의 어깨를 자신이 누르기란 불가능에 가까웠다. 말리는 이를 물고 입술을 조금 내민 채 레일라를 쳐다보다가, 혀를 차며 그의 왼 팔꿈치 위를 붙잡았다.

"이대로 가."

갑작스럽게 튀어나온 반말에 레일라가 문득 뭔가를 알아차리고 정원 저편을 바라봤다. 회랑의 기둥 사이로, 아침 일찍 일어난 정원사가 하품하며 걸어오는 것이 멀리서 보였다. 남들 앞에서는 어찌 되었든, 언제나 말리는 레일라에게 하대했으며 예외는 없었다. 하지만 어째서일까. 오늘따라 그것이 이리도 이상하게 느껴지는 이유는.

말리는 그 정원사를 바라보는 레일라의 얼굴에 시선을 빼앗겼다.

아마 아주 찰나일 것이다. 하얀 아침의 햇빛이 투명하게 레일라의 속눈썹을 향해 떨어지고 있었다. 햇빛이 어찌나 날카로운지 밤을 새 지친 얼굴의 솜털까지도 아주 선명하게 비췄다. 속눈썹 아래로 자리한 물빛 눈동자는 정원사가 아니라 아득한 어딘가를 비추고 있었다. 파리한 입술이 달싹이는 듯하다가,

갑자기 그 빛이 모두 사라졌다.

말리는 파드득 놀랐다. 별것도 아니었다. 그저 레일라가 정원 쪽에서 그녀를 향해 얼굴을 돌렸을 뿐이었다. 하지만 그 순간 어찌나 집중했는지, 그 얼굴을 가득 비추던 그 모든 빛이 감쪽같이 사라지고 어둠만이 자리한 것 같았다. 놀라 얼결에 레일라의 팔을 잡았던 손이 떨어졌는데, 레일라가 더 놀라 그녀의 손을 엉겁결에 움켜잡았다.

"아."

말리는 화들짝 놀라 몸을 움츠렸다. 그리고 저도 모르게 레일라를 올려다봤다. 놀란 듯 두어 번 깜박이던 푸른 눈이, 아주 약간 휘어졌다.

제 살을 깨물던 왕 앞에서도 태연했으나 이상하게도, 도저히 그럴 수 없었다.

✻
✻
✻

방으로 돌아오자마자 레일라는 다른 시종들을 불러 뜨거운 물을 가져오게 했다. 신 하나 신었다고 해서 발이 따뜻해지는 법 없었으니. 욕조에 뜨거운 물이 채워지는 걸 보며 말리는 멀거니 서 있었다. 팔을 걷어 올리던 레일라가 의아한 듯 말리를 쳐다봤다. 말리는 별말 없이 욕조 안으로 들어갔다.

얼어붙었던 발끝이 뜨거운 물에 닿으니 그야말로 녹아내리는 것 같았다. 보통 때였다면 물 안에서 연신 손을 문질렀을 것이나, 말리의 시

선은 레일라에게서 떨어질 줄 몰랐다.

소매를 걷은 레일라가 향유를 가져올 때에서야 말리는 입을 뗐다.

"퍽 익숙해지셨네요."

"……계속 서투르면 저도 당신도 힘들 테니."

향유의 뚜껑을 열던 레일라가 한 박자 늦게 답했다. 다만 그녀는 무릎 위에 팔을 올리고 턱을 괸 말리와 눈이 마주치자 다시 얼굴을 돌렸다. 여전히 남의 몸이 보고 싶지는 않은 듯했다. 익숙해지지 않으면 둘 다 힘들다고 말한 사람치고는 여전히 결벽하게도 굴었다.

말리는 결국 레일라가 해면을 쥐고 기름소금을 문지르는 것을 빼앗았다. 레일라가 당황했으나 말리는 고개를 저었다.

"당신 말마따나, 피곤해요. 공주님이 절 씻기면 하루 종일 걸린다고요. 알아서 씻고 나갈 테니 제 침대나 정돈하세요."

그렇게 말해 놓고도 말리는 레일라가 나간 자리에서 한참이나 해면을 들여다봤다. 이상했다. 그녀가 일에 익숙해져서 그런 걸까. 제 젖가슴을 닦아 달라며 심술궂게 굴 때가 재미있었는데 지금은 그러고 싶지 않았다. 신발 얻어 신은 것도 호의랍시고 제 마음이 무뎌진 모양이었다.

머리까지 물에 적시진 않았다. 머리까지 말리고 자려면 얼마나 걸릴지 감도 오지 않았다. 말리는 정말로 피곤했으며 빨리 눈을 붙이고 싶었다. 그래야 이 싱숭생숭함도 사라질 것만 같았다. 몸을 닦고 나오니 레일라가 가져다 놓은 제 실내복이 보였다. 말리는 일부러 거친 손으로 그 옷을 털어 내 가며 입었다. 죄 없는 옷에서 먼지만 조금 날렸다.

아침도 물리고 말리가 침대에 겨우 누웠을 때는 이미 해가 한참이나 떴을 때였다. 두터운 이불을 덮고 눕자 창문 밖에서 저 멀리 병장기 부딪히는 소리가 들렸다. 아침 구보를 하는 기사들의 소리인 듯했다. 잠을 자고 싶은데 뒤통수에 날이 선 듯, 머리가 베개에 쉬이 묻히질 못했다.

겨우 잠이 들려는 때 탁, 하는 큰 소리 때문에 다시 깼다. 불똥 튀는 소리였다. 벽난로를 누군가가 뒤적여 줘야 할 텐데 아넷사도 앤도 그녀가 쉰다는 이야기에 오후까지 들지 않겠다 했다. 말리가 막 몸을 뒤척이던 때였다. 소리 없이 누군가가 일어나는 기척이 느껴졌다. 흘끔 고개만 돌려 뒤쪽을 바라보니 레일라였다. 누웠을 때 자신의 방으로 돌아간 줄 알았는데, 아닌 모양이었다. 레일라는 벽난로 앞에 앉아 부지깽이로 천천히, 조심스럽게 불을 뒤적였다. 숯을 뒤적이는 소리와 함께 불씨가 작게 흩날렸다.

숨죽인 채 장작 두어 개를 집어넣고 난 레일라가 다시 일어났다. 부지깽이는 언제 내려놨는지 소리도 못 들었다. 말리가 곁눈으로 보는 줄도 모르고, 레일라는 구석에서 두터운 담요 하나를 다시 펴고 그 위에 누웠다.

긴 금발 머리가 바닥에 흩트러졌다. 레일라는 방금 전 불을 돌보던 것과는 사뭇 다른, 거칠디거친 손짓으로 머리카락을 대충 넘기고는 몸을 웅크렸다. 그러고는 자신이 펴고 누운 담요의 끝을 집어 어깨에 올렸다. 담요 한 장으로 몸을 돌돌 말 모양새였다. 말리는 슬그머니 부아가 치밀었다. 제 방에 가서 자는 것도 아니고 대체 왜 저기서 저러고 있는 거야.

레일라의 성격은 결벽하다 못해 강박적이었다. 그녀가 디온의 공주였던 시절에도 남에게 몸을 보이는 게 싫어 홀로 씻었을 정도이니. 레일라는 말리에게 딱 하나만 부탁했다. 친정에서 온 시녀라 핑계 대고 말리의 방에 제 방을 붙여 달라고. 시녀들은 두 명이 한 방에서 잤지만,

덕분에 레일라만은 홀로 방을 쓸 수 있었다.

그런데 그 좋은 제 방을 놔두고 왜 말리의 방 한 켠에서 저러고 있을까. 그야 시녀 입장에서 생각해 보면 답이야 뻔하다. 아침부터 오후까지, 잠을 자야 하는 주인의 방에서 불을 돌볼 사람은 그녀뿐이었으니까.

하지만, 레일라는 진짜 시녀도 아니지 않은가.

말리의 머리가 복잡해졌다. 그 결벽한 성격 때문에라도 시녀 노릇을 완벽히도 해내고 싶은 걸까. 그렇다 해도 불 돌보는 노릇이야 말리에게 잘해 주고 싶어 안달 난 아넷사에게 맡기면 될 노릇이다.

'똑같이 문 앞에서 밤을 샌 여자가 대체 저게 무슨 궁상이란 말야?'

궁상.

말리는 그 말을 입 안에서 되뇌었다. 그랬다. 궁상 그 이상도 이하도 아니었다. 이를테면 레일라는 제게 시위 같은 것을 하고 있는 것으로밖에 보이지 않았다. 시녀 노릇이나마 제대로 좀 하라 했더니 문 앞에서 밤을 새우고, 공주처럼 신발을 벗어 준다. 그리고 이젠 제 방을 놔두고 말리의 방에서 불을 본다.

그게 아넷사였다면 아넷사가 참으로 착한 여인이라 생각했을 것이다. 하지만 레일라가 그러니 참으로 싫었다. 어찌 보면 저를 동정하는 듯도 했다. 웃기는 일이었다. 사실 말리가 밤을 새어야 했던 것도, 맨발로 돌아와야 했던 것도 다 레일라 때문인데. 꼴 뵈기 싫은 것도 그래서이리라.

말리는 다 들리도록 탁, 한숨을 내쉬었다. 레일라의 어깨가 움찔했다.

"공주님."

"……예."

자는 척할 생각은 아니었던지, 레일라가 부스스 일어나, 천천히 허리를 숙였다.

"주무시는 걸 깨우려 한 건 아니었습니다. 죄송합니다."

죄송하다는 사람의 목소리는 고요하기 그지없었다. 아침이라 그런지, 아니면 밤을 새 지쳐서였는지 목소리가 잠겨 있었다. 가뜩이나 낮은 목소리인데, 마치 목이라도 졸린 듯한 거친 소리가 났다. 말리는 가끔 제 목을 조르곤 하는 벨담 왕을 생각했다. 그는 제 목을 졸랐을 때 말리가 새된 소리를 내는 것을 아주 좋아했다. 레일라 공주가 만약 왕의 침대에서 저런 소리를 냈다면, 글쎄. 그 왕은 좋아할까.

……차라리 내가 낫지.

말리는 그렇게 생각하며 상반신만 조금 일으켜 세우고 침대를 두들겼다. 레일라가 이상한 표정을 했다.

"이리 와요."

"……."

"추워서 잠이 안 와요."

그 이상한 표정이 당황한 표정이라는 것을, 말리는 뒤늦게 알아차렸다. 레일라의 이상한 표정이 한참은 더 이상해졌기 때문이다. 레일라는 조금 뒤에, 까마귀 같은 목소리로 말했다.

"……추우시다면 불을 더 때 보겠습……."

"그리고 나는 그때마다 깨고요?"

뾰족한 목소리에 레일라가 입을 닫았다. 말리는 저 여자에게, 불은 됐으니 제 방에 가서 자라고 했을 때 그녀가 뭐라고 할지 너무 잘 알았다. 아마 됐으니 가서 자라 한다면, 레일라는 끝까지 여기 있을 것이다. 말리가 불쌍해서든, 아니면 시위 때문이든. 레일라는 주로 말리가 제게 뭔가 베푸는 듯한 순간을 못 견뎌 하곤 했다.

공주의 자존심이 고작 세 달 만에 꺾이진 않을 테니 어쩌면 당연할지 모른다. 어디서 온지도 모르는 여자애를 시녀 삼았더니 이제는 공주가 되어 저를 부린다. 그게 비록 스스로가 초래한 일일지라도, 아마 말리가 자신에게 뭔가 베푸는 것이 그리 편안하지는 않으리라.

그래서 말리는 다시 침대를 두들겼다.

"저는 차가운 바닥에서 자는 게 얼마나 싫은지 알아요."

일부러 작은 목소리로 이야기하며.

얼마나 싫을까!

건방지고 못돼 처먹은 시녀 계집애가 고작 찬 바닥에서 시위 좀 한 것 가지고 제게 궁휼한 듯 구는 게 말이다!

그 생각이 정확했던 듯, 레일라는 바닥에 선 채로 한참 동안 말리를 뚫어져라 쳐다봤다. 그리고 또 한참 동안이나 할 말을 고른 후에야, 옹졸한 말을 내뱉었다.

"……내 뺨을 친 당신께서 그런 말을 하실 줄은 몰랐는데."

아, 제기랄.

말리는 웃음이 나오려는 것을 간신히 참았다. 석 달 전 산에서 뺨 한 대 때리게 해 달랬던 것을 아직도 마음에 품고 있었다니. 역시 저 공주는 자신을 싫어하고 있었다. 여전히. 말리는 옅게 웃으면서 턱을 괴었다.

"맞은 사람은 발 뻗고 자도, 때린 사람은 그러지 못한단 말이 있죠. 공주님이 아실까 모르겠네요."

"……모르진 않아."

"예. 공주님. 사람은 말이죠."

말리는 턱을 괴지 않은 쪽의 손가락으로 침대를 두드리며 말했다.

"거친 일이나 힘든 일에 익숙해지는 것도 어렵지만 더 어려운 게 있답니다. 따뜻한 잠자리에서 내몰리는 것이야말로 제일 비참한 일이에요."

"……."

"아무리 고단한 하루라도 다 내려놓고 쉴 곳 하나쯤은 따뜻해야 하는 법인데, 잠자리마저도 차갑다는 게 얼마나 속을 베어 내는 일인지 저는 알거든요."

레일라가 이마를 약간 찌푸렸다.

"……그러니까 지금, 나를……."

"그러니 전 따뜻하게 자고 싶어요. 추워 죽겠다고요. 가뜩이나 밤새 시달렸는데."

말리는 레일라의 말을 다 듣지도 않고 잘라 버렸다. 레일라의 표정이 일그러졌으나, 더 이상 시간을 끌지는 않았다. 레일라는 쭈뼛거리더니 천천히 다가왔다. 워낙 크고 넓은 침대라 두 사람이 누워도 자리는 충분했다. 말리는 이불을 들어 올려 레일라가 들어오도록 자리를 만들어 줬다. 차갑게 식은 레일라의 몸이 이불 안으로 들어오자, 말리도 순식간에 몸이 떨리는 것을 느꼈다. 아무리 불을 때도, 이불 안이 추운 일은 왕왕 일어난다.

레일라는 말리와 마주 눕자마자 눈을 감았다. 길게 내려앉은 속눈썹 또한 금색이었다. 요정의 속눈썹은 금색이라던데, 이 공주님도 요정일까. 그런 실없는 생각을 하다가 말리는 저도 모르게 킥킥 웃었다. 어이가 없어서였다.

웃음소리에 레일라의 눈꺼풀이 파르르 떨렸다. 이불 안으로 들어오자마자 잠에 들기가 쉽지는 않을 것이다. 하물며 그게 시녀와 덮는 이불 안임에야.

"······경험담인지."

목소리가 하도 꺼질 듯 작아서, 말리는 뒤늦게야 그게 제게 던져진 질문임을 알았다. 막 잠들려는 참이었는데. 귀찮은 듯 몸을 구부리면서도 말리는 쉬이 대답했다.

"저의 엄마는 제가 열세 살 때 돌아가셨답니다."

"······."

"매일 얼굴에 흙을 묻히고 땅을 갈아엎어야 먹고살 수 있었지만 그래도 같이 누운 엄마가 등을 어루만져 주시면 참 따뜻했어요."

레일라는 여전히 눈을 뜨지 않았다. 말리는 그런 레일라를 바라보다가, 몸을 돌렸다. 마주 보고 싶지 않아서였다. 이불을 어깨 위로 덮어쓰며 말리는 작게 말을 끝맺었다.

"그 후로도 어딜 가나 매일 얼굴에 흙을 묻히고 죽도록 일해야 하는 건 똑같았는데, 잠자리가 차가우니 이상하게도 속이 땅으로 꺼지는 것 같더랍니다."

"······."

하암. 하품을 했다. 눈물이 약간 맺히기에 말리는 이불에 얼굴을 비벼 닦아 냈다. 그리고 이불 속에서 웅얼댔다.

"추운 건 싫어······."

분명 공주의 몸은 차갑기 그지없었는데도 이불 속에 누가 하나 더 들어오니 그것도 온기랍시고, 금세 잠이 왔다. 말리는 그대로 잠이 들었다. 그리고 아주 오랜만에 꿈을 꿨다. 얼굴도 기억나지 않는 어머니가 등을 어루만져 주었다. 아주 천천히, 오래도록.

8
가짜 공주

말리가 울고 있는 알렉시스를 발견한 건 순전히 우연이었다.

전날 밤 말리는 왕에게 뺨을 얻어맞았다. 그의 품에서 허벅지 안쪽을 어루만지며, 아이를 낳고 싶다고 말했던 탓이었다. 첫 아이의 울음소리를 들어야 가면을 벗을 수 있다던 왕은, 말리가 몸을 배배 꼬며 하는 말을 듣자마자 그녀의 뺨을 쳤다.

"까불지 마라."

그렇게 으르렁거린 왕은 이를 악물고 속삭였다.

"건방지게 굴면 너도 사냥개들의 먹이로 줘 버릴 것이다."

입술이 터졌다. 그녀는 그대로 쫓겨났다. 왕의 침실에 들어간 지 얼마 안 돼서였다. 아마 차 한 잔을 마실 시간도 안 됐을 것이다.

방에 돌아온 말리를 보고 시녀들이 기함하며 얼굴에 찬물로 적신 천을 대 주고 고약을 발랐다. 약에서는 독한 풀 냄새가 났다. 길게 잘 수도 없어 이른 아침에 일어나 보니 뺨에는 멍이 들어 있었다.

"아."

그녀의 옆에서 자고 있던 레일라가 기척을 느끼고 벌떡 일어났다.

레일라는 요즘 계속 말리의 침대에서 함께 자고 있었다. 어쩌다 보니 그렇게 되었다. 말리는 그날 이후로 계속 레일라를 제 침대로 불렀다. 열흘쯤 함께 자고 있으면 익숙해질 만도 하련만, 레일라는 항상 쭈뼛거리며 마지못해 침대로 들어왔다. 그런 주제에 아침에는 벌떡벌떡 잘도 일어나 말리가 깨기도 전에 침대를 나갔다.

하지만 이날은 좀 달랐다. 새벽까지 말리의 뺨을 들여다보던 그녀는 어쩐 일로 늦잠을 잤다. 말리는 레일라에게 손을 내저었다.

"하지 마요."

"아."

뭘 하지 말라는 건지도 모르면서 레일라는 멈칫했다. 말리는 일어나 두터운 로브를 뒤집어썼다.

"따라오지 말아요."

"하지만……."

"이 성에서 누가 날 죽인다면 그건 왕이지 다른 누군가는 아닐걸요. 그리고, 나는 지금 왕에게 가는 게 아니에요."

"……."

맹세코 화풀이를 하고 싶은 건 아니었다. 단지 레일라의 얼굴을 보고 싶지 않을 뿐이었다.

말리는 가죽신을 신고 성큼성큼 걸어 나갔고, 레일라는 따라오지 않았다. 어쨌든 레일라는 말리가 싫어하는 일을 나서서 하지는 않았다. 그게 유일하게 마음에 들었다.

'어리석은 계집애.'

그녀는 긴 회랑을 걸어가며 생각했다. 어리석은 계집애란 말리 자신을 일컫는 것이었다. 그녀는 레일라가 제게 인생을 바꾸자고 제의했을 때, 자신이 공주에 이어 왕비가 되어 평생을 살 수 있을 거라고 생각했다. 그 길이 생각보다 더 고단할 수도 있다는 것도 물론 알았다. 벨담 왕의 난폭함을 그녀는 이미 알았지 않은가.

물론 말리는 지금의 삶이 예전에 하녀 계집애로 살아가던 것보다는 훨씬 낫다고도 생각했다. 얻어맞고, 개만도 못한 취급을 받았고, 심지어 개의 먹이로 주겠단 소리를 들었다. 말 한마디 했다고 벌거벗고 방문 밖으로 쫓겨난 게 좋다는 말은 맹세코 아니다.

그러나 말리는 그 대신 좋은 옷을 입고 굶지 않았다. 손가락 하나 까딱할 필요 없었고 추울 때는 나무를 충분히 가져다 방에 땔 수 있었다. 그녀는 그것으로 만족하고 싶었다. 대부분은 만족스러웠다.

하지만, 그럼에도 불구하고 가끔은 그 삶이 정녕 자신이 살아 냈던 길바닥 떠돌이의 삶보다 비루하게 느껴지는 것이다.

가죽신은 가볍고 감촉이 좋았으며 돌바닥을 걸어도 대단한 소리가 나지 않았다. 말리는 좋은 옷과 좋은 신을 신고 소리 없이 걸을 수 있었지만 지금은 그 모든 것들이 지긋지긋했다. 그리하여 말리는 지금 서재로 향하고 있었다. 오늘은 가시나무 공주가 나오는 책을 기어코 다 읽을 셈이었다. 가시나무 공주를 수호하게 된 기사는 끝내 사랑에 빠져, 그녀에게 눈을 주기 위해 마법사를 찾아간다. 그리고 나쁜 마법사는 기사에게 또다시 용을 잡아오라고 말한다.

그다음이 궁금했지만 요 며칠 계속 심란하고 버거운 일들이 심심찮게 일어나 마땅히 책을 읽을 시간이 없었다. 왕이 어제 제 뺨을 쳤으니 아마 며칠은 침실에 들어갈 일이 없을 것이었다.

그녀는 얼마 안 가 귀신 소리를 들었다.

"흑흑흑흑……."

소름이 확 돋았다. 대관절 이게 무슨 소리란 말인가. 이 아침에, 이렇게 사람이 많은 성에서 귀신이라니. 하지만 말리는 곧 깨달았다. 열 발걸음쯤 떨어진 덤불 안에 쭈그려 앉아서 울고 있는 누군가가 있다는 걸.

말리는 안도의 숨을 작게 쉬었다. 귀신은 그녀가 가장 무서워하는 것이었다. 누군가는 코웃음을 치겠지만. 무서운 걸 어떻게 하란 말인가. 말리는 천천히 덤불 근처로 다가갔다. 그리고 놀라고 말았다.

그곳에서 흰 어깨를 드러내고 울고 있는 이는 말리도 익히 아는 여자, 알렉시스였던 것이다.

극장에서 노래를 부르다가 왕에게 끌려왔다는 여자. 언제나 죽을상을 하고 있어 왕이 싫어하고 때로는 굶긴다는 여자. 그 여자는 시녀도 없이 덤불 안에 웅크리고 앉아 있었다. 둥근 어깨가 온통 드러나 있었고, 당연하게도 오스스 소름이 돋아 있었다. 춥지도 않나. 말리는 어찌해야 할 바를 몰라 그대로 우두커니 서서 울고 있는 여자를 내려다봤다.

"으흑흑. 으흑."

여자는 말리가 온 줄도 모르고 계속 울고 있었다. 차림새는 말리가 익히 아는 그것이었다. 벌거벗은 것에 가까운, 입은 건지 벗은 건지 알 수 없는 얇고 이상한 곳이 벌어진 옷. 저 차림새로 여기까지 온 건 아닌 듯했다. 털로 된 외투가 근방에 내팽개쳐져 있었으니 말이다.

'비싸 보이는데.'

외투는 아주 좋은 물건이었다. 윤기가 주르르 흐르는 것이, 저런 상급품을 말리는 만져 본 적도 없었다. 아마 왕이 하사한 물건이겠지. 매번 울어서 보기 싫다더니 좋은 물건은 가져다준 모양이었다.

저걸 들고 이대로 성에서 도망친 후에 팔아서 어딘가에서 잘 살고 싶다. 금화 두 닢은 받을 수 있을 텐데. 금화 두 닢이면 어쨌든 당분간은 도망쳐서 어딘가에서 자리를 잡을 수는 있는 금액이다. 하녀로 일을 하거나…….

얼토당토않은 상상이었지만 말리는 잠시 그녀 앞에서 그런 상상을 했다.

물론 상상이 길게 가지는 않았다. 날은 추웠고 말리는 로브 한 장만 입고 있는 참이었다. 여자는 계속 머리를 무릎에 묻고 울고 있었고, 말리는 그녀에게 무슨 말을 건네야 할지 몰랐다. 애당초 우는 것을 방해받고 싶어 하는 사람은 별로 없다.

그냥 이대로 가는 게 낫나. 그렇게 생각했을 때, 와드득 소리가 났다. 말리는 반사적으로 그쪽을 쳐다봤다. 멍청한 청설모 한 마리가 나뭇가지째로 떨어진 것이었다. 청설모는 소리도 내지 않고 파르륵 그 자리에서 도망쳤다. 말리는 황당해하며 그쪽을 보다가 문득 아래를 내려다봤다.

눈물이 가득한 얼굴로, 알렉시스가 이쪽을 멀거니 올려다보고 있었다. 붉은 입술은 멍청하게 헤벌어졌고, 눈은 퉁퉁 부었다. 빈말로라도 아름답다고 말할 수는 없었으나 고혹적인 인상은 남아 있었다. 말리는 저도 모르게 왕을 이해할 뻔했다. 이런 얼굴로 울면 괴롭히고 싶어지지 않나.

아니, 아니지.

말리는 순간적으로 제 뺨을 칠 뻔했다. 못돼 처먹은 게, 울고 있는 사람한테까지 그런 소리를 할 일인가. 제가 못돼 처먹은 것은 사실이지만 그 왕과 같은 수준이 되고 싶지는 않다고 생각하다가, 그녀는 제풀에 놀랐다.

사는 데 수준 운운하다니. 어느새 제가 진짜 공주라고 생각하게 되기라도 했나 보지.

길바닥에서 구르던 하녀애가 남에게 수준을 논하기는 좀 우습지 않겠는가.

"누구세요?"

말리가 혼자만의 생각에 빠진 동안 알렉시스는 곧장 놀란 얼굴을 수습하고 그녀에게 신원을 캐물었다. 아마 말리를 모르는 모양이었다. 그럴 만도 했다. 두 여인은 제대로 얼굴을 맞댄 적이 거의 없었고, 알렉시스는 대부분 말리보다 하석에 있었다. 신분으로 따지면야 이 여인은 말리에게, 아니, 정확히는 공주에게 댈 깜냥이 아니었다. 말리는 우스운 기분이 들었다.

만약 자신이 길바닥에서 뒹구는 인생이었다면 이 여인 앞에 곧장 엎드려 머리를 땅에 조아렸어야 할 것이다.

"나는 레일라다."

"그게 누구……."

그렇게 물으려던 여인이 멈칫했다. 레일라의 이름을 모르지 않을 것이었다. 그녀는 황급히 얼굴을 손바닥으로 닦으며 일어서 엎드리려 했다. 하지만 말리는 그녀의 이마에 발을 대어, 땅에 닿지 않게 했다. 한때 레일라가 제게 했던 일이었다.

"왜 울고 있니."

"……그것이……. 죄송합니다. 귀인께서 신경 쓰실 일은 아닙니다."

죽을죄를 지었다고 하지는 않는군. 말리는 그게 흥미로웠다. 하녀나 시녀들이야 귀인에게 늘 하는 말이라지만, 알렉시스 정도 되는 여자에게는 꼭 죽을죄까지는 아닌 모양이었다. 물론 말리라고 그런 말을 하면서 자신이 정말 죽을죄를 지었다고 생각해 본 적은 없었다. 그저 더 크게 조아려야 빨리 용서받을 수 있으니 하는 말이었다.

"부산스러운 짓을 하여 귀인 가시는 길을 방해했습니다. 물러나겠습니다."

"나는 너보고 물러가라고 한 것이 아니다. 왜냐고 물었다."

말리는 여상하게 말하면서도 속으로 즐거워했다. 자신이 제법 공주처럼 말하고 있는 것 같았기 때문이다. 그리고 그 직후 급속도로 기분이 나빠졌다. 그녀는 '공주처럼' 말하는 게 아니라 '레일라 공주처럼' 말하고 있다는 걸 깨달았던 것이다.

하기야 별수 없는 일이다. 말리가 이십여 년을 살아오며 본 공주라고는 레일라 하나뿐이니 그녀가 제게 공주의 기준이 된 것도 당연한 일 아닌가. 그렇게 애써 생각하며 말리는 턱을 치켜들었다. 제 아래에 엎드려 있는 알렉시스에게 자신이 더욱 공주처럼 보이게 하기 위해서였다.

하지만 알렉시스의 다음 말을 듣고 말리의 기분은 와르르 무너졌다.

"……왕께서 새벽에 부르시어……."

"……."

"침수를 들었나이다. 그러한데."

알렉시스는 침을 삼켰다. 눈물을 꾹 참는 것이 분명했다.

"비천한 것이 전하의 기분을 상하게 하였는지 벌을 내리시어……."

말리는 그녀에게 이유를 물은 자신을 쥐어뜯고 싶어졌다. 알렉시스가 불려 간 것은 제가 어제 쫓겨난 다음이 분명했기 때문이다.

안타깝게도 말리는 이런 경우에 어떻게 대처해야 하는지 몰랐다. 그녀는 레일라를 생각했다. 그 무표정한 여자라면 이런 때 어떻게 굴까. 하지만 생각나는 것이 도무지 없었다. 말리는 멀거니 알렉시스를 내려다보았고, 알렉시스는 창피한 듯이 몸을 굽혀 엎드렸다.

"물러나겠습니다. 허락해 주소서."

"······물러가라."

알렉시스가 바닥을 짚고 일어났다. 고운 손바닥에 흙이 잔뜩 묻었다. 일이라고는 해 본 적도 없는 듯 둥글고 보드라운 손바닥. 알렉시스는 입었다고도 벗었다고도 할 수 없는 옷을 천천히 정리했다.

말리는 웃음이 나올 뻔했다. 풍만하고 보드라운 그녀의 몸은 고혹적이었으나 그 위에 입혀진 옷의 저열함 때문이다. 흰 피부는 사람의 손이 아닌 뭔가로 매질당한 흔적이 가득했으며, 그 위로 얇은 옷이 요정의 날개처럼 반짝였다. 노란 아침 햇살이 참 맑게도 내리쬔 덕분이다. 그리고 그것들이 한데 어우러지며 말리에게 말할 수 없이 참혹한 기분을 선사했다.

알렉시스가 뒤로 물러나는데, 말리는 충동적으로 몸을 숙였다. 그녀의 손이 향한 것은 알렉시스가 내팽개친 것이 분명한 털외투였다. 극장의 가희는 당황한 듯 몸을 움츠렸으나 말리가 빨랐다. 말리는 알렉시스의 몸에 털외투를 두르고, 매듭을 하나하나 지어 주었다. 부드러운 목덜미와 가슴으로 이어지는 동그란 쇄골 선. 추위에 소름이 돋아 있는 피부까지.

말리 자신보다 몇 배는 더 보드랍고 깃털 같은 여자였다. 분노가 치밀어 말리는 저도 모르게 그녀의 허리 쪽 매듭을 지어 주다 말고 손에 힘을 주었다. 매듭이 뜯겨 나갈 정도로 당겨졌고, 알렉시스가 흠칫했다.

"송구하나 제가……."

그제야 말리는 자신이 귀한 옷에 화풀이하고 있다는 것을 알아차렸다. 더 할 말이 없어 손을 떼자, 알렉시스가 천천히 매듭을 지었다. 그녀의 손은 말리와도, 레일라와도 달랐다. 손톱을 깨끗이 자른 흰 손가락은 살이 붙어 포동포동했고, 갓난아기의 것처럼 분홍색을 띠었다. 말리는 그 손가락을 뚫어져라 쳐다봤다.

알렉시스는 매듭을 다 지은 후 깊이 고개를 숙였다. 말리는 먼저 돌아서 자신이 왔던 길로 걸음을 옮겼다. 그때 알렉시스의 말이 그녀를 붙들었다.

"고맙습니다."

"……아무것도 한 게 없는데 뭐가 고맙다는 거냐."

"……제 뺨을 치실지도 모르겠지만."

말리는 그녀를 돌아봤다. 아침 햇빛은 공평하게도 그녀의 얼굴도 함께 비추었다. 따뜻한 빛에 드러난 얼굴의 상처가 아려 왔다. 알렉시스는 말리의 얼굴을 똑바로 바라보며 말했다.

"저는 전하께서 꼭 벨담의 왕후가 되시기를 바라요."

목에서 뭔가 울컥 치받쳐 왔다. 분노도 황당함도, 혹은 눈물도 아니었다. 웃음이었다. 아하하하하, 하고 큰 소리로 웃음을 터트릴 뻔했다. 말리가 저 여자의 고단한 밤을 셈하였던 것처럼, 저 여자 또한 말리의 고단함을 짐작하고 있음이었다.

그럼에도 불구하고 그녀는 말리에게 제 고단함을 떠맡아 달라 이야기하고 있었다. 우스운 일 아닌가. 누군가는 귀하리라고 생각하는 왕의 옆자리가 그녀들에게는 단지 험지일 뿐이었다. 그럼에도 불구하고 견디고 있는 이유는 무엇인가?

말리는 아무것도 알 수 없어졌다.

가시나무 공주의 이야기는 이젠 신경 쓰이지도 않았다. 말리는 성큼성큼 힘주어 발걸음을 옮겼다. 그녀가 걸어왔던 복도와 회랑을 지나, 자신의 방으로.

방 안에는 아넷사가 불을 돌보고 있었다. 말리는 아넷사에게 오늘은 제 방에 들어오지 말라고 이른 후 방 밖으로 쫓아냈다. 앤과 나디아도 접근하지 말라 했다. 얼굴이 다 터진 채로 눈에 불을 품은 말리를 보고, 아넷사가 걱정의 말 몇 마디를 건넸으나 말리는 다 물리쳤다.

아넷사가 나가자마자 말리는 문을 걸어 잠갔다. 그리고 뒤로 돌았다. 그녀의 눈에 보인 것은 침대였고, 그녀는 다가가 침대보를 붙잡자마자 거칠게 바닥으로 던져 내렸다. 펄럭, 하고 천들이 난폭하게 바닥으로 떨어졌다. 베개를 쥔 말리는 퍽, 하고 내리쳤다. 베개 속을 채웠던 깃털들이 파악 소리를 내며 사방으로 휘날렸다.

그래도 분이 풀리지 않은 말리의 눈에 침대보가 벗겨져 고스란히 드러난 침대 밑이 보였다. 정확히는 그 밑의 나무 상자. 그녀는 곧장 그 밑으로 기어들어 가 상자를 뒤집었다. 익숙한 경첩을 뜯어내듯이 열어젖힌 말리는 그 안에서 닥치는 대로 물건을 꺼냈다. 고약 두어 통, 나무 컵과 사발, 그리고 누런 앞치마.

'내 피가 널 지켜 줄 거야······.'

말리는 충동적으로 그 안에 있던 물건들을 죄다 집어 던졌다. 나무 컵이 탁자에 부딪치며 탁한 소리를 냈다. 사발은 벽난로의 쇠 불막이에 부딪혀 와장창 소리와 함께 다른 쪽으로 데굴데굴 굴러갔다.

"이까짓 게!"

말리는 앞치마를 집어 던졌다. 하지만 무기력한 천은 집어 던지는 것으로는 분풀이가 안 됐다. 말리는 일어나서 앞치마를 퍽퍽 밟았다. 발로 짓이기고 차고 굴렸으나 천 쪼가리는 아이러니하게도 쉽게 망가지지 않았다. 말리는 엎어져서 천 조각 위를 주먹으로 내리쳤다.

"이까짓 게! 이까짓 게!"

지켜 주기는 뭘 지켜 준단 말인가? 앞치마 위에 토한 피 세 모금 따위가 대체 누굴 지켜 줄 수 있단 말인가?

"아아악!"

말리는 분에 못 이겨 소리를 질렀다. 그 바람에 입가의 상처가 터졌다. 비린 맛이 났고 입가가 쓰렸다. 침대 밑에 처박아 놓은 앞치마는 그녀를 지켜 주기는커녕 그녀에게 짓밟히기나 했다. 말리는 왕에게 뺨을 맞았으며 불려 갈 때마다 얻어맞았다. 말리를 지킨 게 있다면 그건 그녀가 떨어 대는 아양이나 눈웃음 따위였지 앞치마는 아니었다.

"공주님, 공주님!"

안에서 나는 소리를 들었는지 아넷사가 문을 두들기는 소리가 들렸다. 말리는 아랑곳하지 않고 침대를 마구 손으로 때렸다. 발로 찼다. 머리를 마구 헤집었다. 보기 좋은 윤기가 흐르는 머리카락은 그렇게 쉽게 손짓 몇 번에 헝클어졌다.

그때였다. 그녀의 방 옆에 달린 작은 쪽문이 열렸다. 말리는 침대 옆에 세워 둔 나무 조각상 하나를 붙들고 막 바닥에 내리치려던 참이었다. 그 문 안에 있는 것은 레일라였다. 뒤로 아넷사와 앤, 나디아가 눈알을 도록도록 굴리며 기웃대는 게 보였다. 말리는 눈을 치켜뜨고 말했다.

"들어오지 마."

레일라는 차분하게 뒤에 일렀다.

"바깥에 계세요."

"너도 나가."

그러나 레일라는 그녀의 말을 듣지 않고 문 안으로 들어와 그 쪽문을 걸어 잠갔다. 말리는 조각상을 내팽개치고 성큼성큼 다가서 팔을 올렸다. 레일라는 그녀가 제게 다가오는 것을 보면서도 피하지 않았다. 말리와 레일라의 눈이 마주쳤다. 시리도록 푸른 눈. 말리는 울분이 치밀었다.

그녀는 그대로 팔을 휘둘렀다. 짝, 하고 큰 소리가 났다. 힉, 하고 문 뒤에서 시녀들이 숨을 들이켜는 소리가 연이어 들리는 걸 보니 여전히 물러가지 않은 모양이었다. 레일라는 뺨을 얻어맞은 그대로 고개를 돌린 채 시선을 떨어트렸다가, 다시 말리를 쳐다봤다. 말리는·레일라를 노려봤다.

"내 말이 우스워?"

"……아뇨. 우습지 않습니다."

말리는 다시 팔을 휘둘렀다. 따로 노리고 휘두른 것이 아닌 거친 손끝에 레일라의 머리카락이 걸렸다. 말리는 그대로 레일라의 머리를 휘어잡고 뒤로 밀어 버렸다. 쿵, 하고 레일라가 문에 부딪혔고, 말리는 그 순간 흠칫 놀랐다. 자신보다 한참은 큰 레일라가 그렇게 그녀에게 밀려 나갈 줄 말리도 몰랐던 탓이다.

하지만 말리는 사과하는 대신 다시 뒤돌아서 방 안의 기물들을 집어 던지기 시작했다. 침대의 시트, 베개, 그리고 탁자 위의 나무 문진, 주석으로 된 장식용 잔…….

그 와중에도 비싸거나 망가지기 쉬운 꽃병이나 도기 잔은 손도 대지 않는 자신을 보며 말리는 기가 막혔다. 이 와중에도 천한 계집애인 자신이 감히 비싸고 좋은 것은 깨트리지도 못하고 있다는 게 실감 났기 때문이다. 와장창, 쿵. 둔탁한 소리가 났다. 말리가 하는 짓은 난동이 아니라 허우적대는 것에 가까웠다.

그리고 끝내 그녀의 손끝에 걸린 건 앞치마였다. 몇 번이나 밟고 짓이긴 그 앞치마. 울컥하고 목이 다시 답답해져 왔다. 말리는 그렁그렁해진 눈으로 그 앞치마를 잡아당겼다.

이깟 거 다 찢어 버릴 거야. 이깟 거…….

그때 말리의 손목을 붙든 사람이 있었다. 레일라였다. 말리는 소리를 질렀다.

"놔!"

"후회하실 거예요."

"놓으라고! 그런 거 안 해!"

"아뇨. 후회할 거예요."

레일라는 말리의 뒤에서 그녀를 단단히 붙들고 낮고 진중한 목소리로 속삭였다. 말리는 레일라의 품 안에서 허우적대려 했으나 그마저 어려웠다. 말리가 헐떡이며 말했다.

"이깟 거 찢은 걸로 후회할 줄 알고."

"……이미 후회하고 계시지 않습니까."

"아니야!"

"……다정하신 분."

레일라는 한숨 쉬듯 말했다. 말리의 눈에서 끝내 눈물이 넘쳐흘렀다.

"누굴 지금 놀리려고, 이딴 계집애를……."

"……."

"지금 네가……."

말리는 제 손목을 붙든 레일라의 손을 봤다. 마디가 굵고, 길고, 손바닥에는 굳은살이 잔뜩 박여 있는 손. 그 굳은살은 사냥꾼의 그것과 비슷하다 생각했으나 더 비슷한 것이 있었다. 말의 고삐를 쥐고, 검을 잡은 기사들의 그것이었다.

조금 전 봤던 알렉시스의 손이 겹쳐졌다. 동그랗고 보들보들하고 갓 난아이의 것처럼 분홍색인 손. 말리는 울분에 차 눈물을 뚝뚝 흘리며 레일라를 올려다봤다.

"너 따위가, 네가……."

"미안합니다."

말리의 말문이 막혔다. 레일라가 지금 사과할 줄은 정녕 몰랐기 때문이다. 레일라는 자신이 들어온 쪽문 쪽을 힐끗 보고는 그녀를 데리고 방 안쪽으로 갔다. 바깥에 자신이 하는 말이 들릴까 우려해서 그럴 것이다. 그 태도조차 말리의 분노를 부추기는 것이었다. 하지만 레일라는 말리의 양 손목을 잡은 채 침대에 앉혔다. 그 힘이 하도 세서 말리는 반항해 볼 생각도 하지 못했다.

"비루한 물건이랄 땐 언제고!"

'별 비루한 물건들에 목숨을 거는구나.' 레일라는 분명 그녀에게 그렇게 말했었다. 그래 놓고 왜 하필 이 시점에 들어와 말리가 제대로 화내지도 못하게 한단 말인가. 말리는 손을 뿌리치려 했다.

"별 볼 일 없는 물건이다!"

"……하지만 그대는 거기 목숨을 걸었잖습니까."

'그깟 물건에 목숨 거는 네 인생도 참 별 볼 일 없긴 마찬가지구나.'

레일라가 무심하게 던진 말에 말리는 그녀의 뺨을 치고 싶었더랬다. 지금은 레일라의 뺨을 얼마든지 칠 수 있었지만, 그렇지만……. 말리는 레일라를 노려보며 울분에 찬 말투로 말했다.

"그리고 당신도 그 별 볼 일 없는 계집애에게 목숨을 빚졌잖아."

"……당신 말이 맞습니다."

레일라의 금빛 눈썹이 아래를 향했다. 말리는 입술을 깨물었다. 다 원래대로 돌려놓고 싶었다. 하지만 그럴 수도 없거니와, 그러고 싶지도 않았다.

만약 원래대로 돌려 말리가 시녀가 되고, 레일라가 공주가 된다면 레일라는 목숨을 잃을 게 뻔했기 때문이다.

그것은 오늘 알렉시스의 손을 보고 말리가 불현듯 깨달은 사실이다.

어쩌면 그녀는, 레일라가 말한 대로 다정한 사람일지도 몰랐다.

레일라는 말없이 그녀의 턱과 뺨을 들여다봤다. 말리는 불을 품은 눈으로 레일라를 노려보고 있었다. 하지만 레일라는 아랑곳하지 않고 말리의 뺨을 엄지손가락으로 더듬었다. 엄지손가락이 상한 피부를 누르니 지긋한 아픔이 몰려왔다.

"하지만 지금 당신을 보니, 내가 그때 지키려던 내 목숨이 그리 귀한 것일까 싶은 것이……."

"그럼 가서 죽어 버리든가."

레일라의 말이 끝나기도 전에 말리의 입에서는 거친 말이 튀어나왔다. 하지만 레일라는 말리의 눈을 들여다보고 안쓰러운 눈을 할 뿐이었다.

"이제 와 그렇게 한다 한들 무슨 소용입니까."

"왜요. 목숨은 아까우세요?"

"……아니."

레일라는 가만히 고개를 젓고 말을 이었다.

"남을 괴물의 손아귀에 던져 넣고 사는 삶이 무에 그리 아까울까요. 나는 그것을 몰랐습니다."

"……."

"하지만 지금 내가 벨담 왕의 발 앞에 몸을 던져 내가 공주였으며 그를 농락했다 고백하면 당신은 어찌 되겠습니까."

흐, 흐흐. 말리의 입에서 웃음이 비어져 나왔다. 허탈한 웃음이었다.

"제가 당신의 뺨을 처음 칠 때, 꼭 제 뺨을 몇 배로 때리고 싶어 하셨으면서 이제 와서 저를 위한다고 말씀하시나요?"

"저는 그렇게 말한 적이……."

"그 산에서, 공주님의 눈은 딱 그러했지요. 그 시퍼런 눈에 불이 튀는데……."

말리는 레일라를 빤히 쳐다봤다. 두 사람 사이에 침묵이 한참 맴돌았다. 레일라의 눈이 떨림으로 일렁였다가, 끝내 말리를 쳐다보지 못하고 옆으로 고개를 돌렸다. 그러고는 입을 가리고 그 시선을 바닥으로 떨구었다. 수치심에 차마 몸부림치지도 못하는 것이었다.

알렉시스의 손은 계기일 뿐이었다. 둥글고 보드라운 귀부인의 손. 레일라가 암만 승마를 즐기는 공주님이었대도 그 손 모양은 이상했다. 너무 컸고, 마디가 울뚝불뚝했다.

말리는 마구간의 말구종, 여관의 하인, 그리고 기사의 종자와 그 주인과도 몸을 섞어 본 적 있었다. 검을 잡고 휘두르는 기사들의 손에 박인 굳은살은 쉬이 사라지지 않았다. 레일라의 굳은살은 승마를 한 것이라고 여겨 왔지만, 지금 생각해 보면 그 기사들의 것과 아주 많이 닮아

202

있었다. 말을 타고, 검과 창을 휘두르는 자들.

산적들이 공주의 일행을 습격했을 때 말리의 입을 막은 건 레일라 공주였다. 그 손의 힘이 엄청나서 틀림없이 상대가 남자인 줄로만 알았던 말리는 레일라 공주의 손을 아드득 씹었더랬다. 말리는 레일라가 제 입을 막았던 오른손을 바라봤다. 새끼손가락에는 보기 싫은 흉이 져 있었다.

디온에서 레일라 공주는 새 모이만큼만 먹었고 잠도 잘 자지 않았다. 여자치고는 큰 키를 감추기 위해 몸을 웅크리고 있었고, 바싹 말라 병자 같은 안색이었다. 시녀들의 목욕 시중도 옷시중도 받지 않았고 긴 머리카락은 늘 길게 길러 도톰한 모양으로 땋아 쇄골을 가리거나 풀어 헤쳐 놓았다.

그 모든 것이 한 가지를 가리키고 있었다.

"아니, 왕자님이라고 불러야겠지요."

끝내 레일라가 신음했다. 저 무저갱에서 올라오는 듯한 깊고 낮은 소리. 그것은 명백한 남자의 목소리였다. 왜 몰랐을까. 저 낮고 단단한 음성이 그저 신경질적인, 그러나 추위에 시달려 목소리가 거칠어진 공주의 것이라고만 생각했었다.

말리는 제 손바닥을 들어 뺨에 번진 눈물을 거칠게 닦아 냈다. 그리고 낮게 주절거렸다.

"당신께서는 애초부터 사랑 같은 걸 바라서 이 혼담에서 도망친 게 아니셨겠지요. 그대로 침실에 들어갔다면 다음 날 저와 당신은 나란히 시체 치우는 수레에 겹겹이 쌓여 벨담 성문을 나갔을 것 아니겠습니까."

"미안……. 미안합니다……."

"시녀 계집애를 데리고 도망쳐 줄 남자 따위는 처음부터 필요 없으셨겠지요. 당신 혼자 도망치면 될 테니."

"……"

레일라의 안색은 이제 디온에 있을 때보다 더 파리해졌다. 희고 거친 그 얼굴을 보고 말리는 허탈하게 웃었다.

말리는 레일라가 제 몸을 씻길 때마다 속에서 부글거리는 증오들을 누르려 언제나 애썼다. 귀한 공주가 저를 이용해 머릿속 꽃밭으로나 탈출하려 한다 생각하니 그가 그리도 미웠다. 그러나 정작 레일라가 남자인 것을 알고 나니 그리 밉지도 싫지도 않았다.

너 또한 목숨이 아까워 벌인 일이리라.

말리는 맹세할 수 있었다. 자신의 목숨이 걸려 있는 일이었다면, 그녀 또한 똑같이 행동했을 것이다. 아니, 정확히는 레일라보다 몇십 배는 저열하게 행동할 수 있었다. 말리는 산적들에게서 도망치며 몇 번이고 레일라를 버리고 몰래 금품을 털어 잠적할 생각을 했으며, 가끔 벨담 왕에게 매질당하는 밤이면 레일라에게 트집을 잡아 그녀의 늘씬한 다리를 엉망으로 매질하는 상상을 했다.

그러나 레일라가 저지른 일은 그저 애달픈 목숨 구걸일 뿐이었다. 살기 위해서 벌인 몸부림. 그러니 말리는 레일라가 제 옆에서 밤을 지새우고, 불을 쑤석이고, 맨바닥에서 자며 고된 수련을 하는 수도승처럼 굴었던 것이 사실은 죄의식에 스스로를 가혹하게 대한 것일 뿐이라는 것을 알아차렸다.

하지만 그렇다고 해서 분노가 사라진 것은 아니었다. 분노는 그 자리에 남았으나 그저 갈 곳을 잃었을 뿐이었다. 가혹하게 대했다 한들 그것은 공주님이 감당할 수 있는 가혹함일 뿐이었다. 그 존귀함에 말리는 웃음이 터져 나올 것만 같았다.

"차라리 도망을 가지 그러셨어요."

"……."

"당신이라도 재주 좋게 도망을 가서, 흔적도 없이 사라져 버렸다면 제가 철없는 공주 하나 날려 보냈다 생각할 수 있었을 텐데요."

말리는 제게서 고개를 돌린 레일라의 반대편 뺨을 쥐고 제 쪽으로 돌렸다. 레일라의 황망한 눈이 그녀를 향했다. 무슨 생각을 하는지도 모르게 어지러운 새파란 눈. 그녀를 노려보던 서슬 퍼런 눈이나, 안타깝게 지켜보던 시선과는 달랐다. 말리는 나직하게 속삭였다.

"왕에게 매 맞는 밤마다 당신 욕을 하고, 머리가 하얗게 센 할머니가 된 뒤에도 그 개 같은 년 하나 내가 살려 주었으니 죽고 난 뒤에 다시 태어날 때는 그래도 괜찮은 인생 살아 볼 수 있을 것이라 생각할 수 있었을 것인데……."

"……."

"어떻게 그 존귀하신 몸에게 염치는 또 지독하도록 넘쳐흐르는지……."

레일라의 얼굴이 일그러졌다. 이제 말리는 그 얼굴을 도저히 공주라고는 생각할 수도 없었다. 알고 나니 이렇게나 영준한 생김새인 것을. 우뚝한 코와 단단한 입매, 끝이 네모진 턱이 그리했다. 긴 머리카락으로 가장한 우울함 뒤에 이런 얼굴이 있는 것을 어찌하여 몰랐을까. 아름다운 진주 줄을 꿴 드레스 아래에 가지런하고 탄탄한 어깨가 있음을 왜 눈치채지 못하여…….

말리는 손을 뻗어 레일라의 이마 위에 드리운 금색 머리카락을 걷어 냈다. 반듯한 이마와 도드라진 눈썹 뼈가 드러났다. 그때 레일라가 입을 열었다.

"그대야말로 어떻게 그리도 가혹한 대접을 받으면서 다정을 무수하게도 베풀 수 있는 것입니까."

이번에야말로 정말로 웃음이 터져 나왔다. 말리는 신경질적으로 웃었다. 레일라의 뺨을 세게 쥔 채로 몸을 사정없이 흔들었다. 하지만 레일라는 얼굴 한번 일그러트리지 않았다.

"다정이요? 세상에, 그렇게나 웃기는 소리는 처음 듣네요!"

"⋯⋯."

"공주의 뺨을 치고, 말에게 분풀이를 하고."

말리는 주변에 손가락질을 했다.

"이 침실을 보세요! 다 엉망으로 만드는 것밖에 못 하는 계집애에게 다정이라뇨. 귀하신 분께서 저를 놀리시나요?"

"아뇨."

레일라는 고개를 젓고는 그녀의 얼굴을 가만히 들여다봤다.

"당신은 다정한 사람입니다."

"기어이 미쳐서⋯⋯."

말리가 레일라를 외면하려 하였으나, 이번에는 레일라가 그녀의 손을 채어 잡은 후 제게로 끌어당겼다. 둘의 얼굴이 가까워졌고, 손바닥한 뼘만큼의 공간을 놔두고 둘은 마주 보게 됐다.

"당신의 다정이 거칠어, 살면서 남의 다정함을 받아 본 적이 없는 사람이라는 것은 알고 있었습니다. 하지만 그렇다고 베풀지 않는 사람은 아닙니다."

레일라의 눈동자가 떨리고 있었다. 언젠가 말리는 그 눈이 마치 얼어 버린 호수 같다고 생각했더랬다. 그리고 지금 말리가 목도하고 있는 것은, 호수 안에 천천히 이는 파도였다.

"당신이 내 뺨을 쳤을 때 나는 당신을 미워했습니다. 벨담 왕의 소문은 헛소문일 거라고 되뇌며, 그래도 시녀 생활보다는 왕비가 나을 거라고 제멋대로 당신의 앞날을 재었습니다."

"……."

"그런 자에게도 결국은 끝내 다정하신 당신을 제가 어떻게 내버려 두고 감히 도망을 치겠나요."

"말에게 저를 저열하다 하신 것을 제가 모를 줄 알고 그런 말을 하세요?"

가까스로 말리는 대꾸했다. 파라디와 레일라가 마구간에서 나누던 이야기를 그녀는 아직도 기억하고 있었다. 기가 막히고 저열하다던 그 이야기. 길바닥 하녀 계집애가 그러면 뭐 어디 고상하고 우아할 줄 알았나 싶다가도 때로 자꾸만 치솟던 심술을 감당할 길 없어 말리는 레일라를 호되게 부렸다.

레일라의 눈이 조금 동그래졌다가, 흐려졌다.

"……무슨 이야기를 하는지 알겠습니다. 하지만 그것은 당신을 두고 한 말이 아닙니다."

"고귀하고 상냥하며 염치까지 넘치시는 분 곁에 저열하고 멍청한 계집애가 어디 저 말고 더 있겠습니까."

말리가 비아냥댔으나 레일라는 고개를 저었다.

"당신에 대해 그렇게 말하지 마세요."

"……."

"그대 앞에서 감히 사랑에 대해 논한 적이 있었습니다. 사랑하지 않는 자에게 팔려 가듯 시집가고 싶지 않다는 말로, 당신을 팔아넘긴 자야말로 저열하고 멍청하니, 저를 욕해 주세요."

레일라는 거기까지 말하고 한참 동안 침묵했다. 레일라가 입을 닫은 동안 서로의 눈은 계속해서 상대방을 응시하고 있었다. 끝내 레일라는 한숨 쉬듯 말을 뱉었다.

"그리고 멍청한 저는 이제야 당신이야말로 사랑이라는 것을 알게 됐습니다……."

숨이 서로를 간지럽혔다. 먼저 입술을 맞댄 것은 말리였다. 레일라가 움찔했으나 이내 이럴 줄 알았다는 듯 그녀를 끌어당겨 안았다. 저열하고 염치만 넘쳐흐르는 남자와 다정이 거친 계집애는 그대로 가시덩쿨처럼 서로에게 얽혔다.

9

이면

처음은 조심스러웠다. 꽃잎을 열어젖히듯, 말리는 레일라의 입술을 물었다가 천천히 그 안을 열었다. 그녀가 사내와 입을 맞춘 일이 수십 번은 되었을 것이나 단 한 번도 이렇게 조심스러운 일이 없었다. 겹쳐진 입술은 까끌하고 건조했으나 그 안은 놀랍도록 축축했다. 혀가 보드랍게 얽혔고, 곧 흐트러졌다.

"음……."

벨담 왕이 있는 힘껏 때려 멍든 입가가 다시 터졌다. 피비린내가 혀끝에 좀 머물렀으나 그딴 것은 신경 쓰이지도 않았다. 대신 레일라가 흠칫했으나 말리는 손을 뻗어 레일라의 머리를 끌어안았다. 레일라는 잠시 망설이다가, 다시 그녀의 혀를 탐했다. 열띤 공기가 두 사람 주변에 떠돌았다. 머리가 좀 이상해진 것 같았다.

레일라의 손가락 끝이 그녀의 등을 더듬었다. 말리가 입은 것은 얇은 무명 드레스였다. 잘 때나 입는 것이었으니 얇고 바스락거렸다. 그 천 위로 불뚝한 손가락이 제 등을 천천히 더듬으니 그 끝이 닿을 때마다 소름이 오스스 돋았다. 말리는 제 혀를 탐하는 레일라의 입술을 느끼며 뒤로 몸을 기울였다. 그녀의 허리를 붙잡던 단단한 팔이 그녀를 지탱했다.

시시하고 거추장스러운 옷이라고만 생각해 왔던 레일라의 드레스 소매 위를 천천히 더듬어 봤다. 그 귀하디귀하던 공주가 늘 길고 폭이 넓은 소매를 입던 이유가, 이런 팔을 가지고 있었기 때문임을 누가 알았을까. 파리하고 병자 같은 안색의 그가 이렇게 저를 강렬하게 탐할 것이라고는 아무도 몰랐을 것이다.

뜨거운 숨이 비어져 나오는 입술을 떼고 말리는 조심스럽게 레일라의 얼굴을 올려다봤다. 그림자 진 얼굴로 긴 머리카락들이 흐트러지며 어둡고 선명한 인상을 남겼다. 레일라의 얼굴은 조금 상기되어 있었다.

"……뭐라고 불러야 하죠……."

공주님이라고 불러야 하나, 왕자님이라고 불러야 하나. 언뜻 우습게 들리는 말이었지만 레일라는 표정 하나 변하지 않은 채 낮게 속삭였다.

"당신이 원하는 대로 하세요."

그리고 그대로 다시 레일라는 입술을 겹쳤다. 여린 살들이 미끄러지고 혀가 신음과 함께 뒤섞였다. 연신 축축한 윗입술을 빨던 레일라는 그녀의 입술 옆에 입 맞췄다가, 다시 그녀의 턱에 키스하고는 그 바로 아래를 혀를 내어 핥았다. 머리가 아찔해졌다.

말리는 홀린 것처럼 남자의 얼굴을 쳐다봤다. 항상 파리하던 얼굴은 온데간데없고, 오뚝한 코 아래로 붉어진 입술은 마음을 동하게 했다. 흐려진 푸른 눈으로 자신을 흘깃 바라보는 그를 보고 생각했다. 나도 저런 얼굴을 하고 있을까.

그녀의 등을 더듬던 손 중 하나가 말리의 목뒤를 쓸다가, 제 쪽으로 끌어당겼다. 정신없이 혀를 섞고 입을 맞추다가 정신을 차려 보니 말리는 침대 위에 누워 있었다. 굳은살이 박인 손은 조금 망설이다가 그녀의 허리께로 내려왔다. 옆 허리가 간질간질했다. 말리는 고개를 옆으로 떨궜다. 드러난 목에 남자는 기다렸다는 듯 키스하며 살을 빨아들였다.

"안 돼,"

흥분한 와중에도 말리는 급히 가슴을 밀어 냈다. 레일라가 흠칫하며 몸을 뗐다.

"미안……."

"왕은 나에게 이런 자국을 내지 않아요."

말리는 윗몸을 살짝 일으켜 레일라의 앞에서 제 가슴을 풀어 헤쳤다. 그녀의 무릎 위에 올라타 있던 레일라가 그 거리낌 없는 손길에 당황하는 것이 느껴졌다. 하지만 말리는 거침없이 제 젖가슴을 드레스의 앞섶 위로 올렸다. 그 가슴 위에는 새빨간 손자국이 있었다. 상처도 군데군데 자리했다.

"……이렇게 쥐면 몰라도."

"……압니다."

레일라는 짓씹듯이 말을 내뱉었다.

"당신을 씻길 때 보았지요."

"……보긴 했어요?"

고개를 돌리고, 입술을 짓씹기나 하기에 나 같은 천한 계집애 젖가슴을 씻기는 게 치욕스러워서 쳐다보기도 싫은 줄 알았는데. 말리가 속삭이듯이 묻자 레일라가 눈썹을 모았다.

"······그렇게 생각한 적 없어요."

"그럼, 화를 냈던 건."

"······내가?"

"언제나 귀가 새빨개지도록 화를 내고 있었잖아요."

레일라는 말리의 말을 듣고는 맥이 탁 풀어진 듯한 기색으로 머리카락을 쓸어 올렸다. 긴 머리가 부산하게 뒤로 넘어갔다가, 또다시 흩어져 내렸다. 이제 보니 남자라 하면 유약하고도 아름다운 인상이었고, 여자라 하기에는 퍽 밋밋한 얼굴이었다. 그러니 그렇게 눈을 내리깔고 다녔으리라. 말리가 홀로 그의 얼굴을 감상하는 동안 레일라가 입을 열었다.

"······화낸 적도 없어."

"그러면······."

말리는 입을 가리고 눈을 동그랗게 떴다가, 이내 웃었다. 몰랐는데 퍽 귀여운 면이 있는 것 같았다. 레일라가 한숨 쉬듯이 말했다.

"감정 조절이 잘 안 돼서······."

하지만 말리는 그게 돌리고 돌려 애써 다르게 말한 것임을 모르지 않았다. 그녀는 손을 뻗어 레일라의 다리 사이를 만졌다. 레일라가 화들짝 놀랐다.

"이게 조절이 안 된 건 아니고요?"

단단하고 두꺼운 기둥이 손안에 들어찼다. 분명 두터운 속옷을 입고는 있었으나 그녀가 익히 아는 감촉이었다. 게다가 좀 놀랍기도 했다. 한 손으로 붙잡기에는 좀 버거웠기 때문이다. 이런 걸 저 드레스 안에 감추고 있었다고?

"재주도 좋아라······."

말리는 감탄하며 중얼거렸다. 레일라는 조금 화난 것처럼 말했다.

"당신, 손이."

"아."

말리는 그제야 저도 모르게 제 손이 레일라의 것을 만지작거리고 있었다는 것을 깨달았다. 그리고 올려다본 레일라의 얼굴을 보고, 말리는 확실하게 알아차렸다. 레일라의 얼굴은 새빨갛게 달아올라 있었는데, 그 표정을 억지로 일그러트리느라 정말로 무시무시하게 화가 나 보였다.

이 사람, 정말로 화가 난 건 아니었구나.

그간 레일라가 지었던 표정들이 순식간에 이해됐다. 말리는 손을 떼며 심술궂게 웃었다.

"화낸 게 아니면, 무슨 생각을 하고 있었는데요?"

"……궁금한가요."

레일라가 가라앉은 목소리로 물었다. 말리는 눈을 가늘게 뜨며 미소 지었으나, 곧 레일라의 손에 뒤로 쓰러졌다. 레일라는 커다란 손으로 말리의 목을 감싸 쥔 채 침대로 내리눌렀다. 그리고 그녀의 위를 덮치듯 내리누르고 입술로 말리의 젖가슴을 물었다.

"아!"

말리가 신음했으나 탐욕스러운 혀 놀림은 멈추지 않았다. 간지럽고 어딘가 짜릿한 감각이 그녀의 배 아래쪽에서부터 올라왔다. 말리는 흠칫거리며 목구멍에서 여린 소리를 뱉어 냈다. 레일라는 반대쪽 젖가슴을 살살 어루만지다가, 이내 손을 쭉 뻗어 제 손안에 가득 움켜쥐고 주무르기 시작했다. 그러고는 그녀의 유두를 쪽 빨고 속삭였다.

"당신 가슴을 베어 물고, 물어뜯고……."

"물어뜯어 주세요."

말리는 놓치지 않고 레일라의 말을 받아쳤다. 레일라는 대답 대신 이로 그녀의 유두 끝을 잘근잘근 씹었다. 아, 아. 말리가 높은 신음을 냈다가 흠칫해 제 입을 막았다. 아넷사와 나디아 등이 아직도 방 밖에서 이 안의 소리를 듣고 있다면?

"……제 방에서, 당신 방 안의 소리는 잘 안 들립니다."

"……그걸 어떻게 알아요?"

"제가 어떻게 알고 있을 것 같습니까?"

레일라가 그녀의 젖무덤 위를 혀로 핥았다. 달콤한 설탕과자라도 빠는 듯 신중하고도 욕심이 가득한 혀 놀림이었다. 쾌감에 머리 한쪽이 아득해지는 것과는 별개로 말리는 콧소리를 내며 작게 웃었다.

"당신 방에서 제 방 소리라도 엿들었나요?"

"문간에 기대서 당신이 뒤척이기라도 하면 그 핑계로 들어가서 담요라도 덮어 줄까, 그러다 손가락 끝이라도 당신 맨살에 스쳐 볼까……."

순종적이고 지극하기도 해라. 말리가 눈을 치켜뜨자 레일라가 옅게 미소 지었다. 처음 보는 웃음이었다.

"……기대하며 홀로 수음했지요."

말리는 저도 모르게 넋을 잃었다. 레일라가 그렇게 웃는 것은 처음 보았기 때문이다. 자신을 내려다보며 짓는 비웃음도, 체념한 웃음도 아니었다. 생기 어린 미소에 말리가 그 얼굴을 뚫어져라 보는 동안, 레일라는 제 사타구니를 말리의 허벅지에 내리눌렀다. 단단하고 커다란 살덩이가 그녀의 허벅지 위에서 천 몇 장을 사이에 두고 꿈틀거렸다. 익숙하면서도 낯설고, 지극히 동물적인 그 감촉에 말리는 침을 삼켰다.

"왕 따위가 당신 가슴을 어떻게 쥐는지 알고 싶지도 않았지만……

조심하도록 하지요."

그렇게 이야기하며 레일라는 그녀의 젖무덤에 얼굴을 박고 부드럽게 그녀의 살 내음을 맡았다. 가슴을 우악스럽게 주무르던 손은 언제 그랬냐는 듯 조심스럽게 그녀의 드레스 뒤쪽 끈을 풀어 헤치고 있었다. 말리가 킥킥 웃었다.

"언제 이렇게 능숙해지셨담⋯⋯."

"당신 옷을 갈아입힌 것이 며칠인데요⋯⋯."

방금 전까지 음탕하게 굴던 것은 어디로 갔는지, 레일라는 얼굴을 붉히며 그녀에게 대꾸했다. 그러면서도 말리의 젖꼭지에 키스하는 건 잊지 않았다. 말리 또한 능숙하게 옷자락에서 제 어깨와 팔을 빼냈다. 레일라의 코가 옷자락을 헤치고 말리의 배에 닿았다. 그는 자신을 대신해 온 시녀의 살 내음을 마음껏 맡았다.

윗면이 나부죽한 배, 허리 아래와 허벅지, 그리고 접힌 고간까지 밭은 숨이 닿았다. 그 숨이 닿을 때마다 말리는 흠칫거렸다. 제게 동한 사내가 발정하며 음부를 더듬고 헤쳐 대는 것이 처음도 아닌데, 이상하게도 어쩔 줄 몰랐다.

레일라는 천천히 제 손으로 말리의 풀숲을 쓸어 올렸다. 버스럭거리는 감촉과 더불어 올라오는 간지러움 때문에 말리는 제 허리를 배배 꼬았다. 달콤하면서도 쿰쿰한 냄새를 깊이 들이쉬며 레일라는 풀숲 위의 여린 부위에 입 맞췄다.

"매일, 그 왕보다 훨씬 상스럽고 천박한 욕망으로 당신을 짓이기는 상상을 했습니다."

"⋯⋯천한 계집애에게 뭐 얼마나 상스러운 짓을 하시고 싶었답니까?"

말리의 뾰족한 물음에 레일라는 이를 세워 그녀의 오른쪽 허벅지 안쪽을 살짝 깨물었다. 파드득 말리가 몸을 떨었고, 다리가 절로 확 벌어지는 것을 어지러운 눈으로 보던 레일라가 천천히 답했다.

"지금 내게는 가장 귀하고 좋은 여자입니다."

"⋯⋯아."

그리고 레일라가 그녀의 사타구니에 얼굴을 묻었다. 말리는 손끝으로 레일라의 머리카락을 움켜쥐며 눈을 감고 신음했다.

처음부터 내게 가장 귀하고, 근사하고, 좋아 보였던 것은 당신인데.

그래서 망가뜨리고 싶어 어쩔 줄 몰랐답니다.

그런 소리를 입 밖에 내지는 않았다. 저 같은 계집애에게 발정해 게걸스럽게 그 천한 계집애의 음부를 핥고 있는 레일라만 봐도, 이미 망가지고 말았다는 걸 알 수 있었기 때문이다.

시녀장은 아마 레일라가 남자인 것을 몰랐으리라. '계집을 어떻게 다루는지는 아시나요?'라고 물었을 때, 레일라는 젖은 코를 그녀의 허벅지에 문지르며 낮게 답했다.

'우습게도 침상에서 내 남편이 될 남자에게 어떻게 해야 하는지 시녀장에게 들었지요.'

그 말이 레일라의 말마따나 너무나 우스워 말리는 허리를 뒤로 젖히고 웃었다. 세상에! 남자에게 여자의 방중술을 가르치다니! 레일라는 시녀장에게 들은 것을 나지막하게 되뇌었다.

"무슨 일을 당해도, 여기를 만지면 곧 젖어 든다고 했지요."

그러니 왕에게 동하지 않아도 스스로 만지라 했어요. 왕에게 가기 전에는 이곳을 만져 즐거워진 후 가라고 했지요. 젖어 있어야 남자에게 즐거움을 줄 수 있노라고.

그렇게 말하며 말리의 음핵을 손가락 끝으로 문질렀다. 말리의 신음 소리에 물기가 섞이기 시작하자 레일라는 조금 더 신난 듯 그곳을 지분거렸다. 하지만 그 매무새가 영 거칠었고, 그리하여 말리는 레일라를 조곤조곤 가르쳤다. 그곳을 핥고, 부드럽게 만져 주세요. 으응, 문질러도 좋아요. 그리고 이를 세워도 되지만 너무 세게 깨물진 말아요. 그래요. 핥아 주어요. 거기에 혀를 집어넣는 것보다는 부드럽게 빨아 주는 게 좋아요. 그렇지…….

"하지만 당신을 제가 젖게 만드는 게 훨씬 보람 있는 일이군요……."

레일라는 훌륭한 학생이었다. 말리가 도리질하며 레일라를 밀어 낼 때까지, 그는 성실하게도 말리의 즐거움을 위해 노력했다. 달뜬 신음이 침대 밖으로 흘렀다. 잠가 버린 문 밖에서는 아무도 둘을 방해하지 않았다.

머릿속에서 꽃이 피어났다. 말리는 손을 뻗어 레일라가 입고 있던 드레스를 벗겨 내었다. 혹시나 누가 들어올까 싶어 완전히 끈을 풀지는 못했다. 몇 겹이나 차려입은 속옷 안에서 마르고 단단한 상체가 드러났을 때, 그녀는 결국 입술을 꽉 물고 말았다.

"당신 정말로……."

"……흉하지요."

레일라가 민망한 듯 얼굴을 돌리며 한쪽 손으로 얼굴을 가렸다. 말리는 고개를 흔들었다.

"아뇨, 정말로 남자였구나 싶어서……."

디온에서 떠날 때도 키가 크고 뼈대가 있는 몸이다 싶었다. 벨담에 와서는 더 그랬다. 말리가 살이 붙지 않았냐 물을 정도로 가슴이 벌어져 있었지 않은가. 오죽하면 달을 딴 처녀 트리스탄에 비유해 생각했을 정도다.

아마 레일라가 벨담에 도착한 후 몸을 더더욱 옹송그린 것도 그 때문이리라. 다행히 벨담 인들은 디온 사람들보다 훨씬 덩치도 컸고, 게으른 나디아만 해도 레일라보다 훨씬 굵은 뼈대를 갖고 있었기에 크게 티가 나지는 않았다.

하지만…….

말리는 손을 뻗어 레일라의 턱 아래 불거져 나온 목덜미를 더듬었다. 가로로 널찍한 쇄골, 그리고 그 아래쪽의 단단한 몸. 그녀의 손가락 끝이 더듬는 곳마다 레일라가 흠칫거렸다. 말리는 흘끗 레일라의 아래를 바라봤다. 이제는 확연하게 위용을 과시하고 있는 물건이 단단히 서 있었다.

"버팀 살이 있었으니 망정이지."

레일라가 구식 버팀 살을 굳이 드레스 아래 두르고 다닌 이유를 그제야 알게 됐다. 레일라의 귀 끝이 분홍색으로 물들어 있었다. 말리는 레일라의 팔을 붙들고 잡아당긴 후 그 목덜미에 입술을 뭉개듯이 문질렀다. 레일라가 신음하면서 그녀의 귀를 물었다. 거친 턱이 그녀의 볼에 비벼졌다. 조금만 더 나이를 먹었으면 정말 도망치는 것밖에는 길이 없었겠군……. 맨들한 턱은 수염을 잔뜩 기른 왕과는 확실히 다른 감촉이었다. 손끝에 들러붙듯 보드라운 살이 좋아 말리는 몇 번이나 레일라의 얼굴을 매만졌다.

레일라는 서툴렀으나 말리의 손길이 이끄는 대로 착실하게도 그녀에게 파고들었다. 말랑거리는 그녀의 가슴 위에 코와 입술을 문지르고, 젖꼭지를 빨아 댔다. 드레스가 걷히고 잔뜩 성이 난 물건이 드러났다. 두툼하고 뜨거운 기둥을 말리가 손으로 한 번 훑자, 레일라가 "아!" 하고 낮게 소리 냈다.

투둑, 하고 흰 액체가 말리의 허벅지에 떨어졌다. 레일라의 얼굴이 수치심으로 벌게졌다. 새빨갛다 못해 새카매질 정도였다. 말리는 빙긋 웃었다. 갓 사춘기에 접어든 멍청한 남자애들이 가끔 하는 실수였다. 그리고 그런 남자애들은 그 실수를 금세 만회하곤 했다. 레일라도 그럴 것이다. 말리는 그 액체를 손으로 짓뭉갰다. 비릿하고 끈적한 냄새가 올라왔으나 조금도 불쾌하지 않았다.

음습하고 미끄러운 액체를 말랑거리는 좆 위에 바르니 레일라가 다시 신음했다. "하……." 나직한 목소리가 귓가에 울리는데 소름이 확 돋았다. 헐떡이는 숨소리를 들으며 말리는 레일라의 성기를 아래위로 반복해 훑었다. 몇 번 문지르지도 않는데 바짝 선 좆이 장밋빛으로 물들었다.

말리가 잔뜩 젖은 제 음부에 레일라의 것을 맞췄을 때, 그는 고개를 저었다.

"안 됩니다……."

"왕 때문에 그러시나요?"

"당신은, 한 번도……."

레일라가 숨을 몰아쉬었다. 내용이야 뻔했다. 한 번도 왕의 물건이 그녀의 음부 안을 채운 적이 없었으니 걱정하는 것이다. 말리는 다리를 벌리며 레일라의 것을 꾹 쥐었다. 레일라가 흐윽, 하고 다시 신음했다.

"길바닥에서 구르던 하녀 계집애가 처녀일 리 있겠어요? 무엇을 걱정하시나요?"

"하지만……."

"벨담 왕은요."

말리가 속삭였다.

"술에 취하면 제 구멍에 온갖 걸 꽂아 넣는답니다······."

레일라의 몸이 굳었다. 말리는 킬킬 웃었다.

"제가 순결한 처녀였다면 아마 제 순결을 가져간 건 벨담 왕의 방에 걸려 있는 검집이었을 거예요."

레일라의 손끝이 떨렸다. 말리는 눈썹을 들어 올렸다. 그가 그만하고 싶어 한다는 것을 알 수 있었다. 하지만 말리는 이 서툰 남자가 그만하게 놔두지 않았다. 달아오른 저는 어쩌란 말인가. 그녀는 젖은 손으로 다시 레일라의 살을 훑었다. 드레스 사이로 물건이 더욱 단단하게 발기했다. 말리는 양쪽으로 한껏 벌린 다리를 조여 발끝으로 레일라의 허리를 감은 다음, 물건을 제 안에 천천히 밀어 넣었다. 레일라가 파드득 몸을 떨었다.

"빨리요······."

"하지만······."

"저한테 박아 주지 않을 거예요?"

말리는 토라진 것처럼 말하면서도 레일라의 몸을 당기는 것을 멈추지 않았다. 끝내 레일라는 그녀의 몸 위로 넘어지듯 엎어졌다. 레일라의 손이 그녀의 머리 양옆에 있었고, 물건은 반 뼘쯤 들어온 뒤였다. 말리는 고개를 돌려 손끝으로 머리카락을 걷고 제 목덜미를 드러내며 말했다.

"여기에 입 맞춰 줘요."

반대쪽 목덜미에는 어젯밤 왕이 그녀의 목을 조른 자국이 선명했다. 붉게 물든 목덜미를 번들거리는 눈으로 보던 레일라가 그녀의 목에 숨을 묻었다. 동시에 그녀의 내벽 안을 레일라의 거근이 꽉 채웠다.

"아흑!"

말리는 저도 모르게 신음했다. 반쯤 넣을 때는 푹 젖어 있어 그럭저럭 들어온다고 생각했는데, 레일라의 것은 생각보다 더 컸다. 길이도 길이거니와 굵기가 버거웠다. 찢어질 것 같은데……. 그렇게 생각하면서도 말리는 레일라를 저지하지 않았다. 질구 안으로 파고드는 물건은 서툴게 그녀의 안을 탐색하는 듯하면서도 점점 더 부피를 키웠다.

"흐윽, 조금만 빼……."

레일라는 점점 요령을 익혀 가는 듯했다. 살짝 뺐다가, 그녀의 안에 더 깊이 들어오는 짓을 반복하는 것만 해도 그랬다. 그가 제 내벽 안에서 조금씩 움직이면서 길을 넓힐 때마다 말리는 절로 몸이 배배 꼬이고 신음이 나왔다. 점점 굵어지고 커지는 물건이 민망하고 어쩔 줄 모르겠는 것은 레일라도 마찬가지인지, 그의 이마에도 식은땀이 배어 나왔다. 말리는 숨을 헐떡이며 레일라의 허리를 더욱 깊게 제 쪽으로 끌어당겨 다리로 꽉 안았다. 하지만 레일라는 좀처럼 다 들어오지 않았다.

"안쪽이, 너무 좁아……."

"천천히, 더……."

"윽……."

레일라의 숨은 가라앉기는커녕 더 거칠어졌다. 말리는 침대에 누워 제 위에서 끊임없이 구멍 안을 들락거리는 남자의 물건과, 남자를 바라봤다. 여자의 옷을 걸치고 긴 머리카락은 땀에 젖어 들러붙어 엉망인 모습이었다. 누가 보면 해괴하다고도 할 모습이었으나, 어쩐지 말리는 제 음부가 벌렁이는 기분이 들었다. 그가 얕게 추삽질 할 때마다 앙앙거리는 신음 소리가 조금씩 더 달콤해졌다.

입 안에 침이 고였다. 침을 삼키기도 전에 입술이 다시 맞물렸고, 끝내 레일라의 것이 다 들어갔다. 서로의 사타구니가 맞닿았다. 말리는 손을 뻗어 제 엉덩이께와 제 질구 쪽을 만져 봤다. 통통한 주머니 같은 고환과 기둥이 명백하게 제 성기 안에 가득 들어차 있었다. 남자가 가쁜 숨을 내쉬며 그녀의 손을 맞잡아 말리의 머리 위로 올렸다. 말리가 웃으며 다른 손으로 남자의 가슴을 만져 보려 했으나 그는 나머지 손도 잡아서 한 손으로 그녀의 손목 두 쪽을 함께 쥐어 잡았다.

"뭘 자꾸 그렇게 확인하려고 합니까."

"안 믿어져서……."

"아."

그 말에 남자가 잠깐 웃으며 허리를 뒤로 쭉 뺐다. 그게 무슨 뜻인지 말리는 대번에 알아차렸다. 하지만 말리가 "아," 하고 뭐라 말하기도 전에 레일라가 그녀 안에 거칠게 제 것을 박아 넣었다.

"아윽!"

한 번으로 끝나지는 않았다. 퍽, 퍽, 퍽퍽……. 버거울 정도로 큰 물건이 그녀의 안을 날름날름 잘도 드나들었다. 거세게 박아 대니 온몸이 쪼개지듯 흔들렸다. 제 손이 위로 휘어잡혀 있으니 장난질도 칠 수 없었다. 삽시간에 눈물이 글썽해졌다. 심술궂게 튀어나오던 웃음도 사라졌다.

"아흥, 흐흑. 흑, 흑, 아!"

"이래도, 안 믿기나요?"

남자는 나머지 한 손으로는 손가락에 침을 바르고 그녀의 음핵을 부드럽게 문질렀다. 그러면서도 허리를 쉬지 않고 계속 박아 대니 미칠 것 같아서 말리가 온몸을 비틀며 벗어나려 몸부림쳤으나 레일라의 힘을 이겨 낼 수는 없었다. 입가에서 침이 흘러 상처를 따갑게 적셨으나 그런 것 따위는 신경 쓰이지도 않았다. 아래에서도 쉼 없이 물이 넘쳐 났다. 음핵은 이미 통통하게 부어오른 지 오래였다. 말리는 어느새 흐느끼고 있었다.

"으흑, 으으응, 제발. 응, 흣……."

뭐가 제발인지도 모를 일이었다. 강도에게 밑을 따일 때도 그녀는 애원 한 번 한 적 없이 거짓된 교태나 부렸다. 하지만 지금은 제발 그만 해 달라고 무릎 꿇고 빌고 싶었다. 아니, 그만하지 말라고 애원해야 하나. 뭐가 진심인지도 모르고 말리는 고개를 흔들었다. 번잡한 울음이 튀어나왔다.

"아아, 레일라, 아, 아앗……."

남자가 음핵에서 손을 떼고 그녀의 가슴 위로 제 가슴을 맞붙였다. 둥근 가슴이 짓눌리며 묘한 감촉을 선사했다. 등에 오스스 소름이 끼쳤 다. 남자는 거칠게 박아 대던 방금 전과는 사뭇 다르게 허리를 놀렸다. 천천히, 부드럽게. 그러니 더 돌아 버릴 것 같았다. 우묵한 배꼽 안에 남자의 것이 가득 들어차 얕게 움직이는 느낌이 심상찮았다.

"죽을 것 같아……."

"흐웃."

맞닿은 성기는 이미 뜨겁게 달아올라 있었다. 그 안에 누가 불을 질 렀는지도 모를 일이라고 말리는 멀어진 머리로 생각했다. 제 밑을 남자 가 끊임없이 치댄 나머지 그대로 머리끝까지 쪼개질 것 같았다.

남자의 손은 어느새 그녀의 손목을 놔두고 허리 아래 골반 양옆을 쥐고 있었다. 여유 따위는 잊어버린 듯, 토실토실 살이 붙은 골반을 꽉 쥐고는 제 것에 붙여 놓고 물건을 처박는 남자의 얼굴은 그 어느 때보 다 흐트러져 있었다. 팔은 자유로워졌지만 힘이 들어가지 않아 말리는

그대로 부유하는 지푸라기처럼, 침대 위가 수면인 양 파도처럼 흔들렸
다.

"아아, 안 돼. 아흑, 아."

교성이 방 안에 울렸다. 정말로 바깥에 안 들릴까? 알 수 없었다. 하
지만 그렇다고 제 목구멍에서 튀어나오는 교성을 억누를 수도 없었다.
갈급하게 숨결을 나누기 무섭게 헐떡거렸다. 창문으로 들어오는 오전
의 햇살마저 야릇하고 음란했다. 눈물이 어찌나 넘쳐흐르는지 눈가가
축축했다.

남자가 제 사타구니를 확 뒤로 뺐다가 다시 퍽, 박았다. 그 길고도
짧은 삽입에 말리가 이를 악물었다. 엉덩이까지 달달 떨렸다.

"더, 더 세게……"

질퍽거리며 성기 사이에 거품이 일었다. 말리는 눈을 꽉 감았는데도
눈앞이 희게 밝아지는 듯한 기분이 들었다. 제 밑에서 요의인지 뭔지
모를 간지럽고 숨이 턱 막히는 감각이 계속 명치를 두들겼다. 가쁜 숨
을 몰아쉬는 남자는 점점 더 짧고 강하게 그녀의 엉덩이에 박아 댔다.
다급한 얼굴. 온몸이 뭉개지는 기분이 들었다.

"히익, 그만, 제발 그만……."

말리는 침대보를 움켜쥐며 울부짖었다. 쾌감 때문에 정말 머리가 어
떻게 될 것만 같았다. 어떤 놈팡이가 제 안에 박아 댔어도 이런 일이 없
었다. 그녀가 흐릿하게 눈을 뜬 앞에는 그녀와 마찬가지로 여유라고는
단 한 점도 없는 남자의 긴 속눈썹이 팔랑이고 있었다. 오전의 햇살이
위치를 바꿔 침대까지 들이친 것이었다. 땀에 젖은 피부, 축축한 솜털,
금빛 속눈썹.

미처 아름답다 생각할 겨를도 없이 남자의 양물이 급하게 그녀의 안

에서 빠져나갔다. 말리가 "아," 하고 신음하는 것과 동시에 레일라는 그녀의 배 위에 희멀건 액체를 쏟아 냈다. 투두둑. 씨물이 그녀의 배꼽 골을 잔뜩 메우고도 넘쳐 배 옆으로 흘렀다. 말리는 잔뜩 젖은 눈을 선명히 뜨려 애쓰며 위를 올려다봤다. 남자가 새파란 눈으로 그녀를 내려다보고, 이마에 키스했다. 말리는 그제야 만족스럽게 몸을 늘어뜨리고 침대에 몸을 맡겼다. 남자의 허리를 감쌌던 다리가 양옆으로 벌어지고, 이내 툭 떨어졌다.

말리는 그대로 눈을 감았다. 눈 위에, 이마에, 콧대와 뺨에 따뜻하고 거친 입술이 내려앉았다. 다리 위에 가벼운 담요가 둘러지는 것을 끝으로 말리는 잠에 빠져들었다. 지독하게 피곤했다.

10
모든 사랑의 시

　따뜻한 물수건이 몇 차례나 제 몸을 더듬고 나서야 말리는 겨우 정
신을 차렸다. 눈을 가늘게 뜨니 레일라는 어느새 멀끔하게 다시 몸을
단장한 채로 천에 뜨거운 물을 적셔 그녀의 몸을 닦아 주고 있었다. 정
액이 하얗게 말라붙은 배를 조심스럽게 닦아 내던 레일라가 말리와 눈
이 마주쳤다. 말리는 희미하게 웃어 보였다. 돌아온 것은 사내의 발개
진 뺨이었다.

　"배 맞은 사내를 이렇게 부려 본 것은 처음이에요."

　"……하지만 제가 당신 몸을 닦아 드린 것은 처음은 아니니까."

　"그야 배 맞은 사내를 시종도 아니고 시녀로 부리는 여자가 흔하겠
어요?"

　그렇게 말하며 말리는 옆으로 몸을 구부려 자신의 팔을 베고 레일라
를 올려다봤다. 레일라가 민망한 듯 코를 훔쳤다.

"아까부터 묻고 싶었는데요."

"예."

"왜 저에게 공대하세요?"

레일라가 멈칫하다가 그녀의 배를 마저 닦았다. 천 끝에 손가락을
집어넣어 꼼꼼히 배꼽 안도 닦아 주니 간지러워 말리는 몸을 약간 비틀
며 웃었다.

"사내들이 좆 한 번 쑤셔 넣고 나면 반말하는 일이 그리도 흔한데,
제가 이제는 편하지 않으세요?"

그 말을 듣고 레일라는 얼굴을 굳혔다.

"당신이 편한 적은 단 한 번도 없었습니다."

"흐음."

말리는 길게 누우면서도 계속해 레일라를 쳐다보다가 빙긋 미소 지
었다.

"좋아요. 저를 계속 불편해해 주세요."

"……뭐요?"

"불편하다면서요. 불편하게 여겨 주세요."

"……."

이상하게 여길 테다. 대부분의 사람들은 서로를 편하게 여기는 것을
좋아한다 생각할 텐데 말이다. 하지만 말리는 아니었다.

"제가 불편하면 불편할수록 저를 귀하게 대해 주시지 않겠어요?"

"……."

"사람들은 편할수록 남을 무심코 낮추니 말이에요. 저에게 앞으로도
쭉 공대해 주세요. 편하게 여기지 마시고."

하, 하고 레일라가 헛웃음을 지었다. 하지만 말리는 진심이었다. 지

저분한 시궁창을 뒹굴던 떠돌이 계집애는 사람들에게 있어 편한 걸 넘어서서 만만한 상대였다.

그녀는 전혀 모르는 남도 제 치마를 들추고 뺨을 치고 저를 마구 부릴 수 있는 사람으로 생각하는 것이 이제 지긋지긋했다. 그리하여 말리는 상대가 제 사타구니에 좆을 수십 번 쑤셔 넣었다 해도 제게 공대해 준다면 참 좋으리라 생각했다.

"그렇게 하겠습니다."

"좋아요."

말리는 모로 누운 채 레일라가 제 몸을 닦아 주는 것을 다 기다렸다 일어섰다. 그리고 상반신을 세워 자신의 몸을 들여다봤다. 왕의 침대에 다시 그녀가 누울 것을 의식한 듯, 레일라는 그녀의 몸에 그 흔한 손자국 하나 내지 않았다. 뭐 손자국 정도 하나 추가했대도, 왕은 그녀에게 관심도 없어 사실 눈에 띄는 곳만 아니면 크게 뭐가 달라졌는지도 모를 것이다.

레일라는 그녀의 머리 위로 쟈가드로 된 드레스를 새로 꺼내어 입혔다. 소매가 길고 네크라인은 턱까지 올라오는 데다가, 등은 잔뜩 조이게 되어 있는 외국식의 드레스였다. 말리를 서게 하고 등의 끈을 조이는 레일라에게, 말리는 돌아선 채 말했다.

"어떻게 하시겠어요?"

"……무엇을요."

"오늘 저녁에 갈래요, 내일 새벽에 갈래요?"

레일라는 어디를요, 라고 묻지는 않았다. 다만 그녀의 등에 달린 끈을 끝까지 잘 조여 묶은 후, 말리를 다시 돌려세우고 그 눈을 가만히 들여다봤다.

"아무 곳에도 안 갑니다."

"……오늘내일 안에 가는 게 나을 텐데."

말리는 입가를 가리고 웃으려다가 손끝으로 입의 상처를 건드려 한쪽 눈을 찡그렸다. 상처가 아렸했다. 하지만 레일라가 제 얼굴을 진지하게 들여다보고 있기에 여기서 상처나 치료해 달라 하기도 애매했다.

"오늘 오전부터 그 개지랄을 벌였잖아요. 핑계가 좋다고요. 사나운 공주가 결국 제 방을 다 부수고 친정에서 데려온 시녀까지 손찌검하는 바람에 귀한 집안의 시녀애도 결국 질려서 도망쳐 버렸다더라."

"……당신."

"아니면, 혹시 우리 소리가 들렸을 수도 있으니까……. 왕의 좆을 사타구니에 끼우지 못해 안달이 난 공주가 제 보지를 쑤셔 달라고 졸라 시녀애가 기함해 도망갔다는 게 나을까요?"

말리는 그렇게 말하고는 아하하 웃었다.

"그러면 그 빌어 처먹을 왕이 궁금해서 나를 다시 부를지도 모르죠. 그 사람은 이상한 거 좋아하더라니까."

"……그러지 마십시오."

"왜요."

말리는 한쪽 눈을 장난스럽게 뜨며 레일라를 쳐다봤다.

"떠날 때로는 아주 괜찮잖아요."

"……."

"이따 오후에 파라디를 타고 나갔다가 말이 도망쳐 버렸다고 하고 걸어서 돌아올게요. 그리고 나는 성질을 부리고, 아넷사나 나디아와 앤을 달달 볶을게요. 모두 지쳐서 잠들면 당신은 성 밖으로 나가서 파라디와 만나요. 그리고 멀리 떠나세요."

"당신!"

결국 레일라가 큰 소리를 냈다. 말리는 예상했다는 듯 어깨를 으쓱했다.

"그럼 여기서 계속 그러고 살 거예요?"

"……."

"당신 들키는 건 시간문제예요. 벨담 여자들이야 덩치가 크고 목소리도 커서 지금 당장 그렇게 웅크리고 걸으면 모르겠지만……. 이제 곧 봄인 건 아세요?"

레일라의 눈이 흔들렸다. 말리는 비죽 입술을 비틀며 웃었다.

달을 따 온 처녀 트리스탄에 이 남자를 비유했던 것이 우습게 느껴졌다. 차라리 그가 정말 트리스탄이었다면, 심장이 얼어붙어 저 같은 것은 내팽개치고 단숨에 달아나 버리는 그런 위인이 될 수 있었을 텐데.

레일라의 몸은 벗겨 놓으면 누가 봐도 남자였다. 지금은 말리의 옆방을 혼자서 쓰고, 욕실도 말리의 것을 빌려 쓰니 가능했다. 하지만 어깨를 조금만 펴면, 그리고 자세를 바로 한다면 금방 알 수 있다. 저건 절대로 여자의 그것이 아니다. 지금은 날이 추워 모두 어깨를 움츠리고, 두껍게 망토를 두르고 로브를 뒤집어쓰고 다니니 고개를 푹 숙이기만 해도 여자로 봐 주는 것이다.

하지만 벨담의 여름에도 로브를 뒤집어쓰고 다닐 수는 없다. 들키기 전에 빠르게 이곳을 벗어나는 게 좋았다. 그녀가 말한 대로, 지금은 타이밍도 핑계도 좋았다. 말리는 벨담 왕에게 시달린 지 두어 달이 됐고, 히스테릭해져 있는 상태라는 걸 온갖 시녀들에게 다 보여 주었다. 왕의 요상한 성벽도 성 내에서 쉬쉬하기는 하지만 모두 알고 있는 상태이니,

공주에게 분풀이당하던 시녀가 도망쳤다는 것도 충분히 그럴 법했다.

"제가 당신을 찾지 않는 것이 조금 이상할 수도 있겠지만, 그야 내가 당신 머리채를 좀 잘라 볼까요? 당신 같은 흉한 시녀를 제 옆에 두고 싶지 않다고 하며 찾지도 말라 하는 거죠."

"……제가 흉합니까?"

"아니, 말이 그렇다는 거죠. 머리가 짧은 처녀애를 누가 보기 좋아하겠어요."

레일라는 고개를 저었다.

"저는 안 갑니다."

"……."

"제게 염치가 넘쳐흐른다 한 건 당신입니다. 그런데 제가 어떻게 당신을 떠나겠습니까."

"그럼 어떻게 하려고요?"

말리는 다소 신경질적으로 캐물었다.

"그러다 둘 다 죽으려고요?"

여름까지 그렇게 살까. 까딱까딱 들킬 날만, 죽을 날만 기다리며 목을 늘어트리고 그동안은 붙어먹고 그게 행복이라 믿으며 벨담 왕의 그늘에서 살까? 그러느니 너나 나나 각자 제 갈 길 가는 게 행복이고 아름다운 마무리라고, 그렇게 말하는 말리의 눈을 레일라가 가만히 들여다봤다.

한참 후, 레일라는 나직하게 한숨 쉬듯 말했다.

"방법을 찾겠습니다."

"……."

"조금만, 기다려 주세요……."

그리고 레일라는 고개를 숙여 말리의 헝클어진 이마 위에 가볍게 입을 맞췄다. 그 태도가 너무나도 조심스러워 말리는 아무 말도 하지 못하고 물이 든 나무 동이를 들고 돌아서 욕실로 나가는 레일라를 바라봤다.

※
※
※

레일라는 그날 오후 제 얼굴에 시퍼런 멍을 달고 말리의 침실 문을 열었다. 침실 문이 열리자 안으로 들어온 아넷사가 레일라의 얼굴을 보고 기함한 후, 말리를 힐끔 쳐다봤다. 말리가 레일라의 얼굴에 무슨 짓을 한 것인지 궁금해하는 게 분명했다.

그렇다고 레일라가 스스로 자신의 뺨을 때렸다고 말할 수야 없는 일이다. 말리는 쟈가드 드레스로 몸을 감싼 채 술을 가져오라고 일렀다. 그날 저녁 내내 말리는 술잔을 기울였다. 그리고 자신이 생각보다 술을 더 많이 마시게 될지도 모른다고 생각했다.

그 예감은 희한하게도 들어맞았다. 왕은 말리를 그렇게 때린 후 본색을 드러냈다는 듯이, 매일같이 말리를 더 거칠게 때렸다. 그전에는 기껏해야 생채기나 내며 즐거워하더니 말리를 침대에 눕혀 목을 조르고, 그녀가 숨을 못 쉬어 눈이 뒤로 넘어가는 것을 보아야 겨우 풀어 주었다. 말리의 목에는 멍이 가실 날이 없었다. 그리하여 말리는 베일을 머리부터 목덜미까지 두르고 있는 일이 늘었다.

왕은 말리에게 상처를 내는 것을 점점 기꺼워하는 것 같았다. 레일라가 상처에 약초를 찧어 바르는 시간이 늘었다. 말리는 왕에게 언어맞고 온 다음이면 레일라를 제외한 시녀들을 모두 물렸다. 시녀들은 처음에는 꺼림칙해했지만 그다음 날이면 레일라가 얼굴에 푸른 멍을 달고 있는 것을 보고 어느새 레일라에게 모든 것을 미루기 시작했다.

하지만 그 푸른 멍은 푸른 약초를 문질러 물든 것이라는 건 두 사람만 알았다. 말리는 약초를 손질해 내다 팔던 자신의 어머니가 가르쳐 준 것들을 드문드문 기억하고 있었다. 레일라는 더 이상 제 얼굴을 후려치지 않아도 되었다. 상처를 치료한 다음에는 잠이 들기를 기다리며 침대에 나란히 누워 이야기를 나눴다.

레일라는 디온의 둘째 왕자로 태어났다. 레일라의 어머니는 왕에게 지극히 사랑받았고, 왕비의 질투를 두려워해 레일라를 여자아이로 키웠다. 남자아이라는 사실을 알린 채 키워졌다면 틀림없이 왕비에게 죽임당했을 거라고 레일라는 말했다.

"하지만 참는 게 힘들지 않았나요?"

말리는 레일라의 팔 안에 누워 그의 얼굴을 올려다보며 천진한 듯 물었다. 레일라가 여상히 대답했다.

"여자아이로 길러진 게 당연해서, 머리카락이 긴 걸 거추장스러워해 본 적이 없습니다. 어릴 적부터 식사를 새 모이만큼 먹는 게 익숙해서, 딱히 더 먹고 싶은 생각도 없었고."

"하지만 몸이 자라는 건……."

"오래된 시녀가 감추는 법을 가르쳐 주었죠."

레일라의 어머니는 일찍 죽었다. 왕비의 손에 그 목을 늘어뜨린 것이다.

"벨담에 와서 몸이 커진 건요?"

말리의 호기심 어린 질문에 레일라는 쓰게 웃었다.

"부끄럽지만 험한 일을 하니 허기가 지더군요."

"……아."

말리가 호되게 그를 부린 것이 허기를 불러왔던 모양이었다. 벨담은 부유한 왕국이었으니 공주의 시녀가 식사하는 것을 아까워하지는 않았다. 다만 몸에 살이 붙고 못다 자란 키가 커지는 것은 좀 곤란했다. 레일라는 소매를 덧댄 자국을 보여 주었다.

"옷을 살 여유도 없고, 절 감춰 주는 옷도 많지 않으니까 덧대는 데도 애를 먹었어요."

"이런, 돈이라면……."

말리는 일어나 제 서랍을 열려 했다. 벨담 왕이 그녀에게 쓰라며 집어 준 금화가 그럭저럭 두어 닢 있었다. 하지만 레일라는 고개를 저었다.

"당신의 돈이에요."

"……."

레일라는 말리를 흐린 눈으로 보며, 자신이 언제부터 사랑에 빠졌는지를 가늠해 보려 애썼다. 그가 그녀를 의식하기 시작한 것이 정확히 언제부터인지 그도 몰랐다. 회랑 앞 우물가에서 머리를 매만지던 그때부터였을까? 삼각뿔 모자를 벗고, 우물 안을 골똘히 들여다보고 있는 여자아이를 '예쁘다'고 생각한 때부터였을까. 그때는 분명, 저런 애가 차라리 공주에 더 어울리겠다고만 생각했을 터였다.

산적에게 쫓기고 처음으로 바꿔치기를 제안했을 때, 말리가 제 뺨을 후리면 하겠다는 대답을 하자 레일라는 어리둥절했더랬다. 왕성에서의 적의에는 익숙했으나, 이깟 시녀 계집애가 저를 미워할 일이 있겠나 싶어서였다는 것이다.

하지만 레일라의 따귀를 올려붙이는 그 손길에는 명백한 악의가 있었고, 레일라는 말리가 처음엔 정말 싫었다고 고백해 왔다. 말리가 키들키들 몸을 흔들며 웃었다.

"오자마자 시녀들의 뺨을 때리는 걸 보고는 미친 계집애라고 생각했겠어요."

"······악의가 많은 사람이라 생각했죠."

목걸이를 가지고 장난을 칠 때에는, 영악해 빠진 계집이라 생각했다. 그럼에도 불구하고 벨담의 시녀들을 쥐었다 폈다 하는 것이 보통이 아니었다. 레일라는 적어도 저 시녀애를 자신과 바꿔치기로 택한 것은 어쩔 수 없는 선택이 아니라, 제법 그럴싸한 선택이었다고 자위할 수 있었다.

하지만 말리가 처음으로 왕의 침대를 데운 새벽, 레일라는 그게 과연 괜찮은 선택이었는지 의심하게 됐다. 휘청이는 마른 몸과, 그럼에도 불구하고 자신을 매섭게 흘겨보는 가느다란 눈. 시녀들에게 부축받아 가는 말리를 보고 레일라는 스스로에게 되뇌었다.

차라리 죽음으로 끝내는 게 나은 선택이었지 않은가?

하지만 그럴 수 없었다. 이미 레일라는 제 인생에 말리까지 휘말려들게 한 뒤였다. 그전이라면 자신이 죽고 난 뒤의 일은 알 바 아니라고 생각했을 것이다. 표면적으로는 자신이 죽은 뒤의 디온을 걱정하는 척했으나, 기실 레일라는 그 어떤 것도 걱정되지 않았다. 다만 죽고 싶지 않았을 뿐이었다.

그러나 그날 밤 이후 레일라는 자신이 죽은 뒤 그 미치고 영악해 빠진 계집애의 결말이 어떠할지를 계속 생각하게 됐다. 레일라의 속이 어떻든 시녀 계집애는 공주, 아니, 왕자에게 계속해서 허드렛일을 시켰다. 하지만 레일라는 신경도 쓰이지 않았다. 말리가 왕의 침실에 들어간 날이면 속이 홧홧하게 불타 찬물에 손을 담그고도 하나도 시린 줄 몰랐다.

말리가 제 목욕 시중까지 들게 했을 때도, 레일라는 수치스럽기는커녕 부끄럽고 민망해 미치는 줄로만 알았다. 남자의 방에 매일 침수를 들러 가는 여자애는 어찌나 무서운 것이 없는지, 레일라에게 제 젖가슴을 문질러 달라 했다. 생전 처음 만져 보는 말랑거리고 부드러운 감촉에 레일라는 그만 아찔해졌다.

그럼에도 불구하고, 말리는 레일라의 속은 전혀 모르는 듯이 굴면서도 레일라의 손을 씻어 주었다.

"아. 그거……."

말리가 희미한 기억을 떠올리다 신음했다. 갈라진 손을 보기 싫어 기름소금으로 박박 문질러 준 것을 말하는 것이리라. 그야 갈라진 손 위에 소금이 끼얹어지면 퍽 따가울 것이라고 고소히 생각한 부분이 없잖아 있었으나, 레일라에게는 좀 다르게 다가온 모양이었다.

"제 가슴 아래쪽을 보세요. 아주 기뻐지실 거예요." 말리가 그렇게 말했을 때 레일라는 무슨 소리인지 도저히 알 수 없었다. 그러나 곧 알게 됐다. 말리의 가슴은 새빨간 손자국으로 지저분하게 상처가 나 있었다. 벨담 왕이 그녀를 얼마나 괴롭혔는지 단박에 알 만한 부분이었다.

네가 나와 바꿔치기를 제안했으니 얼마나 기쁘겠니. 너는 이런 상처 안 입어도 돼서. 그렇게 노래하듯 말하는 말리를 보며 레일라는 가슴 한쪽이 욱신거리는 통증을 느꼈다. 기쁘다. 하지만 그 기쁨은 상처를 입지 않아도 되는 것이 아니라, 목숨을 건진 것에 대한 비루하고도 거대한 기쁨이었다.

하지만 내 목숨을 위해 이 계집애가 매일 밤 다칠 이유는 뭐란 말인

가. 생각해 보면 그렇게 대단한 목숨도 아니었다. 디온에서는 천덕꾸러기였고, 벨담에 와서는 매일 희롱이나 당하는 처지였다. 간단하다고 생각했던 시녀 일도 보통은 아니었다. 다른 시녀들에게 일이 느리다고 텃세나 당하고, 기사들은 레일라를 우습게 봤다. 이렇게 앞으로도 쭉 살아가게 되는 걸까?

길바닥으로 도망치겠다고 장담했으나 길바닥에 나선 인생이라고 그렇게 대단하고 아름다우리란 장담을 할 수도 없었다. 벨담 성에서의 인생은 참담했으나, 누가 봐도 벨담 성은 따스한 온실이나 다름없었다. 벨담 왕은 제 성의 인력들에게 아낌없이 베푸는 인사였으니 적어도 배곯거나 춥게 자지는 않았다.

그러나 도망쳤을 때, 레일라는 그보다 더 좋은 삶을 영위할 수 있는가?

단순히 배부르고 등이 따뜻하다 해서 좋은 삶은 아니다. 더욱이 레일라는 말리를 생각하면 도저히 그곳을 떠날 수 없었다.

"흐음……. 당신 착하군요……."

"인간으로서의 최저선은 넘지 않는다고 해 두지요."

말리는 신기하게 레일라를 올려다봤다. 착하다는 말보다 더 좋은 말이 있을 것 같지만, 말리가 할 수 있는 말은 그 정도였다. 그리고 레일라는 우아하고 아름답게도 답했다. 정말이지 귀하신 왕자님이었다.

아무튼, 레일라가 말리를 두고 떠난다 한들 뒤통수가 아려 올 게 뻔했다. 레일라가 갈등하거나 말거나 말리는 제 생활을 참 잘도 영위했다. 그녀가 서재에서 책을 읽는 것을 보고 레일라는 무심코 감탄할 뻔했다. 책 읽는 것이야 레일라에게 대단한 일도 아니었으나 말리에게는 버거운 일일 것이 뻔했다. 하지만 말리는 그렇게 괴롭힘당하고도 홀로 앉아 책을 읽었다.

"……그야 책은 비싸니까……."

"단지 책이 비싸고 귀하기 때문에 누리고자 한다면, 당신이 이 벨담 성에서 누릴 만한 것은 수십 가지도 더 되지요."

말리는 어쩐지 창피해졌다. 시선이 아래로 향했다. 레일라는 말리의 콧등에 자잘하게 입 맞췄다.

"당신이 따뜻한 빛 아래서 책을 보는 광경을 보고, 처음으로 마음이 약간은 편안해졌습니다."

"왜요?"

"당신이 약간 웃고 있었거든요."

레일라는 말리의 머리카락을 쓸어 넘겨 주며 속삭였다. 그날 기사가 제 엉덩이를 주물렀고, 더없이 치욕스러운 날이었음에도 불구하고 그녀의 웃는 얼굴을 보자 마음이 풀어졌다고.

책을 들여다보며 이따금 작게 소리 내어 글을 읽는 말리는 희미하게 미소를 띠고 있었다. 서재의 창문 틈으로 들어오는 빛에 비추어 책을 보느라, 창문에서 아주 가까운 자리에 자리 잡은 그녀의 정수리에 햇빛이 일직선으로 떨어졌다. 먼지가 공기 속에 부유하는 것이 다 보였고, 레일라는 그날 처음으로 벨담 성에서 단잠을 잘 수 있었다.

말리가 불러다 무릎 앞에 앉히고 머리카락을 잡아당겨 묶을 때는 속절없이 가슴이 설렜다. 이상했다. 어릴 적 제 어머니가 머리카락을 땋아 주는 것과는 또 느낌이 달랐다. 귀 옆, 관자놀이와 이어진 부분의 잔털까지 꼼꼼히 더듬어 빗는 말리의 손가락 끝에 이상하게도 간질간질하게 가슴 끝이 저려 왔다.

누군가 그게 사랑이라고 가르쳐 준 적도 없는데, 레일라는 제 방에 앉아서 언젠가 말리가 깨물어 버렸던 오른손 새끼손가락의 상처를 들여다봤다. 이상하게도 그 흉하디흉한 상처 자국만 봐도 그는 자신이 아는 모든 사랑의 시를 떠올릴 수 있었다.

레일라는 그렇게 사랑에 빠졌다.

11
사무치는 외로움

　말리가 탄 파라디의 고삐를 끌고 들로 나갈 때는 가슴이 설렜다. 탁 트인 들판에서 찬 바람을 맞으니 그 바람이 시려 말도 못 할 정도로 추워도 속이 다 시원해졌다.

　그리고 오늘, 바람을 맞으며 툴툴대는 여자를 보고 레일라는 조금 웃었다.

　파라디와 티격태격하는 말리는 참 기세도 좋았다. 파라디는 레일라를 이해할 수 없다고 투덜댔다. 저깟 계집애를 그렇게 알뜰살뜰 돌보는 이유가 무엇이냐며. 빨리 도망쳐서 신이 나게 세상을 떠돌아다니자고 자꾸만 졸라 댔더랬다.

　"……그런 소리를 했어?"

　파라디의 등에 탄 말리가 눈썹을 들어 올리며 갈기를 잡아당겼다. 파라디가 소리 질렀다.

"아파, 이 계집애야!"

"아프라고 당겼다 왜!"

"아하하."

파라디는 체격이 크고 힘이 좋은 말이었다. 따라서 레일라가 말리와 함께 파라디에 타는 것 정도는 문제도 되지 않았다. 말리를 뒤에서 안아 태운 레일라가 부드럽게 고삐를 당겼다.

"파라디, 기분은 어때?"

"거지 같아!"

입에서 나오는 말과는 다르게 멋들어지게 걸으며 파라디가 고개를 푸르르 흔들었다.

"내가 오늘 너희들이 희한하게 마구간에 정답게 걸어오는 꼴이 아무래도 사달이 났다 했지. 대관절 인간 어린애들은 왜 그렇게 쉽게 눈이 맞는다니? 레일라 너, 사리 분별 제대로 하라고 내가 그렇게 말했는데!"

"어쭈."

말리가 일부러 파라디의 등 털을 잡아 뽑았다. 파라디가 펄쩍 뛰었다.

"하지 마, 이 계집애야!"

"너는 아주 오래 산 것처럼 말한다? 그래 봐야 말 주제에."

전성기의 말들이래 봐야 서너 살 정도다. 레일라와 오래 지냈다 해도 일고여덟 살 정도일 게 뻔했다. 말리는 심술궂게 웃었지만, 곧 파라디의 말에 얼굴을 굳혔다.

"계집애야 나는 일흔 살이 넘었다고!"

"뭐? 거짓말하지 마."

"사실이에요."

레일라가 부드럽게 속삭였다. 말리는 놀라 레일라와 파라디를 번갈아 쳐다봤다. 파라디가 툴툴댔다.

"정말이지, 머리가 있으면 말하는 말이 다른 말들보다 좀 오래 살 거라는 생각 정도는 할 수 있는 거 아냐?"

"말하는 말 처음 보냐고 물었던 말이 나한테 할 말은 아니거든?!"

"아! 쥐어뜯지 말라고!"

짧고 폭력적인 대화 끝에, 말리는 파라디가 아주 오래전 어떤 마녀의 말이었으며 마녀 덕분에 사람의 말을 할 수 있게 되었다는 걸 알게 됐다.

"세상에, 너 엄청나게 꼬부랑텡이네."

"그래! 그러니까 나를 어른으로 모시라고."

"이건 질겨서 고기로도 못 먹겠어."

"야!!!"

파라디가 고함을 질렀다. 말리는 웃으며 색색 숨을 몰아쉬다가 슬쩍 물었다.

"그럼 그 마녀는?"

"아. 죽었지."

"……말한테 사람의 말을 할 수 있게 만드는 마법을 부리는 마녀인데도?"

"야, 그거랑 그건 다르지."

파라디가 푸르르 웃었다.

"아무리 마법을 부려도 사람들이 떼거리로 몰려와서 죽이겠다고 하는데 버텨 낼 수가 있겠어?"

말리가 조용해졌다. 파라디는 흥얼거리듯 말했다.

"마녀들의 마법은 사람들이 생각하는 것처럼 하늘을 걷고 악마를 불러내고 사람들을 조종하는 게 아니야. 마법에도 제물이 필요하지만 그건 사람이 아니라 다른 게 필요하지."

"뭐가 필요한데?"

"글쎄, 외로움이나 고독함 같은 거?"

"그게 뭐야."

파라디가 머리를 흔들며 다각다각 들판 위에 솟은 바위산으로 걸어 올라갔다. 야트막한 동산에 가까운 그 바위산은 벨담 성의 바로 근처에 있었으며 벨담 성의 마구간지기가 산책로로 추천한 곳이었다. 말을 타고 시녀와 함께 바위산으로 올라가는 공주의 모습은 벨담 성의 경비병들에게도 아주 잘 보이리라.

"마녀들이 왜 숲에서 혼자 산다고 생각해?"

"글쎄? 우리 엄마는 혼자 안 살았는데."

말리는 별생각 없이 대꾸했으나 다음 순간 돌아온 놀라움 섞인 침묵에 움찔했다. 파라디가 정말 놀랍다는 듯 그녀를 돌아보려다가 신경질을 냈다.

"레일라! 이 눈가리개 풀어 줘! 저 계집애가 안 보여!"

벨담 성의 말구종들은 지나치게 성실했으며 모든 말들이 뒤를 보고 놀라지 않도록 착실하게도 뒤쪽 눈가리개를 달아 주었던 것이다. 한바탕 소동이 지나간 후 파라디가 물었다.

"너를 낳은 여자가 마녀라고?"

"으응, 마을 사람들이 그랬어. 하지만 뭐. 나는 엄마가 진짜 마녀라고 생각 안 해."

"아냐, 흥미 있는걸. 더 이야기해 봐."

"아니, 그 전에 네가 하던 말부터 마저 해. 왜 마녀들은 숲에서 혼자 사는 거야?"

파라디가 푸르릉 코웃음 쳤다.

"마녀들은 마법을 쉽게 부릴 수 없어. 그네들이 부리는 마법은 대단한 것도 아니지만, 그 대단치도 않은 마법을 부리기 위해서 마녀들이 바쳐야 하는 제물은 추상적인 거야. 가을 들녘의 햇살, 가장 먼저 불어오는 봄바람의 부드러움⋯⋯."

"정말 추상적이네."

"하지만 그 뭣보다 적확한 제물이기도 하지. 가을 들녘에서 햇살을 훔쳐 마법을 부리면, 그 들녘의 추수는 완전히 망해 버리지. 들판이 완전히 황금빛이 되기 직전에 돌풍을 불어오게 해서 밀을 모조리 쓰러트린 마녀의 이야기를 들어 본 적 없어?"

들어 본 적은 없지만 어쩐지 익숙한 그림이기는 했다. 말리는 눈을 껌벅였다.

"사실은 햇살을 훔쳤기 때문에 빈 자리에 돌풍이 들어앉은 것뿐인데, 돌풍을 부리는 마법을 부리는 마녀가 된 거야."

파라디는 바위 옆을 슥 돌아서 걸어가며 말을 이었다.

"그래서 마녀들은 숲에서 혼자 살지. 깊은 숲의 적막함이나 고독감, 사무치는 외로움은 가장 쉽게 모이는 제물이니까. 하지만 그 제물로 부릴 수 있는 마법은 한정돼 있어."

"뭔데?"

"친구를 만드는 거지. 악마를 부른 마녀의 이야기는 들어 봤을 건데."

"그건 들어 봤지."

"사무치는 외로움은 꼭 제물로 바치지 않아도 악마가 가장 좋아하는 먹잇감이거든."

알 듯도, 모를 듯도 했다. 말리는 콧방귀를 뀌었다.

"동화책에나 나올 것 같은 이야기는 그만두고. 그럼 우리 엄마는 마녀가 아니었던 거네. 그럴 줄은 알았어."

"왜?"

"우리 엄마가 마법을 부리는 건 단 한 번도 본 적이 없거든."

"흐음."

파라디가 끝내 바위산 정상에 섰다. 야트막한 언덕 너머로 벨담 시가지가 보였다. 낮은 지붕들, 군데군데 바람과 함께 흐르는 연기들, 그리고 걸어가는 사람들과 외성 벽을 순찰하는 경비병들. 디온과는 비교도 안 될 정도로 널찍하고 커다란 수도. 말리가 햐, 하고 숨을 터트리는데 레일라가 작게 속삭였다.

"그건 모르는 거랍니다."

"왜요?"

"나의 어머니는 깊은 숲의 고독함을 제물로, 더 이상 외롭지 않게 해달라는 소원을 빌었거든요. 그리고 왕이 찾아왔고, 내가 태어났지요."

"……."

"어쩌면 당신의 어머니도 마지막 마법을 부려 당신을 얻었을지도 모르죠."

말리는 몸을 살짝 비틀어 제 허리를 쥔 남자를 쳐다봤다. 메마른 바람에 긴 머리카락을 휘날리고 있는 남자는 여상하게 그녀를 내려다보고 있었다.

"그런 건 모르는 거잖아요."

레일라가 한 말을 그대로 돌려주자 남자는 눈을 가늘게 휘었다. 말리는 남자의 버석한 손에서 고삐를 빼앗아 쥐었다. 가볍게 당기자 파라디가 투덜대면서도 정상에서 고개를 돌려 다각다각 돌길을 걸어 내려갔다. 사방은 모두 메말라 갈색이 된 풀들뿐이었으나 말리는 그 와중에도 조금씩 눈을 틔운 나뭇가지들을 볼 수 있었다.

"우리 엄마는……."

입을 열었으나 딱히 할 말이 없었다. 아침에 일어나면 엄마는 염소의 젖을 가장 먼저 짰다. 말리가 일어나기도 전에 거친 밀반죽을 화덕에 넣어 구운 후 막 일어난 말리를 식탁 테이블 앞에 앉혔다. 식탁 위에는 언제나 거친 밀빵과 염소젖이 있었다. 그러고 나면 그녀는 말리를 데리고 숲으로 나가 약초를 캤다.

여름이면 가끔 운 좋게 나무딸기를 딸 수 있었다. 약초와 흙냄새가 함빡 묻어나는 손으로 엄마는 말리의 입에 딸기를 넣어 주었다. 채 익지도 않은 딸기를 급한 마음에 따서 입에 넣곤 하는 말리와 달리 엄마가 딴 딸기는 모두 잘 익은 것들이었다. 그 딸기를 입 안에 넣으면 자잘한 알맹이에서 과즙이 터져 나왔다. 달고 향긋한 맛과 풋내 같은 것들이 섞여 어린 말리에게는 그 이상 가는 기쁨이 없었다.

점심때가 되어 집에 돌아오면 엄마는 약초에서 흙을 털어 내어 말리고, 나무 창문을 모두 열었다. 햇빛이 낮 동안 집에 충분히 들어와야 나쁜 악마가 밤에 침범하지 못한다고 했다. 그동안 말리는 앞치마를 털고 오두막 아래의 땅굴에 들어가 엄마가 소금에 절여 저장해 놓은 돼지고기를 들고 나왔다. 오늘은 꼭 돼지고기가 들어간 수프를 먹고 싶다고 조르면, 엄마는 웃으면서 돼지고기를 조금 자른 후 도로 고기를 집어넣으라고 일렀다.

그리고 엄마는 화덕 위에 낡은 냄비를 올리고 돼지고기를 넣어 볶는다. 땅에서 막 뽑아낸 감자, 그리고 아직 꽃을 피우지 않아 통통하고 생기가 넘치는 무스카리 뿌리, 버터를 조금 넣으면 고소하고 맛있는 냄새가 풍기기 시작한다. 그것들이 갈색으로 익어 말리의 배에서도 꼬르륵 소리가 나기 시작하면, 엄마는 그 위에 물을 부었다. 가끔은 마을에서 얻어 온 싸구려 술을 부을 때도 있었다. 그리고 두 사람 다, 저녁은 따뜻한 돼지고기가 들어간 수프를 먹게 되는 것이다.

"……마녀는 아니었어요."

그 모든 이야기를 말리는 삼켰다. 평범하기 그지없는 일상이었다. 이제는 하도 오래되어 저 기억 아래로 가라앉아 잘 생각나지도 않는.

"하지만 그렇게 생각할 수는 있겠죠."

바위산을 걸어 내려가며 말리는 자신이 찢으려던 앞치마를 생각했다. 그녀가 마구 짓밟고 구긴, 그리고 찢어 버리려던 앞치마.

그 앞치마를 찢으려던 것을 말린 사람은, 지금 제 손을 감싸 쥐고 있는 남자였다.

그렇게 생각하니 기분이 좀 나아졌다. 그 앞치마가 자신을 지켜 줄 거라던 엄마의 말은 이뤄지지 않았으나, 적어도 누군가를 만나게 해 주긴 한 셈이었다.

❋
❋
❋

알렉시스가 또 우느라 왕의 기분을 망쳤다고 했다. 말리는 왕에게 끌려가 그의 비위를 맞추겠다고 성심성의를 다했으나 왕은 별것 아닌

254

이유로 또 그녀를 손찌검했다. 엉덩이를 찰싹 때리고, 가슴을 꽉 쥐는 수준에서 벗어난 지 이미 오래였다.

문제는 왕이 실수했다는 것이다. 왕의 손바닥은 두껍고 단단했으며, 그냥 때리기만 해도 말리의 입 안이 터져 나갔다. 그리고 오늘 새벽의 왕은 제 손에 반지가 끼어 있는 걸 깜박했다. 말리의 뺨은 보기 싫게 찢어졌고, 엉겁결에 놀라 주저앉는 바람에 혀를 깨물었다. 입 안이 온통 피투성이가 된 말리를 보고 왕도 좀 놀란 듯했다. 그는 말리를 내보냈고, 엉망이 된 그녀를 보고 레일라는 이를 악물었다.

하지만 말리는 레일라에게 터진 입 안을 보여 주며 웃었다. 레일라는 얼굴을 찡그렸다. 말리의 태도는 제가 씹던 음식을 그대로 보여 주며 장난치는 개구쟁이 같았으나 입 안은 개구쟁이의 장난 수준이 아니었다.

"당신이 도망친 다음에, 의사로 변장해서 성에 들어오면 되겠어요. 그럼 우리는 이 성에서 오래오래 잘 살 수 있겠죠?"

말리의 방에는 이제 향유 냄새보다 고약 냄새가 더 진해진 지 오래였다. 벨담 성의 늙은 의사는 레일라가 찾아갈 때마다 쯧쯧 혀를 차며 고약을 내주었다.

"저는 약을 다루는 재주 없는걸요."

"내가 아니까 괜찮아요. 그 의사도 영 돌팔이 같던데 뭘."

레일라가 뺨을 젖은 수건으로 닦아 내고 고약을 펴 바르자 말리는 이마를 찡그렸다. 장난친다 해서 아프지 않은 건 아니었다.

"쓰라려……."

"조금만 참으세요."

레일라의 얼굴이 먹먹했다. 그는 되도록이면 말리의 앞에서는 그러지 않으려고 애썼으나, 이런 일이 일어날 때마다 가슴이 턱 막히는 건 어쩔 수 없었다.

"다 바르면 입 맞춰 줘요."

"입술도 터졌는걸요."

"안 그러면 약 안 바를래요."

말리는 응석 부리듯 말했다. 레일라는 어쩔 수 없다는 듯 조금 웃고 그녀에게 입을 맞췄다. 가볍게 떨어지는 입술에 말리가 눈을 동그랗게 떴다.

"약 아직 다 안 발랐는데 상부터 줘요?"

"그 고약, 입에 들어가면 쓰거든요."

"아, 약아빠진 사람."

키득키득 작은 웃음이 번졌다. 그러다가 이내 입술이 맞물렸고, 숨이 가빠졌다. 레일라가 고개를 저었으나 말리는 고집스럽게 그를 끌어당겼다. 결국 말리는 침대 위에 엎드린 채 레일라가 제 엉덩이를 쥐고 개처럼 헐떡거리게 만드는 데 성공하고야 말았다.

새벽이 지나 아침 햇살이 방 안에 들어찼을 때에서야 말리는 만족스러운 한숨을 내쉬며 옆으로 쓰러져 누웠다. 아직도 음욕이 사라지지 않은 얼굴의 그녀와 달리 레일라는 금세 단정한 얼굴로 바뀌었다. 그는 말리의 젖가슴 위에 입 맞춘 후, 침대보 위에 떨어진 씨물을 젖은 수건으로 닦아 냈다.

"역시 당신의 애를 낳아야겠어요."

"무슨 소리예요."

말리가 샐쭉 웃었다.

"왕의 애를 밴 척하고, 당신 애를 낳으면 왕은 그 애의 울음소리를 듣자마자 가면을 벗어 던지겠죠? 그럼 곧장 죽어 버릴 거야…….”

왕의 얼굴이 내보이게 되면 모두가 피를 토하고 죽으리라는 저주는 까맣게 잊은 듯했다.

레일라는 그녀의 뺨이 침대보에 쓸리지 않도록, 그 사이에 자신의 손바닥을 끼웠다. 그러고는 말리의 옆에 모로 누웠다.

“그러려면 왕이 진탕 취해야 할 텐데, 그게 참 쉽지가 않네…….”

왕은 여전히 구음만을 반복시킬 뿐이었다. 아이를 낳고 싶지 않은 걸까? 말리는 왕의 좆을 제 안에 넣어 보려고 무진 애를 썼으나 쉽지 않았다. 그는 말술인 데다가, 말리와 뭔가를 같이 먹지 않았다. 꼭 말리뿐만은 아니었다. 연회에서도, 만찬에서도 그는 좀처럼 식사를 하려 들지 않았다. 가면을 쓰고 있으니 입을 움직이는 것이 번거로운 듯했다.

“한 번만, 딱 한 번만 그 자식의 씨물을 품으면…….”

그렇게 말하다가 말리는 퍼뜩 놀란 눈을 했다. 레일라는 제 품 안의 여인이 소스라치게 놀라자 반사적으로 그녀를 감싸 안았다. 말리가 황망히 중얼거렸다.

“그러다가 재수 없이 그 새끼 애를 배 버리면 어떻게 하죠?”

“……당신.”

“그러면 영원히 그 새끼의 좆을 빨아야 할 텐데…….”

말리는 진저리를 쳤다. 생각만 해도 싫은 듯했다. 레일라는 가슴이 답답해졌지만 내색하지 않고 말리의 어깨를 담요로 감쌌다. 한참 후에야 말리가 중얼거렸다.

“따뜻해.”

“불을 더 피울까요.”

“아니야, 괜찮아요. 곧 봄인걸. 으음, 그러고 보니…….”

말리가 레일라를 올려다보며 심술맞게 웃었다. 희한한 일이었다. 그녀가 웃는 일은 아름답거나, 고혹적이라거나, 해맑은 일이 한 번도 없었다. 오히려 음험하거나 심술궂거나, 못된 생각을 하고 있다는 말이 더 어울리는 미소였는데도 레일라는 말리가 그렇게 웃을 때면 숨이 턱 막혔다. 갑갑하거나 무서워서가 아니었다. 심장이 빨리 뛰고, 그녀를 부서지도록 안아 버리고 싶었다.

이 비틀린 감정을 레일라는 사랑이라고 굳게 믿어 의심치 않았다. 남자아이로 태어나 레일라라는 이름으로 살아온 그 짧은 삶에서, 단 한 번도 애틋하고 아련하고 고귀한 일이 없었으므로 제게 찾아온 사랑 또한 그런 것이라 확신했다.

그럼에도 불구하고 제 품에 안긴 여자는 귀하고 애틋했다.

"당신 내 옆에서 자면서 무슨 생각 했어요?"

"⋯⋯당신 옆이요?"

"그 날 있잖아요."

밤을 새우고, 기사의 망토를 빌려 방으로 돌아온 날을 말하는 것이었다. 돌바닥 위에 담요를 깔고 모로 누운 레일라를 말리는 제 침대로 불러올렸더랬다.

"저야말로 묻고 싶어요. 당신은 무슨 생각이었나요."

"글쎄요. 그냥⋯⋯."

말리는 방만하게 늘어진 자세로 키들거렸다.

"차가운 바닥에서 자고 일어나면 빌빌댈 당신이 꼴 뵈기 싫을 게 뻔했거든요."

그러니까, 저런 소리를 해 대도 어여쁘기만 하니 어찌 이게 사랑이 아닐 수가 있겠는가. 레일라는 미소 지었다.

"그러니 다정한 사람이라는 것이지요."

"무슨 소리예요? 꼴 뵈기 싫다니까."

레일라는 그날 죽은 듯이 잠든 말리의 옆에서 한숨도 자지 못했다. 추운 건 싫다고 중얼거리며 잠든, 못돼 처먹은 여자애가 살아온 인생은 어떤 것일까 가늠하느라고. 따뜻한 잠자리에서 내몰리는 일이야말로 제일 비참한 일이라고 말하며, 뺨을 쳤던 공주를 제 옆에서 재우는 계집애야말로 누군가의 따뜻함이 절실했던 이였을 거라고 미루어 짐작했다.

'아무리 고단한 하루라도 다 내려놓고 쉴 곳 하나쯤은 따뜻해야 하는 법인데, 잠자리마저도 차갑다는 게 얼마나 속을 베어 내는 일인지 저는 알거든요.'

그 말이 뜻하는 바야 뻔했다. 단 한 명도 그녀에게 다정하지 않았으리라. 그러니 그녀는 베푸는 법을 몰랐고, 그럼에도 불구하고 베풀었다. 서툴고 거칠게, 그러나 절실하게.

아무 말도 섞지 않았지만 말리는 잠들 때가 되면 당연한 듯 레일라가 누울 자리를 비우고 모로 누웠다. 불안정하던 숨소리가 평온해지면 레일라는 그 등을 천천히 감싸곤 했다.

어느새 두 사람의 입술이 다시 맞붙었다. 얻어맞은 자국을 피해서 조심스럽게 더듬던 키스가 깊어졌다. 말리가 다리를 벌려 그를 휘감았으나 레일라는 고개를 저었다.

"다쳤잖아요."

왕은 집요할 정도로 말리의 허벅지 안쪽을 헤집어 났다. 꼬집고, 때렸다. 레일라는 방금 전에 교합할 때도, 말리가 흠칫거리는 것을 기민하게 알아챈 참이었다. 최대한 빨리 끝낸다고 했으나 말리는 성에 차지 않는 것 같았다. 상처가 난 곳도 있었다. 말리가 앙탈을 부렸으나 레일라는 고개를 저었다.

"더 안 할 거예요."

그렇게 말하며 레일라는 말리의 다리 사이로 기어들어 갔다. 긁히거나 상처 난 허벅지 안쪽을 보니 욕지기가 나왔다. 왕을 당장이라도 죽여 버리고 싶었다.

죽여 버린다라.

레일라는 잠시 그 생각에 매몰될 뻔했다. 하지만 제 사타구니 사이에서 우뚝 멈춘 남자가 말리는 궁금했던 모양이다. "당신……?" 그 말에 레일라는 퍼뜩 정신을 차렸다. 지금은 그런 번잡스러운 생각보다 더 집중해야 할 곳이 있었다. 레일라는 제 엄지손가락을 한번 쭉 빤 뒤, 그녀의 음부를 살살 문질렀다. 벌겋게 변한 곳을 피해 부드럽게 지분대니 잔뜩 맺힌 꿀이 기다렸다는 듯이 밀려 나왔다.

"아응……."

말리가 달콤한 숨을 내뱉었다. 레일라는 빙그레 웃으며 혀를 내밀어 안을 게걸스럽게 핥았다. 추접한 소리가 이내 침실을 메웠다. 대음순부터 소음순까지, 집요한 혀 놀림에 말리의 허리가 비틀리기 시작했다. 구멍 위의 음핵을 살짝 물었다가, 다시 핥으니 여자는 히익 소리를 냈다. 레일라는 검지와 중지를 다시 빤 뒤 그녀의 안쪽에 천천히 집어넣고 살살 긁었다.

"아흑, 흑, 아, 아. 더. 더……."

"말했잖아요, 다치셨다고."

레일라는 상냥하게 웃으며 손가락 두 개를 굽혔다 폈다 하면서 안쪽을 빠르게 쓸어 냈다. 앓는 소리가 터져 나왔다. 구멍 주변이 끈적해지고, 이어서 물이 스며 나오는 건 순식간이었다. 레일라는 다시 입술을 구멍 위의 자그마한 콩알 위에 대고 부드럽게 빨아들였다. 손가락은 계속 움직이는 채였다.

"으응, 아흥!"

추웁, 춥 하는 소리와 함께 여자의 신음 소리도 높아져만 갔다. 얼굴은 새빨갛게 익었고, 허벅지는 파르르 떨리고 있다. 레일라는 반대편 손으로 그녀의 다리를 한껏 벌리며 속삭였다.

"공주님에게 예쁜 장난감을 마련해 드려야겠어요."

"아앙, 내 장난감은, 당신이, 제일……."

그 와중에도 말리는 웃으며 제 말을 받아쳤다. 레일라는 웃으며 이를 세웠다. "하웅!" 신음과 함께 말리가 허리를 튕겼다.

"벨담의 산에서 나는 나무 중에는 오크 나무가 가장 단단하다죠. 아주 단단하고 큰 물건을 하나 가져다드릴게요."

"아응, 응……. 그것을 어디 쓰려고……."

레일라는 대답하지 않고 손가락으로 음핵을 꾹 눌렀다.

"아학!"

말리가 자지러지며 몸을 세웠다. 구멍이 움찔거렸고 레일라의 손가락이 다시 안으로 파고들었다. 천천히 하겠다고 했지만, 여자가 이토록 좋아하니 레일라의 손놀림도 빨라졌다. 어느새 오른팔이 살짝 뻐근해졌다. 하지만 팔을 멈출 수는 없었다. 점막 안은 축축해지다 못해 넘치게 된 지 오래였다.

"아흐흐, 으, 아흑!"

끝내 절정을 맞은 말리가 뒤로 축 늘어졌다. 레일라는 차분하게 말리의 허벅지에 입을 맞춘 후 손가락을 안에서 빼냈다. 말리는 다리도 채 닫지 못하고 그대로 개구리처럼 사지를 벌린 채 덜덜 떨었다. 쾌감이 좀처럼 멈추지 않았다. 다시 수건을 가지러 일어나는 레일라에게 킥킥대는 웃음이 따라붙었다.

"그래, 하나 가지고 오세요. 왕께서 박아 주지 않으니, 이것이라도 박아 보았다 하며 그 앞에 다리를 벌리고 엉거주춤 걸어가면 혹시 모르지. 씨물이라도 안에 한 번 부어 줄지."

레일라는 고개를 슬쩍 돌리고 픽 웃어 보였다. 말리의 가늘게 뜬 눈도 웃음으로 가득했다.

그리하여 두 사람은, 아침 일과를 준비하던 시녀 하나가 그녀의 방에서 들리는 신음 소리에 기함해 그 모습을 훔쳐보고 놀라 달아났다는 것은 끝내 몰랐다.

※
※
※

"내가 들은 것이 있다."

여느 때와 같이 들어온 왕은 침대에 누워 조각상 쪽을 바라보고 있던 말리를 힐끔 쳐다보더니 바로 올라오지 않고 침대에 앉았다. 그리고 저런 소리를 내뱉었다. 말리는 등골이 싸하니 소름이 돋았다.

뭘, 뭘 들었을까.

"앙큼한 년."

그대로 누워 있는 게 더 이상한 노릇이었다. 말리는 조심스럽게 몸을 일으켜 앉은 후 왕 앞에 무릎으로 기어갔다.

"아이, 무슨 소리를 들으셨을까요. 제가 폐하를 매일 밤 그린다는 이야기?"

되도 않는 애교를 부리며 웃어 보였으나 그 입가가 떨리는 것은 어찌할 수 없었다. 왕의 가면은 오늘 한층 더 화려한 것이었는데, 그의 입매가 희미한 미소를 띠고 있었으나 그것은 좋은 신호가 아니었다. 왕은 기분이 나쁠 때보다 기분이 좋을 때 그녀에게 더 가혹하게 굴었다.

"요사스러운 것. 길바닥의 창녀라 했는데 그보다 더 너절할 줄이야."

"무슨 소리신지 도통 모르겠어요, 폐하."

"네 친정 시녀의 이야기를 들었다. 아니……. 그걸 시녀라 할 수는 없지."

쿵. 가슴이 내려앉았다. 말리는 태연을 가장하려 했으나 머리가 하얗게 변하고 손끝이 와들와들 떨리는 것을 어찌할 수가 없었다. 들판을 지나가던 상인의 수레를 얻어 타고, 그 좆을 빨아 주며 전대 속의 은화를 훔친 적이 있었다. 그때도 손 한번 떨지 않았는데, 이게 이렇게나 무서운 일인지 몰랐다. 말리는 덜덜 떨리는 목소리로 물었다.

"무, 무슨 소리를 하시는지 저는……."

왕은 그런 그녀를 무심하게 쳐다봤다. 가면 속의 싸늘한 눈이 이토록 공포스럽게 다가오다니 말리는 애써 입꼬리를 올리며 물었다.

"저의 시녀가 폐하의 마음을 거슬렀나이까? 그렇다면 당장 불러 매질하시구……."

"미친년."

왕이 그녀의 말을 자르고 손바닥으로 관자놀이를 밀었다. 힘이 실린 손짓이었고, 말리는 대번에 침대 밑으로 떨어져 굴렀다. 쿵, 소리가 났으며 얇은 네글리제만 입은 몸이 대리석 바닥에 부딪혔다. 아픔에 눈물이 글썽했으나 지금 제 몸의 아픔을 따질 때가 아니었다. 말리는 허겁지겁 엎드렸다.

"폐하, 저는 아무것도 모릅니다. 정말로 몰라요. 무슨 말씀이신지……."

남자인 것을 들킨 걸까? 들킨 것이 분명했다. 말리는 그렇게 생각하면서도 입으로는 아무것도 모른다고 잡아뗐다. 모든 일은 모름지기 잡아떼는 게 최고였다. 그러면서도 말리는 머릿속으로 자신이 오늘 레일라를 언제 마지막으로 보았는지 셈했다.

오늘의 몸단장은 나디아가 했다. 최근 시녀들은 말리를 화려하게 장식해 보았자 장신구 때문에 그녀의 몸에 생채기만 더 는다는 것을 알고 최대한 간소하게 그녀를 장식했다. 그러니 많은 시녀가 붙을 필요가 없었다. 레일라는 오후에 그녀의 목욕을 도왔다. 욕실에 들어가자마자 말리를 욕조에 앉히고, 사타구니를 빨았다. 키득거리며 목욕을 끝낸 후 레일라는 물을 버리러 가며 세탁부에 들러야 한다 말했다. 그리고 돌아왔는지 어떤지 모른다.

세탁부는 왕의 경호대 뒤에 붙어 있다. 남자인 것을 들켰고, 왕의 여인을 탐했다는 것을 알게 된다면 바로 죽임을 당할 것이다. 말리는 차가워진 손가락을 꾹 쥐었다.

"무슨 말씀이신지, 모르겠습니다."

"……하하, 레일라야. 정말로 모른단 말이냐?"

왕이 다리를 꼬고 앉았다. 화려하게 장식된 비단신이 눈에 보였다. 비단신 끝에 달린 것은 말리가 평생 일해도 살 수 없는 황금 뱀 장식이었다. 말리는 저것이 마치 왕 같다고 생각했다. 호시탐탐 자신을 해치고 삼키려 드는, 교활하고 잔인한 뱀.

"정말, 정말 모릅니다, 폐하……."

말리의 눈에서 눈물이 뚝뚝 떨어졌다. 반쯤은 연기였고 반쯤은 정말로 무서워서 떨어지는 눈물이었다. 어디서부터 어디까지 알고 있는 걸까. 자신은 어디까지 변명해야 할까. 레일라가 남자인 것을 몰랐다? 최근에야 알게 됐다? 머릿속에서 변명거리가 난잡하게 휘몰아쳤다. 하지만 그 가운데서 말리는 정답을 찾을 수가 없었다. 오히려 아득해지기만 했다.

죽, 죽어 버리면 어떻게 하지.

그 남자가 이미 죽었으면 어떻게 하지?

그 생각에 사로잡힌 순간 말리는 더 이상 아무것도 할 수 없었다. 그녀는 바닥에 손을 모으고 이마를 댔다.

"폐하, 제발 살려 주세요. 저는 아무것도, 아무것도 모릅니다."

눈물이 하염없이 흘러나왔다. 무정한 왕은 그녀를 내려다보다가, 발끝으로 그녀의 정수리를 밀었다. 머리를 들라는 소리였다. 말리의 젖은 눈을 한참이나 바라보던 왕이 피식 웃음을 흘렸다.

"아무것도 모르는 것들이 가장 무섭다더니."

"……."

"아무것도 몰랐으니 그리했겠지. 안 그러냐?"

"저는 무슨 말씀을 하시는지……."

왕은 탄식하듯 비웃었다.

"미친년이 씨물에 환장한 줄로만 알고 있었더니 뒤에서 여색을 하고 있었을 줄이야."

말리의 입이 약간 벌어졌다. 왕이 말을 이었다.

"네가 데려온 시녀를 시켜 밤마다 네 가랑이를 빨게 한다지. 손가락으로 쑤셔 달라고 애원하고 각좆을 가져오라 한다는 이야기가 내게 들렸다. 직접 본 사람도 있다."

"……아……."

"아녯사라는 네 시녀를 불러 물었다. 언제부턴가 목욕은 꼭 친정 시녀만 데리고 한다더구나."

입이 빠끔빠끔 벌어졌으나 말이 나오지 않았다. 할 말은 많은데 무슨 말을 해야 할지 모르겠다는 것이 맞았다.

왕이 신발 끝으로 말리의 머리를 가볍게 찼다. "아!" 말리가 옆으로 쓰러져 구르자 왕이 일어나 그녀의 옆에 쭈그렸다. 그러고는 네글리제와 함께 가슴을 움켜잡았다가 쭉 찢었다. 북, 소리가 났다.

"음탕한 년들이……."

말리는 정신없는 와중에도 눈을 부릅뜨고 왕을 관찰했다. 왕은 다리를 잔뜩 벌리고 개구리처럼 앉아 있었는데, 그 사타구니가 이미 팽팽하게 부풀어 있는 것이 보였다. 왕의 입가는 즐거워 미치겠다는 듯 조금 벌어져 있었다.

"짐의 눈 아래에서 붙어먹어."

찢어진 네글리제 위로 드러난 가슴을 왕이 찰싹 때렸다. "아!" 말리는 기다렸다는 듯이 신음했다. 그러면서도 눈치를 봤다. 그녀는 자신이 죽음의 위협에서는 벗어나 있다는 것을 본능적으로 알았다. 레일라가 남자인 것은, 왕은 모르는 것이다. 하지만 아직 완전히 벗어난 건 아니었다. 그녀는 감히 왕의 여인이면서 왕 몰래 시녀와 붙어먹은 계집이었다. 왕이 저를 어떻게 하려는 걸까. 짐작할 수 있을 것 같긴 했지만 벨담 왕은 예측이 힘든 사람이었다.

그녀의 가슴을 마구 주무르던 왕은 이내 말리를 대리석 위에 완전히 눕혔다.

"다리 벌려."

말리는 훌쩍훌쩍 울며 누워 꼴사납게 다리를 벌렸다. 왕은 일어나 팔짱을 끼고 그녀의 주변을 서성였다. 화려하고 잔뜩 치장한 옷을 입고 있는 왕이 가면까지 쓰고 벌거벗은 저를 뚫어져라 관찰하는 것에 새삼스럽게 수치심이 들었다. 어째서일까. 말리는 눈을 돌렸고, 왕이 곧장 그녀의 옆구리를 걷어찼다.

"아흑!"

"눈을 어디다 두는 거냐."

왕은 신경질적으로 중얼거리며 주변을 둘러봤다. 왕의 침실에는 이제 당연한 듯이 말채찍과 회초리 같은 것들이 널려 있었는데, 그는 양가죽으로 된 짧은 말채찍을 들고 왔다. 말리가 바르르 떠는 것도 아랑곳하지 않고 왕은 몸을 숙여 말채찍 손잡이 끝으로 그녀의 가슴을 헤집듯이 관찰했다. 다리 안쪽도 마찬가지였다. 생식기 안쪽을 뒤집고, 대음순과 소음순을 벌렸다. 한참 동안이나 그녀를 들여다보던 왕이 피식 웃었다.

"들키지 않으려고 발악을 했구나."

"아, 폐하. 제발요."

눈물이 또다시 흘렀다.

"폐하께서 저를 사랑하시지 않는 듯하여 짧은 즐거움을 찾았을 뿐이에요. 하지만 단 한 번뿐이었습니다. 계속 후회했어요. 저는 폐하의……."

말리의 입술이 달싹였다. 비참했다. 이 순간에도 레일라를 걱정하기보다 어떻게 말해야 자신이 살아남을까 머릿속에서 재고 있는 자신의 처지가. 그녀는 누운 채로 울며 빌었다.

"폐하의 것이에요. 폐하의 양물을 원했어요. 각좆 같은 것은 넣어 보

지도 않았답니다. 디온에서 폐하의 여인이 되리라 들었을 때부터 제가
원해 왔던 것은 폐하의 아이를 낳아, 악!"

왕이 듣기 싫다는 듯이 그녀를 다시 걷어찼다. 그의 입매가 일그러
져 있었다.

"발칙한 것."

"잘못했어요, 잘못했어요."

말리는 엉엉 울었다. 왕은 그녀의 옆에 무릎을 굽히고 쭈그려 앉았
다. 몹시 흥분한 듯 숨이 거칠어져 있었다.

"애를 낳고 싶다는 계집이 어찌 여색을 해."

"흐윽, 흑."

"하기야, 남색을 하였다 애라도 배면 그것이 더 웃기는 일이었겠지.
내 너에게 씨물을 부어 준 적 없으니."

잠시 뭔가를 생각하던 왕이 말채찍을 내던지고 일어섰다. 그러고는
제 하의를 내리다가, 신경질을 냈다. 말리는 허겁지겁 일어나 왕의 하
의를 벗겼다. 매듭을 풀자 잔뜩 서서 쿰쿰한 냄새를 풍기는 양물이 튀
어나왔다. 말리가 그것을 빨려 하자 왕은 손등으로 그녀의 얼굴을 밀어
냈다. 그리고 소리쳤다.

"밖에 아무도 없느냐!"

"예."

기다렸다는 듯 밖에 있던 시녀 하나가 대답했다.

"디온 공주의 친정 시녀를 데려와라."

말리가 얼어붙었다. 바깥에서 예, 하는 소리와 함께 발걸음이 멀어졌
다. 왕은 피식 웃었다.

"네 앞에서 내가 그 계집에게 씨물을 부어 주마. 그 후에는 내 개에

268

게 던져 줄 것이다. 내 사냥개들과 접붙여 보고 어디, 여색이 나은지 짐 승이 좋은지 물어보자꾸나."

"폐하! 잘못했어요! 잘못했어요!"

찢어지는 비명과 함께 말리가 애원했다. 눈앞이 아득해지고 뒤통수 가 차가워졌다.

"저를 버리지 마세요! 제발요! 뭐든 다 할게요! 폐하! 싫어요!"

그 와중에도 그녀는 애처롭게도 거짓말했다. 버리지 말라니, 그렇 게나 애틋한 말이 이 왕에게 가당키나 한 말이던가. 그녀는 왕의 무릎 을 붙잡고 매달렸다. 왕이 그녀를 걷어차려 했으나 하의를 채 벗지 못 해 버거웠다. 말리는 울부짖으며 왕의 양물을 잡아 물었다. 왕이 그녀 를 밀어 내려 했으나 말리는 그 손끝에 제대로 힘이 들어 있지 않다는 것을 알아차렸다. 입 안에 넣고 쭉쭉 빨고, 핥아 올렸다. 레일라를 끌고 와, 그가 레일라를 벗기면, 그러면……

말리는 엉엉 울었으나 입 안에 버겁도록 양물이 가득 차 있어 소리 도 잘 나지 않았다. 왕은 그녀의 목구멍 끝까지 제 것을 처박았다. 구역 질이 났으나 말리는 차라리 그대로 질식해서 죽는 게 나으리라 생각하 며 숨을 참았다. 왕의 정액이 제 목구멍으로 넘어갔고, 왕은 곧장 제 것 을 빼 말리의 얼굴에 남은 씨물을 마저 뱉어 냈다.

"폐하, 디온 공주의 친정 시녀를 데려왔사온데……"

바깥에서 말소리가 들렸다. 말리는 그걸 닦을 생각도 하지 않고 곧 장 왕이 즐겨 쓰는 것들 중에 가장 커다란 채찍을 들고 그의 앞에 내밀 었다. 군마에게나 쓰는 물건이었다. 왕이 눈썹을 들어 올렸다. 말리는 엉엉 울며 웃었다.

"폐하, 저에게만 해 주세요. 제발요. 폐하를 다른 계집애와 나누다니 차라리 죽는 게 나아요."

반쯤은 진심이었다. 왕은 그녀의 손에서 채찍을 받아 쥐고 웃었다. 생각은 해 봤지만 알렉시스가 하도 겁을 먹고 울어 손댈 생각도 해 보지 않은 물건이었다. 왕이 채찍을 휘둘렀다. 철썩 소리와 함께 새된 비명이 터져 나왔다. "아윽," 간신히 고통을 참는 소리에 왕은 이마를 찡그렸다.

"소리는 크게 내라지 않았느냐."

"예, 그럴게요. 그럴게요. 아!"

새 도구를 써 보는 데만 골몰해 왕은 문밖에 공주의 친정 시녀가 물러가지도 들어가지도 못한 채, 그대로 서서 제 색사가 끝날 때까지 공주의 비명을 듣고 있다는 건 몰랐다.

12
공주의 인생

아이러니한 건, 왕이 레일라를 여전히 말리의 곁에 두었다는 것이다. 왕은 색사가 끝난 후 침대에 엎드려 가쁘게 숨을 몰아쉬는 말리의 정수리를 부드럽게 어루만지며 웃었다.

"나도 안단다. 나를 사랑한다고 말했다지만 이 행위가 너 같은 계집에게는 참으로 버거운 것을. 그러니 네게도 조금의 즐거움은 있어야겠지."

"그 말씀은……."

"적당히 붙어먹거라. 어차피 애가 생길 것도 아닌데 무얼."

말리는 그 말을 이해할 수 없어 왕을 공포에 질린 눈으로 쳐다봤다. 왕은 참으로 인자한 사람인 양 그녀를 자애로운 시선으로 내려다보며 말했다.

"애당초 그 계집애에게는 동하지도 않는다. 거인 같고 비쩍 마른 그 계집애를 데려다 비명을 들어 봤자 뭘 한담."

"……."

"다음에 그 계집애랑 붙어먹는 것이나 내키면 보여 주려무나."

말리는 그제야 경련하듯 웃을 수 있었다. 레일라가 이상 성욕자의 취향이 아니라는 것이 다행인지 불행인지.

그 뒤로 왕은 심심찮게 레일라의 이야기를 했다. 주로 자신이 보는 앞에서 레일라와 붙어먹어 보라느니, 아니면 네 비명이 시원찮으면 그년의 비명을 듣는 게 재미있을 거라느니 하는 이야기들이었다.

말리는 그때마다 기함하며 왕에게 절절하게도 매달렸다. 말리의 등에는 묵은 상처들이 늘어 갔고 레일라의 안색은 더더욱 파리해져 갔다. "그년과 치르는 색사를 내게는 보여 주지 않을 것이냐?"라고 제 엉덩이를 꼬집는 왕에게 말리는 아양을 떨었다.

"여색은 한 번이면 충분해요. 저에게는 폐하뿐이랍니다."

하지만 왕에게는 말리만 있는 건 아니었다. 왕은 점점 더 자신에게 매달리는 것처럼 구는 말리가 지겨운 듯, 알렉시스를 더 자주 불러 댔다. 비극적인 것은, 왕이 말리에게 점점 더 가학적이어지는 것처럼 알렉시스에게도 그리했다는 것이다.

날은 따뜻해졌으나 성에서 마주치는 알렉시스는 목과 어깨를 모두 가리는 옷을 입고 있었다. 빈틈없이 몸을 가리운 옷을 입은 두 여자는 서로를 지나칠 때면 눈도 마주치지 않았다.

"그 왕을 모시느니 차라리 죽고 싶어요."

성 근방의 풀밭에 누워 첫물 포도를 집어 먹으며 말리가 중얼거렸다. 그 내용이야 워낙 자주 듣던 것이었으나 레일라는 부드럽게 그녀를 만류했다.

"누가 듣습니다."

"들으라지. 이 성 사람들치고 그렇게 생각하지 않는 사람들이 드물 걸요."

말리는 왕의 침실을 지키는 기사들이 툭하면 왕에게 뺨을 맞고 정강이를 걷어차인다고 말했다. 외모가 출중한 시녀들은 자신들이 왕의 눈에 띌까 노심초사했으며 외모가 못난 시녀들은 왕의 눈에 띄지 않는 곳에서만 일할 수 있었다.

"여름의 결투 대회에 오는 기사들 걱정에 다들 밤을 지새울 정도인 걸요."

"결투 대회요."

"선왕의 맹주들이었다는데, 사납기 그지없다고 해요."

벨담의 맹주들은 왕에 버금가는 위세를 자랑한다고 했다. 왕도 그들을 신하로 대할 수 없으니 시녀들은 설설 기어야 했다. 몇 해 전의 결투 대회에서 한 맹주의 눈에 아름다운 시녀가 들어왔다. 왕은 결투 대회의 상 대신 시녀를 내주었고 맹주는 그 시녀를 데리고 갔다. 그리고 그 시녀는 감감무소식이 됐다. 아내로 맞지는 않았을 것이다. 그 맹주에게는 이미 아내가 있었으므로.

"결투 대회에서 혼자 고꾸라져 죽으면 좋겠다."

"나! 나 시켜 줘!"

옆에서 대꾸한 건 풀을 뜯던 파라디였다. 파라디는 고개를 푸르르 흔들었다.

"결투 대회 전에 나를 풀어 줘! 실수로 놓쳤다고 하는 거야! 그러면 내가 미친 척하고 거품을 물고 왕을 밟아 죽일게!"

"멍청아, 너 그냥 도망치고 싶어서 그러는 거지?"

"아니야!"

"아니라도. 말이 안 되잖아."

"왜!"

파라디가 콧김을 뿜었다. 말리는 포도 한 알을 레일라의 입에 넣어 주려다가, 고개를 흔드는 레일라를 보고 픽 웃은 후 제 입에 넣곤 우물 거리며 답했다.

"미친 척하고 거품을 물고 밟아 죽이기엔 왕은 가 닿지 못할 높은 의 자에 앉아 있을걸? 내가 결투 대회 한 번 보지 못한 촌무지렁이라도 그 건 안다."

"내가 가서 받아 버리면 되지!"

"바보야. 왕을 밟아 죽인 말을 기사들이 그냥 놔둘 것 같니?"

왕을 밟아 죽이기도 전에 배치된 궁수들이 너를 쏴 죽일걸? 말리의 비아냥거림에 파라디가 짜증을 냈다.

"아! 정말이지. 레일라 넌 어디서 이런 계집애를 데려와서! 사사건건 안 된다는 말만 해! 사람이 좀 긍정적으로 살아!"

"말한테 사는 방법에 대해 참견 받다니 내 인생도 참 틀린 것 같기는 하다마는."

말리는 여상하게 대꾸하며 레일라를 올려다봤다. 레일라가 빙긋 웃 었다.

"마실 것을 드릴까요."

"젠장. 레일라 너도 그렇게 태연하게 그 계집애 시중을 들고 있지 말 라고."

말이 투덜거렸다.

"아무래도 아일라가 죽었을 때 네게서 용기를 빼앗아 간 것 같아."

"아일라?"

"쟤를 낳은 엄마 말야."

말리의 물음에 파라디가 답했다. 레일라는 말없이 파라디를 노려봤다. 파라디가 움찔했다.

"아, 알았어. 아일라 이야기는 하지 않을게. 하지만……. 알아 둬. 아일라의 빚만 갚으면 나는 저 계집애가 날 놔주든 말든 이곳의 마구간을 뛰쳐나가 버릴 거야."

"……빚?"

"파라디는 내 어머니에게 빚을 졌거든요."

레일라가 나직하게 답했다.

"내 어머니는 마녀의 말이었던 파라디를 죽을 위험에서 구해 주었습니다. 파라디는 세상에 존재하는 온갖 나쁜 것들을 모아 악몽이 되고 싶어 했거든요."

"악몽……."

"악몽은 말의 형태를 가졌다고 하니까요."

하지만 파라디는 애초부터 자신이 악몽이 될 수 없다는 것을 몰랐고, 말이 모은 나쁜 것들은 파라디를 짓눌렀다. 파라디의 영혼이 악에 잠식되기 직전, 레일라의 어머니인 아일라가 파라디를 구해 주었다.

"그때 저 애가 아일라의 뱃속에 있었지. 아일라는 내게 저 애가 간절하게 원하는 것을 딱 한 가지 들어주고 나면 가도 좋다고 말했어."

파라디가 투덜거렸다. 말리는 눈을 동그랗게 뜨고 레일라를 바라봤다.

"그런데 아직 놔주지 않은 거예요?"

"쟤 얼굴 보면 모르겠니, 계집애야!"

파라디가 답답하다는 듯이 다시 푸르릉 콧김을 뿜었다.

"쟤는 지 엄마 죽고 디온 성에 들어간 후로 세상 다 산 것처럼 굴어. 원하는 게 뭐가 있겠니 대체! 나도 답답해 죽겠어! 차라리 저걸 태우고 세상을 돌아다닐 수라도 있다면 마음이 풀리겠다마는!"

그 뒤로 파라디스 한참이나 벨담 왕성의 마구간에 대한 불만을 털어 놓았다. 짚이 너무 축축하다느니, 말들이 너무 많다느니 하는 거였다. 그 시시콜콜한 불만을 한 귀로 흘려들으며 말리는 레일라를 쳐다봤다. 그녀의 옆에 앉아서 멀리 있는 성을 쳐다보는 남자는 정말로 모든 것이 무상하다는 듯한 얼굴을 하고 있었으며, 원하는 것은 아무것도 없는 것 처럼 보였다.

그리하여 말리는 기뻐졌다. 그녀는 침대에서의 레일라를 알고 있었 기 때문이다. 그녀의 안에 들어와 헐떡거리는 레일라의 얼굴은 그 무엇 보다 자신을 절실하게 원하는 표정이었다. 그리고 거기까지 떠올린 말 리는 다시 마음이 가라앉았다.

자신이 사정없이 얻어맞은 그날부터 레일라는 자신에게 손대지 않았 다. 그녀가 무얼 하든, 어떤 것을 먹고 마시거나 쓰고 입든 옆에서 손발 처럼 굴었으나 다시는 말리의 침대에 들어오지 않았다.

왜인지야 뻔했다. 말리가 울부짖고 얻어맞는 그 모든 시간 내내 레 일라는 문 앞에 서 있었으므로. 하지만 몰랐던 것도 아닌데. 말리는 다 시 포도를 입 안에 집어넣었다. 방금 전까지 새큼했던 포도가 이상하게 도 쓰게 느껴졌다.

초여름의 결투 대회가 다가올수록 성의 분위기는 날을 세운 듯 예리하게 바뀌어 갔다. 시녀들은 맹주들과 그 기사들이 머물 방을 마련하느라 바지런히 굴면서도 노심초사했다. 그 눈에 띄지 않기를 바랐기 때문이다. 물론 "나는 그 기사님들 중 한 명만이라도 낚아서 시집갈 테야!"라고 말하는 시녀가 없지는 않았으나, 다들 저게 철이 없어 그렇다며 혀를 찼다.

마구간지기는 말들을 잘 먹였다. 덕분에 파라디는 털에 윤기가 줄줄 흘렀다. 왕의 기사 하나가 파라디를 보고 "저게 공주 말만 아니었으면 내가 탈 텐데, 히야……."라고 군침을 흘렸으나 파라디는 모른 척하다가 몰래 다가가 뒷발로 그 기사를 차 버렸다.

기사는 다리가 부러졌다.

문제는 그 기사가 왕을 대신해 결투 대회에 나갈 기사였다는 것이다. 성에 두 번째로 도착한 맹주와 식사를 하던 도중 그 소식을 전해 들은 왕은 대노했다.

"그 빌어먹을 말의 머리를 성문에 효수하여라!"

표면상으로 말의 주인인 말리는 식사를 채 마치지도 않은 맹주와 왕 앞에 불려 나가 무릎을 꿇고 빌어야 했다.

"송구하고 또 송구하여요. 파라디는 본디 어릴 적부터 저만 따르게 길러진 말인지라 그러합니다. 게다가 남자를 좋아하지 않아요. 왕의 기사를 감히 상하게 한 죄 달게 받으라 하고 싶으나 사람의 말을 모르는 짐승이온지라, 은혜를 베푸시기를 바랍니다."

왕 앞에서 무릎 꿇는 것은 익숙했으나 전혀 모르는 자가 식탁 앞에서 제가 비는 것을 관전하고 있는 모양새가 이상하게도 굴욕적이었다.

참 이상하지. 사람이 지푸라기 덮을 땐 거친 줄 몰라도 깃털 이불 덮을 때는 거친 줄 안다더니. 공주로 산 기간이 뭐 얼마나 된다고. 모르는 사람 앞에 무릎 꿇는 게 그리 어려운 일도 아닌데 유독 어렵게 느껴지네.

그런 생각을 하며 말리는 입에 걸리는 대로 아무 말이나 주워섬겼다.

용서해 주세요, 잘못했습니다. 제 말의 잘못은 저의 잘못이고, 그러니 이 레일라를 벌하세요. 그 말은 레일라와 자란 유일한 친구랍니다…….

그 말들이 효과가 있었는지, 식탁 앞에 있던 맹주가 입을 열었다.

"허허, 왕이시여. 그만하시지요. 어리석은 짐승이 무얼 알겠습니까. 왕의 기사가 그리된 것은 애석한 일이나, 기사가 출전하지 못한다 하여 왕의 명예가 흐려지는 것이 아님을 저희 모두가 압니다."

"아, 트로이. 내 아버지의 형제여. 그리 말씀하니 기쁘기 한량없소. 그러나 오랜 기간 나를 대신해 싸우려 준비한 기사의 노고는 무엇이 되는 것이오? 기껏해야 공주의 말 따위가 그 기사의 노력을 깡그리 없애버릴 줄이야."

트로이라고 불린 맹주는 새카만 수염을 기른 중년의 남자였다. 눈이 가늘고 작은 것이 비열해 보이는 인상이었다. 하지만 그 입에서 나오는 말은 왕보다도 더 인자하여 말리는 조금 안심했다.

"게다가 저리 아리따운 여인이 눈물로 읍소하니 옆에서 보는 내가 다 안타깝소이다. 왕의 여인 아닙니까. 진주알 같은 눈물을 떨구는 것이 참으로……."

말리는 조금 떨었다. 왕은 가면을 쓴 채 트로이를 바라보다가, 픽 웃었다.

"그렇군요. 그만하겠습니다."

"……감사합니다!"

그녀는 곧장 넙죽 엎드려 절했다. 왕은 턱을 괴고 그녀를 바라보다가 말을 던졌다.

"네가 분명 네 말의 잘못은 네 잘못이라 했으렷다."

엎드린 땅에 식은땀이 흘렀다. 이 빌어먹을 자식이 또 무슨 소리를 하려는 거지. 말리는 느리게 답했다.

"……예."

"좋다. 네 말을 베지 않으마. 하지만 네가 대신 벌을 받아야 할 것이다."

"벌이요?"

"싫으냐?"

뭔지 말을 해 줘야 싫은지 아닌지 알 것 아냐. 하지만 그녀는 파라디를 쓰다듬던 레일라의 표정을 알고 있었다. 그 시건방진 말이 마치 제 가족이라도 되는 듯한 따뜻한 표정 말이다. 그리하여 말리는 고개를 들고 답했다.

"아니요, 받겠습니다."

왕이 잔인하게 웃었다.

"그래. 너는 네 말의 죄를 대신하여, 누구든 대회에서 우승한 기사의 침대를 덥혀야 할 것이다."

말리는 제 귀를 의심했다.

방에 돌아올 때까지의 기억이 없었다. 그녀는 비척비척 걸어 제 방으로 돌아왔다. 왕에게 가는 말리를 따라간 것은 앤이었는데, 앤은 창백한 얼굴로 속삭였다. 트로이는 맹주들 중 가장 강력한 기사들을 거느리고 있으며, 벨담의 맹주로 남아 있을 이유가 없으나 여태까지 선왕과의 맹약 때문에 남아 있었노라고.

그런 트로이가 그녀에 대해 칭찬했으니 왕이 그 기회를 놓칠 리가 없었다. 말리는 낮게 웃었다. 앤이 그녀의 차가운 어깨를 주무르며 필사적으로 속삭였다.

"괜찮아요, 공주님. 괜찮으실 거예요."

뭐가 괜찮단 말인가. 말리는 왕이 그 말을 하고 나서의 식탁의 공기를 떠올렸다. 트로이는 잠시 입을 닫았다가, 와하하 큰 웃음을 지었다.

'왕의 여인을 우승하는 기사에게요?'

'그렇습니다. 뭐, 우승하는 기사의 주인일 수도 있겠지요.'

'이거 발칙한 상품 아닙니까.'

그렇게 말하면서도 트로이는 그녀를 슬쩍 곁눈질했다. 탐욕이라기보다는 지배욕에 가까운 눈길이었다. 말리는 그 눈빛을 다시 기억해 내고 몸을 떨었다. 차라리 자신이 탐나 그러는 거라면 그러려니 할 것이다. 하지만 그 맹주는 제 몸 같은 게 탐나는 것이 아니었다. 그건 그저 자신들끼리의 지위를 재확인하는 짐승들끼리의 행위였다.

벨담 왕이 세상에서 가장 무서운 줄로만 알았는데, 똑같은 자가 세상에는 또 있었다.

끝이라고는 없었다. 말리는 아득해졌다.

'제 기사들에게 지금이라도 일어나 마저 훈련하라고 해야겠군요.'

'여독이 아직 풀리지 않았을 테니 놔두시지요.'

징그러웠다. 그녀는 흐린 시선을 공기 중에 흘렸다. 눈에 제대로 들어오는 게 아무것도 없었다.

"난 죽을 거야……."

"아녜요, 공주님. 왜 그렇게 생각하세요."

앤은 그녀의 잠자리를 얼른 봐 주고 오늘은 일찍 주무시라며 인사하고 나갔다.

침대에 누운 말리의 귓가에 문밖에서 앤이 작게 다른 이에게 속삭이는 소리가 다 들렸다. '시녀장님 좀 불러 줘, 빨리. 도저히 안 되겠어. 나는…….' 아넷사가 그녀와 친해지고 싶어 안달 났다면, 앤은 언제고 제 근처에서 도망치고 싶어 안달인 시녀였다. 그러니 아마 시녀장을 부르는 것도 제 배치를 바꿔 달라 읍소하려는 것이리라.

뭐 앤의 예상이 틀린 것도 아니었다. 말리는 자신의 앞길을 뻔히 예상할 수 있었다. 대체로 사내들이라는 것은 제 물건을 남에게 빌려주지 않았다. 거기에는 여자도 포함된다. 자신보다 못한 사내에게는 물론이고, 자신보다 잘난 사내에게는 더더욱이다.

왕은 자신을 상품으로 내건 것이 아니라 아예 갖다 바친 것이었다. 그러니 맹주들이 떠난 후에는 어떻겠는가. 말리는 괴로워했다. 표면적이기는 하나 국혼으로 온 공주를 트로이가 데려갈 리도 없으니 벨담에 남아 그녀가 맞이할 끝도 좋지 않을 게 뻔했다.

분노가 차올랐다. 말리는 누워 침대보를 박박 긁었다. 파라디를 찾아가 분풀이라도 하고 싶었으나 그 기사의 일이 있은 후로 파라디는 작은 마구간에 갇혀 감시를 당하고 있다 했다. 지금 파라디를 찾아가 봐야 밖으로 끌고 나올 수도, 쥐어 잡을 수도 없었다.

답답했다.

레일라가 찾아온다 해도 그에게 어떤 말도 할 수 없을 것 같았다. 말리는 눈을 감았다.

'마말리야. 너 호강해 보고 싶지 않니.'

그렇게 자신에게 물었던 레일라의 얼굴을 손톱으로 긁어 버리고, 울부짖을 것만 같았기 때문이다. 호사와 금붙이로 가득한 삶이 이런 것일 줄 미리 알았더라면 절대로 그녀는 거기 응하지 않았을 것이다.

하지만, 말리는 그때 자신이 어떠했는지도 기억했다.

얼마 전까지만 해도 길가를 떠돌며 하녀 자리를 구하던 떠돌이 여자애가 왕비가 될 수 있는 것이라고 기뻐한 것은 자신이다. 물리지 않을 거냐고 물어본 것도 자신이며, 고작 뺨 한 대 올려붙이는 것으로 승낙한 것도 자신이다.

그러니 그녀는 차마 레일라에게 책임을 물을 수 없었다. 이제는 제 침대로도 올라오지 않고, 제 곁을 맴돌다가 최근에는 아예 그녀를 보면 외면하고 다른 일을 찾아 사라져 버리는 그 어깨 움츠린 남자를 생각한다면.

대체 왜 나를 이렇게 만들었냐 물어볼 대상은 그 남자가 아니었다.

그녀는 아주 오랜만에 제 어머니를 생각했다.

엄마. 나를 왜 멋대로 낳았어?

수많은 딸들이 괴로운 밤마다 되뇌는 말을 그녀 또한 되뇌며 잠에 들었다. 그 밤의 끝까지 레일라는 찾아오지 않았다.

벨담 성의 성벽에는 푸른 안찬꽃이 주렁주렁 매달렸다. 그 꽃들이 일제히 활짝 만개한 날, 왕은 아름답게 장식한 백마를 타고 성을 나섰다. 그 옆에는 말리가 있었다. 그녀의 갈색 머리카락에는 진주알이 알알이 장식되었으며 뺨에는 붉은 보석을 갈아 넣은 분이 발려 있었다. 파라디는 여전히 작은 마구간에 갇혀 있었기에 말리는 왕이 가진 말 중 가장 순한 암말을 탔다.

결투 대회는 성에서 조금 떨어진 들판에서 열렸다. 들판에는 이미 넓은 목책과 가제보가 세워져, 구경꾼들이 몰려 있었다. 그곳에서 가장 넓고 높은 가제보에 왕이 앉았다. 말리는 왕보다 훨씬 앞쪽에 앉았다. 모두가 이 결투 대회의 부상이 무엇인지 알고 있었고, 그리하여 그 자리의 모든 시선이 그녀에게로 몰렸다.

오만 시정잡배에게 희롱당했을 때보다, 수백 명이 저를 쳐다보는 위에 장식된 제 모습이 훨씬 치욕스러웠다. 왕은 그녀의 뒤쪽, 더 높은 곳에 앉아 우쭐거렸다.

"날이 좋구나."

왕은 가면이 아니라 베일을 썼다. 더운 날씨에는 그렇게 한다고 했다. 베일은 얇고 하늘거리는 천 여러 개가 겹쳐져 있었는데, 가면과 마찬가지로 그의 수염 난 턱밖에 보이지 않았다.

햇빛 아래에서 본 왕은 이질적이었다. 말리는 물끄러미 왕을 올려다봤다. 왕은 그녀를 힐끗 보고 픽 웃었다. 그뿐이었다.

"마실 것을 가져다드릴까요."

아넷사가 그녀에게 물었으나 말리는 고개를 저었다. 앤은 그날부로 배치가 바뀌었다. 성의 화훼부로 갔다 했다. 평소엔 게을러터져 생각이 없어 뵈던 나디아도 슬금슬금 그녀를 피하는 것이 아마 앤의 뒤를 따를 것 같았다. 아넷사는 남아 있기는 하였으나 이전과 명백하게 태도가 달랐다. 이전에는 그녀에게 입 안의 혀처럼 굴려 애썼다면, 지금은 제 할 일만 한다는 식이었다. 그러니 말리는 그녀에게 아무것도 부탁하고 싶지 않았다.

왕의 주변에 맹주들 다섯 명이 앉았다. 그 남자들의 시선이 제 뒤통수에 꽂히고 있다는 것을 보지 않아도 알 수 있었다.

뿌우—

나팔수가 시작을 알리는 뿔피리를 불었다. 목책이 열렸고, 기사들이 쏟아져 나왔다. 모두들 무거운 갑옷을 입고 우쭐대고 있었다. 말들 또한 무거운 투구를 썼는데, 말리는 저도 모르게 파라디에게 저 투구를 씌운다면 얼마나 불평해 댈지 상상하고 웃을 뻔했다.

아니…….

그 말썽꾸러기 말이 뭐가 좋다고 웃는단 말인가. 그녀는 얼굴을 굳혔다. 따지고 보면 그 말 때문에 이 사달이 난 것이다. 말의 주인도 사실 자신이 아닌데. 말리는 남자를 떠올렸다. 레일라를 본 지도 오래됐다. 정확히는 레일라의 얼굴을 본 지 오래됐다고 하는 것이 맞았다.

말리는 그날 이후 결투 대회가 열리기 전까지 왕의 방에 들어가지 못했다. 아마 왕도 말리가 울고불고 읍소할 것을 알고 있으니 그리했을 것이다. 하여 말리는 새벽에도 잠을 이루지 못했다.

그러니 레일라가 새벽에 깨어 그녀 몰래 기척 없이 나가곤 하는 것을 말리는 알고 있었다. 레일라는 긴 하루를 밖에서 보내며 잡일을 도왔다. 그 꼴이 보기 싫어 말리 또한 하루 내내 서재에서 시간을 보냈고, 두 사람은 제대로 마주치지도 못했다.

서재의 시종은 밤에는 그녀가 거기에 있는 것을 못마땅해했으므로, 말리는 어두워지면 별수 없이 몇 페이지 읽지도 못한 책을 덮고 제 방으로 돌아와 찬 침대 안으로 들어갔다. 그리고 새벽이 되면, 레일라가 유령처럼 들어온다.

레일라는 침대의 말리 옆에서 가만히 그녀를 내려다봤다. 그러고는 한숨을 내쉬고, 말리의 머리카락을 정돈해 준 후 이불을 어깨 위까지 덮어 주곤 했다. 자신을 보고 싶지도 않아 하는 남자치고는 눈물 나게 다정하여 말리는 자신이 깨 있다는 것을 티 내지 않으려 죽도록 노력했다.

보기 싫다기보다는, 볼 수 없음이리라.

말리는 레일라가 왜 그러는지 알 것 같았다. 그는 말리와 정을 통한 이후로 언제나 죄책감에 몸부림쳤으며 왕이 저를 채찍질한 날 이후로는 더했다. 게다가 파라디가 벌인 일로 발생한 결과를 전해 들었을 것이다. 그러니 레일라가 그녀를 볼 면목이 없는 것이야 당연했다.

말리는 레일라를 십분 이해했으나 마음은 그렇지 않았다. 폭풍이 그녀의 속에 소용돌이쳤다.

"……지만 왕께서는 첫 아이를 보셔야 하지 않습니까?"

그때 뒤에서 나누고 있는 대화가 그녀의 귀에 들렸다. 말리는 저도 모르게 어깨를 굳혔다. 맹주들이었다.

"그녀가 디온의 공주임을 압니다. 허나……."

"……니까. 그렇지만……는 아니니……."

꼴에 그녀에게 들리지 않게 하려는지 저들끼리 떠들고 있었다. 그녀는 힐끗 뒤를 쳐다봤다. 그때 마침 맹주와 이야기하던 왕의 얼굴이 말리 쪽을 향했다. 베일에 가려 왕의 시선은 볼 수 없었으나, 말리는 왕이 자신을 내려다보고 있음을 알 수 있었다. 이윽고 왕이 비웃음을 띠었다.

"……꼭 그 첫 아이가 한 여자의 배에서 나오리란 법은 없지요. 비록 저가 내 애를 낳겠다고 그리 애원한다 해도 말입니다."

말리는 이를 악물 뻔했다. 왕은 말리의 발악을 비웃고 있었다. 하지만 그렇다고 해서 말리가 손톱을 세우고 왕에게 달려들 수는 없는 법이다. 왕과 맹주들 근처에는 칼을 찬 기사들이 열 명은 서 있었다. 그녀는 왕의 얼굴에 손톱자국을 낸 대가로 목숨을 잃으리라.

죽기보다는 진창에 구르는 것이 나았다. 말리는 여전히 죽기 싫었다. 그녀는 아무것도 듣지 않은 척, 때마침 다른 것에 시선을 빼앗긴 척하며 천천히 고개를 돌렸다. 지금 왕이 보는 자신의 뒷모습은 어떠할까. 레일라처럼, 귀가 수치심에 새빨개져 있을까? 그녀는 궁금해하며 동시에 생각했다.

그래, 저 미친놈의 침대를 덥히는 것보다야 다른 놈의 침대를 덥히는 것이 나을 수도 있다. 어쩌면 그녀가 웃으면서 아양을 떨고, 살살 마음을 녹인다면 저를 품은 맹주 하나가 자신을 데려가겠노라 해 줄지도 모르지 않는가. 왕보다 강한 맹주들이라면…….

부질없는 상상이었다. 시녀 계집애보다 공주의 삶이 나을 거라 생각했지만 그녀는 이미 그렇지 않다는 것을 깨달았지 않은가. 맹주의 첩실은 뭐 대단히 나을 일인가.

말리는 울적한 마음으로 결투장을 바라보았다. 목책 안에서는 기가 막힌 개싸움이 벌어지고 있었다. 말들끼리 얽혀 뒤집힌 자들, 창을 세우고 달려드는 자들, 창을 놓쳐 검을 빼서 싸우는 자들……. 다쳐서 퇴장하는 자, 다친 자 대신 다시 난입한 자…….

이 자리에 벼락이 떨어져서 다 죽었으면 좋겠다.

말리는 그렇게 빌며 아득한 눈으로 앞을 바라보았다. 그리고 다음 순간 비명이 터져 나왔다.

"어이쿠!"

"저런!"

누군가가 엄청난 힘에 밀려 말에서 떨어진 것이다. 하필 중갑옷을 입은 자라 소리도 엄청났다. 와장창, 소리가 들렸다. 자연스레 모두의 시선이 그쪽으로 몰렸다. 투구를 눌러쓴 그의 상대는, 왕의 깃발을 등에 메고 있었다.

13

명예와 저주

　왕의 깃발을 멘 기사야 몇 있었기에 처음에는 크게 눈에 띄지 않았
다. 하지만 그 기사는 거기에 그치지 않고, 그 중갑옷을 입은 자 위로
말을 달렸다. 어이쿠, 하고 모두가 놀랐으나 말은 재빠르게 훌쩍 그자
를 뛰어넘었다. 다들 한숨 돌렸다.

　그 뒤로도 그 기사는 놀라운 재주로 말을 몰았다. 손에 든 창으로 다
른 기사를 쳐 낼 때, 말은 마치 주인의 뜻을 알고 있는 듯이 옆으로 달
리며 곡예에 가깝게 돌아섰다. 점차 사람들의 시선이 그 기사에게로 모
였다.

　"……누구냐?"

　왕이 흥미로워하며 기사단장을 불러 물었다. 기사단장은 고개를 갸
웃했다.

　"글쎄요. 오늘 결투 대회에 나온 자들은 제가 다 알고 있습니다만,

투구를 써서 누군지 잘……."

"그렇군."

그러면서도 왕은 흡족해했다. 어차피 제 깃발을 단 자라면 누구라도 제 수하이기 때문이다. 이 결투 대회가 끝나면 누구인지 알게 되겠지, 하며 그는 다시 턱을 괴었다. 그 기사는 이제 다른 맹주의 기사들을 압도하고 있었다.

"에잇!"

누군가가 창대 옆으로 그 말의 엉덩이를 쳤다. 말이 화들짝 놀라 펄쩍 뛰었다. "으악!" 말의 등에서 기사가 떨어졌고, 관중들이 탄식했다. 누가 봐도 말을 모는 재주가 탁월한 자를 비겁한 수로 땅에 떨어트린 것이다. 우우우우. 누군가가 야유했다. 하지만 기사들은 상관하지 않았다.

바닥에 떨어진 기사는 창을 내던지고 빠르게 검을 뽑아 들었다. 누군가가 말을 타고 창을 겨눈 후 쇄도했다. 콰, 하고 어마무시한 소리가 났으나 놀랍게도 기사는 말이 지나간 후에도 서 있었다. 오히려 균형을 잃어 말에서 떨어진 건 상대 기사였다.

모두들 손에 땀을 쥐고 그 경기를 봤다. 땅에 떨어진 다른 기사들도 이 대회에서 가장 강한 자가 누구인지 대충 눈치챈 모양이었다. 다들 슬슬 검을 들고 그에게 덤벼들었다. 하지만 그는 놀라운 기술로 상대들을 차례차례 흘려 넘겼다. 때로는 제풀에 자빠지는 기사도 있었다. 관중들이 와하하, 웃었다.

"벨담의 왕께서 아주 기술이 좋은 자를 데리고 계십니다."

트로이가 이를 악물고 말했다. 방금 그 기사가 걷어찬 후 칼로 갑옷 틈새를 찔러 넣어 탈락하게 된 자가 트로이의 기사였기 때문이다. 아주 노골적으로 기분이 좋아진 벨담 왕이 껄껄 웃었다.

"내 기사들은 평소 겸손하여 이렇게 나를 깜짝깜짝 놀라게 하지요!"

재미있는 것은 그 기사의 말이었다. 보통 한 번 주인을 떨구면 놀라 목책 쪽으로 달아나는 것이 말이었으나, 그 기사가 탄 말은 마치 다시 주인을 태울 기회만 노리는 듯 호시탐탐 주변을 기웃대고 있었다. 그리고 땅에 서 있는 마지막 한 기사까지 검으로 처리한 그는, 말에게 손짓했다. 말이 다가닥다가닥 소리를 내며 기사 옆으로 다가갔고, 기사는 그 말에 올라탔다. 그러고는 옆에 세워 둔 창을 뽑아 세웠다. 관중들은 숨을 삼켰다. 이제 몇 안 되는 창기사들만 결투 대회장에 남았다.

파창! 쾅! 갑옷과 창이 부딪히는 소리가 났다. 두 명의 기사들이 그 기사에게 맞아 떨어지거나 쓰러졌다. 한 명은 떨어지다가 다리가 부러져 실려 나갔고, 한 명은 창이 구부러져 싸울 수 없다며 기권을 선언하고 투구를 벗고 나갔다. 이제 마지막 남은 건, 트로이의 기사 중 가장 강한 자였다. 검은 갑옷을 입고 이쪽을 내내 주시하고 있던 그는 창을 들어 왕의 기사를 가리켰다. 왕의 기사는 제 창을 마주 들려다가 멈칫했다. 연이어 기사들과 부딪힌 그의 창 또한 구부러져 있었기 때문이다. 기사는 고민하는 듯하다가 창을 바닥에 버렸다.

"안 돼……!"

말리는 저도 모르게 작게 탄식했다. 왕이 껄껄 웃었다.

"내 귀여운 계집이 뭘 모르는구나. 기사가 적을 앞에 두고 창을 버린다 해도 또 싸우는 법이 있기 마련이다."

말리는 왕을 돌아봤다. 왕은 대단히 만족한 웃음을 띠고 턱을 괴고 있었다. 베일 아래로 희미하게 얼굴이 엿보였다. 그녀는 다시 팩 고개를 돌렸다. 기사는 이제 검을 빼 들고 있었다. 하지만 상대방은 창기사.

비거리 자체가 다르다. 두 사람은 서로 마주 보며 뱅글뱅글 결투장을 맴돌다가, 천천히 간격을 좁히고 있었다.

이윽고, 두 사람이 서로를 향해 말을 달렸다. 다각다각다각, 숨차는 소리가 들렸으며 검은 기사는 창을 내질렀다. 그 순간 놀랍게도 말이 방향을 확 비틀었다. 일자로만 달리는 말이 어떻게 저리 민첩한 놀림을 냈는지 모두가 제 눈을 의심했다. 당연하게도 검은 기사의 창은 빗나갔다. 기기기긱. 듣기 싫은 소리를 내며 왕의 깃발을 단 기사의 갑옷 한쪽이 처참하게 긁혀 나갔다. 갑옷이 쪼개지는 소리가 들렸다. 하지만 그는 거기서 끝내지 않았다. 창의 무게 때문에 계속 앞으로 전진하던 기사를 쫓아…….

쾅, 소리가 났다. 그가 검째로 기사의 옆구리를 때려 아래로 떨어트린 것이다.

"와아아아!"

엄청난 함성이 났다. 승자가 가려진 것이다. 기사는 검을 든 손을 번쩍 치켜들어 함성에 화답했다. 관중의 함성이 더 커졌다. 왕 또한 벌떡 일어났다.

"우승자를 내 앞으로 데려오라!"

말리는 벌떡벌떡 뛰는 가슴을 진정시키기 위해 무진 애를 썼다. 우승 상품이 기사의 주인과 하룻밤을 보내는 것은 자명한 바였다. 그러니 그녀는 아무나의 품에 안기지 않아도 되게 생겼다. 하지만 그럼에도 불구하고 말리의 가슴은 좀처럼 가라앉지 않았다. 왕은 잔뜩 흥분한 상태로 소리를 질렀다.

"나의 기사들 중 이렇게 출중한 자가 있었다니! 내 상을 내리겠다!"

벨담, 벨담, 벨담……. 관중과 더불어 왕의 기사들이 벨담의 국명을 연호했다. 심판이 뛰어가 기사에게 "공의 이름이 무엇입니까?" 하고 물었으나 기사는 손을 내저었다. 그리고 바닥에 꽂혀 있는 아무 창이나 주웠다. 우승의 영광을 안은 기사들이 왕 앞에서 직접 투구를 벗고 이름을 밝히는 것은 흔한 일이었기에 심판은 다시 물러났다. 기사는 말을 타고 천천히 왕이 서 있는 가제보 앞으로 다가갔다. 왕은 높은 단상 위에 서 있었기에, 왕과 기사의 눈높이가 적당히 맞았다. 기사가 단상 바로 앞까지 다가갔을 때 왕은 기쁘게 큰 소리로 말했다.

"그대의 이름은 무엇인가?"

"저의 이름은 미천하여 왕께서 아실 만한 것이 못 됩니다."

"무슨 소린가! 그대가 내게 이렇게 기쁨을 안겨 주었는데!"

기사는 투구 밑으로 빙그레 웃었다.

"제 이름은 이미 저의 것이 아닙니다."

"그럼 누구의 것이냐? 나의 것이냐?"

"왕의 것이기도 하지요."

기사가 왕에게 답했다. 마치 오래된 서사시의 한 장면 같은 문답이었고, 왕은 맹주들 앞에서 이런 장면을 연출할 수 있다는 것이 기뻐 못 견디겠는 모양이었다.

"좋다, 나의 기사여. 그대가 원하는 것이라면 뭐든지 상을 내리겠다!"

"제가 원하는 것이요."

"그래! 무엇이든 말해 보거라!"

말리가 초조하게 기사와 왕을 번갈아 보았다. 왕은 그런 말리를 힐끗 보더니 덧붙였다.

"물론 예정된 우승 상품을 원한다면 네게 줄 수도 있다."

"……그런 것은 제게 큰 의미가 없습니다, 왕이시여."

"나의 결백하고 훌륭한 기사에게 그러면 내가 무엇을 내려야 한단 말인가?"

"감히 청해도 되겠습니까?"

"물론이지!"

기사는 턱을 살짝 당겨 왕을 쳐다봤다. 그 입가에는 여전히 미소가 있었으며 눈은 투구에 가려져 보이지 않았다. 그러니 왕은 기사가 어떤 것을 원할지 정녕 알 수 없었다. 기사는 창을 든 손을 들어 올렸다. 그리고, 그 끝이 왕의 베일 안쪽에 걸쳐져 닿았다.

삽시간에 분위기가 바뀌었다.

"무엄하다!"

물론이지, 하고 손을 들었던 왕은 그대로 굳었으며 왕의 근처에 있던 여덟 명의 기사들이 삽시간에 달려들어 검을 기사에게 겨누었다. 하지만 안타깝게도 그 기사들은 단상 위에 있었고, 창을 든 기사는 여전히 결투장 안에 있었다. 그러니 어느 하나 기사에게 위협되는 것이 없었다. 기사는 웃음 띤 채 말했다.

"내 이름을 가진 왕이시여."

"……이 고얀 놈이! 이것 치우지 못하겠느냐!"

차마 창을 쳐 냈다가 왕의 베일이 함께 날아갈까 봐, 그 자리의 어떤 기사도 섣불리 창을 건드리지 못했다. 헐레벌떡 목책 뒤에서 다쳤던 기사들이 부랴부랴 결투장으로 들어오려고 난리를 치는 것이 보였다. 그러나 창을 든 기사는 그쪽은 쳐다보지도 않고 제 망토처럼 걸쳤던 깃발을 한쪽 손으로 어깨에서 뜯어냈다. 그리고 깃발을 바닥에 버렸다.

"감히 바라옵건대, 저는 오늘 일생일대의 용기를 내어 이 자리에 있으니."

"네 이놈, 이런 무례를 저지르고도 살아 나갈 줄 아느냐!"

"왕께서 명예를 아시기를 바랍니다."

펄럭.

창끝은 더 이상 올라가지 않고 가볍게 베일을 빠져나갔다. 아래쪽에 있던 말리는 넋을 놓고 그 창끝이 머무른 곳을 바라보다가, 뒤늦게 기사 쪽으로 시선을 던졌다. 하지만 때는 이미 늦어, 기사는 유유히 말을 타고 결투장을 빠져나가고 있었다. "막아라!" 왕이 외쳤으나 그가 말을 다루는 솜씨는 귀신같았고, 말은 훌쩍 목책을 뛰어넘었다. 다각다각 다 각다각…… 말과 기사는 순식간에 숲으로 사라졌다.

바닥에는 사정없이 말편자에 짓밟힌 왕의 깃발만 남았다.

왕은 모욕감에 파르르 떨다가, 모든 기사들에게 그자를 쫓으라 명했다. 그날 왕의 기사들은 밤을 새워 근방을 뒤졌으나 아무도 그자를 찾지 못했다.

※
※※
※

왕이 받은 저주를 알면서도 그의 베일을 걷으려 든 의문의 기사에 대한 추측이 난무했다. 그 자리에 있는 자들을 다 죽이려는 속셈이었는지, 아니면 단순히 왕을 욕보일 속셈이었는지 온갖 추측이 난무했다.

왕이 붉으락푸르락 화가 나 있으니 맹주들이라고 거기 있기 편할 리가 없었다. 결투 대회 직후의 연회는 취소되었고 맹주들은 빠르게 벨담 성을 떠났다.

왕은 맹주들의 기사 중 하나가 제 기사로 변장했다고 생각하는 것 같았다. 맹주들이 떠나는 것을 무슨 일이 있어도 막고 싶어 했기 때문이다. 하지만 그럴 수 없었다.

맹주들 중 트로이가 가장 먼저 짐을 꾸렸다. 그는 자신을 만류하는 왕에게 차갑게 말했다.

"나는 부왕과의 맹약을 지키는 사람이오. 폐하의 베일 안쪽에는 관심이 없소. 폐하의 명예에 관심을 둘 만한 자라면 왕의 적이 아니겠소이까."

맹주들은 트로이를 필두로 하나둘씩 떠났다. 왕은 갈길이 날뛰며 주변의 시종들을 채찍질했다. 기사들이 며칠씩이나 그자를 찾지 못하는 데에 대한 분풀이였다. 성의 모두가 살얼음판을 밟고 있는 듯했다.

기사들은 사흘 밤 사흘 낮 동안 성 주변을 찾았고, 다른 결론을 냈다.

"아무래도 그자가 벨담 수도를 벗어난 듯하니 먼 곳을 찾아보겠습니다."

기사단장은 왕 앞에 허리를 수그리며 말했다. 기사단장 또한 왕에게 가장 집요하게 시달린 이였다. 기사들을 전수 조사 해라, 어찌하여 시정잡배가 왕의 기사들이나 입는 갑옷을 입었단 말이냐, 왕의 깃발은 어디서 났으며…… 그 모든 의혹의 필두는 바로 기사단장이었다. 왕은 기사단장에게 네가 협조한 것 아니냐며 의심의 눈초리를 거두지 않았다.

"먼 곳에 있다는 건 어찌 안단 말이냐?"

"그자의 인상착의를 확보했습니다."

범인은 다리가 부러져 출전이 정지된 기사의 갑옷을 훔쳐 입었다. 기사단 창고 안에 보관돼 있는 그 갑옷은 기사들이나 거기 드나드는 종

300

자가 아니면 찾아 입기 어렵다. 홀로 입기 힘든 점도 한몫하여 공범을 찾는 데 주목하였으나, 곧 다른 증언이 나왔다. 한 시종이 그 범인의 갑옷을 직접 꿰어 입혀 주었다는 것이다.

"새벽에 어떤 나으리께서 부르시어……. 그 갑옷을 입는 걸 도와드렸습니다요. 결투 대회 전에 장비를 점검하러 오셨다고……."

시종은 연신 허리를 숙였다. 왕의 기사들은 난폭했고, 시종들은 언제나 기사들의 눈치를 보았으므로 익숙하지 않은 일이었지만 그 기사를 도왔다고 했다.

"왕의 기사들은 그 인원이 적다! 고작 스무 명에 불과한데 그중 본 적 없는 얼굴인데도 그리하였단 말이냐!"

기사단장의 불호령에 시종은 오금이 저려 풀썩 주저앉았다. 연신 살려 달라는 말만 반복하던 시종은 몇 번 더 혼쭐이 난 후에야 더듬더듬 말을 이었다.

"아랫것들을 부리는 말투가 아주 익숙한 자였습니다요. 당연한 듯이 저를 불러 이것저것 시키기에 그만……."

시종은 당연한 소리를 한다고 다시 혼쭐이 났다. 검과 말을 그 정도로 다룰 줄 아는 자가 지배 계급이 아닐 수가 있겠는가. 결국 왕은 그 시종의 다리를 자르라고 명했다. 시종이 비명을 지르며 끌려 나갔다. 기사단장은 다시 왕의 앞에 무릎 꿇었다.

"멀리 가지는 못하였을 것입니다."

"사흘 주겠다."

왕은 싸늘하게 기사단장을 노려봤다.

"사흘 안에 그놈을 찾아오지 못하면 기사단장 네놈의 목도 달아날 것이야. 너희 놈들도 마찬가지다."

기사단장을 비롯한 기사들이 고개를 숙였다. 곧이어 다리가 부러져 출정하지 못한 기사가 끌려왔다. 기사들 앞에서 왕은 그자의 팔을 으스러뜨렸다.

"제 몸 하나 제대로 관리하지 못해 이 사달을 낸 놈은 영원히 칼질을 하지 못하게 하고 비렁뱅이로 살아가게 하는 것이 맞다!"

쓸데없이 잔인한 손속에 기사들이 눈을 희번덕거렸다. 하지만 그 자리에서 누구도 왕에게 이의를 제기하지 못했다.

기사들은 빠르게 성문을 빠져나갔다.

❈
❈
❈

동서남북으로 기사들이 편을 나누어 갈라져 나가는 것을, 말리는 성 위에서 바라봤다.

"바람이 찹니다."

그녀의 등 뒤에서 누군가가 다가와 숄을 걸쳐 주었다. 말리는 뒤를 돌아봤다. 와 서 있는 건 긴 머리카락을 아름답게 땋아서 어깨로 내린 자신의 시녀였다. 여전히 핼쑥한 안색. 말리는 잠시 숄을 붙든 채 시녀의 새파란 눈을 올려다봤다.

"왜 그러시나요?"

"……아니에요."

말리는 별말 하지 않고 돌아섰다. 레일라는 조용히 그녀를 따랐다. 타박, 타박, 타박. 성안의 돌바닥을 걷는 소리가 울렸다. 하나는 말리의 발걸음, 하나는 레일라의 발걸음.

말리는 그대로 성의 복도 중 가장 화려한 곳을 지났다. 처참한 일 때문에 다들 숨을 죽이고 몸을 사리는 참이었다.

화려한 복도에는, 벨담 선왕과 선왕비의 초상화가 걸려 있었다. 생면부지, 단 한 번도 본 적이 없지만 초상화만큼은 하도 지나다니며 보아서 그런지 익숙했다. 말리는 그 초상화를 올려다봤다. 선남선녀였다. 높으신 분들의 초상화가 으레 그렇듯이.

그녀는 다시 고개를 돌려 앞을 바라봤다. 그리고 자신의 방으로 돌아갈 때까지 단 한 번도 레일라를 돌아보지 않았다. 그리고 레일라가 자신을 따라 들어오기 전, 돌아서서 제 방 문을 닫았다.

레일라는 문을 두들기지도, 그녀를 따라 들어오려 하지도 않았다. 말리는 레일라의 방에서 제 방으로 통하는 문도 걸어 잠근 후 침대 위에 드러누웠다. 아무도 그녀의 방에 없었다. 아넷사도, 나디아도.

그날 저녁과 다음 날 새벽 사이 소식 두 개가 전해졌다. 하나는 팔이 부러진 기사가 목을 맸다는 이야기였다. 누가 도와주어 목을 맬 수 있었는지 다들 수군거리면서도 궁금해했으나, 다음 날 아침 저절로 밝혀졌다. 알렉시스였다. 검은 머리카락을 유령처럼 늘어트리고, 그 기사가 목맨 자리에서 스스로 목을 맸다.

성이 뒤숭숭해졌다.

시녀들 사이에 알렉시스란 여자가 그 기사와 종종 만나는 것을 보았다느니, 그녀를 따라다니던 호위 기사가 바로 그 사람이었다느니 하는 소문이 돌았다. 그 둘이 어떤 사이인지 아무도 제대로 알지 못했으나 죽음만이 그들의 사이를 규명해 주었다.

왕은 길길이 날뛰었다. 알렉시스의 시체를 갈기갈기 찢어 개들의 밥으로 내주라는 명이 떨어졌다. 그 끔찍한 명령을 수행하는 것은 보통 기사들이었으나, 기사들은 지금 모두 왕의 명령 때문에 성 밖으로 나가 있었다. 그리하여 정원사와 마구간지기, 종자 몇이 눈을 질끈 감고 수레를 밀어 뒤뜰로 나갔다.

결국 말리는 제가 갖고 있던 금화 두 닢을 집어서 아넷사에게 쥐여보냈다. 알렉시스의 시체를 사다 묻어 주라는 말에 아넷사가 이마를 찌푸렸으나 그녀는 곧장 뛰어나가 시종들에게 금화를 건넸다. 시종들은 왕이 알렉시스의 시체를 확인할 것을 걱정했으나, 동시에 왕이 그럴 리 없다는 것도 알고 있었다. 왕은 자신이 잔인하고 난폭하게 구는 행위로써 군림하는 작자였다. 개에게 시체를 던져 주는 것이 중요할 뿐, 그 뒤를 확인하지 않을 게 뻔했다. 왕의 사냥개들은 소고기로 포식할 수 있었다.

왕은 종일 난폭하게 굴었다. 해가 질 때쯤 되자 아넷사가 걱정 어린 눈으로 그녀를 한 번 바라보고 방을 나갔다. 말리는 오늘 밤이 제 차례임을 직감했다. 끔찍했으나 별수 없었다. 그녀는 창문을 열었다. 가슴이 답답해 도망치고 싶었다.

"얘, 얘!"

누군가가 그녀를 숨죽여 불렀다. 말리는 아래쪽을 내려다보았다가 눈이 커졌다. 파라디였다. 마구간에 갇혀 있어야 할 파라디가 왜 제 창문 밑에 있는지 모를 일이었다. 그녀는 주변을 둘러보다가 황급히 물었다.

"너 여기서 뭐 해!"

"시간이 없단다, 계집애야. 나는 지금부터 여기를 나갈 거야."

"……뭐라고?"

말리가 되묻거나 말거나 파라디는 고개를 푸르릉 흔들며 웃었다.

"나는 레일라의 소원을 들어주었어! 나는 이제 해가 지기 전에 성을 떠날 거란다! 마지막으로 인사를 하러 왔어!"

"너……."

말리가 입을 벌렸다 닫았다. 파라디는 깡충깡충 토끼처럼 뛰었다. 모둠발로 뛰는 말이라니. 하지만 그 어이없고 희한한 광경에도 불구하고 말리는 웃을 수 없었다. 파라디는 주변을 살펴보다가 다시 속삭였다.

"너도 그 애도 여길 떠나지 못하니 별수 있겠니? 나 혼자라도 떠나는 수밖에! 그래도 미운 정도 정이라고 인사는 해야겠더라!"

"그럼 그게 네가 맞았구나."

다급하고 작게 속삭인 그 말에 파라디가 고개를 치켜들고 이를 드러냈다. 사람이 아님에도 불구하고 마치 사람처럼 우쭐하게 웃는 모양새였다.

"그렇게 멋지고 대단한 말이 나 말고 또 있다니?"

사람의 생각을 읽는 듯하던 그 말이 파라디임을 말리는 그때 바로 알아봤다. 그러리라고는 생각했으나 정말임을 확인하니 숨이 턱 막혔다.

"그럼……."

"아, 불쌍한 딸아."

말은 콧김을 뿜으며 그녀를 올려다봤다.

"너희들 둘이 파멸로 걸어 들어가는 꼴을 구경하는 취미는 없어서 말야. 하지만 정말로 희한한 일이지. 원하던 것 하나 없는 애가 기껏 원한 게 그딴 거라니."

"파라디!"

말리는 다시 몸을 내밀며 작게 외쳤다. 저 말하는 말의 말을 그녀는 이미 이해하고 있었으나, 도저히 믿고 싶지 않았기 때문이다. 하지만 파라디는 말리가 제 말을 이해하든가 말든가 상관없어 보였다.

"하지만 계집애야, 의리가 있으니까 하나 알려 줄게."

말은 우쭐거렸다. 여전히 누가 올까 노심초사하며 말을 쳐다보던 말리가 자신이 내려가겠다고 손짓했으나 파라디는 아랑곳하지 않고 말을 이었다.

"뻔뻔하게 살아, 계집애야. 제발 좀."

"……."

"너도, 레일라 그 애도 말야. 어쩜 가장 뻔뻔하게 굴어도 제 몫 겨우 찾아 먹을까 말까 한 애들이 이렇게 멍청하게 굴까."

저 커다란 말이 어떻게 들키지 않고 제 방 창문 아래까지 왔는지 모를 일이었다. 말리는 주변을 살피면서 나직하게 물었다.

"……파라디, 네 말은."

그때였다. 바스락, 소리가 들렸다. 아주 작은 소리였으나 말리와 파라디, 둘 다 움찔하기에는 충분했다. 더 기민하게 움직인 것은 파라디였다.

"앗, 누가 온다! 안녕!"

말이 빠르게 뒷걸음질치다가 아내 몸을 돌렸다.

말리는 곧 정원사도 마구간지기도, 뜰을 지키는 종자들도 지금 알렉시스의 시체 때문에 들판에 나가 있다는 것을 상기했다. 말이 아무도 없는 성 안뜰에서 겅중겅중 뛰어나갔다. 노을 지는 하늘을 배경으로 성 안뜰을 질주하는 모습이 어찌나 우스꽝스러운지 어이가 없었다.

"에구머니나! 뭐야!"

성 안쪽에서 빨랫감을 안고 걸어 나오던 시녀 하나가 기겁해 빨래를 던지고 주저앉았다. 노을 때문에 잘 보이지 않았으나, 익숙한 목소리를 들으니 앤이 분명했다. 이히히힝! 말이 길게 울며 다그닥 다그닥 발걸음을 빠르게 놀리다가, 이내 달리기 시작했다. 종자들이 열어 놓은 성문 저편으로 말이 사라질 때까지, 말리는 허리를 꺾으며 웃었다.

마지막까지 참으로 대단한 말이었다. 그녀는 눈물까지 흐르려는 것을 닦아 내며 창문을 등지고 웃어 댔다. 하루 동안 시체가 둘이나 실려 나간 성에서 그 같은 큰 웃음은 참으로 생소한 것이었다. 사람들이 지나가다가 그녀의 창문을 기웃거려도 말리는 아랑곳하지 않았다.

"공주님, 저어…… 세신을 도와드릴까요?"

아넷사가 조심스럽게 그녀의 방 문을 밀고 들어왔다. 말리는 그제야 웃음을 그치고 허리를 곧게 폈다. 웃고 나면 덜 무서울 줄 알았건만, 그렇지는 않았다. 다만 위안은 되었다.

그 거지 같은 말은 어쨌든 끝까지 그녀를 웃겼다. 그거면 됐다.

말리는 깨끗이 씻고 향유를 바른 채 왕의 방 문 앞에 섰다. 레일라가 뒤에 있었다. 그녀는 레일라를 돌아봤다. 언제나와 같이 고요한 푸른 눈이 그녀를 직시하고 있었다. 말리는 나직하게 속삭였다.

"오늘은 나를 기다리지 마세요."

눈이 조금 커졌다. 그 입술이 뭐라 달싹이는 것을 기다리지 않고, 말리는 방문 안으로 들어갔다.

문이 닫혔다.

역시나 왕은 말리에게 화풀이를 했다. 말리는 이전과 달리 어떤 아양도 떨지 않았다. 그게 왕의 화를 더 돋운 듯했다. 말리는 무섭게 맞앗고, 목을 졸렸다. 겨우 풀려난 이후 구역질을 하자 왕은 그녀를 발로 걷어찼다. 말리는 걷어차여 기침하다가, 다시 구역질했다. 왕이 씨근댔다.

"역겨우냐?"

"……."

보통 때였다면 말리는 왕에게 아니라고 빌거나 애교를 부렸을 것이다. 하지만 그녀는 대답 대신 입 안에 도는 침을 겨우 삼켰다. 침묵하는 말리를 보고 왕은 다시 발길질했다. 말리는 몸을 웅크리다가 입을 열었다.

"그것이 아니오라."

"아니면, 뭐!"

"폐하."

말리는 바닥에 널브러진 채로 왕을 올려다봤다. 왕은 가면 아래로 이를 빠득빠득 갈고 있었다.

"이년이나 저년이나 사람 우습게 보고……."

말리는 천천히 일어났다. 눈앞이 맑아지는 기분이었다. 제가 입은 드레스 자락 아래에서 말리는 천천히 천 조각을 꺼냈다. 왕은 그녀를 여전히 내려다보고 있었다. 가면 때문에 그 뒤의 표정은 잘 보이지 않았으나, 말리는 왕이 그 천을 보고 흠칫했다는 것을 알아차렸다.

"이게 무엇인지 아십니까."

"뭐냐, 그게?"

핏자국이 밴 천 쪼가리였다. 이도 저도 아닌, 앞치마를 쭉 찢어 냈을 뿐인 천 쪼가리. 하지만 말리의 말은 의미심장했고, 그녀는 왕으로 하여금 그게 뭐라도 되는 양 유심히 그녀의 손을 쳐다보게 만들었다. 말

리는 천천히 일어나 왕에게 다가갔다. 자신보다 머리통 하나는 큰 왕
은, 그녀의 손안에 들린 천 쪼가리만 보고 있었다. 말리가 목소리를 낮
추었다.

"폐하, 그동안 저를 불러 주시지 않아 말 못 했지만 드리고 싶은 말
씀이 있답니다."

"고하라."

"제가 그 결투 대회 날 무엇을 보았는지 아십니까?"

"……아는 게 있느냐?"

목소리를 낮춘 말리 때문에 왕까지 더러 긴장한 기색이 역력했다.
말리는 왕의 바로 앞까지 다가갔다. 그녀는 주변을 둘러보다가, 왕에게
속삭였다.

"폐하, 귀를 좀 빌려주시겠어요?"

왕은 머뭇거리다가 그녀에게 귀를 가져다 댔다. 말리는 귓속말하듯
이 그의 귓가로 손을 가져갔다. 눈앞에는 다른 손으로 핏자국이 밴 천
쪼가리를 흔들며.

"실은 말입니다…… 제가 그날,"

말리가 길바닥에서 뒹굴며 익힌 것은 제 치마를 들추는 사내들에게
못 이기는 척 눈웃음치는 것 말고도 많았다. 그녀가 가장 잘하는 건, 치
마를 걷어 주고 그 안으로 기어들어 간 사내들의 전대를 풀어 젖히는
것이었다. 산전수전 다 겪은 도둑놈들도 제 사타구니 사정이 급할 때는
돈이 어디로 사라지는지도 몰랐다. 그러니, 말리에게 벨담 왕의 가면
끈을 푸는 것 정도는.

"폐하의 맨얼굴을 보았답니다."

쨍강.

"이 미친년이!"

아주 쉬운 일이었다.

퍽, 소리와 함께 말리는 뒤로 나동그라졌다. 어찌나 세게 밀렸는지 머리를 돌바닥에 쫗을 정도였다. 하지만 말리는 보았다. 황금으로 된 가면이 바닥에 떨어지고, 머리카락 사이에서 흔들리는 눈과, 이마와, 그 얼굴 모두를.

"보지 마! 이 미친년, 내가 너를……. 어딨어!"

왕은 얼굴을 손으로 가리며 바로 주저앉았다. 그러고는 한쪽 손으로 미친 듯이 바닥을 더듬었다. 하지만 말리가 더 빨랐다. 그녀는 머리의 충격에도 아랑곳하지 않고 눈을 부릅뜨고 다시 발딱 일어나 그의 바로 앞에 떨어진 가면을 걷어찼다. 땡그랑, 때구루루……. 돌바닥 위로 황금 가면이 굴렀다. 왕이 비명 질렀다.

"너를 죽일 것이다!"

"안 죽네."

왕이 굳었다. 말리는 가면 쪽으로 엉금엉금 기듯이 가던 왕의 앞으로 돌아가 섰다. 왕이 얼굴을 가린 채, 손가락 사이로 그녀를 올려다봤다. 말리는 코웃음 쳤다.

"안 죽는구나."

그날, 결투 대회에서 창으로 걷힌 베일 안의 얼굴을, 왕보다 아래에 서 있던 말리는 똑똑히 보았다. 왕은 방심했으며 때문에 자신보다 낮은 곳에 서 있는 자가 제 얼굴을 보았으리라고는 생각지도 못한 것이었다. 하지만 말리는 그 안을 들여다보았다.

지극히 평범하고도…….

보잘것없이 못생긴 얼굴이었다.

"그날 당신의 얼굴을 보았을 때, 죽지 않는 당신과 나를 보고 알았지요. 아, 거짓말이구나."

말리가 입술을 말아 올리며 한껏 비웃었다. 왕이 흠칫하다가 소리를 질렀다.

"……네년이! 그 기사 놈이 네년의 사주를 받았구나!"

왕이 그녀에게 달려들었으나 말리는 재빠르게 몸을 뺐다. 그러고는 침대가로 뛰어가 설렁줄을 잡았다.

"거기서 한 발자국만 더 오면 설렁줄을 당겨 버릴 거야."

"……이,"

왕이 이를 갈았다. 말리는 흐, 하고 웃었다.

"얼굴은 그만 가리지 그래. 그 잘난 얼굴에 뭐 볼 것 있다고."

그녀의 말에도 왕은 제 얼굴을 가린 손을 내리지 않았다. 말리는 왕이 왜 저러는지 알 수 없었으나, 한 가지는 짐작할 만했다. 가면 속의 얼굴은 손바닥으로 채 가리지 못할 만큼 못생겼다. 말리는 저런 얼굴을 길가의 광대에게서 본 적이 있었다. 그는 못생긴 얼굴로 눈길을 끌고, 말재주로 손님들을 붙잡아 두었다. 사람들은 그를 보고 못생겼다 기함하다가도 웃으며 박수 치고 돈을 던졌다.

왕의 얼굴은 그와는 분명 달랐으나 광대에 비견할 만했다. 눈은 날카로웠으나 조화가 맞지 않았으며 콧날이 오뚝한 가면 아래의 코는 당황스러울 만큼 흔적이 없었다. 항상 드러나 있는 입술은 얇고 붉었으나 턱을 제외하고는 오랫동안 통풍이 되지 않는 가면을 쓰고 살아 얼굴이 울긋불긋했다. 몇 군데에는 고름이 찼다.

"네 이년……."

왕이 이를 갈았다. 그러나 그와 반대로 말리의 입가에서는 웃음이 비어져 나왔다. 그녀는 제가 설렁줄을 잡았을 때, 그가 자신을 죽일지 아닐지 확신할 수 없었다. 목숨을 걸고 도박을 했으나 말리의 생각은 들어맞았다. 그는 자신의 얼굴을 남들이 보는 것을 두려워한다.

"그깟 얼굴 남들이 보아 봤자 죽지 않는다는 건 이미 알았지. 그러면 뭐가 문젤까."

"입 닥쳐라."

그렇게 으르렁거리면서도 왕은 자신의 소리가 커질까 두려워했다. 그가 큰 소리를 내면 시종들이 뛰어 들어올까 봐서였다. 왕은 그녀를 힐끔거리면서 가면 쪽으로 몸을 옮겼다. 말리는 빙그레 웃으며 설렁줄을 살짝 흔들었다. 당겨지지는 않았으나 출렁거리는 설렁줄은 왕을 위협하기 충분했다. 왕이 움찔거리다가 입을 열었다.

"원하는 게 무엇인지 말하라."

"……어머나."

말리는 웃지도 못했다. 입에서 숨 빠져나가는 소리가 났으나 그것은 비웃음까지 가 닿지는 않는, 맥이 빠지는 종류의 소리였다.

"제가 그렇게 울며 빌 때는 듣지도 않으시더니, 이제는 원하는 것을 들어주시나요?"

비아냥거리는 소리에 왕이 허겁지겁 답했다.

"아이를, 아이를 낳고 싶으면……."

"폐—하."

말리는 왕의 말을 가로막았다. 그리고 다음 순간 등에 전율이 흘렀다. 그랬다. 그녀는 왕의 말을 가로막은 것이다! 심지어 왕은 그녀가 건방지게 구는데도 채찍 하나 휘두르지 못하고 그녀의 말만 기다리고 있었다. 말리의 머릿속에 환희가 꽃피었다. 그녀의 인생에 이런 일이 두 번 일어날 거라고는 생각해 본 적도 없는 상황. 하늘같이 높은 자가 그녀의 일거수일투족에 쩔쩔매는 상황이었다.

그녀는 빙그레 웃었다.

"소녀, 아이 같은 건 바라지 않사와요."

"그, 그러면……."

"처음부터 거짓말이었지요?"

왕이 거짓말처럼 입을 닫았다. 그녀는 확신했다. 마녀의 저주 따위는 거짓말이리라고.

제 어미와 아비가 아닌 다른 자들에게 얼굴을 보인다면 모두가 피를 토하고 죽으리라, 라는 말을 말리는 결투 대회 이후로 내내 곱씹었다. 생각해 보면 웃기는 일이다. 말리가 예전에 하녀로 살며 알게 된 것은, 높으신 분들은 손발이 없다는 것이다. 하다못해 아이를 낳을 때는 평민도 산파의 힘을 빌린다.

한데 왕비가 갓난아이를 직접 돌보았을까? 아니었다. 아무리 가면을 씌우고 베일을 씌워 길렀다 한들 그 어린애의 가면은 대체 누가 씌워 준단 말인가? 왕비와 왕이 계속 가면을 씌워 주었을까? 그 아이가 피아를 구분하고, 제 가면의 끈을 매무새 있게 직접 죄일 정도로 자랄 때까지?

그럴 리가 없었다. 만에 하나의 가능성도 있었겠지만, 그날 왕의 얼굴을 봤던 말리는 확신했다. 모든 것이 거짓말이리라고. 거짓말이 아니라면 왕보다 낮은 곳에 서 있어 그의 얼굴을 들여다봤던 말리는 왜 그 자리에서 피를 토하지 않고 살아 있는가?

"높으신 분들은 어여쁘고 사랑스러운 것을 좋아하지요. 멋지고 아름다운 외모를 가졌다고 칭송받는 것도 좋아하고요. 하지만 폐하의 얼굴은 그러지 못했던 모양이에요."

"말을 삼가라."

왕이 헐떡이며 말했다. 말리는 설렁줄을 제 생명 줄처럼 잡고 최대한 그를 비웃으려 했다. 하지만 잘 되지 않았다. 그딴 것 때문에 사람들이 죽어 나갔다는 사실이 믿어지지 않아서였다.

왕의 얼굴은 못생겼다. 그의 커다란 덩치, 키, 그리고 긴 다리와 가면 사이로 보이는 어두운 눈을 보고 말리는 그가 생각보다 잘생겼을 수도 있으리라고 어림짐작했다. 복도의 전대 왕과 왕비 초상화를 보고도 이전에는 그리 생각했다. 저 얼굴을 닮았다면 잘생겼으리라고.

하지만 세상에 없는 높으신 분의 업적과 외모는 포장되기 마련이다. 말리는 결투 대회 이후에 다시 초상화를 보며, 그 초상화 위에 포장을 덧칠했을 어떤 화가를 생각해 봤다. 잘못하지 않았음에도 죽을죄를 지었다고 말하고 이마를 바닥에 찧어야 하는 아랫것들의 죄는 별 뜻 없는 용서 후에도 높으신 분들을 칭송해야 끝이 난다.

"선왕께서, 제 자식이 퍽 부끄러우셨던 모양이에요."

"닥쳐라! 하다못해 마녀의 자식도 제 부모의 이야기는 아끼는 법이다!"

"와."

말리는 무감동하게 야유했다. 마녀의 자식은 여기 있는데, 저는 제 부모의 이야기를 아껴 본 적이 없는걸요. 목숨을 거느냐고 비웃음까지 당했던 유품을 그녀는 이를 악물고 찢어 냈다. 왕의 시선을 빼앗기 위해서였다.

하지만 그녀의 야유는 한 마디뿐이었다. 말리는 아직도 남의 앞에서 제 어머니가 마녀였다는 말을 할 수 없었다. 그것은 어머니가 논다니였다는 말이며 자신은 사형대로 가고 싶다는 이야기밖에 되지 않았다. 왕의 심장을 쥐고 있는데도 사형대가 두렵기는 매한가지였다.

그리하여 그녀는 말을 돌렸다.

"그렇다면 당신이 그리하셨나요?"

"……그래."

왕은 이를 악물고 고개를 끄덕였다. 여전히 얼굴은 가린 채였으나 그 손가락에는 힘이 빠져 있었다. 말리는 왕의 얼굴을 바라보았다. 열등감과 분노, 그리고 수치심이 뒤섞인 얼굴이었다.

"나라고 이런 얼굴로 살고 싶지 않았다."

그는 중얼중얼하며 자신이 태어나자마자 열병을 앓았음을, 그리하여 목숨은 건졌으나 코가 없어졌으며 얼굴의 요철이 두드러졌음을 고백했다. 말이 고백이었지 거의 떠밀리듯이, 누구의 책임도 아닌 일을 남에게 돌리는 듯한 말이었다. 선왕은 감히 왕이 될 자를 제대로 보필하지 못하고 열병을 앓게 한 산파와 시녀를 죽였으나 얼굴은 돌아오지 않았다.

언제부터 가면을 쓰고 살았는지는 모른다. 분명한 건 그의 얼굴을 본 사람은 모두 죽었다는 것이다. 선왕의 손속은 잔인했고 맹주들에게는 왕자의 얼굴을 보여 주지 않았다. 왕은 그늘에서 자랐고 어둠을 뒤집어쓰고 남들을 대해야 했다.

그늘에서 자란 나무가 똑바로 자라기란 아주 어려운 법이다.

그리하여 벨담의 왕은 불신을 나이테 대신 새겼다. 나이테가 늘어가며 나무의 둥치도 굵어지듯 왕의 불신도 날로 더해 갔음은 물론이다. 선왕이 죽고, 선왕비도 죽으며 그는 제 얼굴을 아는 자가 자신만 남았음을 알게 됐다.

하지만 불신만 가진 자가 이제 와 아무도 제 얼굴을 모른다 하여 누군가를 사랑할 수 있을 리 없었다. 그는 수많은 시녀들을 제 침전에 들였다 쫓아냈으며 공주들이 제게 시집오기 싫어 병이 나게 만들었다. 시종의 몸을 찢어 개에게 주었으며, 기사들의 팔을 부러트렸다.

"뭘 원하는 거냐."

왕이 눈을 희번덕거리며 제게 물었다. 그리고 그 눈을 본 순간, 말리는 이자가 그대로 더 살아 보았자 끝내 그가 원하는 왕비를 맞지 못했을 것임을, 그리고 아이를 낳지도 못했을 것임을 알아차렸다. 그녀가 아무리 아이를 달라고 원해도 그는 끝내 말리를 왕비로 만들어 주지도, 아이를 낳게 해 주지도 않았을 것이다.

그는 이 순간마저도 솔직하지 못했다. 제 못난 얼굴을 두 손으로 가리고 그녀를 쳐다보면서 을러메는 태도가 그리했다.

"금은보화가 필요하냐? 아, 그렇지. 왕비 자리를 원했지. 왕비 자리를 주마. 디온에는 말 백 필을 보내겠다. 겨울을 날 만한 밀도 보내 주지. 그거면 되겠느냐."

말 백 필. 엄청난 제안이었다. 처음 디온 성에서 하녀로서 고작 1년에 금화 한 닢 받으려고 했던 시녀애에게는 감도 오지 않는 금액이다. 만약 레일라가 이 자리에 있었다면 그녀는 이 이야기를 받아들였을까? 말리는 왕을 쳐다보다가, 희미하게 웃었다.

그녀가 알 바가 아니었다. 그녀는 레일라가 아니라 말리였기 때문이다.

"그것은 소녀가 입을 다무는 대가인가요."

"그렇다."

"아이는 낳지 않으실 셈인가요."

왕이 손바닥 너머로 눈을 가늘게 떴다.

"너, 너는 제법 예쁘장하지. 그렇지만······. 네가 낳은 애가 나를 닮으면 어찌하겠느냐."

"글쎄요. 두려우신가요?"

말리는 이미 답을 알고 있는 질문을 했다. 왕은 헐떡였다. 그 태도에서 이미 대답은 나와 있었다. 그는 아이를 낳고, 제 가면이 벗겨지는 순간을 가장 두려워하고 있었다. 말리의 가슴이 싸늘해졌다. 아이 따위는 애초에 가지고 싶어 하지도 않았다. 그저 이자의 추함이 어디까지인지 궁금했을 뿐이다.

"잘됐네요. 저도 당신의 아이 같은 건 낳고 싶지 않아요."

"그, 그래······. 하지만 어째서?"

왕은 납득하는 듯하다가, 눈을 부라렸다.

"그래. 너도 이 얼굴을 보았으니 그렇겠지."

내가 이럴 줄 알았다. 그러니 가면을 벗지 않는 것이다······. 왕은 의미 없는 소리를 끊임없이 늘어놓았고, 말리는 점점 짜증이 났다.

"아무것도 아니면서."

"······뭐라고?"

"그깟 코 하나 없다고 세상 무너진 것처럼 굴지 말아요. 당신은 왕····· 아악!"

그녀는 비아냥대다가 머리채를 잡혔다. "이년이!" 왕은 솥뚜껑 같은 손바닥으로 그녀의 머리를 후려쳤다. 여태까지 잠자리에서 하던 것과는 전혀 다른 손속이었다. 이전에는 제 흥분을 위해 그랬다면, 이번에는 말리를 죽이고야 말겠다는 악의가 가득 담겼다.

"아악!"

말리는 기함하여 설렁줄을 놨다. 왕이 눈을 희번덕거렸다.

"네년도 내게 뭘 요구할 거라면 사람을 부르지야 않겠지!"

맹주들 사이에서 오랜 시간 눈치 싸움을 한 왕답게 그는 말리가 처음부터 설렁줄을 당길 생각이 없다는 것은 어렴풋이 눈치챘던 것이다. 말리는 바닥에 나뒹굴며 맞았다. 왕은 그녀의 위에 올라타 머리를 때리고, 얼굴을 쳤다. 비명도 나오지 않았다.

"공주로 곱게 자란 주제에, 이게 알지도 못하면서! 길바닥의 논다니처럼 천박하게 다리를 벌릴 때는 언제고 약점 하나 잡아 놓고 승리한 듯이 건방지게!"

왕은 헉헉거리며 그녀를 때렸다. 말리는 저항도 하지 못하고 얻어맞았다. 그녀가 뭔가 손을 쓰기에는 왕은 그녀보다 한참은 컸고, 말리는 그만큼 작았다. 왕은 의자를 들어 그녀 쪽으로 집어 던졌다. 콰장창, 하고 엄청난 소리가 났다. 말리는 파편에 얼굴을 얻어맞았다.

"너 이년, 내가 죽여 버릴 거야."

알지도 못하는 건 대체 누구인가. 그녀는 정말로, 자신이 마녀의 딸이라면 이 자식을 당장 뜻 모를 요술이라도 부려 죽여 버리고 싶다고 생각했다. 차라리 설렁줄을 당길 걸 그랬다.

"내가 정말로 네년을 왕비로 삼아 줄 줄 알았느냐? 그랬어?"

왕은 눈알이 돌아 버린 것 같았다. 그는 말리의 드레스 멱살을 잡고 그녀의 뺨을 쳤고, 뺨이 금세 퉁퉁 부었다.

"어디 시건방지게 네년 같은 걸! 너 같은 건 이대로 죽여 치워 까마귀의 밥이나 되게 할 것이다! 왕비가 돼? 아이를 낳을 생각이 없다고? 하하!"

"……아…….."

말리의 목구멍에서 꺼져 가는 소리가 났다. 그녀는 흐린 눈가로 왕을 올려다봤다. 그녀를 때리려던 왕은 기이하게 웃으며 그녀가 뭐라고 말하는지 쳐다보고 있었다.

"할 말이라도 있더냐?"

"나를……."

우습지만 그녀는 왕에게 그렇게 말할 생각이었다.

평생 말하지 않겠어요. 믿기지 않는다면 내 혀를 잘라도 좋아요. 그러니 나를 왕성 밖으로 보내 주세요. 나도, 나의 시녀도. 나를 놓아주세요. 당신의 이야기 따위는 아무에게도 말하지 않을 테니 말이에요.

하지만 정작 그녀의 입에서 튀어나온 말은 다른 소리였다.

"당신이 세기의 미남이었다고 하더라도 댁 애를 낳아 줄 생각은 없어……."

"뭐?"

"당신보다 얼굴이 추한 사람은 더 많아."

말리는 입술을 비틀어 올리며 간신히 웃었다. 왕은 잠시 넋이 나간 듯 손에 힘을 풀었다. 그 틈을 타 말리는 제 하고 싶은 말을 다 내뱉었다.

"길바닥의 광대들 중에 당신보다 못생긴 인간들은 널리고 깔렸어. 열병을 앓아 얼굴이 아예 녹아 버린 이들도 나는 알지. 하지만 아무리 찾아봐도 너처럼 추한 인간은 없,"

컥 소리가 다시 났다. 왕이 이를 갈며 그녀의 목을 다시 틀어쥐었기 때문이다. 말리는 꺼져 가는 목소리로도 다시 말했다.

"빨리 죽,"

이럴 거면 얼른 죽여 달라는 소리였다. 그녀는 숨을 들이쉬려고 애썼다. 하지만 숨이 잘 쉬어지지 않았다. 목을 졸리고 있어서였다. 컥컥 소리를 냈으나 왕은 말리의 목을 점점 더 세게 쥐어 왔다.

"그래, 이 계집애야. 네 소원대로 아주 죽여 주마. 입버릇 더러운 것."

말리는 웃으려고 애썼다. 그러나 잘 되지 않았다. 그럼에도 불구하고 왕은 그녀가 자신을 비웃고 있다는 것을 알아차렸는지, 더 노한 기세로 그녀의 목을 쥐어짜듯이 눌렀다.

"네 침대에 기어들어 간 그년도 끝장을 내 주마. 밤새도록 겁간한 후 네 옆에 시체를 던져 주겠다. 디온의 성을 무너뜨리고, 네년들의 시체 를 그 위에 장식하겠……."

점점 희미해져 가는 의식 속에서도 그건, 그건 안 되는데 하는 생각 이 들었다. 그녀는 허우적댔으나 마음대로 몸이 움직여지지 않았다. 귓 가에서 윙윙대는 소리가 났다. 의식이 희미해지려 했다.

그때였다.

컥, 소리가 났다. 말리의 목구멍에서 난 소리는 결코 아니었다. 그리 고 동시에 자신의 목을 조른 손에서 마술처럼 힘이 빠져나갔다. 말리는 그 손에서 풀려나자마자 바닥에 쓰러져 콜록콜록 미친 듯이 기침을 했 다. 눈물이 터져 나왔다. 그러나 그녀는 곧장 다시 고개를 들었다. 제가 쓰러지기 전 얼핏 본 광경을 믿을 수가 없어서였다.

말리가 고개를 돌리기도 전에 뜨끈한 온기가 그녀의 손바닥을 먼저 덮었다. 말리는 제 손바닥에 괴인 붉은 액체를 보았다가, 물 고인 눈으 로 옆을 쳐다봤다. 그곳에는, 칼에 꿰인 왕이 바르작대고 있었다. 그리 고 그 시체 뒤에는…….

레일라가 있었다.

"어흑, 컥⋯⋯."

왕의 입에서 피가 터져 나왔다. 말리의 얼굴에도 더운 피가 튀었다. 그러나 말리는 그 피를 닦을 생각도 하지 못하고 앞을 봤다가, 다시 위를 쳐다봤다.

다시 봐도 레일라였다.

그는 언제나와 같은 무심한 얼굴이 아니라, 당황하고 다급한 얼굴이었다. 손에는 검이 있었다. 그 검은 왕이 언제나 말리를 괴롭히던 물건이었으며, 그것이 검집에서 튀어나온 모습을 말리는 처음 보았다.

레일라는 얼굴이 온통 시뻘게진 채로 왕의 가슴을 꿰어 내고 있었다. 그는 이내 손에서 검을 뿌리치듯 났다. 털썩, 하고 왕이 말리의 앞으로 쓰러졌다. 말리는 저도 모르게 비명을 지를 뻔했으나 레일라의 손이 그녀보다 더 빨랐다. 악. 높고 날카로울 뻔했던 비명은 레일라의 손바닥 아래 뭉개졌다. 급하게 막느라 거의 말리에게 달려들듯이 그녀의 얼굴을 뭉갠 레일라가, 황급히 손을 뗐다. 말리는 헐떡거리며 숨을 몰아쉬었다가, 다시 낮게 비명 지르듯 속삭였다.

"죽었, 죽⋯⋯."

"죽었습니다."

말리의 눈이 빠르게 문으로 향했다. 문은 아주 조금 열려 있었으며, 그녀의 시선을 좇은 레일라는 벌떡 일어나 문 앞으로 다가가 바깥을 살핀 후 다시 단단히 걸어 잠갔다. 그리고 다시 돌아와 그녀의 덜덜 떨리는 손을 붙들고 속삭였다.

"걱정하지 말아요. 시종들은 내가 들어오기 전 물렸어요. 괜찮아요. 아무도 못 봤어요."

"어, 어떻게⋯⋯."

말리는 분명 레일라를 물렸다. 하지만 레일라는 고개를 저으며 그녀의 말을 따르지 않았음을 고백했다. 말리가 물러가라 했으나 레일라는 방 앞에서 그녀를 기다렸다.

기사들은 왕의 방에서 여자의 비명 소리가 들리는 데에 익숙했으나, 수색 때문에 모조리 벨담 성을 떠나 있었다. 하여 기사들 대신 시종들이 배치됐다. 다만 그들은 왕의 색사가 치러질 때 나는 비명과 고함에 익숙하지 않았다.

시종들은 말리가 죽는 소리를 낼 때마다, 왕의 둔탁한 고함이 들릴 때마다 어깨를 움찔거렸다. 기어코 방 안에서 뭐가 부서지는 소리가 나자, 레일라는 울먹이며 들어가 봐야 하나 말아야 하나 눈치만 보는 시종들을 물렸다. 자신이 대신 들어가 보겠다는 말로. 하지만 가면을 쓴 왕은 제 잠자리에 많은 사람이 들어오는 걸 좋아하지 않으니, 자신만이 들어가겠다고 선심 쓰듯 말했다. 시종들은 그의 말을 기다렸다는 듯이 부리나케 멀어졌다.

그리고 문을 연 레일라가 목도한 것은, 제 연인의 목을 조르는 왕의 모습이었다. 반사적으로 그는 눈에 보이는 검을 뽑았다. 왕의 침실에 언제나 걸려 있는 그 검이었다.

아마도 파라디에게 빈 소원이 아니었다면 불가능했을 것이다.

"미안합니다. 갈 수 없었어요. 저는 단 한 번도……."

그리고 레일라는 제 소원이 만들어 낸 죽음 앞에서 고개를 떨구었다. 말리는 그가 긴말을 하지 않았는데도 그 모습에서 자초지종을 알아차릴 수 있었다.

생각해 보면 레일라는 말리가 왕의 침소에 드는 날에는 대부분 그녀를 끝까지 기다렸다. 새삼스레 그녀가 떠나라 했다고 알겠다 하고 가

버릴 수 있을 리 없었던 것이다. 말리가 최근 레일라를 멀리했고, 레일라가 그녀를 멀리했음에도 불구하고.

그 모든 것은 레일라의 죄의식 때문이었다. 두 사람 모두 암묵적으로 그날 이후 서로를 피해 왔던 것도 한몫했다.

말리는 레일라와 밀폐된 곳에 단둘이 남는 순간 도저히 '그 날'에 대해 묻지 않을 수 없을 것 같았기 때문에 그를 외면했고, 레일라는 아마도…….

말리는 그녀의 말을 어기고 이 앞에서 그녀를 기다린 레일라를 탓하고 싶지 않았다. 심지어 탓할 수도 없었다. 레일라가 만약 방 앞에서 기다리고 있지 않았다면 그녀는 꼼짝없이 왕에게 목숨을 잃었을 것이다.

그녀는 눈앞의 남자를 천천히 바라봤다. 말리도 피투성이였지만, 레일라는 한층 더 엉망이었다. 드레스 자락은 끝이 온통 피로 물들었고, 머리카락은 헝클어졌다. 손에도 피가 튄 건 마찬가지였다. 아이러니한 점은, 말리의 덜덜 떨리는 손을 감싼 그 길고 가느다란 손은 창백해진 안색과는 다르게 불같이 뜨겁다는 점이었다. 레일라는 긴 속눈썹을 깜박이며 점점 피가 번져 가는 바닥을 한참 내려다보다가, 그녀를 올려다봤다. 방금 전까지 혼란스럽던 레일라의 눈동자는 어느새 보통 때처럼 고요해져 있었다.

레일라는 차분하고 낮은 음성으로 말했다.

"잘 들어요. 이제부터 아무 말도 하지 말아요."

"당신,"

"저는 저 칼을 들 테니 비명을 질러요. 아무 관련 없는 척……. 아니, 아니야. 당신은……. 그럴 수 있는 사람이 아니죠."

"공주님, 아니……. 아니 왕자님."

레일라는 빠르게 그녀의 입을 막았다. 피가 묻은 손이 제 입을 단단히 막자, 말리는 어쩐지 숨이 차오르는 것을 느꼈다. 피비린내 때문인지 머리도 어질어질했다. 하지만 한 가지는 알 수 있었다.

그는 지금 죽으려 하고 있었다.

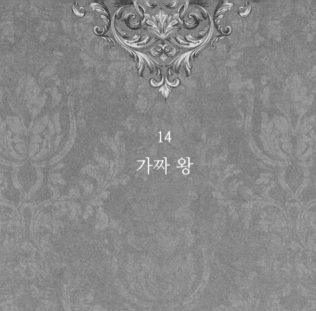

14

가짜 왕

"정신 차려요. 전부 내가 한 것으로 하는 겁니다. 모시는 주인이 괴롭힘당하는 걸 보고 시녀가 충동적으로 저지른 짓으로 해요."

레일라가 빠르고 낮게 속삭였다. 말리는 지금 자신의 앞에 있는 남자가 자신이 알던 사람과 동일 인물인지 믿기 어려웠다. 어떻게 보면 왕의 광기 어린 눈빛과도 비슷해 보였으나, 말리는 그 둘을 절대로 혼동하지 않았다. 왕이 그녀를 맹목적으로 증오했다면, 그저 그는 그녀를 사랑할 뿐이었다.

말리는 그 사실에 비명을 지르고 싶어졌다.

"비명도 지르지 말아요. 그냥, 그냥……. 내가 뛰어나갈 거예요. 그리고 말할게요. 당신은 죄가 없다고."

말리는 그의 이름을 부르려고 했다. 하지만 남자의 손은 굳건했다. 언젠가 산속에서 그녀의 입을 막았던 것처럼. 레일라의 표정은 언제나

처럼 창백했으나 결심이 선 듯 단단하게 굳어 있었다.

그는 깊게 심호흡한 뒤 천천히 그녀의 이름을 불렀다.

"……말리."

맹세코 레일라의 목소리로 그녀의 이름을 들은 건 처음이었다. 레일라는 언제나 그녀를 당신, 그대, 혹은 전하라고 불렀다. 남들 앞에서도 말리를 자신의 이름으로 불렀을지언정 그녀의 이름을 불러 본 적 없었다. 말리는 그 생경하고도 익숙한 울림에 어깨를 떨었다. 레일라가 옅게 미소 지었다. 정확히 그것은 미소 지으려 애썼으나 실패한 자의 표정이었다. 그는 그녀를 비스듬히 쳐다보며 천천히 말했다.

"당신 이름을 한 번쯤 제대로 불러 보고 싶었죠. 그게 이런 때일 줄은 몰랐는데."

그는 제 목을 더듬어서 곧장 목걸이 하나를 뚝 끊어 냈다. 그의 어머니가 물려주었다던 푸른 보석이 달린 목걸이였다. 그리고 그 목걸이를 그녀의 손에 쥐여 주며 속삭였다.

"도망칠 수 있다면, 도망쳐요. 이걸 팔아요. 팔아서 어디로라도 가요."

말리가 웅얼거렸으나 레일라의 손은 여전히 그녀가 말하게 놔두지 않았다. 레일라는 고개를 저었다.

"디온으로는 도망가지 말아요. 공주의 시녀가 벨담의 왕을 죽였고 공주는 사라졌으니, 그 나라는 곧 멸망하겠죠. 당신이 거기 휘말릴 필요는 없어요. 미안해요. 같이 갈 수 있다면 좋을 텐데."

말리는 다음 순간 결심했으며 제 결심을 빠르게 실천에 옮겼다. 목걸이를 받아 든 손으로 제 입을 막고 있는 레일라의 뺨을 후려친 것이다. 철썩, 소리가 났으며 놀란 레일라가 반사적으로 손에 힘을 풀었다.

말리는 그 틈에 그의 손을 빼 버리고 버럭 소리 질렀다.

"미쳤어요?!"

"말리,"

레일라가 다시 그녀를 붙들려고 했으나 말리가 더 빨랐다. 그녀는 빠르게 뒤로 물러났다. 그 과정에서 왕의 시체에 부딪혔으며, 말리는 부글부글 피거품을 내뿜고 있는 왕의 시체를 보고 질린 표정이 됐다. 그러고는 제 앞에서 당황하고 있는 남자를 향해 화를 냈다.

"갈 거면 두 명 다 가요. 저 혼자는 안 가요. 뭣보다 당신, 남자라고요. 시녀가 남자라는 것부터 밝혀질 텐데, 그럼 저는 죄가 없다고 생각하겠어요? 절 죽이러 대륙 끝까지 찾아올 텐데……."

"아뇨. 그렇진 않을 거예요."

레일라는 고개를 저었다.

"벨담 왕은 자식이 없어요. 범인 하나만 죽이고 나면 맹주들 중 하나가 왕위를 이어받거나 그들끼리 영주국으로 갈라지겠죠. 그들은 왕에게 지킬 의리가 없습니다. 디온의 공주? 디온을 멸망시켜 돌아갈 곳을 없앴다고 생각하면 그만일 겁니다."

말리는 복잡한 일은 잘 몰랐다. 하지만 레일라의 말을 듣자 하니, 왕이 죽은 후 혼란에 빠지고 나면, 다들 말리의 행방은 잘 신경 쓰지 않을 거라는 이야기 같았다. 하지만 그렇다고 냉큼 그러자 할 수도 없는 노릇이었다.

레일라의 말이 이어졌다.

"제가 남자인 건, 제가 혼자 저지른 일이라는 걸 뒷받침해 주겠죠."

"난 머리가 나빠서 그런 소리 이해 못해요."

말리가 그를 노려봤다. 개소리 그만하라는 뜻이었으나 레일라는 고개를 저으며 말했다.

"제가 당신을 사랑해서 견디지 못하고 그를 죽였다고 하면 되니까요."

"아."

결국 말리는 제 연인의 멍청함에 탄식하고야 말았다. 그녀는 레일라의 가슴을 밀쳤다. 퍽 밀쳐진 레일라가 잠시 멍한 표정을 했다.

"당신하고 내가 붙어먹은 걸 이 성의 사람들이 다 아는데도요?"

"……."

"헛소리하지 말아요."

"말리."

말리는 피가 묻은 손을 치마에 신경질적으로 문지른 다음에, 제 흐트러진 머리카락을 쓸어 넘겼다. 짜증이 다분히 묻어나는 동작에 레일라가 안절부절못하는 것이 눈에 보였다. 말리는 어이가 없었다. 제 일거수일투족에 이렇게나 가슴 졸이는 자가, 어떻게 들어와서 왕을 죽일 용기는 가졌던 것인지.

……어떻게, 기사의 갑옷을 훔쳐 입을 생각을 했는지.

말리는 한심한 눈으로 레일라를 쳐다봤다. 그의 금발 머리 또한 마구 흐트러져 있었다. 말리는 저도 모르게 손을 뻗어 그 머리카락을 귀 뒤로 차분하게 넘겨 주었다. 이상했다. 뺨이라도 치고 싶을 만큼 멍청한 소리를 하는 데다가 감당도 못 할 일을 벌여 놨는데, 왜 이렇게 손끝은 다정하게 굴고 싶은지 모를 일이었다.

"……왜 그랬어요?"

"……그야, 들어오자마자 당신이 목 졸리고 있었으니……."

"아니, 그거 말고."

말리는 엄지손가락으로 레일라의 뺨을 쓸었다. 핏자국이 번지다가, 빠르게 말라붙었다.

"그날, 왜 그랬어요."

남자의 입이 다물렸다가, 약간 벌어졌다. 뭔가 할 말을 찾는 듯 보였으나 그도 말리와 마찬가지로 무슨 말을 해야 할지 모르는 것 같았다. 얼굴이 새빨개진 채로 시선을 돌리다가, 다시 그녀를 바라보던 레일라는 한숨 쉬듯 말했다.

"알고 있을 거라고 생각은 했어요."

"모를 리가 없잖아요. 가끔……."

지금 이 말을 해도 되나. 말리는 조금 망설였지만 그냥 나오는 대로 말을 뱉기로 했다. 지금 그녀의 머릿속을 맴도는 말들은, 어쩌면 다시는 하지 못할 말 같았기 때문이다.

무릎을 적셔 오는 뜨거운 피와 빠르게 뛰는 심장 같은 것들은 말리에게 지금 당장이라도 이 자리에서 도망치라고 속삭이는 것 같았으나, 그녀는 그 모든 것들을 무시하고 입을 열었다.

"세상에서 나보다 더 멍청한 계집애는 없을 것 같은데, 당신이 가끔 나보다 더 멍청한 것 같아."

"……."

"말을 탔으면 멀리멀리 도망쳐야 할 거 아녜요. 왜 잘난 듯이 거기에 창을 들고 오느냐 말이에요. 왜?"

"말리."

레일라가 힘없이 대답했다.

"당신을 내버려 두고 도망칠 수 있었다면 나는 진작 그렇게 하지 않았겠어요?"

그랬을 것이다. 그럴 수 있었다면 그는 진작에 다른 남자와 도망쳤다며, 아니면 말리가 싫어 도망쳤다는 말을 두르고 사라졌을 것이다. 제 대신 학대당하는 계집애를 버리고 갈 수 있는 남자라면, 진작에 그리했겠지. 염치를 아는 인생이란 때로 그렇게 어려운 것이다.

"알아채지 못할 줄 알았는데."

사실 그날 대회장에 뛰어든 그 기사가 레일라임을 그녀는 한눈에 알아보았다. 투구 밖으로 조금 비어져 나온 머리카락, 움직일 때마다 얼핏얼핏 그녀를 향하는 눈길, 제 몸 따위가 다치든 말든 알 바 아니라는 거침없는 손속 같은 것들은 누가 봐도 레일라였다. 레일라의 손바닥에 박인 지 오래이나 이제는 물러져 가는 굳은살이 창검을 잡아 본 자의 것이었음을 말리는 파라디가 날뛰고 있는 그 자리에서 다시 기억해 냈더랬다.

하지만 말리는 그 수많은 말들 대신, 이죽거리는 것을 택했다.

"그렇게 분풀이처럼 날뛰는 말을 대체 어떻게 못 알아볼 수 있겠어요?"

"······."

"어떤 말이 그따위로 인간처럼 움직여요?"

인간이든 말이든, 갑옷을 두른다고 못 알아볼 리 없었다. 말이나 사람이나 똑똑한 척하다가도 이럴 땐 참 멍청하다니까.

말리는 이어 물었다.

"······무슨 소원을 빌었어요?"

"파라디가 그것까지 말했습니까."

"그 수다스러운 말은 끝까지 내게 들러서 깐죽거리기까지 했거든요."

레일라는 결국 웃고 말았다. 기력 없는 미소였으나, 말리가 웃게 하

기에는 충분했다. 그래요, 파라디는 그런 말이죠. 그렇지요. 내가 입 다
물라고 신신당부했지만 파라디는 내가 그러면 그럴수록 꼭 당신에게
말하고 싶어 할 거란 생각을 하지 못했네요……. 나직하게 중얼거리는
말들을 끊고 말리는 다시 물었다.

"무슨 소원을 빌었어요?"

푸른 눈동자가 그녀를 향했다가, 부끄러운 듯 깜박였다. 남자는 시선
을 아래로 하고 아주 작은 목소리로 고백했다.

"……용기를 달라고요."

"……"

"용기가 필요했어요, 나는……."

그제야 말리는 파라디가 '그딴 소원'이라고 말한 것의 정체를 깨달
았다. 남자는 잡을 수도, 느낄 수도 없는 것을 빌었다. 그러나 그것이야
말로 남자가 빌 법한 소원이었다.

"미안합니다. 이렇게 비루해서……."

남자는 제 얼굴을 가리듯 감쌌다가, 억눌린 목소리로 겨우 다시 말
했다.

"당신을 위해서 싸울 작은 용기조차, 나는 누군가에게 빌지 않으면
얻을 수 없어서……."

"……"

"그래서, 당신을 사랑한다는 말도 차마 하지 못해, 나는……."

말리는 웃음을 터트릴 뻔하다 입술을 씹었다. 사랑한다고. 그 낭만적
인 말은 이상하게도 이런 순간 그녀의 웃음보를 꽉 죄었다.

그녀는 참 인생이란 알다가도 모를 것이라고 생각했다. 어떻게 이럴
수 있을까.

이상하게 머리가 차분해졌다. 그녀는 눈앞에 있는 남자에게서 시선을 돌려 주변을 바라봤다. 뜨겁고 끈적끈적한 피가 제 치맛자락을 온통 물들이고 있는 상황이었다. 방은 조용했다. 말리는 진저리를 치며 제 치맛자락을 끌어당겼다. 피로 온통 젖어 질척거리는 치마가 젖은 소리를 내며 손에 쥐였다. 말리는 치맛자락을 쥐어짜려다가, 손만 적시고 관뒀다. 옷을 혼자 벗기도 어려웠거니와, 왕의 침실에는 갈아입을 만한 여자 옷도 없었기 때문이다.

 …….

이상하게 머리 한 구석이 걸리적거렸다. 말리는 레일라를 다시 바라봤다가, 왕을 바라봤다. 방을 한 바퀴 둘러보는 말리의 시선 끝에 금색 가면이 걸렸다. 말리는 눈을 가늘게 떴다가, 다시 레일라의 얼굴로 시선을 돌렸다.

창백한 얼굴, 그리고 그 아래로 떨어지는 턱과 목선. 로브를 걸치고 있는 어깨 같은 것들이 눈에 걸렸다. 피가 묻은 긴 소매와 그 끝으로 보이는 긴 손가락. 단단한 팔목과…….

'뻔뻔하게 살아, 계집애야. 제발 좀.'

'어쩜 가장 뻔뻔하게 굴어도 제 몫 겨우 찾아 먹을까 말까 한 애들이 이렇게 멍청하게 굴까.'

그 순간 파라디의 말들이 그녀의 머릿속을 스쳐 지나갔다. 말리는 잠시 고민하다가 일어나서 가면 쪽으로 걸어가 그것을 주워 들었다. 황금의 가면이 그녀의 손 위에 자리 잡았다.

맹세코 파라디가 뻔뻔하게 굴라던 것은 이런 뜻은 아닐 것이다. 그저 염치보다는 밥 한 술 더 챙겨 먹으라는 뜻에 가깝겠지만……. 말리는 레일라 쪽을 쳐다봤다. 그녀를 따라 허겁지겁 일어나던 레일라가 뭔가 알아차린 듯 시선을 마주했다. 말리는 입을 열었다.

"어차피 죽을 거라면, 하나는 더 해 봐요."

"……나는, 나는 못 해요."

레일라가 주춤거렸으나 말리는 거리낌 없이 걸어가 그의 얼굴에 가면을 댔다. 완벽하지는 않았다. 그러나 그것은 말리의 시선일 뿐이다.

두 사람은 머리색이 같았다.

"그 누구도 왕의 얼굴을 정면으로 본 적이 없어요. 벨담에서는 왕이 쓴 가면이 몇 개나 되는지 아는 자조차도 거의 없죠."

"……말리!"

"……턱은, 수염을 밀었다고 해요. 좀 달라도 그러려니 할 거예요."

"나는, 나는 못 해요."

레일라는 그녀의 가면 든 손을 옆으로 살짝 밀어 치우려 노력했다. 하지만 말리는 물러서지 않았다. 그녀는 레일라를 노려보며 목소리에 힘을 주었다.

"남자로 태어나서 공주인 척도 했는데, 왕 노릇은 못 하겠다고 할 거예요?"

남자가 입술을 달싹였다. 하지만 말리는 그의 말을 기다리지 않았다.

"길바닥에서 굴러먹던 계집애도 공주 노릇을 했다고요."

그 말을 듣고서도 레일라가 그녀의 말을 거절할 수 있을 리 없었다. 남자는 입을 닫고, 몇 번 제 입술을 깨물다가 결국 한숨을 쉬며 그녀의 손에서 가면을 받아 들었다. 말리는 레일라가 가면을 만지작거리는 것을 보다가, 충동적으로 속삭였다.

"제가 왕의 얼굴을 한 번 보고, 당신 얼굴을 다시 보았습니다."

레일라가 할 말을 잊은 듯 그녀를 쳐다봤다. 말리는 방긋 웃으며 말을 이었다.

"지금의 저 시체보다 당신이 훨씬 왕처럼 근사합니다."

"아, 말리."

레일라는 결국 허탈한 웃음을 터트렸다. 말리가 언젠가 레일라에게 들었던 말이었고, 자신이 언젠가 그녀에게 했던 말이었다.

말리는 눈을 가늘게 접으며 미소 지었다.

"벨담의 왕은, 왕비에게 금화 세 닢 따위는 눈도 깜짝하지 않고 쓰라 하시겠지요."

"금화 세 닢뿐입니까."

남자가 떨리는 목소리로 말했다. 이윽고, 가면을 들지 않은 손으로 그녀의 허리를 감싸 안았다. 두 사람의 얼굴이 가까워졌다. 듣기 좋은 낮은 음성이 천천히 그녀의 귓가에 내려앉았다.

"제 목숨도 아끼지 않고 쓰시라 하겠습니다."

말리의 발끝에 피로 젖어 질척한 천이 걸렸다. 말리는 그것이 아주 오래되고 비루한, 그러나 자신이 소중하게도 여겼던 것임을 알아차렸으나 줍지 않았다. 오히려 말리는 그것을 꾹 짓밟고 올라섰다.

결국 그녀를 살린 것은 다름 아닌 레일라였다.

그깟 피 세 모금 따위가 그녀를 살리리라 장담하다니. 그녀의 어머니는 마녀조차도 되지 못했던 것이다. 아, 가엾고 불쌍한 나의 어머니. 그녀는 지금부터 저지를 일을 생각하며 즐거이 읊조렸다. 하지만 자랑스러운 당신의 딸은 왕을 불태운 마녀가 될 거예요.

말리의 입술에 레일라의 입술이 겹쳐졌다. 시체를 밟고 서서 하는 입맞춤에서는 피비린내가 났다. 맛이 아주 좋았다.

15
진짜로 내가 본 이야기

아, 그날 어땠냐고? 뭘 물어. 기절할 뻔했지.

나는 정말이지, 그 성에서 시종으로 일하면서 그런 피바다는 처음 봤어. 왕이 젊은 시절에는 아주 잔인하기로 소문났었잖아. 알고 있기는 했는데, 암만 그래도 그렇게 대놓고 침실에서 사람을 죽이기까지 하는 건······. 우리 시종들은 볼 일이 거의 없었거든.

말해 뭣 해. 그 왕 놈, 젊은 시절에 가면을 쓰셨잖아. 그놈의 저주가 얼마나 살벌한지 주변에 시종보다 기사가 더 많았다고. 얼마나 예민하고 신경질적으로 구는지 매일매일 시종이 죽어 나갔다는 이야기가 빈말이 아니라니까?

아, 맞아. 그래. 왕의 침실이 어떠냐는 이야기였지. 일단 엄청 커. 진짜 크다고. 들어가자마자 황금 장식이 어마어마해. 그런데 그날은 정말 그 장식이 눈에 안 들어올 정도로 피가 튀어 있었지. 지금 왕비님이 그

때는 왕비가 아니셨거든. 애를 낳아야 왕비로 만들어 준다 하셔서, 그냥……. 이히히히. 그렇지. 야, 암만해도 왕이 좋긴 좋아. 그지? 남의 나라 공주 데려와서……. 어, 인마. 이 뜻을 몰라? 이렇게 손가락을 구멍 안에 넣는 모양이 뭔지 진짜 몰라? 됐다, 인마. 가서 엄마 젖이나 더 먹고 와.

아, 그래. 아무튼. 그때 왕비님의 친정 시녀가 우리 대신 들어가 본다고 했는데 한 번은 말릴 걸 그랬어. 그 여자 죽어 있었거든. 얼마나 끔찍하게 죽었는지 들어가니까 피바다인데, 왕비님이 시녀 시체를 덮어 놓은 이불이 새빨갰어. 왕비님 치마도 다 젖어 있었다니까.

왕비님이 바들바들 떨면서 피범벅으로 우는데 우와, 이거 진짜 뭐 됐다 싶더라고. 손도 발도 다 피투성이가 돼서는, 으. 내가 카펫을 밟았는데 그 카펫에서도 피가 올라오지 뭐야. 그때 신은 가죽신은 내다 버렸어.

그 와중에 왕 놈은 뭐 하고 있었는지 알아? 맞춰 봐. 아냐. 그 왕 놈 그렇게 섬세한 새끼가 아니라니까. 야. 내 참. 내 말 듣고 황당해하지 마라. 거울 보면서 면도를 하고 있더라. 면도를! 시녀가 얼굴을 할퀴었다나? 그 와중에 면도는 어찌나 엉망으로 해 놨는지 금색 수염이 여기저기 널려 있고……. 피바다 위에 서서 거울 보면서 수염 깎는데 저 새끼 진짜 제정신 아니다 싶은 거야. 와, 내가 오늘 나가면 진짜 시종 그만둔다고 꼭 말한다 싶었지. 그 전에 살아 나갈 순 있을까 싶기도 하고 말야.

왕이 그러더라고. 자루 가져와서 시체 담으라고. 개 먹이로 준다대. 진짜 왕비님은 성녀라고 불러야 돼. 이불 위에 엎어져서 울다가, 친정 시녀 시체는 자기가 태우게 해 달라고 바짓가랑이를 붙잡고 애원하더라고. 세상 어느 공주가 시종들 앞에서 그렇게 비굴하게 비냐고. 그런데 그 새끼는 왕비를 발로 걷어차려고 그러더라. 아, 그때는 왕비 아니었으니까, 아무튼.

그러더니 한술 더 뜨더라. 웃으면서 그러는 거야. '그래, 너 그것이랑 붙어먹었지. 그렇군. 네 손으로 직접 그 팔다리를 썰어 개 먹이로 주는 꼴을 봐야겠다.' 아니, 미친 새끼 아니야? 아, 그래. 그때 왕비가 자기 시녀랑 붙어먹는다는 소문이 있긴 했지. 근데 해괴한 걸로 따지면 지가 더 해괴하더구만. 나는 여자를 그렇게 죽도록 패는 새끼 처음 봤어. 왕비 얼굴에 멍도 들었고 다리도 절룩거리더라고.

근데 시키는데 어떻게 해. 내가 죽게 생겼는데. 결국 톱을 갖고 가긴 했지. 뭐? 그 말을 들었냐고? 야 너 피바다 못 봤구나? 그나마 잘 드는 걸로 가져가서 왕비님한테 몰래 잘 드는 거 가져왔다고 말씀은 드렸다. 왕비님이 울면서 고개도 끄덕거리시더라. 얼마나 안타까운지…….

밤새도록 그 방에서 왕비님 우는 소리가 들려서 심란해 죽는 줄 알았어. 안에서 그 비리비리한 여자가 자기 친정 시녀 시체 썰고 있는 거 아냐. 나중에는 목이 쉬어서 울지도 못하고 중얼중얼하는 소리만 조금씩 들리는데 아, 동네 미친 여자가 저런 일 때문에 생기는구나 싶더라니까.

해 뜨는데 시체 운반해 봤냐? 진짜 이게 사는 건가 싶다. 여자가 눈이 퉁퉁 부어서 시체 자루를 세 갠가 네 갠가 쌓아 놓고 앉아 있는데, 무서워 죽는 줄 알았잖아.

왕 새끼는 뭐 하고 있었을 거 같냐? 그 새끼 침대에서 코 골고 자더라. 코 고는 소리는 어찌나 크던지. 자루 떠메니까 겨우겨우 일어나서 하품하면서 나오는 거야. 아니, 왕이면 자빠져 자면 되잖아. 왜 따라오냐고.

사실 그날 되기 며칠 전에 왕 첩이 하나 더 죽었거든. 그때도 왕이 첩 시체는 개 먹이로 주라고 그랬었어. 아, 그 첩은 자살했어. 기둥서방 몰래 숨겨 놨다가, 그 기둥서방이 왕 비위 거슬러서 죽었거든. 아무튼 그때 왕비님이 몰래 우리한테 금화 찔러 주면서 왕 첩이라도 개한테 시체를 먹히는 건 불쌍하니까 시체는 따로 묻어 주고 개들한테는 소고기 주라고 했었는데. 정작 자기 시녀가 개한테 먹힐 줄은 몰랐지. 왕이 따라오지만 않았어도 내가 어찌어찌 빼돌려 보려고 했는데.

왜 그런 눈으로 보냐? 진짜거든? 나도 인정머리는 있는 남자거든?

암튼 왕이 지는 개가 시체 먹는 걸 꼭 봐야겠대. 혹시 첩 시체 빼돌린 거 눈치 깠나 싶어서 속이 다 서늘한 게 무서워서 죽겠더라. 자루 떠메고 가는데, 피가 뚝뚝 떨어지는 거야. 복도에 피 고이는 꼴 보고 시녀들이 기함하고, 우리는 옷 다 버리고. 왕비는 피 칠갑을 해서는 소리도 못 내고 따라오고.

그런 경험은 진짜 다시는 못할걸. 암만해도 성 아침이 되게 분주하거든. 그때가 또 여름이었어요. 해 쨍쨍 비치는데 엄청 바쁜 사람들 사이로 우리가 시체 떠메고 간다고 생각해 봐. 피 냄새 풍기면서. 다들 앞서가는 왕 보고 황급히 숙여 엎드렸다가, 자루에 든 핏물이 옷에 배고 있는 나랑 다른 시종들 보고는 진짜 불쌍하다는 눈으로 본다? 그리고 왕비 보고는 기함해서 입을 벌리는 거야.

근데, 왕비 그때 좀 미친 사람 같긴 했나 봐. 나중에 세탁부 하녀가 말해 준 건데, 바닥에 납작 엎드렸다가 왕비님 쪽을 몰래 올려다봤는데 입꼬리가 올라가 있더래. 히죽히죽 웃고 있더라는 거지. 왕 모르게. 와, 사람이 그렇게 실성하는구나 싶은 거야. 근데 또 생각해 보면 그 왕비님이 그렇게 얻어맞고 시녀도 죽었는데 미치지 않는 게 신기하지.

와, 개 새끼들은 진짜. 소고기 먹은 지 얼마나 됐다고 피 냄새 나니까 거품 물고 덤비더라. 자루 내려놓고 이걸 풀어 말어 고민하는데 왕이 왕비 등을 미는 거야. 네 손으로 직접 주라나? 이거 진짜 단단히 미친 새끼다 싶어서 뒤로 물러났지. 왕비가 얼굴 딱 싸늘해져서 왕 쳐다보는데 저러다 왕 찌르는 거 아닌가 싶고. 그래서 어떻게 해야 되나 생각하는데, 왕이 우리 쫓아내더라고.

핏물 묻은 옷 보니까 한숨이 다 나와서 개 우리 넣어 놓는 헛간 밖으로 나와서 어떻게 해야 되나 하는데, 뒤에서 아드득아드득 소리 들리더라. 사람 뼈 씹는 소리가 그렇게 끔찍한지 처음 알았어. 그날 그 시체 다 먹일 때까지 왕도 그렇고 왕비도 그 개 우리에서 안 나왔대. 독한 새끼들. 내가 개 새끼였어도 혀를 내둘렀겠다.

근데 이상하지. 그때부터 왕이 좀 변하긴 변한 거야. 그러고 한 사흘 있다가 기사들이 돌아왔거든. 성문 들어설 때부터 풀이 죽은 꼴이, 딱 그 결투 대회에서 깽판 친 새끼 못 찾은 거지. 저 사람들도 뒤졌네 싶고. 나는 그때 홀에 있었는데 기사들 스무 명이 무릎 꿇고 "죽여 주십시오!" 하는데 설마 저 사람들 다 죽일까 싶었어. 그런데 다른 시종 말 들어 보니까 실제로 죽인 적 많다대.

기사단장이 투구 벗어서 옆구리에 끼어 든 다음에 자기 칼을 내놓더라고. 죽여 달라고. 근데 그날따라 왕이 진짜 이상하긴 했어. 왕좌에 제대로 앉아 있는 꼴을 본 적이 없는데 똑바로 앉아 있는 거야. 그러더니 기사단장을 한참 쳐다봐. 원래라면 소리 지르고 아주 난리도 아니었을 건데. 기사들도 좀 술렁술렁 하더라고. 또 그렇다고 쳐다보면 정말 죽을 거 같으니까 다들 무릎만 꿇고 있지.

그러고 한참 있다가, 왕이 그러는 거야.

노고가 컸다고. 돌아가 쉬래.

기사단장이 놀래서 눈이 아주, 화등잔만 해지더라니까. 원래 왕을 쳐다보면 안 되는데, 얼마나 놀랬는지 고개를 들어서 왕을 똑바로 쳐다보는 거야. 아주 똑바로. 그때 왕 그렇게 쳐다보면 파면에 사형이었거든? 근데 기사단장도 뭐에 홀렸는지 엄청 한참을 쳐다보더라. 기사들도 점점 앞을 흘긋거렸어.

좀 분위기가 이상하긴 이상해서 우리도 조금씩 왕을 쳐다보게 되더라고. 뭐지? 왕이 자비를 베푼 건가? 라는 생각이 드는데 그다음 드는 생각이 뭔지 아냐. 왕이? 자비를 베풀어? 완전 안 어울리는데? 우리 왕하고 자비라는 단어가 가당키나 하냐. 아, 지금이야 사람 됐지만 왕이 가면 썼을 시절에는 진짜 개차반이었다고. 너는 멀리 가 있어서 몰랐지.

암튼 기사단장이 얼른 감읍하고 절하고 내빼야 되는데 안 그러고 왕을 뚫어져라 쳐다보니까 분위기가 너무 이상한 거야. 아, 저러다 저 양반도 죽는 거 아니야? 하는데 기사단장이 겨우 그러더라고. 폐하의 자비에 큰 감사를 드린다고. 그러고 바닥에 이마를 대는데, 얼마나 한심한지 왕이 한숨을 쉬더라. 기사들도 눈치는 빨라 가지고 질질 끌면 죽을까 봐 곧장 자비에 감사드린다고 막 절했어.

나 그러고 이틀 후에 잘렸다. 시발.

나만 잘린 거 아냐. 그때 왕성에서 일하던 시종 시녀 하인 하녀 다 잘렸어. 그 기사랑 누가 내통했는지 모른다나? 웃기는 게, 근데 기사들은 놔뒀어. 기사들은 내통 안 하나? 나 참.

응? 아, 그렇지. 돈 받긴 했지. 은화 열 닢 받았다. 야, 우리 엄마한텐

344

다섯 닢이라 그랬으니까 조심해라. 다섯 닢만 주고 반은 그때 장사했잖아. 암튼 좀 놀랐어. 그 왕이 우리한테 돈을 준다고? 사실 잘린 시종들끼리는 밀고하면 돈 더 주는 거 아니냐고 막 그랬어. 왕 침실에 제일 많이 들어가 본 새끼가 하나 있었는데, 그 왕은 그래도 안 이상하다고.

하지만 밀고할 게 있어야 하지. 쥐뿔도 모르는데.

아, 근데 그런 얘기는 있었다. 그 친정 시녀가 남자였단 얘기가 있었어. 걔들이 다 먹고 남은 찌꺼기 치우다가 누가 남자 손가락 같은 걸 발견했대. 솔직히 헛소문이지. 그 시녀 나는 봤잖아. 디온 사람치고는 좀 키가 크긴 했는데, 우리 나라 사람만큼은 안 커. 구부정하게 걸어서 그렇긴 한데……

뭐 그 공주가 애인 시녀로 몰래 불러다 붙어먹었단 얘기도 있긴 했지. 근데 같이 쫓겨난 시녀애가 말한 거라 확실한 건 아냐. 걔 이름이 뭐였더라……. 암튼 걔는 그 공주랑 친해지고 싶어서 안달을 냈었거든. 근데 잘 안 됐지.

뭐? 그다음엔 어떻게 됐냐고? 몰라, 어떻게 알아. 잘렸는데. 난 돈 받았으니 술이나 먹었지. 성에서 하인들 구한다는데 기존에 일했던 하인들은 안 된다고 해서 그때 국경으로 가서 장사 시작했어. 쫄딱 망했지 뭐. 하하!

암튼 그러고 돌아와 보니 왕이 애를 낳았다는 얘기가 들리더라고. 설마 그때 그 공주가 왕빈가 했는데 진짜 그 공주가 왕비님 됐더라. 야, 왕비님이 솔직히 왕 놈 사람 만들었다. 봐라. 그렇게 사람 처패고 목숨 소중한 줄 모르던 새끼가 어느 날 갑자기 왕비한테 쩔쩔매게 됐다며. 첫째 공주님 태어나고 나서는 더 그랬다대. 초상화? 나 아직 초상화 안 봤어. 왕 초상화가 있어? 어디? 나 참. 너네 주점에 왜 왕 초상화를 걸어 놔. 난 어디서 싸구려 그림 가져온 줄 알았네.

허. 진짜 잘생겼네. 성격 파탄된 이유를 알겠다. 나라도 이 얼굴로 몇십 년 가면 쓰고 살면 속 터지겠다. 이 얼굴이면 내가, 아랫동네 줄리아가 다 뭐냐. 열 여자를 후리고 다니겠네. 엄청 잘생겼구만. 이야.

공주님 태어나고 나서 벗은 거야? 가면? 낳자마자 벗었대? 사람 안 죽었고? 참 나. 아무튼 마녀란 것들은 모조리 다 잡아 죽여야 돼. 화형 시켜야 된다니까. 왜 멀쩡한 사람한테 저주를 내려서 그렇게 돌게 만들어? 대체 그 왕 새끼 때문에 몇 사람이나 죽은 거야?

뭐? 마녀사냥 금지됐다고? 언제? 허, 참 나. 왜? 진짜? 아니, 이해가 안 간다. 내가 왕이면 제일 먼저 나라에 있는 마녀들부터 다 잡아 죽일 텐데. 진짜 인간이 변했네, 변했어. 결혼하고 자식새끼 낳으면 사람이 변하는 건 왕도 별수 없나 봐? 그래, 새끼야. 너도 빨리 결혼이나 해. 나는 아직 한창이고. 아, 너 또 차였냐? 이히히히, 모자란 놈. 야, 우리 다음에 저기 술집이나 가자. 거기 여급이 그렇게 예쁘대…….

…….

외전

벨담 성의 하인이며 시종, 시녀와 하녀들이 모두 갈렸다. 왕의 광증이 도져서 그렇겠거니 하던 자들은 왕을 가까이서 모시던 시종장이 그 해고의 행렬 가장 앞에 서 있다는 사실에 당황했다.

사람들은 모두 이유를 궁금해했다.

한 달쯤 지나자 슬슬 해고된 자들 중 입이 가벼운 자들이 참지 못하고 떠들어 댔다. 얼마 전의 결투 대회에서 모욕을 당해 분을 참지 못한 왕이, 제가 품은 여자의 시녀를 갈기갈기 찢어 죽였노라고. 이름도 기억나지 않는 작은 제후국에서 온 공주에게 직접 톱을 쥐어 주고 시녀의 시체를 난도질하라고 했다는 소리에 사람들이 모두 기함했다.

하여 벨담 성은 새 하인들을 구하는 데 애를 먹었다. 하지만 돈 앞에 장사 없었다. 미친 왕의 유일한 미덕은 주머니를 잘 연다는 것이라, 새로 들어오는 하인들은 1년에 금화 두 닢을 받을 수 있다고 했다. 사람들은 꺼림칙해하면서도 벨담 성으로 일하러 들어갔다.

친정에서 데려온 시녀를 왕 때문에 죽인 여자는 시름시름 며칠을 앓았다. 당연했다. 자신 때문에 맞아 죽은 시녀의 시체를 피 칠갑을 해 가며 밤새 톱질했는데 누가 멀쩡하겠나.

새로 들어온 시녀들은 그녀를 가엾이 여겼다.

하지만 공주의 시녀로 잠시 일했다는 나디아라는 여자는 "저 여자 그나마 신세 편 거야."라며 새로 온 시녀들 앞에서 어깨를 으쓱했다.

"어째서요?"

새로 들어온 시녀들 중 어린 여자아이가 호기심 가득한 눈으로 물어보았다. 나디아는 콧방귀를 뀌었다. 오래 일한 시녀로서 특유의 텃세를 부리기엔 벨담 성의 일손은 부족했다. 보통 때였으면 그딴 걸 물어볼 시간에 가서 일이나 하라 일갈했을 텐데.

그러나 나디아는 일하기가 싫었고, 눈앞의 소녀들은 호기심 때문에 나디아의 일을 대신 해 줄 의사가 충만했다. 그녀는 가늘게 뜬 눈으로 소녀들을 힐끗 보고는 마지못해 말해 준다는 듯 내뱉었다.

"예전에는 저 공주를 엄청나게 때렸다고. 밤마다 죽는 소리가 났어. 왕께서 잠자리 버릇이 얼마나 고약한지 아니. 너희들은 상상도 못 할 게다."

히에엑.

소녀들이 질겁했다. 개중에는 분명 젊은 왕의 눈에 들어 아이를 배고 저 황금 가면을 벗기겠다는 어렴풋한 희망을 품은 계집애도 있을 것이다. 조금만 있으면 그딴 생각 따위는 나지도 않겠지만.

나디아는 새삼스럽게 계집애들에게 일렀다.

"혹시라도 왕의 침소에 들겠단 생각일랑 버리렴. 왕에게 맞아 죽어

관짝에 담겨 성을 나간 여자들이 열 명은 넘는단다."

"……."

"지금도 보렴."

나디아가 턱짓으로 저 먼 곳, 공주가 있는 방 문을 가리켰다. 최근 아프다는 여자는 방 안에서 두문불출했다. 그럼에도 불구하고 그 방 문은 엄청나게 반짝이는 데다가 앞에 병사들이 즐비했다. 이유야 간단했다.

"때리지야 않는다지만 왕께서는 아프다는 여자를 하루도 가만두지 않으시지 않니."

"……."

일설에는 잠도 제대로 못 자고 새벽까지 왕의 상대를 하다가 아침에 까무룩 잠든다 했다. 정사하는 신음 소리가 얼마나 적나라한지도 소문이 돌았다. 그나마 비명 소리 새어 나오던 전보다야 낫다는 것이 바깥 것들의 유일한 위안이었다.

새로 들인 시녀들이 아침에 왕이 나간 후 여자의 침소에 들어가면, 여자는 시녀들을 볼 틈도 없이 깊은 잠에 빠져 대낮까지 일어나지도 않는다는 이야기도 있었다. 나디아로서는 놀라운 일이었다. 그녀가 알던 공주는 예민병이 도져 몇 시간도 제대로 잠 못 이루곤 했으니까.

그러다 일어나서는 까득까득 손톱을 씹으며 걸어 나가 하루 종일 서재에 틀어박혀 책이나 본다던가.

게다가 가끔은, 복도를 지나가던 시녀들 중에 그 여자가 숨죽이고 서재에서 미친 듯이 웃는 소리를 들은 이들이 허다했다. 아하하, 아하하학. 웃음소리가 바깥에 새어 나가는 것은 싫지만, 그렇다고 안 웃을 수도 없다는 듯 웃어 대는 그 웃음소리를 들으며 시녀들은 역시 여자가 미친 게 분명하다 생각했다.

나디아 또한 그 소리를 들은 적 있었다.

"아흐흑, 아학. 아하하하. 아하하하하!"

그 소리를 들었을 땐 소름이 확 돋았다. 왕의 광증이 저 여자한테도 옮겨 간 게 분명하다고 생각하며, 나디아는 새삼스럽게 디온 공주의 시녀 자리를 물리길 참 잘했다고 가슴을 쓸어내렸다.

※
※
※

"제가 미쳤답니다."

말리는 침대에 누운 채로 심드렁하게 말했다. 침대 위에 깔린 보드랍고 얇은 섬유의 감촉을 드러난 맨등으로 한껏 만끽 중이었다. 그녀는 손안의 가면을 매만졌다. 황금색의 얇은 가면. 코까지만 가리고 턱은 드러내게 되어 있는 가면은 맨들거리고 따뜻했다. 방금 전까지 사람 얼굴 위에 있었기 때문이다.

"그렇습니까."

그래, 저 사람 얼굴 말이다.

말리는 누운 채 시선만 흘깃 제 옆의 남자에게로 던졌다. 침대에 엉덩이를 걸치고 앉은 남자는 자신을 내려다보며 미소 짓고 있었다. 밀짚색 머리카락이 말리가 한 달 전까지는 늘 봐 왔던 길이보다 훨씬 짧게 잘려 있었으나 푸른 눈은 여전히 호수처럼 고요했다. 말리는 만지작거리던 가면을 옆으로 내려놓고는 한쪽 팔을 베고 모로 누워 남자를 올려다봤다.

"예. 아침에 자고, 깨면 서재에 틀어박혀 책이나 보고, 식사는 물리고 과일이나 조금 깨작거렸더니 미친년이 되어 있다군요. 세상에 이렇게 팔자 좋은 미친년이 어디 있는지 모르겠습니다."

남자, 레일라가 손을 뻗어 말리의 머리카락을 쓸어 올렸다.

"식사는 다 하셔야지요. 암만 그런 척하려 하신다지만."

"그런 척이 아니라도, 잘 안 먹힙니다."

레일라의 안색이 걱정스럽게 변했다.

"아프십니까."

"아프긴요. 신세만 좋습니다."

말리가 코웃음 쳤다.

그녀가 미친년인 척하고 있다는 것은 이 자리의 둘만 알았다. 그럴 만도 했다.

왕의 시체를 레일라의 것으로 둔갑시켜 놓고 개에게 다 먹이느라고 둘 다 무진 고생을 했다. 그렇게 피바다를 만든 다음에는 다른 사람에게 레일라가 왕 행세 하는 것을 들키지 않으려고 하나는 미친 척해야 했고 하나는 광증이 아직도 지워지지 않은 척해야 했다. 레일라의 목은 생각날 때마다 주변인들에게 소리를 지르느라 한 달째 쉬어 있었다.

"그냥 역해서 그렇습니다. 그자가 고기를 좋아해 제 식탁에도 여즉 고기가 자주 오르는데, 그 날 개들이 그자의 시체를 씹는 꼴을 새벽 내내 봤더니 영 역해서 말이에요."

"……."

그녀의 말에 레일라의 표정이 한층 더 흐려졌다. 말리는 어이구, 하면서 그 얼굴을 보자마자 몸을 일으켜 레일라의 머리카락을 쓸어 넘겨 주었다.

"또 자기 탓 하지 마세요. 아니니까."

"……예."

레일라는 기어이 말리가 그의 어깨를 꼬집고 나서야 간신히 얼굴을 폈다. 말리는 다시 손을 놓고 뒤로 털썩 누웠다. 머리카락이 아무렇게나 흩어졌다. 한 달 전까지, 그러니까 왕의 앞이라면 자신을 정돈하느라 정신없었을 테다. 하지만 말리는 이제 침대 위에서 제멋대로 굴어도 상관없었다. 왕은 죽었고 왕의 가면은 레일라가 쓰고 있었으니까.

다만 본의 아니게 미친년으로 살아야 하긴 했으나, 말리는 작금의 상황이 생각보다 마음에 들었다. 맨발로 성을 걷든 서재에 하루 종일 틀어박혀 책을 읽든 아무도 그녀를 제지하지 않았던 것이다. 심지어 서재를 관리하던 시종장이 잘려서, 새로 들어온 시종장은 그녀가 책에 침을 묻혀 보든 말든 바빠서 신경도 쓰지 않았다.

"기사단장이 다시 돌아왔습니다."

"아, 그래요."

말리는 눈을 깜박였다. 애당초 왕은 결투 대회에서 왕에게 모욕을 준 기사를 찾으러 가라는 명령과 함께, 기사단장에게 그를 찾지 못하면 목숨도 없다고 말했다. 하지만 기사단장이 돌아왔을 때 진짜 왕은 죽고 없었다. 사흘 후에 돌아온 기사단장은 왕의 가면을 대신 쓴 레일라를 한참이나 쳐다보다가 물러갔다. 그 이후로도 두 사람은 엄청나게 조마조마했다. 왕을 가장 가까이서 모시던 남자가 혹시라도 왕의 부재를 눈치챘을까 봐. 그리고 기사단장은 벨담의 영지 순찰을 자처하며 떠났다가, 오늘 막 돌아왔던 것이다.

"어때요. 이제는 눈치챈 것 같아요? 아니면 아직도 영문 모르는 듯하던가요?"

레일라는 말리의 물음에 침묵했다가 한참 후에 답했다.

"아뇨. 사실 잘 모르겠습니다."

그는 물끄러미 한 달 전에 있었던 일을 떠올렸다. 왕의 손속은 본래 잔인했고, 레일라를 찾지 못한 기사들은 죽음을 각오한 채였다. 수십 명의 기사들이 무릎을 꿇고 죽여 달라고 말하는 모습을 보고, 왕을 가장한 레일라는 한참 후에야 답했다. 돌아가 쉬라고.

기사단장이 눈을 부릅뜨고 이쪽을 올려다본 건 당연한 일이었다. 말리는 후에 "들키면 어쩌려고 했어요?" 하고 타박했으나, 레일라는 고개를 내저었다.

"저 혼자 죽는 게 낫지, 그 스무 명을 다 죽일 수는 없었습니다."

물론 그 말에 말리가 눈을 세모꼴로 뜨고 "나도 죽어요!"라고 타박했으나, 어쨌든 그건 후의 일이다. 여튼 그때의 기사단장은 믿을 수 없다는 표정으로 한참이나 가면 쓴 레일라를 바라보았다. 두 사람의 시선이 얽힌 순간은 생각보다 길었고, 시선을 내린 직후 기사단장은 물러갔다.

그러더니 갑자기, 그간 왕의 수호를 소홀히 한 만큼 벨담을 둘러보고 위험 요소를 제거하겠다며 벨담 순찰을 자처해 성 밖으로 나간 것이 보름도 더 전의 일이다. "혹시 우리 둘 다 들킨 게 아닐까요?"라고 말리는 걱정했으나 레일라는 웃으며 고개를 저었었다.

괜찮으니 안심하라는 말에도 말리는 밤새 불안해하며 "다른 영주들을 부르러 간 거면 어쩌죠?"라고 물었으나 그녀가 걱정하는 일은 일어나지 않았다.

······아마도, 영원히 일어나지 않을 거라고 레일라는 생각했다.

막 수색에서 돌아왔던 기사단장과 눈이 마주친 시간은 짧았으나, 레일라에게는 아득히 길게도 느껴졌었다. 갑작스럽게 턱수염을 깎고, 감기에 걸렸다며 목소리가 변한 왕. 모를 리가 없다. 적어도 가장 가까이서 왕을 모셨던 기사단장이라면 아주 기민하게도 그가 왕이 아니라는 것을 알아차렸을 것이다. 레일라는 그날 기사단장의 눈에 떠오른 의혹을 모르지 않았다.

당신은 누구냐는 눈.

틀림없었다. 기사단장은 당장이라도 일어나 레일라의 목에 칼을 겨눠야 하나 고민하고 있었다. 하지만 그 직후, 단장의 눈에 서린 것은 결단이 아닌 갈등이었다.

잔인하기 그지없는 왕은 서른이 넘던 기사들을 함부로 다뤘다. 기사단장은 벨담의 영토를 굳건히 지켜 온 자부심이 있는 사람이었으나, 황금의 가면을 쓴 왕 아래에서는 그 자부심도 모두 박살 났다. 기사들은 왕의 기분에 따라 목이 잘리고 팔이 잘렸다. 그로 인해 스무 명 남짓하게 남은 기사들을 끌고 왕을 모욕한 자를 찾느라 사흘 밤낮 내내 잠도 못 자고 벨담을 뒤진 터였다. 죄인을 찾는답시고 기사는 단 한 명도 성에 남겨 두지 않은 채. 비상식적인 일이었으나 그 왕의 옆에서 비상식을 수없이 겪어 왔기에 의심하지 않았다.

하지만 돌아왔을 때, 그의 앞에는 왕이 아닌 다른 자가 왕의 가면을 쓰고 있었다.

기사단장의 눈동자가 일렁였고, 레일라는 희미하게 입꼬리를 끌어올려 보였다. 그 작은 기색을 기사단장도 모르지 않았을 것이다. 두 사람의 대치에 주변이 술렁거렸다. 하지만 레일라는 기사단장에게서 시선을 거두지 않았다.

기사단장은 스스로를 의심했을 것이다. 저것은 왕이 맞는가. 그도 성으로 들어오며 시종들에게 들은 바가 있었다. 왕이 미쳐 날뛰었으며 공주의 시녀를 죽였다고. 그 피바다가 이루 말할 수 없이 잔인해 시종들이 헛구역질을 했다는 이야기.

하지만 거기 어디에도 왕이 바뀌었다는 말은 없었다. 왕은 그저 이전에 그랬던 것처럼 지금도 왕좌에 앉아 무도한 황금의 가면을 쓰고 그를 내려다보고 있었다.

왕이 맞는가.

기사단장은 성으로 오며 수없이 기도했을 것이다. 길길이 날뛰는 왕의 손에 또다시 목을 늘어뜨리고 죽을 제 부하들을 생각하며 왕의 성정이 바뀌었으면, 하다못해 생각이라도 바뀌었으면.

혹시 자신은, 왕이 바뀌었으면 좋겠다는 소망에 착각을 하고 있는 것은 아닌지 의심했을 것이다. 정말로 바뀐 것인지, 아니면 왕이 바뀐 것으로 생각하고 싶은 것인지.

그도 아니면 신이 기사단장의 소원을 들어주어 왕이 잠시나마 사람처럼 구는 것인지.

그는 분간할 수 없었을 것이다.

이윽고 기사단장은 고개를 숙였다. 레일라도 그제야 참았던 숨을 내쉴 수 있었다. 기사단장이 물러간 후 레일라는 눈을 지그시 감았다. 그리고 근처의 시종에게 명령했다. 기사들에게 사흘간의 휴가를 주고, 충분한 포상을 주라고. 시종은 제 귀를 의심하다가, 레일라의 말 없는 채근에 당황하여 뛰어갔다.

이후 벨담 순찰을 요청하던 기사단장은, 레일라를 올려다보지 않았다. 황금의 가면을 쓴 왕과 눈을 마주치지도, 왕좌 쪽을 바라보지도 않은 것은 그 또한 어떤 선택을 했다는 방증으로 보였다. 하지만 확신할 수도 없었기에, 레일라는 굳이 말리에게 그런 것들을 늘어놓지 않았다.

'……어쨌든 나 홀로 더 생각해 봐야 지금은 알 수 없는 일이다.'

레일라는 짧아진 머리카락을 어색하게 헤집었다. 평생 길러 왔던 머리카락을 짧게 잘라 놓으니 매번 머리가 지나치게 가벼워 당황하곤 했다. 말리는 훨씬 보기 좋다고 웃었으나 레일라는 아직도 거울을 볼 때면 거울 속의 자신이 다른 사람 같기만 했다.

"오늘은 무얼 하셨습니까."

복잡한 머릿속을 헤집느니 제 옆에 누운 여자를 보는 것이 훨씬 좋다. 실제로 말리와 이야기하다 보면 근심 같은 것은 이상하게도 눈 녹듯 사라지곤 했다. 레일라의 물음에 말리는 누운 채로 웃었다.

"저야 방금 이야기했듯이 누워서 미친 척 웃으면서 먹고 놀기만 했죠. 팔자가 아주 좋습니다."

"부럽습니다."

레일라는 웃으며 그녀의 볼을 엄지손가락으로 만졌다. 그저 한 말인데 말리는 눈을 동그랗게 떴다.

"부러우십니까? 왕이신데요. 물론 왕이 아닌데 왕 노릇 하는 것이 힘드시기야 하겠지마는……."

"남 노릇 하는 버거움보다는, 으음."

가면을 쓰고 있는 데다가 수하들이 제 눈 마주치는 것을 싫어했던 왕이기에, 기사단장이라는 고비를 무사히 넘긴 다음에는 레일라가 왕 노릇 하는 것이 그리 어렵지는 않았다. 다만 정말로 왕 노릇을 해야 한다는 것이 문제였다. 벨담은 다섯 맹주를 거느리고 있는 큰 나라였고, 레일라가 왕 대신 보아야 할 일이 천지에 널려 있었다. 공주였던 시절에 어깨너머로 배운 것들을 떠올리며 간신히 벨담의 일들을 처리하느라 레일라는 진이 다 빠질 지경이었다.

이야기를 들은 말리가 깔깔 웃었다.

"높으신 나으리들에게는 그런 고충도 있답니까? 왕이라는 건 좋은 것인 줄 알았는데요."

"공주 해 보니 별로 좋지 않은 걸 이미 아셨지 않습니까."

그 말에 말리의 눈썹 한쪽이 찡그려졌다. 그러면서도 그녀의 입매가 웃고 있어 레일라는 말리가 화내는 것이 아님을 알았다. 말리는 몸을 웅크려 레일라가 침대에 짚은 손목을 붙들고 앙, 무는 시늉을 했다. 어린애 같아 귀여우면서도 웃음이 나, 레일라는 몸을 숙여 그녀의 이마에 입을 맞췄다.

입맞춤이 깊어지는 것은 금방이었다. 말리가 가느다란 팔을 뻗어 레일라의 목을 휘감았고, 남자는 그녀의 목덜미에, 이마에, 뺨과 코와 입에 연신 입맞춤했다. 하느작거리는 허리를 손으로 단단히 붙들고, 다른 한 손으로 허벅지를 벌려 그 사이에 자리했다. 여자가 제 앞섶을 손가락으로 풀어내느라 꼼지락거리는 것이 가슴팍 사이로 다 느껴져 레일라는 입 맞추다가 웃고 말았다.

"왜 웃어요?"

말리가 뾰로통한 척 묻자 레일라는 그녀의 입술에 가볍게 쪽 소리 내며 입 맞추고는 속삭였다.

"참 잘했다 싶어서요."

하지 않은 말이 무엇인지 둘 다 알았다. 당신 손가락이 자그마하게 꼬물거리는 그 움직임 하나에, 남 노릇 하기를 참 잘했다 싶다……. 그런 생각도 이내 여자의 신음 소리에 묻혀 쓸려 나갔다. 허겁지겁 말리의 가슴에 얼굴을 묻으며, 레일라는 생각하기를 그만두었다.

"역시 당신을 때려야 할까요?"

미친 여자와 광증이 도진 왕의 색사가 이렇게 즐겁기만 해서야 어쩌나, 하는 뜻이었다. 누운 레일라의 가슴을 베고 있던 말리가 피식 웃으며 돌아누웠다.

"뭐 원하시면 내일 말채찍이라도 하나 가져오시지요."

"정말로요?"

레일라가 눈을 동그랗게 뜨자 말리가 히죽히죽 웃었다.

"제가 들고 당신 엉덩이라도 몇 대 때려 드릴 테니."

아하하, 작은 웃음소리가 흩어졌다가 이내 잦아들었다. 두 사람이 서로를 탐하느라 달뜨게 흘린 소리가 아직 바깥 것들의 귀에서 사라지지도 않았을 터다. 레일라는 제게 기댄 말리의 둥근 어깨를 손끝으로 쓰다듬었다.

말라서 뼈가 드러난 어깨와 쇄골이 안쓰러워 먹는 것이라도 잘 먹으라 매번 볼 때마다 부탁했으나 말리는 계속 먹는 것들이 역하다며 과일만 조금 먹었다. 게다가 미친 여자 노릇을 지속하려면 비쩍 마른 꼴이보기도 좋다나. "본래 팔자 사나워 피둥피둥 살쪄 본 적 없으니 이렇게 사는 게 저에게는 보통이랍니다." 그렇게 말하는 것이 속상해 뭐라도 해 주고 싶었으나 아직은 둘 다 남인 척하는 것만도 힘에 부쳐, 참으로 편안히 사는 것 하나가 그렇게도 힘들다 싶었다.

"파라디 그 얄미운 애는 무엇을 하고 있을까요."

"파라디요?"

"말채찍 생각을 하니 걔가 생각이 나서요."

경중경중, 레일라가 없을 때 벨담 성 마당을 박차고 뛰어 도망가던 말을 생각하며 말리는 입 밖에 낸 말과는 달리 조금 그리운 얼굴을 하고 있었다.

"역시 그렇게 가기 전에 콧등이라도 한 번 때려 줄 걸 그랬어요."

그립다는 말은 취소, 취소.

레일라는 제가 사랑하는 여자의 심술맞은 말에 벙싯 웃고 말았다. 못되고 날 선 말들만 내뱉지만 어쩌면 이렇게나 사랑스러운지 알 수가 없다.

"너무 자주 오십니다."

말리가 툭 내뱉었다. 레일라의 가슴 위에 엎드린 채였다. 미친 여자라기엔 지나치게 총기 있는 데다가 말간 눈을 보며 레일라는 웃는 듯 마는 듯 미묘한 표정을 지었다.

"알고 있습니다. 오늘까지만 봐주십시오."

"봐주고 말고 할 게 어딨습니까. 당신이 왕이신데요."

말리는 입술을 비죽였다. 그래도 오지 말라는 말은 하지 않는다.

레일라도 말리가 느끼는 불안함을 모르는 것은 아니었다. 하지만 홀로 잠에 들기가 어려웠다. 말리도 그것을 모르지 않으니 말리거나 곳은 말은 하지 않는 것이다.

레일라는 왕의 가면을 쓰던 날까지도 왕의 침실과 레일라의 침실 말고는 아무 곳도 몰랐다. 피바다가 된 왕의 침실을, 시종들은 불과 하루 만에 깨끗하게도 치웠다. 그 침대에 묻은 피들이 왕의 것임을 알기라도 했던 것일까.

당연히 그럴 리는 없었지만 저들을 괴롭힌 남자의 흔적을 시종들은 참으로 빠르게도 세상에서 지워 버렸다. 천으로 된 시트란 시트는 모조리 갈고 의자도 새것으로 바꾸었다. 벽 장식도 바꾸었고 하다못해 피가 튀어 거멓게 된 은촛대도 금으로 바꾸었다.

그러나 레일라는 도무지 그 방에서 잠을 이룰 수 없었다. 언제나 왕의 방으로 들어가는 말리의 뒷모습만을 보았고, 그 방에서 튀어나오는 비명과 애원을 귀로 들으며 이를 악물어야 했다.

그런데 이제는 그 방에 그가 누워 있다는 것이 너무나 이상하게 느껴지는 데다가 불안하고 어둠이 무서워 도저히 잠이 오지 않았다. 하여 레일라는 왕의 가면을 쓰고 불면을 호소하며 방을 바꾸었다. 왕의 침실은 이전과는 전혀 다른 곳에 다시 차려졌으나, 그곳에서도 잠들 수 없는 것은 마찬가지였다. 왕이 비이성적으로 행동하는 것이야 하루 이틀의 일이 아니었으므로, 계속해서 방을 바꾸는 것에 대해 시종들은 아무도 이상해하지 않았다.

다만 레일라의 불안만 더해 갔다. 기사단장이 물러간 뒤에도 레일라는 여전히 불안해 결국 말리의 방을 찾았다. 그리고 그는 눈 밑이 거멓게 변한 채로 말리를 붙들고, 그녀의 침대에서야 겨우 편안하게 잠들 수 있었다.

벨담으로 오기 전에는 결벽적으로 제 근처에 사람이 오는 것도 싫어했던 레일라였다. 추운 것은 싫다며 저를 붙들고 잠들던 계집아이의 말라붙은 눈물이 아직도 선연할 정도로, 누군가와 함께 잠에 든 것은 최근의 일이었다. 이유야 분명했다.

"사내가 그렇게 겁이 많아 어찌하신답니까."

말리가 조그맣게 중얼거렸다.

"그러니 파라디에게 용기를 달라는 보잘것없는 소원이나 빌지 않았겠습니까."

레일라가 웃었다. 그의 어머니는 파라디의 고삐를 레일라에게 쥐여주며 간절히 필요한 것이 생긴다면 파라디에게 빌라고 속삭였다. 아주 멀고도 오래된 기억이었으며, 레일라는 벨담으로 떠날 때만 해도 다른 소원을 빌 셈이었다.

만약, 아주 만약 안 좋은 일이 생긴다면…… 마지막에는 자신을 사라지게 해 달라고.

제 어머니의 불행한 인생을 알고 있었으니 성에 들어온 후에도 자신이 행복하게 살 수 있다는 기대 같은 건 애초에 하지도 않았다. 다만 벨담으로 가게 되었을 때는 정말로 절망스러워…… 차라리 세상에서 흔적도 없이 사라져 버리면 좋겠다고 생각했을 뿐인데.

레일라는 말리의 머리카락 속에 손가락을 넣어 부드럽게 매만졌다. 말리가 간지러우면서도 기분 좋은 듯 레일라의 가슴 위에 머리를 대고 누웠다. 그 다정한 압박감을 레일라는 참으로 달가워했다. 그는 지그시 눈을 감고 오늘 오후에 있었던 일을 생각했다.

'어떻게 할까요.'

얼굴도 본 적 없는 왕의 가신이 들어와, 레일라의 모국에서 사신이 방문할 예정임을 알렸다. 아마 시집간 공주가 잘 살고 있는지 궁금하기도 할 것이다. 그렇게 흉흉한 곳으로 보내 놓고는 궁금은 한가. 레일라는 저도 모르게 마른세수를 하려다가, 제 손에 닿는 황금 가면의 차가운 감촉에 지레 놀랐다. 하지만 가신에게 그 모습을 들킬 순 없어 손끝에 닿는 금속 면을 어루만지는 척 손을 얼버무렸다. 문득 그는 어떻게 해야 할지 알 것 같았다.

'들일 필요 없다.'

'……예?'

'디온에는 앞으로 아무것도 지원하지 말라.'

레일라는 가면에서 제 손을 내리고 정면을 응시했다. 가신은 레일라의 말뜻이 무엇인지 몰라 어안이 벙벙한 얼굴을 하고 있었다. 레일라는 턱을 괴고 웃었다.

'올해가 가기 전에 디온은 지도에서 지워질 것이다.'

끝까지 자신의 둘째 딸이 아들인지도 몰랐던 아비와, 기력 없이 성한구석에서 시들어 가던 계집애도 보기 싫어 벨담으로 치워 버린 왕비와……. 얼굴도 기억나지 않는 그 모든 것들을 치워 버릴 것이다. 차가운 돌벽으로 된 성은 모두 불에 태워 버리자.

깊은 숲의 고독함을 제물로 바쳐 더 이상 외롭지 않고 싶었던 그의 어머니는 그 성에서 가장 외롭게 죽었다. 숲으로 돌아가 스스로를 불에 태우게 해 달라던 부탁마저 아무도 제대로 들어주지 않았다.

오갈 데 없는 어린 여자애를 금화 몇 닢으로 꾀어, 죽으러 가는 공주의 옆에 붙여 준 자들도 모두 불태워 버리자. 금화에 꾀인 여자애의 얼굴을 기억하는 이들이 없게.

그렇게 생각해 놓고 레일라는 흠칫하여 말리의 갈색 머리카락을 쳐다봤다. 그녀를 바닥에 깔아뭉갠 남자들의 잔인성에 말리가 질릴 대로 질려 있음은 레일라 또한 익히 알았다. 부엌의 아궁이, 길바닥, 하수구 앞이며 마구간까지 할 것 없이 말리의 치마를 들추어 댄 놈들을 말리는 입이 부르틀 정도로 저주해 댔기 때문이다.

레일라는 혹시라도 제가 이런 짓을 하라 명령한 것을 그녀가 알면 어쩌나, 하는 어린애 같은 두려움에 빠졌다. 그의 푸른 눈동자가 공포로 물들었고, 그는 말리의 머리카락을 만지던 것도 멈춘 채 그녀의 머리통을 불안하게 쳐다봤다.

"뭐, 할 말이 아예 없지야 않을 것 같긴 하네요."

"……예?"

그래서 레일라는 말리가 입을 열었을 때 화들짝 놀랐다. 그 바람에 가슴팍이 들썩이자 말리가 이상하다는 듯 고개를 돌려 그쪽을 쳐다봤다. 그러더니 한심한 듯 픽 웃었다.

"뭘 그렇게 놀라시나요. 친정 시녀 죽고 나서 비쩍비쩍 말라 가는 계집애가 새삼 불쌍해서 정들었다 하시면 된다 이 말이었어요."

"……아."

그제야 레일라는 말리가 조금 전 했던 말을 잇고 있음을 알아차렸다. 그녀는 천천히 몸을 일으켜 침대 옆에 있던 과일 접시 안에서 포도 한 알을 떼어 입에 넣었다. 뭘 먹든 그 볼이 볼록해져 있는 것이 귀여웠다. 레일라는 애써 미소 지으며 그녀의 어깨에 얼굴을 묻었다. 제 불안을 눈치채일까 봐서다.

"그래도 높으신 분들은 원래 따로 주무시는 게 원칙이라면서요. 왕도 저를 불러다 제 욕구를 다 풀면 내보내고 혼자 잤답니다. 하도 자꾸 제 방에서 주무시니 바깥 것들이 떠드는데, 잠은 따로 자야 하지 않을까요."

"……추운 건 싫으시다면서요."

레일라가 못내 불퉁하게 답하자 말리는 눈을 둥글게 떠 보이며 못마땅하게 받아쳤다.

"그땐 겨울이고요, 지금은 여름이지 않습니까? 그리고 저를 지금 시녀들이 동정하다 못해 얼마나 살뜰히 챙기는지, 목욕물은 또 얼마나 뜨겁게 덥혀 주는지 아시는지 모르겠습니다!"

"아하하."

레일라는 나직하게 웃으며 대답을 피했다. 그러고는 그녀의 허리를 끌어안고 어린 짐승이 몸을 말듯이 치대다가, 이내 눈을 감았다. "자는 척하는 거예요?" 말리가 몇 번이나 쿡쿡 찔렀으나 남자는 굳건히도 감은 눈을 뜨지 않았다. 그러다가, 숨이 차츰 낮아지더니 조용해졌다. 이대로 가다가는 정말로 잠들어 버릴 것이다.

하지만 말리는 굳이 레일라를 다시 흔들어 깨우려 하지 않았다. 레일라가 불면의 밤을 보내고 있음을 그녀도 모르지 않았기 때문이다.

말리야말로 요즘 부쩍 잠이 늘어 레일라보다 먼저 잠들곤 했다. 레일라가 그때마다 괜히 저를 들여다보다가 얼굴을 쓸어 주고 입 맞춘 후 푹 잠에 들 때까지 아기 어르듯 가슴 위쪽을 가볍게 두들겨 주는 다정한 사람임을 말리는 알고 있었다.

하여 말리도 제 허리를 붙든 손을 가볍게 풀어내고, 옆으로 그를 뉘어 머리 밑에 베개를 받쳐 주었다. 아름답고 창백한 얼굴이 촛불 아래 피곤을 품은 채 풀어졌다. 그나마 식사를 괜찮게 하여 최근 혈색이 돌아온 장밋빛 입술을 말리는 한 번 손가락으로 쓸어 보았다. 그때 그 입술이 작게 열렸다.

"디온에서는……."

"예?"

"디온에서는 본래……. 부부가 혼인을 하면 여행을 멀리 떠난답니다."

감겼던 눈이 가늘게 뜨였다. 그사이에 졸음과 꿈이 진득하게 눌어붙어 있음을 말리는 엿보았다.

"첫째 아이는 첫 부인의 자식이어야 하거든요……. 그래서 자식이 생길 때까지 긴 여행에서 돌아오지 않는 게 관습이지요……."

"별 희한한 관습이 다 있군요."

"하지만 당신하고 나는 여행을 떠날 수 없으니까……."

레일라가 작게 하품했다.

"내가 당신의 침실로 여행 온 것으로 하지요……."

말리는 심술궂게 웃었다.

"불공평해 죽겠네. 저는 여행 못 가잖아요?"

다시 잠 속으로 빠져들려던 남자는 그 말에 간신히 푸른 눈을 다시 뜨고 그녀를 올려다봤다. 그리고 살풋 웃었다.

"꼭 같이, 여행을 해요. 가면을 벗으면 저 먼 곳으로 가서……."

레일라는 잠에 완전히 들 때까지 정신없이 말들을 늘어놓았다. 차갑고 투명한 물에 발을 담그고, 당신은 예쁜 목걸이를 하고요……. 멋진 마차를 타요. 파라디처럼 심술궂은 말 같은 것 말고……. 그 말투가 어찌나 평화로운지 말리도 옆에 같이 누웠다가, 이내 눈을 감았다.

어찌나 잠이 쏟아지는지 불안이 숨어들 틈 따위는 없었다.

분홍빛 뺨이 탐스러운 아기가 태어난 것은 이듬해 봄이었다.

벨담의 왕은 왕비에게 주는 선물이라며 그녀의 고향인 디온을 짓밟아 또다시 그 잔인성이 구설수에 올랐으나, 어찌 된 일인지 왕비는 매일매일 웃어 역시 왕비도 미친 것이 틀림없다고 모두 수군거렸다. 그러나 왕은 대체로 치세를 보였고, 궁의 사람들은 일말의 불안감만 감수하면 얼마든지 평탄한 나날을 누릴 수 있었다.

그리고 벨담 성의 두 사람은 영원토록 행복하였다.

— *fin*

1판 1쇄 찍음 2020년 8월 21일
1판 1쇄 펴냄 2020년 8월 31일

지은이 | 재 겸
펴낸이 | 정 필
펴낸곳 | (주)뿔미디어

기획·편집 | 박경희, 권지영, 김신혜
표지 디자인 | 우 물

출판등록 | 2002년 9월 11일 (제1081-1-132호)
주소 | 경기도 부천시 소향로 17, 303(두성프라자)
전화 | (032)651-6513   팩스 | (032)651-6094
E-mail | scarlets2012@hanmail.net
블로그 | http://blog.naver.com/dahyangs
비북스 | http://b-books.co.kr

값 10,000원

ISBN 979-11-6565-423-8 03810